CE QU'UNE FEMME A BESOIN

JUDI FENNELL

MERJINN PRESS

Ce Qu'une Femme A Besoin

C'est sa maison ; lui, il est juste là pour la nettoyer.

La star de cinéma Bryan Manley est séduisant dans presque tout — sauf en tablier. Et en figure paternelle.

Beth Hamilton, mère veuve, n'est pas d'accord lorsqu'il se présente chez elle pour faire le ménage et que ses enfants s'attachent à lui comme des poissons dans l'eau.

Le problème, c'est que les paparazzi débarquent aussi. Ses enfants ont déjà eu leur lot d'attention avec la mort de leur père, alors la dernière chose dont ils ont besoin, c'est l'attention médiatique qui suit Bryan partout.

De plus, Cendrillon n'est qu'un conte de fées et le Prince Charmant n'existe pas... à moins que ce nouveau rôle de Bryan ne soit le rôle de sa vie?

Que se passe-t-il lorsque trois frères irrésistiblement sexy perdent un pari de poker contre leur sœur entreprenante? Ils sont engagés pour son entreprise de nettoyage. Maintenant, les Manley Maids sont à votre service. Satisfaction garantie. C'est ce dont une femme a besoin...

Soirée entre mecs... Plus une

Il avait perdu.

Bryan Manley fixait les cartes sur la table devant lui.

Quinte flush. Jusqu'au valet.

Ça battait son full. Ça battait les quatre dames de Liam et la quinte flush à neuf de Sean.

Il avait perdu.

Face à sa *sœur*.

Celle qui n'avait jamais joué au poker.

Et non seulement elle l'avait battu, mais elle les avait battus *tous les trois*. Mary-Alice Catherine Manley avait battu les hommes Manley à leur propre jeu.

Et maintenant, ils allaient devoir jouer le sien.

Bryan s'éclaircit la gorge, le dégoût lui brûlant la trachée. Lui, acteur principal, cible des paparazzi, briseur de cœur des starlettes, et le Prochain Grand Nom selon *People Magazine*, allait devenir la femme de ménage de quelqu'un.

— Je crois, chers frères, que vous devez tous être équipés d'uniformes de Manley Maids, dit Mac comme si ce n'était pas le glas de son image.

— Je ne porterai pas de tablier.

Les mots étaient sortis de sa bouche avant même qu'il y ait réfléchi, mais cela prouvait simplement que ses instincts étaient justes. Tous les réalisateurs avec lesquels il avait travaillé l'avaient dit, et Bryan en était sacrément reconnaissant en ce moment.

Un tablier. Bon sang. Les tabloïds allaient se régaler avec ça. Son agent? Pas vraiment.

Curieusement, aucun des frères n'essaya de dissuader Mac de cette ridicule compensation. Ils avaient fait leurs paris et perdu à la loyale.

Mais, bon Dieu. Une femme de ménage.

— Quand veux-tu qu'on commence, Mac? Liam fut le premier à se remettre — si on pouvait appeler ça comme ça.

— Quand vous pourrez. J'ai l'entreprise.

Si Bryan ne connaissait pas mieux Mac, il jurerait qu'elle essayait de ne pas rire. Mais ce ne serait pas du genre de Mac ; elle les avait toujours idolâtrés tous les trois. Les appelait ses chevaliers en armure étincelante. Ou en tenue de football à l'occasion. Mais jamais ça. Jamais un... un *tablier*.

Il aurait juré que c'était une blague, mais Mac avait parié la seule chose qui pouvait se rapprocher de ce que lui et ses frères avaient parié : quatre semaines de service de nettoyage si elle perdait, quatre semaines de servitude si elle gagnait. Elle ne risquerait pas son entreprise pour une blague.

— J'ai le temps maintenant. Je commencerai lundi matin.

Sean empila les jetons de poker. Méticuleusement, ce qui était la seule indication des émotions de Sean. Il était en colère. Contre lui-même, probablement. Ils avaient tous agi contre leur instinct en la laissant jouer alors qu'elle ne pouvait pas se permettre l'enjeu.

Le fait qu'ils soient ceux qui payaient était sans importance. Ils avaient protégé Mac, leur petite sœur, pratiquement toute sa vie depuis que leurs parents étaient morts et que Mamie les avait pris en charge. Ils auraient dû s'en tenir à leur règle "Pas de filles" pour cette partie, mais elle avait tellement voulu participer et ils avaient toujours été faibles face à elle, alors ils l'avaient laissée faire.

Et maintenant, elle allait être leur patronne.

Une femme de ménage. Bon Dieu.

Le seul point positif était que les leçons de ménage de Mamie allaient enfin servir à quelque chose. Leur grand-mère avait eu fort à faire avec quatre jeunes enfants, et lui et ses frères en particulier avaient été assez turbulents et bordéliques.

Il n'aurait jamais pensé être reconnaissant pour ces leçons. Bon sang, il avait même Monica, sa propre femme de ménage de l'entreprise de Mac pour maintenir son appartement en ordre justement pour ne *pas* avoir à se rappeler ces leçons de ménage.

— Hé, je peux faire mon appartement?

Faire d'une pierre deux coups, pour ainsi dire, bien que les gens de la PETA auraient probablement quelque chose à redire là-dessus.

Mac fronça les sourcils.

— Tu priverais Monica de son travail pour te défiler du pari? Vraiment?

Quand elle le présentait comme ça...

— Je ne me défile de rien.

C'est tout ce dont il aurait besoin que les tabloïds s'emparent.

— Tu peux compter sur moi pour lundi aussi. J'ai un peu de temps entre deux projets et je cherchais justement quelque chose à faire.

Il avait espéré que ça aurait quelque chose à voir avec une certaine actrice, une plage et quelques Heineken, mais ce n'était plus d'actualité maintenant. Au moins, il serait à l'abri des regards pendant un moment ; peut-être qu'il pourrait s'en sortir sans que personne n'en ait vent.

Ouais, et Mamie allait quitter sa nouvelle maison pour le manoir qu'il voulait lui acheter, aussi.

Chapitre Un

Beth Hamilton trébucha sur un gros camion jouet jaune dur comme de la pierre, se cogna le tibia contre la table basse, glissa sur une page d'autocollants brillants et atterrit les fesses les premières dans un panier de linge sale.

Encore une fois.

Ce serait hilarant si ce n'était pas si courant.

Elle trébuchait constamment sur des choses. Constamment en train de dévier d'un côté pour éviter un chien mouillé ou les jumeaux se poursuivant avec des sabres laser, pour finir quand même sur les fesses.

Le triste constat était qu'elle avait suffisamment de rembourrage à cet endroit pour que les chutes ne causent pas beaucoup de dommages à son corps — contrairement à ce que ce rembourrage supplémentaire faisait à son estime de soi.

Mais après tout, quelle mère veuve de cinq enfants pouvait se permettre d'avoir de l'estime de soi? Surtout quand l'un des cinq avait atteint le statut d'adolescent, qu'un autre s'en approchait rapidement, et que les jumeaux lui trouvaient quotidiennement des surnoms tirés de leurs films de science-fiction préférés — la Princesse Leia n'en faisant pas partie. Non, elle se retrouvait coincée avec des noms comme Frodon, Chewbacca et l'incontournable Voldemort. Au moins, ils n'avaient pas encore opté pour Barney. Du moins, pas encore.

Dieu merci pour Maggie. La petite de cinq ans pensait encore que Maman pouvait tout faire.

Si seulement c'était vrai.

L'horloge sur la cheminée sonna dix heures. Génial. Le service de nettoyage allait arriver d'une seconde à l'autre et sa maison ressemblait à un champ de bataille après le passage d'une tornade. La Tornade Hamilton. Elle frappait quotidiennement. Parfois même deux fois, juste pour s'amuser.

Elle avait besoin d'aide.

— Jason, as-tu fini de ranger ta chambre? demanda-t-elle en ramassant son hélicoptère télécommandé du sol en bois dur où il s'était écrasé, grimaçant à la vue de l'entaille laissée par les pales du rotor. Elles avaient probablement fait la même chose à son tibia.

— Hum-hum, marmonna Jason de quelque part sous la tignasse qu'il appelait *cool*, mais qu'elle qualifiait de coupe au bol. Si elle lui avait fait cette coupe de cheveux quand il était tout petit, elle n'aurait jamais fini d'en entendre parler chaque fois qu'elle sortirait les photos de bébé, pourtant il avait vraiment *voulu* qu'elle paie quelqu'un pour lui faire ça. *Les adolescents.*

— Tu as rangé ton linge et fait ton lit? Oui, elle savait que c'était idiot de nettoyer avant l'arrivée du service de nettoyage, mais si la femme voyait sa maison maintenant, elle prendrait soit la fuite, soit doublerait ses tarifs. Peut-être même les triplerait.

— Hum-hum.

Il y avait de fortes chances que le *hum-hum* de Jason soit en réalité un *non-non*, mais Beth avait trop à faire en bas pour monter les escaliers et vérifier son histoire.

Et Jason le savait très bien.

Beth soupira. Cela faisait deux ans depuis la mort de Mike et bien que les enfants semblaient avoir grandi à vue d'œil, chaque jour de ces deux années semblait durer plus que les vingt-quatre heures allouées.

Ce qu'elle ne donnerait pas pour qu'un Prince Charmant sonne à sa porte.

Bryan passa son doigt sous le col de son polo et ajusta sa prise sur le seau de produits de nettoyage tout en envisageant sérieusement de ne pas sonner à la porte de Mme Beth Hamilton.

Il était une satanée femme de ménage. Une *femme de ménage*!

Il regarda par-dessus son épaule. Personne ne l'avait encore vu, à moins que les tabloïds n'aient envoyé une horde de reporters clandestins — et la probabilité de cela était comparable à ces histoires d'enlèvements par des extraterrestres dont ils parlaient. Non, ces gens-là étaient comme des chiens avec un os et ils se déplaçaient en meute. Il ne les aurait jamais manqués.

Néanmoins, il abaissa encore d'un demi-centimètre le bord de sa casquette de baseball. Techniquement, ce n'était pas une partie de l'uniforme vert menthe cauchemardesque en polyester de Manley Maids, mais il s'en fichait. Son visage et sa carrure étaient suffisamment reconnaissables ; il avait besoin d'une protection contre les regards indiscrets —

Comme ceux qui le fixaient derrière le rideau transparent de la fenêtre latérale à côté de la porte.

Pris au piège.

Prenant une profonde inspiration et redressant les épaules, Bryan serra les dents et sonna à la porte.

Instantanément, un chœur d'aboiements, de cris et de quelques « *Expelliarmus!* » retentit, suivi d'un horrible fracas et de quelques jurons murmurés.

Puis *elle* ouvrit la porte.

Pendant un moment, Bryan resta simplement bouche bée.

Puis son instinct de relations publiques prit le dessus et il afficha son sourire de Charmeur, non seulement sa signature, mais aussi celui qui lui venait naturellement en présence de belles femmes.

Et *elle* était magnifique. De ses cheveux bruns ondulés artistiquement ébouriffés, aux courbes à peine suggérées sous l'encolure ouverte du chemisier mal boutonné, en passant par le pantalon de yoga qui épousait des jambes galbées qui semblaient interminables, cette femme était presque aussi grande que lui et bâtie comme une femme devrait l'être, arrondie aux bons endroits avec juste assez de quoi s'accrocher pour le voyage d'une vie.

Peut-être que ce boulot n'allait pas être si mauvais après tout.

Puis les enfants firent leur entrée, leurs têtes apparaissant derrière elle comme dans un numéro de danse d'une comédie musicale.

Et ils n'arrêtaient *pas* d'apparaître. Trois. Quatre. Cinq. Elle avait sa propre équipe de basket.

Bryan réprima son sourire. Il ne draguait pas les femmes mariées, et il ne draguait pas les mères.

Il ne draguait surtout pas les mères mariées.

De cinq enfants.

— T'es qui, toi? demanda l'enfant numéro deux, ou peut-être trois.

— Franchement, Kelsey, ce n'est pas une façon d'accueillir quelqu'un. La femme leva ses magnifiques yeux couleur café au ciel en donnant une pichenette sous le menton de la fille, puis elle effaça son air agacé et lui sourit.

Cette fois, son sourire de Charmeur apparut de lui-même. Bryan ne put s'en empêcher. Quand elle souriait, elle était plus que magnifique, et cela le rendait heureux d'être un homme — mais contrarié qu'elle soit mariée.

Et mère.

De cinq enfants.

— Je peux vous aider?

Laissez-moi compter les façons. Bryan se retint avant de commencer à réciter des sonnets. — Je suis là pour nettoyer vos toilettes.

Bien joué, idiot. Quelle brillante entrée en matière.

— Je vous demande pardon?

Elle pouvait demander tout ce qu'elle voulait, il lui donnerait absolument tout.

Bryan s'éclaircit la gorge. — Je suis un Manley Maid.

Le gamin hirsute ricana avant de s'éloigner, l'image même de l'indifférence adolescente.

Bryan reformula son introduction. — Je veux dire, je suis Bryan. Je travaille pour Manley Maids. Vous nous avez engagés pour faire le ménage chez vous?

— *Vous* êtes le domestique? La petite fille qui tirait sur le bas de la chemise de sa mère n'avait aucune idée qu'elle risquait de faire sauter un bouton et de donner à Bry un aperçu de quelque chose que, dans toute autre circonstance, il aurait été ravi de voir. Et Bryan n'allait certainement pas éduquer l'enfant.

Mais *elle* était mariée.

Et mère.

De cinq enfants.

L'autre adolescent perdit tout intérêt et les deux plus jeunes — des jumeaux apparemment — repartirent dans le salon avec leurs baguettes tordues, le laissant seul avec Mme Beth Hamilton et un enfant d'âge préscolaire.

Où était *M.* Beth Hamilton?

Bryan afficha son visage de circonstance. Il était sorti avec des dizaines de belles femmes. Avait couché avec beaucoup d'entre elles. Les belles femmes couraient les rues dans son monde.

Mais il n'était plus dans son monde. Il était dans celui de Mac et de Mme Beth Hamilton, et il ferait mieux de jouer son rôle avant qu'elle ne le cite pour harcèlement sexuel ou manquement à ses obligations. L'un ou l'autre ferait plus de dégâts à son image publique que d'être surpris dans une tenue de femme de ménage.

Il aimerait bien la voir dans une tenue de femme de chambre —

— Oui, je suis le domestique. Il tapota le nez de la petite fille. — Tu as besoin qu'on nettoie quelque chose?

De grands yeux marron clignèrent en le regardant. Solennels et sérieux. — Oui. Mon château. Mme Beecham a mis le bazar.

Bryan se tourna vers Mme Beth Hamilton pour une traduction.

— Notre chat aime faire des siestes dans la maison de poupée de Maggie et a tendance à laisser suffisamment de poils pour en tisser un tapis, mais nous n'avons pas encore lu Raiponce, donc ça n'arrivera pas.

Raiponce. N'était-ce pas celle avec les cheveux et la tour — une image dont Bryan n'avait pas besoin alors qu'il regardait les cheveux mi-longs et ébouriffés de Mme Beth Hamilton.

Il les aimait comme ça, pas comme des cheveux ébouriffés artificiels pour une séance photo. Mme Hamilton avait obtenu ses cheveux en désordre naturellement et il y avait quelque chose dans ce genre d'insouciance et d'abandon qui criait *sexy* aux yeux de Bryan.

Aux yeux de M. Beth Hamilton aussi, si le type avait une once de sang rouge dans les veines et, vu qu'il y avait cinq petits Hamilton qui couraient partout, apparemment c'était le cas. Et malheureusement pour Bryan, ce gars avait tous les droits de fantasmer sur tout ce que Bryan ne pouvait pas.

Ça allait être quatre longues semaines.

D'accord, peut-être qu'une femme *pouvait* être Cendrillon deux fois dans une vie, car le Prince Charmant venait de franchir sa porte.

Le Prince Charmant *Bryan Manley*, enfant du pays devenu l'idole d'Hollywood. Et il venait de franchir sa porte pour nettoyer ses toilettes?

Beth se pinça. C'était dingue. Ça devait être une blague. Quelqu'un lui faisait-il une farce? Mais dans ce cas, n'aurait-elle pas dû être mise dans la confidence?

Elle lui fit signe d'entrer et regarda dehors. Pas de caméras. Mais elles devaient bien être quelque part.

Elle passa une main dans ses cheveux. Évidemment. Le seul jour où elle ne prenait pas le temps de se coiffer était celui où elle allait apparaître à la télévision nationale. Encore.

Elle passa une main sur le devant de son chemisier et y trouva une tache humide qu'elle espérait n'être que la marque du museau mouillé de Sherman et non une véritable tache. Connaissant le chien, cependant, elle ne serait pas surprise que ce soit les deux.

Elle baissa les yeux et gémit. Son chemisier était mal boutonné. Mon Dieu, elle était un vrai désastre. On dirait bien que ses amies avaient raison ; elle avait *vraiment* besoin d'aide à la maison.

Eh bien, *évidemment* qu'elle en avait besoin — de façon permanente —

mais cette folie dans laquelle les filles s'étaient lancées pour engager une femme de ménage semblait être exactement ce qu'il lui fallait en attendant.

Surtout qu'elles avaient réussi à embaucher *Bryan Manley* pour le job.

— Les femmes de ménage, ch'est pas chensé être des filles? demanda Maggie en suçant son pouce. Beth avait essayé de lui faire perdre cette habitude avant l'accident de Mike, mais après... eh bien, ça lui avait semblé cruel. La petite fille avait besoin de tout le réconfort possible.

Bryan s'accroupit au niveau de Maggie.

— Les garçons peuvent aussi être femmes de ménage. Tout comme les filles peuvent être médecins, avocates et même conductrices de camions.

— Ou pilotes. Mon papa était pilote et il m'a dit que je pourrais en être une quand je serai grande.

Beth grimaça en entendant le passé dans cette phrase. Et à l'idée que Maggie puisse mourir comme Mike. Encore aujourd'hui, la simple pensée de monter dans un avion lui donnait une crise d'angoisse.

— Tu peux absolument devenir pilote quand tu seras grande. Ou pourquoi pas astronaute? Bryan se redressa et Beth surprit son rapide coup d'œil vers sa main gauche.

Elle savait ce qu'il y verrait : rien. La marque de son alliance avait finalement disparu. Elle l'avait enlevée le jour du deuxième anniversaire de l'accident, acceptant enfin le fait que Mike ne reviendrait pas et que plus rien ne serait jamais comme avant. Aucun des enfants n'avait fait de commentaire, bien qu'elle ait surpris Kelsey regardant plus d'une fois son doigt nu.

Elle soupira, se préparant aux questions. *Divorcée?* était généralement leur première question, accompagnée d'un sourire compatissant qui vacillait quand elle répondait *Veuve*, et disparaissait complètement quand elle ajoutait le détail des cinq enfants. Pas étonnant qu'il n'y ait pas de nouvelle bague à son doigt.

— Je suppose, dit Maggie, son pouce migrant vers la boucle de sa ceinture. C'était la première fois que Beth voyait sa fille abandonner si rapidement son mécanisme de réconfort en présence de quelqu'un de nouveau. — Mais la lune, c'est un peu ennuyeux. Tout gris et rocheux et tout. Je veux être professeur. Comme ma maman.

Une main humide se glissa dans celle de Beth. La confiance qu'impliquait ce petit geste ne manquait jamais de l'émouvoir.

— Qu'enseignez-vous? demanda Bryan en se redressant, et il ne faisait aucun doute dans son esprit de ce qui avait fait de ce type une star de cinéma.

Des cheveux noirs ondulés qui suppliaient ses doigts de les caresser et de magnifiques yeux verts qui lui faisaient oublier que ses cheveux étaient en désordre, ou qu'elle avait une tache et un chemisier mal boutonné, ou qu'il y avait cinq enfants, un chien et deux hamsters qui couraient partout — oh, merde. Les hamsters étaient toujours quelque part dans leurs boules roulantes. Si Sherman les sentait...

Beth perdit son sourire très vite. — Je suis désolée. Voulez-vous bien m'excuser? Elle s'agenouilla pour chuchoter à Maggie à propos des hamsters.

Sa fille poussa un cri et s'enfuit, ce qui fit hurler Sherman qui se lança à sa poursuite.

Ces hamsters auraient de la chance s'ils survivaient jusqu'au dîner — et s'ils n'en devenaient pas le plat principal.

Elle repoussa une mèche de cheveux de son front. Adieu la présence d'une star de cinéma dans sa maison. Il devait sûrement se demander dans quoi il s'était fourré. — Je suis désolée. J'essayais d'éviter une catastrophe. La septième de la journée. Un nouveau record. Mais la journée n'était pas encore finie. — Je suis Beth Hamilton.

Elle tendit la main et dut se retenir de défaillir quand il la serra. Le charisme émanait de ce type comme la fumée d'un feu de camp par une fraîche nuit d'automne. Bien qu'il n'y ait rien de frais dans son contact. Il alluma sous la peau de Beth un feu dont elle avait presque oublié l'existence.

Elle retira brusquement sa main. Elle avait peut-être enlevé son alliance, mais elle n'était pas encore prête pour *ça*. Bien sûr, pouvait-on vraiment lui en vouloir? Après tout, c'était *Bryan Manley*. Le prochain Homme le plus sexy de l'année si l'on en croyait les couvertures de magazines arborant sa photo aux caisses des supermarchés.

— Je suis Bryan, euh, Man-

— Je sais qui vous êtes. Qui ne le saurait pas? — Ma question est, que faites-vous ici?

Il brandit un seau de produits de nettoyage. — Vous avez engagé une femme de ménage, non? Je suis là pour exécuter vos ordres.

Oh, le sourire qui accompagnait cette déclaration. Cet homme était un flirteur né.

— Vous êtes sûr d'être à la hauteur?

Il arqua un sourcil. Elle avait vu ce regard dans son dernier film juste avant que l'intérêt amoureux ne tombe sous son charme. Beth avait compris pourquoi à l'instant même où cela s'était produit à l'écran, mais ici, en chair et en os...

De zéro à mode fantasme complet en moins de deux secondes.

— Hé, c'est comme je l'ai dit à votre fille. Les hommes peuvent nettoyer aussi bien que les femmes.

— Oh, je ne le pensais pas comme ça. Je voulais dire, êtes-vous sûr d'être à la hauteur de *ça* ? Elle fit un geste en direction du salon.

Sherman avait encore une fois traversé la corde à linge et l'avait traînée à l'intérieur. C'était l'un de ses tours favoris : sauter pour attraper l'article le plus bas, se tordre en l'air, et faire tomber le tout autour de lui, puis traîner le tout dans la cour. *Évidemment,* aujourd'hui serait le jour où il déciderait de le traîner dans la maison pour la première fois.

Mike avait voulu un Jack Russell terrier. Elle avait voulu un basset hound. Mais le chien avait été son idée pour l'offrir aux enfants à Noël, et avec toute l'énergie que les enfants avaient, il avait semblé approprié à l'époque de leur donner un chien plein d'énergie. Maintenant ? *Pas vraiment.*

— Euh... Vous avez eu une inondation ou quelque chose ? Une tornade ? Le regard sexy et séducteur de Bryan Manley se transforma rapidement en perplexité.

Beth sourit et se dirigea vers le canapé pour cacher sa culotte derrière un coussin. Désormais, elle la mettrait dans le sèche-linge ou la suspendrait dans sa salle de bain pour la faire sécher. — Tornade Hamilton. Ça arrive au moins une fois par jour ici.

— Maman ! cria Mark en faisant irruption dans la pièce, son sabre laser en tête. Tommy triche !

— C'est pas vrai !

— Si !

— Non !

— Si !

— D2 ! Bryan esquiva les lames qui tournoyaient et réussit d'une manière ou d'une autre à les leur arracher des mains.

— Hein ? demandèrent les jumeaux à l'unisson, comme ils le faisaient souvent.

— R2-D2. Bryan posa les épées en plastique sur l'étagère derrière lui. Ne me dites pas que vous vous battez avec des sabres laser sans savoir qui est R2-D2.

— Bien sûr qu'on le sait, dit Tommy. C'est le serviteur de Luke.

— Ah bon? Bryan posa une main sur les épaules des garçons et les éloigna de l'étagère. Je pensais qu'il était son ami.

— Eh bien, dit Mark, il a commencé comme son serviteur mais il est devenu son ami.

— Et pourquoi ça, à votre avis?

— Parce que Luke avait souvent besoin de lui et R2 était toujours là pour l'aider, répondit Tommy.

Ils ne finissaient pas encore les phrases l'un de l'autre, mais ces réponses consécutives étaient le signe qu'ils étaient à nouveau du même côté et que la dispute était terminée.

— Ah. Bryan poussa un coussin du pied et une des balles de hamster roula avec. Beth la ramassa et la mit dans le pot de fleurs avant que Sherman ne la sente. Je parie que ça vous arrive aussi, non? L'un de vous a des ennuis et l'autre vient l'aider?

— Tommy a toujours des ennuis. Mark croisa les bras et hocha la tête d'un air suffisant.

La fin de la dispute n'avait pas duré longtemps.

— C'est pas vrai.

— Si.

— Non-

— Les gars. Attendez. Bryan enleva son chapeau, débarrassa le canapé de trois t-shirts, puis y dirigea les garçons. Ensuite, il tendit à Beth le pot de glace à moitié vide et semi-congelé de la table basse et s'assit sur le bord en face d'eux. Heureusement que la table était en chêne massif ; elle ne voulait pas voir Bryan Manley étalé dans tout son salon.

Sa chambre, en revanche-

Beth faillit en rester bouche bée. À quoi pensait-elle?

Bon d'accord, elle savait à quoi elle pensait, mais la question était pourquoi y pensait-elle? Avec tous les rendez-vous que ses amies lui avaient arrangés ces derniers mois, elle n'avait même pas eu envie d'embrasser l'un de ces hommes, alors les imaginer étalés sur son-

Voilà, c'était ça. Cette image. Celle du premier film où elle avait vu Bryan, tout luisant et mouillé, sortant de l'océan avec son short de camouflage tombant sous des abdominaux d'enfer.

Elle se força à prêter attention à ce qu'il disait à ses fils. Quel genre de mère était-elle pour laisser un parfait inconnu régler la dispute quotidienne de milieu de matinée de ses fils pendant qu'elle bavait sur lui?

— C'est beaucoup plus facile de regarder devant soi que derrière, alors si vous restez loyaux l'un envers l'autre, vous n'aurez jamais besoin de surveiller vos arrières parce que votre frère le fera pour vous pendant que vous le ferez pour lui.

— Comme toi et tes frères, dirent les garçons à l'unisson.

— Exactement. Il ébouriffa leurs cheveux et Beth vit leurs épaules se redresser. Leur posture devenir un peu plus droite. Les sourires s'étaler sur leurs visages.

Cela faisait un moment que personne - aucun homme - ne leur avait parlé comme ça. Le père de Mike n'avait pas bien géré la mort de son fils, choisissant presque de faire comme si ça n'était jamais arrivé, et sa famille... eh bien, son beau-père n'était pas exactement le modèle qu'elle voulait que ses fils imitent. Les cinq minutes que Bryan avait passées dans sa maison lui avaient montré à quel point les garçons avaient besoin d'un homme dans leur vie.

Bryan croisa son regard et lui fit un clin d'œil. — Alors, les gars, maintenant que vous veillez l'un sur l'autre, vous savez qui d'autre vous devez protéger?

— Notre professeur?

— Sherman?

— Johnny Tyler, dit Tommy. C'est une brute.

— Non, Janey Weston. Elle est dégoûtante.

— Ouais, t'as raison. Janey est dégoûtante.

Bryan se leva, posa ses mains sur les têtes des garçons et les tourna vers elle. — Non, les gars. Vous devez veiller sur vos sœurs et votre mère. C'est le travail d'un homme de prendre soin des femmes qu'il aime.

Dieu merci, Beth avait quelque chose de froid dans la main, sinon elle aurait pu fondre sur place.

Elle ne disait rien.

Bryan espérait que c'était bon signe, mais d'après son expérience, quand une femme ne disait rien, cela en disait plus long que si elle lui criait dessus. Ou disait "Bien". Il en était venu à redouter ce mot de la part d'une femme. Pourtant, il était là, à donner des conseils de vie à ses fils comme s'il en avait tous les droits.

Où diable était M. Beth Hamilton et pourquoi Mme Beth Hamilton ne portait-elle pas d'alliance?

— Yo, Beth, je- Wow. Le gamin aux cheveux ébouriffés fit un double-take et s'arrêta net, ses baskets laissant des marques de dérapage sur le parquet.

Mon Dieu, maintenant Bryan parlait même comme une femme de ménage.

— Hé, attendez une minute. Vous n'êtes pas-

— Si, je le suis, et c'est ta mère, pas Beth. Ce gamin devrait être reconnaissant d'avoir quelqu'un à appeler "maman".

— Bryan, ce n'est pas grave-

— Si, ça l'est. Bryan passa une main dans ses cheveux. Merde. Il aurait dû rester en dehors de ça. — Écoutez, je suis désolé. Ce ne sont pas mes affaires, mais j'ai été élevé pour traiter une femme - surtout sa mère - avec respect. Je comprends la rébellion adolescente avec les... Il fit un geste vers les cheveux du gamin et son jean trois tailles trop grand qui tenait à peine sans ceinture ni hanches. C'était une réaction automatique. Ton enfant, tes règles.

Beth avait le plus beau des sourires. Doux et tendre, il n'était pas tout en dents, tape-à-l'œil, regardez-moi, mais reflétait un véritable bonheur qui atteignait ses yeux - et l'atteignait lui, atterrissant quelque part au milieu de son estomac avec un grand boum.

Bon sang. Quand était-ce arrivé pour la dernière fois?

— Merci, Bryan. Ce sont aussi mes règles. Elle regarda son fils. Tu voulais quelque chose, Jason?

— Je euh... Jason le regarda à travers une mèche de ses cheveux. Kev va m'emmener au centre commercial.

— Je ne crois pas, non.

— Oh, maman-

— Jason, tu as quatorze ans. Tu ne vas pas te pavaner au centre commercial avec une bande de gars. La sécurité repère les jeunes de ton âge. Je n'ai pas besoin de recevoir un coup de fil.

— Tu n'en recevras pas.

— C'est vrai. Je n'en recevrai pas. Parce que tu n'y vas pas. Tu restes ici pour ranger ta chambre.

— Oh, maman! prouvant qu'il n'avait *vraiment* que quatorze ans, Jason tapa du pied. N'est-ce pas pour ça qu' *il* est là? La mèche de cheveux se balança en direction de Bryan.

Bryan haussa un sourcil vers le gamin. — Désolé, mais je n'ai pas signé pour le service de décontamination. Il avait été un adolescent lui aussi ; il savait ce qui se trouvait dans la chambre du gamin. Il n'avait pas aimé nettoyer son propre bazar dégoûtant, pas question qu'il s'occupe de celui-ci.

— T'es pas genre une grande star de cinéma ou un truc du genre? Le gamin balaya la mèche de son front. Elle retomba aussitôt. Qu'est-ce que tu fais ici?

Bryan fit appel à toutes ses capacités d'acteur développées au fil des ans car il n'était pas près d'admettre *comment* il s'était retrouvé ici. Son attaché de presse serait si fier de lui. — J'aide ma sœur. Elle possède Manley Maids et mes frères et moi donnons un coup de main. Un coup de main forcé, mais quand même...

— Fais-lui juste un chèque, mec. Cette tenue est nulle.

Mec? Qui disait encore *mec?* La dernière fois que Bryan avait entendu, personne ne refaisait *Ça chauffe au lycée Ridgemont*. Dommage, car ce film culte avait un énorme public fidèle et il n'aurait rien contre des fans aussi loyaux.

— C'est un uniforme. Je suis obligé de le porter au travail. Mais il comprenait ce dont le gamin parlait. Cette tenue était un désastre. Un pantalon qui semblait sortir des années soixante-dix - couleur pistache et tout aussi dingue. Il n'arrivait pas à croire que Mac avait trouvé des polos de golf de la même couleur. Et les chaussures de travail noires... Bon sang, il pourrait dire à Mac qu'un meilleur moyen d'améliorer son profil dans cette ville que de les faire nettoyer tous les trois pour elle serait de se débarrasser de cet uniforme stupide.

Il sourit. Eh bien oui, des hommes de ménage masculins *nus* marcheraient plutôt bien.

— Et certaines personnes ne veulent pas d'aumône. Ma sœur, par exemple. Elle développe une entreprise et je lui donne un coup de main. En parlant de ça... tu ne voudrais pas en donner un à ta mère et te mettre au travail dans ta chambre? Comme ça, je pourrais vraiment la nettoyer.

Bryan jeta un coup d'œil à Beth du coin de l'œil pour s'assurer qu'il ne dépassait pas les bornes.

Elle regardait son fils avec expectative.

Jason soupira. Sérieusement, le gamin devrait se lancer dans le cinéma. — D'accord.

Bryan aimait ce mot encore moins venant des adolescents que des femmes.

— Maman, est-ce que Maddy peut venir? On veut, euh, revoir nos emplois du temps pour l'année prochaine. La fille aînée passa sa tête de ce que Bryan supposait être la cuisine, ses mots dirigés vers sa mère, mais son regard fixé sur lui.

Oh bon sang. Il avait déjà vu ce regard auparavant. À chaque événement auquel il participait. Du béguin d'adolescente. Ça pouvait être un problème.

— Les emplois du temps, hein? C'est effectivement important à revoir pendant les vacances d'été. Beth le regarda avec une lueur malicieuse dans les yeux. Tu es prêt pour *ça*? demanda-t-elle. Tu devais savoir que ça arriverait quand tu t'aventurerais parmi ton public adorateur.

Pour la première fois, Bryan n'aimait pas ce terme. C'était ce qu'il avait toujours voulu, ce à quoi il aspirait - des fans adorateurs pouvaient faire une carrière - mais venant de Beth... Non. Décidément, il n'aimait pas ça.

Malheureusement, il ne pouvait rien y faire. Il y avait certaines nécessités qui allaient de pair avec la célébrité et être accessible aux personnes qui dépensaient leur argent durement gagné pour voir son travail en faisait partie.

— Ça ne me dérange pas. C'est ta maison, tes règles.

Elle pencha la tête, perdant un peu de son sourire, cette lueur étant remplacée par quelque chose... De la réflexion? De l'admiration?

Ça ne le dérangerait pas si c'était la dernière option.

Sérieusement. Où diable était M. Beth Hamilton?

— Maman? Sa fille reporta son attention sur Beth. Enfin.

— Juste Maddy, répondit Beth. Je n'ai pas besoin d'une maison pleine d'adolescents aujourd'hui, Kels.

Kels - Kelsey - sourit et, wow, M. Beth Hamilton allait avoir des problèmes quand celle-là serait plus âgée. Elle avait les prémices du même genre de beauté que sa mère.

Et pourtant il enviait encore le gars.

— Mais Alyson est aussi dans nos classes. Elle devrait être là.

Bryan toussa et se détourna. Les adolescentes... Peut-être qu'il n'enviait pas M. Beth Hamilton.

Mais ensuite Kelsey partit avec un sourire éblouissant et Beth tourna vers lui un sourire plus contenu. Il avait le même voltage et alluma une lente combustion en lui.

Il passa un doigt sous le col de la stupide chemise. En plus du fait qu'elle était mariée - et mère *de cinq enfants* - il ne *faisait* pas dans la banlieue. La seule raison pour laquelle il s'était fait avoir dans ce boulot était à cause de la partie de poker mensuelle avec ses frères, celle à laquelle il faisait un effort considérable pour participer, peu importe où il se trouvait sur la planète. S'il pouvait s'absenter du plateau quelques jours, il revenait pour la partie. Avec sa notoriété grandissante, son agent disait que le temps libre pourrait maintenant être un élément négociable. Mais si les futures parties finissaient par le faire travailler comme femme de ménage, il allait devoir reconsidérer cette clause.

La partie de poker était la *seule* raison pour laquelle il revenait en ville. Ça lui donnait l'occasion de voir Grand-mère, Mac et ses frères, mais il préférait le glamour et l'éclat du sud de la France ou de LA ou, bon sang, de n'importe quel endroit qui ne lui rappelait pas les vêtements d'occasion et la petite maison délabrée où leur grand-mère les avait élevés et où sa sœur vivait encore. Non, si ce n'était pas pour sa famille, il ne reviendrait jamais dans cette ville.

À moins que quelqu'un comme Mme Beth Hamilton m'attende.

D'où diable venait cette pensée? Elle était mariée. Et mère. De cinq enfants. *Mariée.* Il n'avait jamais dragué une femme mariée de sa vie et, aussi magnifique soit-elle, il n'allait pas commencer maintenant.

Et même si elle *n'était pas* mariée, la beauté ne suffisait pas pour le faire renoncer à la grande vie et à son succès durement gagné pour se vautrer dans la corvée de tondre la pelouse et les matchs de petites ligues avec l'occasionnelle fête de quartier. Que Dieu le préserve de la banlieue.

— Tu es sûr que ça ne te dérange pas? demanda Beth. Je pourrais lui dire non.

— Ne fais pas ça. Comme je l'ai dit, c'est ta maison, tes règles. J'y suis habitué. Je signerai quelques autographes et ce sera tout.

Beth haussa un sourcil vers lui. — Tu ne connais visiblement pas les adolescentes.

— J'ai une sœur.

— A-t-elle déjà été en présence d'une star de cinéma auparavant?

— Eh bien, non, mais...

— Exactement. J'essaierai de faire diversion, mais tu devrais peut-être envisager une tenue un peu moins moulante la prochaine fois.

Bon sang, cette lente combustion s'est transformée en un véritable brasier. Elle avait remarqué son corps.

Il était sacrément fier de ce corps. Ça lui avait coûté cinq heures chaque foutu jour du dernier film et un régime qui laissait beaucoup à désirer. Il avait perdu un peu de muscle et pris un peu de graisse durant les trois semaines depuis la fin du tournage, alors c'était agréable de savoir que son corps était toujours digne d'attention.

— C'est en quelque sorte, tu sais, l'uniforme.

— Ouais, je sais.

Elle le parcourut du regard.

Mais où *diable* était M. Beth Hamilton? Sérieusement, le gars devait faire son apparition genre illico ou Bryan ne pourrait pas être tenu responsable de sauter sur sa femme. Elle était *si* canon.

— Tu sais vraiment t'y prendre avec les garçons, je dois dire. Merci d'avoir géré Mark et Tommy. Depuis que... Elle jeta un coup d'œil vers le mur de l'autre côté de la pièce. Eh bien, j'apprécie que tu leur aies parlé.

Il suivit son regard.

Là, au-dessus de la cheminée, il y avait une photo. D'un homme. En uniforme. Avec un cadre triangulaire en bois et en verre sur l'étagère en dessous. Un drapeau américain y était plié à l'intérieur.

Bryan sentit toute sensation quitter son corps, s'écoulant par ses pieds en une flaque, emportant son estomac avec elle.

Il savait ce que c'était. Ce que ça signifiait.

C'était le mémorial de M. Beth Hamilton.

Mme Beth Hamilton était veuve.

Et Bryan était dans de beaux draps.

Chapitre Trois

Bryan n'aurait jamais cru être aussi heureux de voir cinq enfants qu'il ne l'était à cet instant précis.

Puis cinq sont devenus sept. Et un chien fou. Deux hamsters. Un chat que le chien fou pourchassait dans toute la maison, une mère harassée, et une voisine demandant la traditionnelle tasse de sucre au milieu d'une avalanche d'appels téléphoniques où Beth ne cessait de dire qu'elle les rappellerait.

La nouvelle s'était répandue.

Il pariait que c'était la fille ou ses amies. Un tweet et son anonymat s'était envolé.

Bryan sourit à la voisine armée de sa tasse à mesurer tandis qu'il filait — avec son seau de produits d'entretien et un balai officiel Manley Maids (sérieusement ? Mac avait dépensé de l'argent pour faire imprimer le logo de Manley Maids sur des *manches de balai* ?) — dans la cuisine.

Encore plus de chaos.

Maggie avait décidé d'organiser un goûter.

Six poupées et peluches étaient assises autour de la table de la cuisine, chacune avec un couvert devant elle, avec tous les en-cas qu'elle avait pu tirer des trois étagères du bas du garde-manger disposés devant elles — le tout que le chat frénétique avait traversé en trombe, envoyant la plupart voler sur le sol dans l'arc de nourriture de grignotage le plus impressionnant qu'il ait jamais vu.

Et devine qui doit nettoyer tout ça?

Bryan leva les yeux au ciel, posa le seau et mit le balai logoté à bon usage.

— Sherman est un mauvais chien, dit Maggie en glissant de sa chaise pour se tenir à côté de lui, une expression très pensive sur le visage tandis qu'elle regardait le tas de collations qu'il amassait.

— Pas mauvais. Juste facilement excité.

— Tout va bien ici... oh non. Le magnifique visage de Beth fit son apparition à la porte de la cuisine.

Et l'estomac de Bryan fit un bond avec elle.

Oh non était le mot juste. En parlant de facilement excitable... Bryan était entré dans cette pièce pour échapper à l'attraction qu'exerçait Beth sur lui, alors *bien sûr* qu'elle l'avait suivi. Depuis qu'il s'était assis à cette maudite table de poker avec Mac, sa chance s'était envolée.

— Maggie, qu'est-ce que j'ai dit à propos des collations dans le garde-manger?

— Qu'elles sont pour les invités. Ce sont mes invités. La petite fille mit son pouce dans sa bouche et fit un pas vers Bryan, sa petite épaule frôlant sa cuisse.

Le cœur de Bryan se fissura un peu.

Il posa sa main sur cette épaule. — Je pense que ta maman veut dire que tu dois lui demander avant de les ouvrir, Maggie. Elle doit prévoir ce qu'elle va acheter quand elle fait les courses sinon elle n'en aura pas assez quand elle en aura besoin.

— Oh. La succion du pouce devint un peu plus frénétique. — Désolée, Maman.

— Ce n'est pas grave, ma chérie, mais Bryan a raison. Demande-moi la prochaine fois, d'accord?

— Je le ferai. Elle retira son pouce et tourna son doux visage vers lui. — Je peux te demander? Tu fais les courses?

Sachant que son père était parti, Bryan avait le sentiment qu'il ferait tout ce que Maggie lui demanderait. — Bien sûr. Je peux faire ça.

— D'accord. On va avoir besoin de plus de collations si les copains de Jason viennent.

— Les copains de Jason ne viennent pas. Beth lui prit le balai et s'accroupit pour ramasser le tas dans la pelle.

Bryan s'agenouilla à côté d'elle. — Laisse-moi faire.

— C'est bon, je peux...

Leurs mains se touchèrent. Puis leurs yeux. Bryan envisageait sérieusement de mettre leurs lèvres en contact également jusqu'à ce que Maggie mette son visage entre eux.

— Si, ils viennent. Je l'ai entendu dire à Kevin qu'une grande star de cinéma était ici. Ils viennent tous.

Beth passa rapidement sa langue sur sa lèvre inférieure. Rapidement. Mais pas assez vite pour que Bryan le rate.

Elle détourna aussi le regard. Mais pas avant qu'il n'ait vu l'éclat d'intérêt dans ses yeux.

Depuis combien de temps M. Beth Hamilton était-il parti?

Et était-il un salaud ne serait-ce que de se poser la question?

En parlant de ça, le maudit boulet de canon tacheté de chien jaillit du couloir, fonça droit sur le garde-manger que Beth réussit à fermer avec le manche du balai, puis fila vers le tas de collations ramassées et commença à s'empiffrer avant que Bryan n'ait réalisé que la bête était si proche de lui.

Bien sûr, il rata le chien quand il plongea pour l'attraper. Le terrier réussit à s'échapper avec une gueule pleine de friandises et traîna la boîte de Goldfish que Maggie avait lâchée.

Bryan écrasa la boîte de son pied dans un millier de petits craquements, mais au moins le chien lâcha prise. Juste avant de repartir en trombe.

Beth soupira et se leva, s'essuyant les mains sur ses cuisses — ce qui laissa des empreintes oranges exactement là où il n'aurait pas été contre l'idée de laisser les siennes.

Il avait sérieusement besoin de tirer un coup. Et pas avec Mme Beth Hamilton, peu importe à quel point il en avait envie.

— *Es-tu* une star de cinéma, Bryan? Maggie tira sur son pantalon ridicule.

Une boucle était tombée sur son front. Il la repoussa. — Je suis acteur, Maggie. Je travaille dans les films.

— Tu connais Nemo? J'aime son film.

— Nemo est un dessin animé, petite. Jason traîna des pieds dans la cuisine. — Bryan ici, il est plus grand que ça. Il connaît toutes les personnes importantes, pas vrai? Comme Bradley Cooper et Spielberg, hein? Tu te tapes plein de nanas canons aussi, je parie.

— Jason! La bouche de Beth s'ouvrit comme si elle ne pouvait pas croire que son petit garçon puisse connaître de telles choses.

Bryan n'avait pas le cœur de lui dire tout ce qu'un garçon de quatorze ans *savait* vraiment. Ou ce qu'il voulait savoir. C'était le rôle des pères.

Et, comme lui, Jason n'en avait pas non plus. Bryan savait *exactement* ce que Jason ressentait.

— Je n'ai pas rencontré Spielberg. Cooper, c'était une autre histoire, mais pas une qu'il pouvait divulguer aux médias pour le moment. Et vu la rapidité avec laquelle la nouvelle de sa présence ici s'était répandue, il supposait que la Twittersphère était bien vivante et prospère dans la maison des Hamilton, alors il n'allait pas souffler un mot aux adolescents. Et quant aux "nanas canons" — c'était quoi ce vocabulaire? — sa grand-mère l'avait élevé pour être un gentleman. Il ne révélait rien de sa vie privée. De plus, il n'était pas sorti avec toutes les femmes qui prétendaient l'avoir fait. Il les laissait dire parce que ça créait du buzz. Ça aidait leurs deux carrières.

— Alors ça te dérange si, tu sais, j'invite quelques potes? Ils veulent te rencontrer.

Bryan fit un signe de tête vers Beth. — C'est une question que tu dois poser à ta mère. C'est sa maison et je suis ici à ses frais. Ce n'est pas à moi de décider.

Jason se redressa et rejeta la masse de cheveux de son front. — Maman, il y a une chance que Kev et les gars puissent venir?

Incroyable comme l'attitude du gamin avait changé quand il voulait quelque chose de Beth.

Mais Beth voulait quelque chose de *lui* si ce regard désespéré dans ses yeux signifiait quoi que ce soit — et ce n'était pas ce qu'il voulait d'elle.

Bryan haussa les épaules. — C'est à toi de voir. Comme je l'ai dit, j'y suis habitué. Mieux vaut en finir de toute façon.

— Ta chambre est rangée?

— Oh, maman...

— Tu veux quelque chose de Bryan et moi, tu dois donner en retour. Et c'est dans ton intérêt, Jase. Tu ne peux pas vivre dans un tel désordre.

En fait, si, il le pouvait. Bryan s'en souvenait bien — enfin, pendant environ une demi-journée avant que Grand-mère n'ait mis le holà. La réverbération de la volonté de sa grand-mère s'était fait sentir dans toute la petite maison sans même qu'elle n'élève la voix.

— D'accord. Jason souffla d'un air exaspéré, baissa la tête pour que ses cheveux couvrent ses yeux et traîna des pieds vers la sortie. — Ils seront là dans une demi-heure.

— Alors tu ferais mieux de te dépêcher. Beth ébouriffa les cheveux de son fils alors qu'il quittait la pièce.

— Je peux inviter des amis? Kelsey en a et maintenant Kevin aussi. Et Mark a Tommy et moi je n'ai personne. Même Mme Beecham est partie à cause de Sherman.

Ah, le chat de la fameuse maison de poupée décorée ; c'était donc lui que Sherman pourchassait.

— Maggie, nous n'avons pas besoin de plus de monde dans cette maison. Et nous devrions inviter leurs mères et je ne pense pas que Bryan soit prêt à rencontrer plus de gens. On peut attendre un autre jour? Je peux venir à ta fête de thé.

— Non, tu ne peux pas. Tu es trop occupée. Tu es toujours trop occupée.

La culpabilité traversa Beth plus vite qu'un couteau chaud dans du beurre — mais tout aussi douloureusement. C'était vrai ; elle *était* toujours occupée. Depuis la mort de Mike, elle avait dû être à la fois mère et père, et c'étaient des emplois à temps plein. Puis il y avait son *véritable* emploi à temps plein, et, bon sang, comment était-elle censée faire trois emplois à temps plein *et* s'occuper de la maison et du linge et du jardin et des animaux et des courses et des factures et—

— Ta maman est occupée à prendre soin de toi et de tes frères et sœur, Maggie. Bryan prit la main de Maggie et la ramena à la table de la cuisine. Il la hissa sur sa chaise et redressa la demi-douzaine de tasses à thé que Mme Beecham avait renversées. Puis il versa une petite portion du Chex Mix restant sur chaque assiette, et il posa même une tiare sur sa tête juste pour distraire Maggie de sa solitude.

Oui, Bryan était plutôt doué pour ça.

Beth secoua la tête. Elle devait vraiment ramener ses pensées à la réalité. Elle ne savait pas pourquoi il faisait ce travail, mais elle ne pouvait pas se laisser distraire. La vie devait continuer et le temps libéré par la présence d'un domestique pouvait être utilisé bien mieux que pour baver sur ledit domestique.

Mais il *était* vraiment à tomber.

Kara savait-elle qui elle et les filles allaient engager quand elles avaient passé un contrat avec l'entreprise de nettoyage? Tout le monde savait, bien sûr, que le frère de Mary-Alice était *le* Bryan Manley. Il y avait eu quelques apparitions de lui au fil des ans depuis qu'il était devenu célèbre. Elle ne l'avait pas connu quand il était au lycée puisqu'elle ne vivait pas ici à l'époque. Mike les avait fait déménager ici après avoir quitté l'armée de l'air pour piloter des avions commerciaux, mais elle avait entendu les histoires. Star du football, le plus populaire, bon élève, même le rôle principal dans la comédie musicale du lycée... Le gars était en or.

Et il l'était. De ses muscles bronzés à ses cheveux châtains baignés de soleil, en passant par l'étincelle de ses yeux verts pétillants et l'éclat de son magnifique sourire, ce type était l'incarnation du beau gosse. Il faudrait qu'elle soit morte pour ne pas s'en rendre compte.

Elle ne l'était définitivement pas. Non, mais Mike l'était — et pour la première fois depuis sa mort, elle avait remarqué un homme.

Il fallait que ce soit *cet* homme. M. Inaccessible.

Qui était là pour nettoyer ses toilettes.

Il y avait apparemment une certaine justice poétique en ce monde. Ou du moins, l'univers avait le sens de l'humour.

Ce serait intéressant de voir si Bryan rirait encore quand ces quatre semaines seraient terminées.

Chapitre Quatre

Douze adolescents, leurs parents et quelques voisins « de passage » ne s'avérèrent pas être une intrusion si importante en fin de compte. De plus, Beth put revoir quelques personnes qu'elle n'avait pas vues depuis l'enterrement.

Avait-elle vraiment été occupée pendant si longtemps? À bien y réfléchir, à part les réunions mensuelles auxquelles ses amies la traînaient chez l'une d'entre elles, et les quelques rendez-vous désastreux auxquels elles avaient insisté pour qu'elle aille, les seules fois où Beth était sortie de la maison, c'était pour des événements scolaires. En réalité, c'était étonnant qu'elle sache même qui était Bryan, car elle n'avait probablement vu qu'un seul de ses films au cours des deux dernières années.

Mais celui-là pouvait la faire tenir pendant de nombreuses nuits solitaires...

Elle chassa l'image de lui émergeant de l'eau comme un dieu, rejetant ses cheveux en arrière tandis que l'eau ruisselait sur son torse et ses abdominaux. La façon dont ses biceps s'étaient contractés et dont son short pendait bas sur ses hanches, le poids de l'eau le tirant encore plus vers le bas.

Des bombes explosaient derrière lui, des tirs éclataient tout autour, mais le cœur de Beth avait triplé de vitesse uniquement parce qu'il était sur cet écran.

Et maintenant il se tenait devant elle, lui demandant ce qu'elle voulait de plus de lui.

Laisse-moi compter les façons...

— Tu es sûr qu'aucune des salles de bain n'a besoin d'être nettoyée? C'est *mon* travail, tu sais. Je suis vraiment venue ici pour travailler.

— Je sais que tu es venue pour ça, et je t'en remercie. Mais, vraiment, je viens de faire les salles de bain.

Il y a trois jours. Mais elle ne voulait pas que quiconque, surtout pas *le* Bryan Manley, voie les dégâts que cinq enfants et une ménagerie pouvaient causer dans une salle de bain. Elle les nettoierait après que les enfants soient allés au lit ce soir.

— Tu peux t'en occuper demain. J'imagine que ce n'est pas une journée normale pour toi et tu dois être fatigué.

Il arqua ce fameux sourcil qui avait le pouvoir de faire s'évanouir des masses de femmes d'un coup.

Dirigé vers une seule femme, cependant, son effet était amplifié. Beth dut enfoncer son ongle dans sa cuisse pour se rappeler où elle était. Et quel était son nom. Mais pas le sien.

— Mais j'ai à peine fait quoi que ce soit aujourd'hui, dit-il en soulevant le seau d'outils de nettoyage dans sa main. Ce qui fit que ses biceps firent cette jolie chose de flexion qu'elle aimait tant. — Et tu sais que je peux faire d'autres choses que nettoyer, n'est-ce pas? S'il y a quelque chose que tu as besoin de réparer... Des trucs de bricoleur.

Ne la fais pas commencer sur ce avec quoi il pourrait être habile...

— Fais-moi confiance. Tout sera là demain. À peu près comme tu l'as trouvé aujourd'hui.

— Comme dans *Un jour sans fin*? Son sourire était aussi puissant que ses muscles contractés.

— Oui, exactement comme dans *Un jour sans fin*.

Il était logique que sa référence soit un film. Heureusement, celui-là n'était pas sorti ces deux dernières années, donc elle savait vraiment de quoi il parlait. La seule raison pour laquelle elle connaissait même les chanteurs actuels était à cause de l'amour de Kelsey et Jason pour leurs iPods et les enceintes portables que les parents de Mike leur avaient achetées pour Noël.

Les parents de Mike. Oh, mince. Les enfants étaient censés passer un des week-ends à venir avec eux dans leur maison de plage. Ils avaient voulu une semaine, mais Beth n'était pas prête à laisser partir les enfants pour si longtemps. Certes, les enfants demandaient beaucoup de travail et, oui, elle ne dirait pas non à une pause dans ses responsabilités, mais la vérité était qu'elle avait autant besoin d'eux qu'ils avaient besoin d'elle. Un week-end séparés était tout ce que chacun d'entre eux pouvait gérer pour le moment. Elle l'avait à la fois redouté et attendu avec impatience depuis que Donna avait demandé. Elle avait invité Beth, mais elles savaient toutes les deux que Donna et John voulaient et avaient besoin de ce temps seuls avec leurs petits-enfants sans leur belle-fille dans les parages. Célébrer la vie de Mike au lieu d'avoir le rappel constant qu'il était parti avec sa veuve qui traînait dans les parages. Beth comprenait et, vraiment, ça lui allait, mais peu importe combien elle essayait de se convaincre qu'elle attendait avec impatience la paix et la solitude de ce week-end, c'était un mensonge. Ça lui donnerait juste plus de temps pour penser au fait que Mike n'était plus là.

— Bryan!

Maggie sortit en courant de la buanderie, traînant une chaussette sur les fermetures Velcro de ses baskets, et se jeta dans ses jambes.

— Tu reviens, n'est-ce pas? Demain, hein? Tu as promis!

Bryan, Dieu merci, n'hésita pas, détachant les petits bras de Maggie et s'accroupissant pour la regarder dans les yeux.

— Bien sûr que je reviens. Je te l'ai dit que je le ferais. Je rentre juste chez moi maintenant. Le travail est terminé pour aujourd'hui.

— Mais nous, on n'a pas fini. On vit ici. On ne peut aller nulle part. Pourquoi tu ne peux pas rester ici? Tu pourrais être mon papa maintenant.

Silence.

Même l'horloge grand-père semblait avoir arrêté de faire tic-tac.

Ou peut-être était-ce simplement parce que tout dans le corps de Beth s'était engourdi.

L'engourdissement était bon. L'engourdissement signifiait qu'elle ne pouvait pas ressentir de douleur.

Faux.

Ça la transperça comme un éclair. Sa fille voulait un père. Dieu savait que Beth voulait qu'elle en ait un. Ce n'était pas juste que Maggie n'en ait pas. Ce n'était pas juste, bon sang.

Elle avait beaucoup dit ça ces deux dernières années. Mais personne ne lui avait promis que ce serait juste. Mike disait souvent ça ; que la vie n'était pas juste. Ça avait été son mantra pendant les mois qui avaient suivi sa mort. Et maintenant...

— Tu auras toujours ton papa, Maggie.

Bryan passa une main dans ses cheveux.

— J'ai perdu mon papa quand j'étais petit, tu sais. Tu lui manques pour qu'il puisse te faire des câlins et te parler, mais il sera toujours avec toi juste ici.

Il toucha le cœur de Maggie et la gorge de Beth se serra.

Elle dut détourner le regard, clignant frénétiquement des yeux pour ne pas pleurer. Elle avait tellement pleuré. Trop pleuré.

— Tu ne l'oublieras jamais et il t'aimera pour toujours. Tu dois juste te rappeler ça quand tu te sens seule, d'accord?

Maggie plissa son petit visage qui ressemblait tellement à celui de Mike que ça coupait toujours le souffle à Beth.

— C'est ce que Mamie a dit aussi. Mais il me lançait en l'air avant et maintenant personne ne le fait. Maman n'est pas assez forte depuis que j'ai grandi.

— Ah, eh bien, ça peut facilement s'arranger.

Bryan se leva, souleva Maggie sous les bras et la lança au-dessus de sa tête.

Beth n'avait jamais entendu un son aussi doux que le cri de rire de Maggie.

— Encore!

Eh bien, c'était peut-être tout aussi doux.

Bryan recommença. Encore. Et encore.

Il le fit tellement que des larmes de rire coulaient sur les petites joues de Maggie.

Des larmes d'un tout autre genre coulaient sur les siennes.

— Oh, ne pleure pas, maman. Bryan ne me fera pas mal.

Beth le savait. Elle savait aussi qu'il pourrait bien lui briser le *cœur* si elle le laissait faire.

Il jeta un coup d'œil inquiet vers elle. — Beth?

Elle se mordit la lèvre et secoua la tête, s'éclaircissant la gorge pour faire sortir les mots. — Ça va. Tout va bien. Continuez... Elle agita les mains et courut dans la cuisine, marmonnant quelque chose à propos du dîner.

Il n'y avait pas de dîner à préparer. Elle détestait cuisiner. Détestait la planification, la préparation, le nettoyage, savoir qui aimait quoi et qui avait quel entraînement et, oh mon Dieu, elle allait encore craquer.

Beth agrippa les bords du plan de travail près de son évier et prit quelques respirations saccadées. Elle devrait avoir surmonté ça maintenant. Ou, du moins, mieux le gérer, mais le mot *papa* avait le pouvoir de la faire reculer de huit cent quatre-vingt-trois jours d'un seul coup.

Ce n'était pas juste.

— Ce n'est pas juste. Je sais. Bryan fit écho à ses pensées en entrant dans sa cuisine.

Beth jeta un coup d'œil par-dessus son épaule. Ce n'était pas juste non plus à quel point il avait l'air composé, soigné et parfait alors qu'elle se tenait là, voûtée avec des yeux rouges elle en était sûre, essayant de reprendre son souffle et de calmer son cœur qui battait la chamade tout en faisant bonne figure pour les enfants.

— Tu n'as pas besoin d'être si courageuse. Il était maintenant derrière elle. — Les enfants iront bien. Je sais. J'y suis passé.

C'est vrai. Elle se souvenait de quelque chose à propos de lui élevé par sa grand-mère. Mais il n'avait porté que *sa* solitude. Elle portait celle des enfants et la sienne. C'était trop à supporter. Un fardeau trop lourd. Ces deux dernières années... Elle les avait *traversées* ; elle ne les avait pas *vécues*.

— Beth. Les mains de Bryan effleurèrent ses bras. Il lui serra doucement les épaules. — C'est normal de craquer de temps en temps.

— Non, ce n'est pas normal. Je ne peux pas. Sa voix n'était qu'un murmure rauque, mais au moins elle sortait.

Il exerça une pression sur ses épaules et la seconde d'après, elle était dans ses bras. Entourée par lui, ses bras l'enveloppant, en sécurité et serrée, bloquant la douleur écrasante dans son âme. Et quand il pressa son visage contre son épaule, quand il lui donna la permission de s'appuyer contre lui, ce fut presque sa perte.

Elle n'avait pas été tenue ainsi... depuis Mike. Et elle avait porté le fardeau depuis. Le parent seul. La seule source de revenus. La seule chose qui se tenait entre ses enfants et la misère ou l'absence de famille. L'instabilité. Elle devait tenir bon. Chaque jour. Il n'y avait jamais eu de répit et, mon Dieu, c'était dur. Si dur de porter toute la responsabilité.

— Maggie va bien, Beth. Elle ira bien. Vous irez tous bien. Ses mots étaient apaisants, tout comme les douces caresses dans ses cheveux.

Beth prit une inspiration saccadée et ferma les yeux, s'autorisant à ressentir la chaleur. À accepter son réconfort. Ne serait-ce que pour quelques courts instants, elle en avait besoin. Un simple contact humain et de la compassion. Si facilement pris pour acquis et tellement manqués quand ils étaient arrachés par le caprice cruel du destin. Ou par des vents violents sur une piste verglacée.

— Ça va aller, Beth. Ça va aller.

Non, ça n'allait pas, mais elle n'allait pas argumenter avec lui. Pour ce moment, maintenant, ici, elle allait accepter cela de lui.

Elle agrippa les côtés de sa chemise, pas tout à fait prête à l'entourer de ses propres bras, mais elle s'accrochait. Elle enfouit son visage dans son épaule, inhalant sa chaleur et son odeur. Cela faisait trop longtemps qu'elle n'avait pas senti cette odeur masculine. Trop longtemps qu'elle n'avait pas senti de bras forts autour d'elle, le chatouillement des poils de ses bras sur sa peau, la fermeté de ses abdominaux contre les siens, la largeur de ses épaules la protégeant de toute la douleur.

Mon Dieu, il était bon. Si bon. *Trop* bon.

Beth inspira. Une dernière fois. C'était tout ce dont elle avait besoin. Juste un moment de plus. Un moment pour se ressaisir. Pour remettre son monde dans l'ordre qui lui revenait. Bryan n'appartenait pas à cet ordre et elle ne devait pas l'oublier. Il était gentil. Compatissant. Tout ce qu'elle en ferait d'autre ne serait que folie. Mais elle lui serait toujours reconnaissante pour ce moment.

Une autre profonde inspiration et elle se recula. — Merci.

Elle s'éclaircit la gorge et renifla, reconnaissante de ne pas s'être transformée en chiffon devant lui. C'était une chose de laisser un homme vous réconforter, c'en était une autre de devenir une loque pendant qu'il le faisait. Surtout que cet homme - de tout ce qu'elle avait vu de lui à l'écran et entendu en ville - était essentiellement un étranger.

Mais cet étranger glissa une main sous ses cheveux et lui caressa la joue, relevant son visage pour la regarder dans les yeux. — C'est normal, Beth. Je ne peux pas imaginer ce que tu traverses, mais je comprends ce que vit Maggie. Elle a besoin que sa mère soit là pour elle et tu fais un excellent travail. Elle va toujours lui manquer, mais tant qu'elle sait que tu l'aimes et que tu es là pour elle, elle ira bien. Mais n'oublie pas de te permettre de faire ton deuil aussi. De ressentir la douleur. Tu n'as pas besoin d'être un roc tout le temps.

Il avait raison, elle le savait, mais la réalité était qu'elle ne pouvait être forte que jusqu'à un certain point et si elle baissait sa garde, elle pourrait ne pas la relever.

Elle se lécha les lèvres et déglutit, essayant de maîtriser ses émotions débridées. — Merci. Pour ça. Pour... ça. La lancer. Je ne savais pas que ça lui manquait tant.

— Et tu n'es pas censée le savoir. Tu fais d'autres choses pour elle. N'oublie pas ça.

Elle parvint à esquisser un sourire. Probablement pas son meilleur, mais elle n'était pas vraiment *au* mieux de sa forme en ce moment. Elle devait sûrement avoir les joues rouges et tachetées, les yeux débordant de larmes et, bon sang, son nez coulait probablement. — Je ne le ferai pas. Merci.

Il la regarda un peu plus longtemps, ses yeux verts scrutant les siens, ses doigts se resserrant légèrement sur son cuir chevelu, puis il prit une rapide inspiration et la lâcha. — Ça ira pour toi.

Ça irait. La question était, quand?

Bryan ne savait pas comment il avait réussi à sortir de là sans se ridiculiser. Il avait été *si* proche de lui offrir un réconfort d'un autre genre, mais la raison avait fait surface et leur avait épargné à tous les deux ce moment gênant. Bon sang. Qu'est-ce qui n'allait *pas* chez lui? D'accord, elle n'était pas mariée, mais quand même. Une mère. De cinq enfants. La banlieue. Et elle nourrissait une montagne d'émotions pour son mari décédé qui, même si elle *était* prête à tourner la page, l'aurait fait réfléchir à trois fois avant de s'engager avec elle. Ce qu'il ne voulait pas. Pas vraiment. Certes, son corps était prêt à y aller, mais Beth Hamilton n'était pas faite pour une aventure sans lendemain. Ses enfants ne l'étaient certainement pas et Bryan avait été à leur place. Il savait ce qu'ils traversaient. L'homme qui entrerait dans la vie de Beth Hamilton ferait mieux d'être non seulement préparé à s'occuper de cinq enfants, mais aussi prêt, désireux et capable de le faire. *Lui* en était capable, mais pour ce qui était d'être prêt et désireux? Pas tout à fait.

Alors il sortit de sa cuisine, rencontra tous les amis des enfants, termina son travail pour la journée et laissa la domesticité derrière lui. Il ébouriffa les cheveux de Mark en partant, fit un signe à Tommy, répondit au hochement de tête de Jason, et gratifia Kelsey du sourire Manley qui ferait d'elle l'envie de toutes ses amies, sa bonne action de la journée.

Beth se tenait à la porte d'entrée avec Maggie sur la hanche, agitant la main tandis qu'il sortait de l'allée. Bon, peut-être que le signe de tête à Kelsey était sa *troisième* bonne action de la journée.

Ces actions lui faisaient du bien. Pas que ce soit pour ça qu'il les avait faites. Il avait entendu la douleur dans la voix de Maggie et ça avait atteint son âme et l'avait tordue. Il n'avait eu personne pour le lancer en l'air. Personne pour lui montrer comment construire une cabane dans les arbres ou tondre la pelouse ou réparer le lavabo de la salle de bain quand il s'était appuyé un peu trop fort dessus. La vie était déjà assez dure ; sans père, c'était encore plus difficile.

Arrête ça, Manley. Tu n'es pas le père de ces enfants.

Ouais, il le savait. Il était fier de n'être le père de *personne*. Pas avant d'être vraiment prêt. Et cela signifiait un compte en banque suffisamment garni pour couvrir toute éventualité et une femme qui serait d'accord avec son style de vie fou.

Chapitre Cinq

— Où as-tu appris à faire ça? demanda Tommy pour la sixième fois depuis l'arrivée de Bryan.

— Je parie que c'est dans un film, dit Mark. Je parie que tu étais un agent super secret qui se faisait passer pour une femme de ménage pour découvrir les plans du méchant, pas vrai?

Bryan saisit la clé pour serrer l'écrou du siphon de l'évier. — Pour l'instant, je répare la plomberie, les gars, je ne fais pas le ménage. Certes, c'était une question de sémantique, mais le sens était important pour lui. Il ne voulait pas que les gars pensent que c'était un travail de femme de ménage. C'était de la plomberie, complètement différent.

Oui, sa masculinité était à l'origine de ce sentiment. Qu'on le poursuive en justice. Heureusement, Beth avait accepté son offre de bricoleur. Il devrait en parler à Mac — ce serait ce petit *plus* qui distinguerait son entreprise de la concurrence.

— Vous pouvez me passer le bol? Il pourrait y avoir de l'eau dans ce siphon et je ne veux pas me retrouver trempé.

Ils lui tendirent un bol rose. Couvert d'images de petits chatons blancs.

Adieu sa masculinité.

Heureusement pour son ego, il réussit à séparer proprement le siphon du tuyau mural avec un minimum de fuite, demanda aux garçons de lui donner le nouveau siphon et leur montra comment le remplacer. Les petits doigts n'étaient pas assez forts pour serrer l'écrou en PVC, alors il fit quelques derniers ajustements après qu'ils se furent extirpés de l'espace exigu du meuble, les garçons ne se doutant pas qu'ils n'avaient pas tout fait eux-mêmes.

— Qu'est-ce que tu vas m'apprendre à *moi*, Bryan? Maggie se tenait devant lui alors qu'il se redressait de la position inconfortable d'être à moitié dans le meuble et la moitié inférieure sur le sol de la cuisine.

Son dos lui faisait un mal de chi… — Que veux-tu apprendre, Maggie?

— Maman dit que les filles devraient savoir changer un pneu. Tu peux me montrer? Parce qu'elle ne sait pas comment faire.

— Maggie, Bryan n'est pas là pour tout faire. Je demanderai à Grand-père de te montrer comment faire, dit *Maman*.

Maggie plissa le nez. — Grand-père sent drôle, chuchota-t-elle à Bryan. Et ce n'est pas notre vrai grand-père alors je ne vois pas pourquoi tu ne peux pas me montrer. Maggie lui tapota le nez, puis se retourna vers sa mère. — Non merci, Maman. Je veux que Bryan le fasse.

Bryan se leva, grimaçant à cause de la douleur dans son dos. Ces cascades au Sri Lanka l'avaient poussé presque au-delà de ses limites et il en payait le prix maintenant. — C'est bon, Beth. Ça ne me dérange pas. Et si tu ne sais pas, je pourrais te montrer aussi. Tu as raison, c'est quelque chose que tout le monde devrait savoir, pas seulement les hommes.

— Est-ce qu'on peut apprendre *nous aussi*? demanda Tommy.

— Je sais déjà comment faire. Mark croisa les bras.

— C'est pas vrai.

— Si, c'est vrai.

— C'est pas vrai.

— Si, c'est v…

— Les gars. Bryan s'interposa entre eux. — Dans dix minutes. Dans l'allée. Leçon de changement de pneu. Tous ceux qui veulent apprendre, soyez là. Sinon, ne m'appelez pas quand vous aurez une crevaison. Vous aurez eu votre chance.

Il sortit de la cuisine à grands pas, donnant une pichenette au menton de Beth en passant. — Ça vaut pour toi aussi, mon petit gâteau.

— Mon petit gâteau? Il t'a appelée mon petit gâteau, Maman? C'est ridicule. Maggie gloussa.

Bryan ne riait pas. Il l'avait dit pour plaisanter, mais oui, Beth était aussi douce et tentante qu'un petit gâteau. Ça ne le dérangerait pas de lui lécher le glaçage non plus.

Il prit une profonde inspiration et se dirigea vers la chambre de Jason. Rien de tel que l'odeur d'adolescent pour calmer ses hormones.

Beth attrapa la chaise de cuisine une fois que Bryan fut passé devant elle et s'y laissa tomber. *Mon petit gâteau.* Elle aurait dû être offensée. Dégoûtée. Mais tout ce à quoi elle pouvait penser, c'était Bryan lui léchant le glaçage, un long et lent coup de langue à la fois.

— Tu te sens bien, Maman? demanda Tommy.

— Ouais, t'as l'air bizarre.

C'est parce qu'elle avait une bouffée de chaleur et elle ne parlait pas de la ménopause. Oh que non. Bryan Manley pouvait faire vibrer ses hormones d'un seul regard, les faire bouillonner d'un mot, et déclencher un incendie avec un contact si insignifiant qu'il ne devrait même pas être qualifié d'insignifiant.

— Je vais bien, les gars. Bien que ce terme soit relatif. — Pourquoi n'allez-vous pas chercher Kelsey et Jason? Ils pourraient tous les deux profiter de cette leçon puisqu'ils conduiront dans quelques années.

Waouh. Dieu merci, elle était déjà assise parce que cette pensée lui aurait fait perdre l'équilibre. Jason au volant. Il devrait d'abord se couper les cheveux sinon il ne passerait jamais le test de vision. Ils n'apprécieraient pas qu'un gamin doive regarder de côté et vers le haut sous ses cheveux pour conduire.

Son bébé au volant. N'était-ce pas hier qu'elle avait ramené ce paquet d'énergie braillard de l'hôpital? Elle et Mike s'étaient assis sur le canapé avec Jason entre eux et s'étaient regardés, pétrifiés. À quoi avaient-ils pensé? Ils étaient pratiquement des enfants eux-mêmes, et pourtant ils étaient là avec le bébé qu'ils avaient créé.

Ça ne s'était pas si mal passé. Ça avait été le chaos au début, un peu plus quand Kelsey était arrivée, mais au moment où les jumeaux étaient nés, ils avaient trouvé leur rythme. Ils formaient une bonne équipe. Alors quand Maggie, l'« accident », était arrivée, elle s'était intégrée sans problème. Puis le destin avait frappé.

Beth inspira et repoussa le cauchemar. Le conseiller familial qu'elle voyait avec les enfants toutes les quelques semaines — et qu'elle consultait seule à d'autres moments — disait de ne pas s'attarder sur les *et si*. Que les *et si* ne menaient nulle part. C'était leur réalité et vivre dans un monde imaginaire ne ferait que causer plus de dommages que de bien.

Pourtant, c'était agréable quand elle était seule d'imaginer ce qui aurait pu être. Si Mike n'avait pas pris ce vol. Si le temps s'était maintenu ne serait-ce que quelques minutes de plus. S'ils n'avaient pas été en retard au départ. Il y avait tout un tas de variables qui l'avaient mis sur le tarmac à ce moment-là et n'importe laquelle aurait pu changer le résultat, mais la réalité était qu'aucune ne l'avait fait. Tout avait conspiré pour mettre Mike, ses passagers et son équipage au mauvais endroit au mauvais moment, et elle et les enfants devaient faire face à cela.

Quand même, la vie craint vraiment parfois.

Les six se rassemblèrent autour du pick-up de Bryan dans son allée, attentifs pendant qu'il leur montrait où se trouvait le cric, comment l'installer, comment retirer les écrous de roue et changer le pneu. Les jumeaux voulaient grimper dans le logement de la roue pour voir les « entrailles » du camion, mais Bryan les en tira par la ceinture avant qu'ils ne puissent le faire.

— Vous pourriez faire tomber le cric, les gars, et le camion vous écrasera. Souvenez-vous, la sécurité avant tout. Et ne changez jamais un pneu à côté de la circulation. Ça n'en vaut pas le risque. Il regarda Kelsey. Que fais-tu si cela arrive?

Beth dut se mordre la lèvre pour ne pas rire de l'expression fascinée de Kelsey. Elle doutait que sa fille ait compris un mot de ce que Bryan avait dit. Depuis son arrivée, les films de Bryan étaient apparus dans le programme d'enregistrement du magnétoscope et il y avait eu une frénésie de recherches sur l'ordinateur portable du salon. Beth savait qui en était responsable.

— Euh, appeler quelqu'un?

— Exactement. Qui?

Kelsey tortilla ses cheveux et regarda Bryan sous ses cils. — Toi? Elle tendit son téléphone portable.

Beth voulut gémir. Bryan Manley n'était *pas* le gars sur lequel Kelsey devait exercer ses charmes féminins.

Beth, en revanche...

Bryan, le brave, rit doucement, prit le téléphone de Kelsey et y programma quelque chose. — Non. Tu appelles ta mère. Elle appellera une société d'assistance routière. Il montra le téléphone. Ici, c'est écrit ICE. In Case of Emergency (En Cas d'Urgence). Les secouristes cherchent ça dans ton téléphone, donc tu dois t'assurer d'avoir ta mère listée comme contact. Il lui rendit le téléphone. Des questions? Jason?

Jason secoua sa tignasse. Beth souhaitait qu'il la coupe, mais elle garda le silence. Il y avait des batailles qu'elle devait mener avec son fils et d'autres non. Ses cheveux tombaient dans la catégorie *Non*, mais cela ne l'empêchait pas d'espérer.

— Non, ça va.

— Content de l'entendre. Bryan retourna le démonte-pneu. À ton tour.

Le visage de Jason blêmit sous sa tignasse. — Mon... mon quoi?

— Ton tour. Tu vas changer le pneu.

— Mais...

Les jumeaux commencèrent à glousser et à imiter le bégaiement de Jason—

Jusqu'à ce que Bryan pose une main sur leurs têtes et les incline en arrière pour les regarder. — Et quand il aura fini, ce sera votre tour.

— Mais on ne sait pas comment faire, dit Tommy.

— C'est ce qu'on était en train d'apprendre, crétin, dit Mark.

— Bien, dit Bryan. Alors Mark, tu pourras montrer à Tommy comment faire quand Jason aura fini.

Kelsey, sagement, garda le silence.

Mais Bryan ne plaisantait pas. Il fit changer un pneu à chacun d'entre eux — tous les six. Même Maggie, mais c'était plus pour qu'elle se sente faire partie de l'équipe comme les autres. Elle était vraiment mignonne assise sur les genoux de Bryan alors qu'elle l'aidait à serrer les écrous avec le démonte-pneu.

Et après six révisions, Beth n'était plus surprise de savoir ce qu'étaient un écrou de roue et un démonte-pneu.

— Bon, alors. Bryan remit Maggie sur ses pieds et se leva. Quelqu'un a des questions?

— Ouais, dit Tommy. On peut apprendre à changer l'huile aussi?

Kelsey et Jason gémirent et Mark donna une tape derrière la tête de son jumeau. — T'es un crétin.

— Pas vrai.

— Si.

— Pas vrai.

— Si.

Bryan secoua la tête et rit, les laissant là pour régler ça verbalement, et tendit la main vers la maison pour que Beth le précède. — J'espère que ça ne t'a pas dérangée.

— La leçon? Pourquoi ça m'aurait dérangée?

— Je ne veux pas dépasser les bornes, mais comme tous les enfants étaient là, j'ai pensé que c'était un bon moment pour qu'ils apprennent. Ils vont probablement oublier mais ça pourrait leur revenir s'ils en ont besoin un jour.

— Ça ne me pose pas de problème. C'était une bonne idée. Merci. Pas que je veuille jamais changer un pneu. J'ai l'assistance routière avec mon assurance, mais ça ne peut pas faire de mal de savoir quoi faire au cas où. Et les enfants ont vraiment apprécié. Je pense.

— Ils apprécieront s'ils sont coincés un jour. Ça leur donne un certain confort de savoir qu'ils peuvent gérer un pneu crevé si nécessaire. Ça les rend plus confiants pour aller quelque part.

— Je ne suis pas sûre que ce soit une si bonne chose avec des adolescents, mais je vois ce que tu veux dire.

Il voulait dire qu'ils se sentaient hors de contrôle. Qu'avec la mort de Mike, leur monde avait été bouleversé et aplati — comme l'avion de Mike.

Beth inspira brusquement en trébuchant sur la dernière marche du vestibule, l'image lui brûlant le cerveau. Elle avait essayé de ne pas voir ce qui était arrivé à l'avion, mais les médias l'avaient diffusé apparemment vingt-quatre heures sur vingt-quatre, sans arrêt pendant des jours. Des semaines même. Elle n'avait pu aller nulle part sans voir l'enfer qui avait été les derniers moments de son mari sur terre. Le plus triste était que les enfants l'avaient vu aussi.

Et puis il y avait eu les journalistes. Il y avait eu une enquête sur l'accident. Une possible erreur du pilote. La carrière de Mike avait fait l'objet d'un examen minutieux et, bien qu'elle ait su qu'il n'y avait rien contre lui, cela l'avait quand même terrifiée. Elle n'avait pas besoin que son nom soit sali alors qu'elle essayait de garder la famille unie et de faire face aux conséquences. La presse n'avait fait qu'aggraver les choses au point où les enfants avaient eu peur de sortir de crainte d'avoir des micros collés au visage. Ils étaient devenus reclus dans leur propre maison, les gens restant à l'écart pour ne pas être eux aussi assaillis par tous ceux qui cherchaient le scoop.

Il avait fallu beaucoup trop de temps au Bureau national de la sécurité des transports et à la FAA pour blanchir son nom et à ce moment-là, le mal était fait. Les enfants étaient méfiants, effrayés. Repliés sur eux-mêmes. Jason se cachait derrière ses cheveux. Kelsey en riant un peu trop fort. Les jumeaux s'étaient éloignés l'un de l'autre, ne finissant plus les phrases de l'autre. Et Maggie suçait son pouce. Tous des mécanismes d'adaptation mais comment avaient-ils *réellement* fait face? C'était une question sur laquelle Beth travaillait encore.

— Ça va? Tu es bien silencieuse. Bryan lui tint la porte ouverte.

— Moi? Je vais bien. Aussi bien que possible.

— Bien, hein? Il rit doucement.

— Oui. Qu'est-ce qui ne va pas avec le fait d'aller bien? C'était ce que le conseiller — et elle — voulaient pour eux. Qu'ils aillent bien.

Beth ne pensait pas qu'elle irait bien à nouveau — oh. Maintenant elle comprenait son rire.

Elle rit aussi. — Je veux dire, oui. Ça va. Merci de nous avoir tous appris. On apprécie.

— Tout le plaisir est pour moi.

Non, vraiment, c'était le sien. S'il continuait à lui sourire comme ça, elle irait bien plus que bien.

Il y avait quelque chose à propos d'un homme qui nettoyait des toilettes.

Ou peut-être était-ce simplement *Bryan Manley* qui nettoyait ses toilettes, mais il avait le plus beau derrière que Beth ait jamais vu. Et ce n'était pas un manque de respect envers son mari. Elle et Mike en avaient plaisanté parce que Mike avait été désavantagé de ce côté-là, bien qu'il ait eu d'autres qualités pour compenser.

Beth soupira et s'appuya contre le chambranle, croisant un pied sur l'autre. Le fait qu'elle parlait de Mike au passé était une raison suffisante pour ne pas énumérer ces qualités. Elle n'avait pas besoin de plus de larmes après l'incident de plomberie de ce matin.

— Tu as besoin de quelque chose? demanda Bryan par-dessus son épaule, se redressant sur ses talons depuis sa position à quatre pattes devant les toilettes qui n'aurait vraiment pas dû être sexy, mais qui l'était.

Beth se redressa et tira sur le bas de son t-shirt.

— Je me demandais si tu voulais manger quelque chose.

Sérieusement? C'est *ça* qu'elle avait trouvé à dire?

Quoique... en fait... c'était bien l'heure du déjeuner, donc c'était une aussi bonne excuse qu'une autre.

— Non, ça va, dit Bryan, reprenant sa position de nettoyage des toilettes.

Elle aurait dû partir. Elle avait posé la question, il avait refusé, il avait du travail à faire. Et elle n'avait aucune raison de traîner autour de Bryan Manley.

Bien sûr, cela ne l'empêcha pas de rester.

— Où as-tu appris à nettoyer? Je ne pensais pas que les stars de cinéma avaient besoin de savoir comment faire les toilettes.

— Ma grand-mère. Il jeta les essuie-tout usagés dans la poubelle, puis sortit une brosse de nettoyage impeccable de son kit de fournitures et la pointa vers elle. Je n'ai pas toujours été une star de cinéma, tu sais.

— Oh. Je n'y avais pas pensé. J'imagine que tu avais un appartement ou quelque chose comme ça? Tu devais faire ta part avec tes colocataires?

Elle n'osa pas demander si certains de ces colocataires étaient des femmes. Ce n'était pas ses affaires.

Et si elle continuait à se le répéter, elle finirait peut-être par s'en souvenir.

— En fait, non. Il fit tournoyer la brosse dans la cuvette avec le produit nettoyant et tira la chasse. J'ai vécu à la maison jusqu'à ce que je déménage à LA. Ma grand-mère nous faisait tous nettoyer. Chaque samedi matin. On se relayait pour les salles de bains. Je suis devenu très doué pour ça.

Il retira les gants en latex de ses mains et les jeta à la poubelle.

— Ce qui signifie que je peux dire quand quelqu'un a nettoyé avant moi. Tu l'as fait hier soir, n'est-ce pas?

Beth pouvait sentir le rouge lui monter aux joues.

— Cet endroit était, eh bien, dégoûtant. Tu n'avais pas besoin de voir ça.

— Mais c'est pour ça que je suis là. Pourquoi m'engager si tu ne vas pas m'utiliser?

Ne réponds pas à ça, ne réponds pas à ça, ne réponds pas à ça.

— *Je* ne t'ai pas engagé. Mes amis l'ont fait. Voilà. C'était une réponse sûre. Et ça lui faisait savoir où elle en était sur le sujet. Elle était parfaitement capable de s'occuper de sa propre maison — ou elle le serait une fois que cette première poussée serait passée. Une fois que Bryan serait parti, la maison serait en parfait état et, avec un peu de chance, les enfants l'aideraient à en prendre mieux soin qu'ils ne l'avaient fait ces deux dernières années.

— Tes amis? Bryan fit un pas vers elle et Beth dut lever les yeux vers lui.

— Ils pensaient que j'avais besoin d'une pause. De me détendre un peu. C'était nouveau pour elle. Elle mesurait un mètre soixante-dix-huit. Rarement elle devait lever les yeux vers un homme. Même Mike n'avait été que deux centimètres et demi plus grand.

Elle glissa ses mains dans les poches arrière de son jean, puis les retira brusquement parce que ce mouvement tendait trop son t-shirt sur sa poitrine et elle ne voulait pas qu'il pense qu'elle le draguait. C'était une chose de fantasmer sur Bryan de *cette façon* ; c'en était une autre de vraiment passer à l'acte.

D'ailleurs, qui était-elle pour même *imaginer* qu'elle aurait une chance avec lui? Il avait des stars de cinéma et des mannequins à sa disposition ; il n'avait pas besoin d'une mère de famille négligée de cinq enfants avec un chien fou et un chat dérangé.

Les deux qui dévalèrent justement les escaliers à ce moment-là.

Beth grimaça, attendant le fracas ou le cri, ou le « Arrête, Sherman! » qui suivait inévitablement les courses-poursuites de Sherman après Mme Beecham. Elle était tellement à l'écoute qu'elle faillit manquer le commentaire de Bryan.

— Ça doit être dur sans ton mari dans les parages.

Elle n'aurait pas été contre manquer celle-là.

Beth se força à rire. C'était soit ça, soit pleurer et elle n'allait pas le faire. Plus maintenant. Elle avait assez pleuré et pas une seule larme n'avait ramené Mike.

— On s'en sort.

Bryan regarda le sommet de sa tête. Son regard parcourut lentement son visage. Beth retint son souffle pendant le moment ou deux où il leva hésitamment sa main pour écarter une mèche de cheveux de son visage.

Quand ses doigts effleurèrent sa joue, elle arrêta complètement de respirer.

Cela ne lui était pas arrivé depuis... Eh bien, pas depuis qu'elle avait rencontré Mike. À l'université.

— Je suis content de pouvoir donner un coup de main, dit-il doucement, ses yeux verts cherchant quelque chose dans les siens.

Elle ne savait pas ce qu'il cherchait, n'était pas sûre de vouloir le savoir, et savait définitivement qu'elle n'avait plus jamais besoin de respirer s'il restait exactement où il était.

À quoi pensait-elle?

C'était ça le problème ; elle ne *pensait* pas. Son corps était en pilote automatique ici. Il se souvenait de ce qu'il fallait faire en présence d'un beau mec même si son cerveau ne s'en souvenait pas. Et il ne s'en souvenait pas. Elle n'avait jamais même regardé un autre homme. Mike avait été tout pour elle.

Alors qui était ce Bryan Manley pour s'être glissé sous ses défenses si facilement et si rapidement qu'elle l'imaginait se glisser sous d'autres choses — notamment les couvertures de son lit?

Maintenant, elle sentait le rouge lui brûler tout le corps. Elle espérait de tout cœur qu'il ne s'en rendait pas compte.

Ses yeux s'enflammèrent — juste une seconde, mais c'était suffisant.

Il savait.

Et il ne reculait pas.

Beth avait besoin de respirer. Désespérément. Métaphoriquement et physiquement, peu importait l'ordre. Il devait s'éloigner. Faire ne serait-ce qu'un pas en arrière. Lui donner un peu d'espace.

Sauf que... elle aussi pouvait reculer. C'était elle qui se tenait dans l'embrasure. Il lui suffirait de faire deux simples pas et elle serait hors de sa portée dans le couloir. Loin de ces pensées et sentiments fous.

Après tout, il était *le* Bryan Manley. Beau gosse et séducteur. Elle n'était que Beth de la banlieue. Mère au foyer, bénévole pour la pièce de l'école, représentante de l'association des parents d'élèves. Enseignante. *Pas* du matériel de star de cinéma et certainement pas de mannequin. Simplement quelqu'un qui était liée à cette maison et à cette ville par cinq paires de racines bien visibles.

Elle fit un pas en arrière. Loin de la tentation. De la folie. Du qu'est-ce-qui-lui-passait-par-la-tête?

Du *et si*...

Bryan la laissa partir.

Il n'en avait pas envie, mais, sérieusement, de quel droit avait-il fait ce qu'il avait fait? Elle aurait dû le gifler. Il s'était approché trop près trop vite. Trop familier. Et il n'était même pas sûr de *vouloir* se familiariser avec Mme Beth Hamilton.

La veuve.

Avec cinq enfants.

Bryan prit une profonde inspiration.

— Eh bien, je suis content de pouvoir aider.

Pas tout à fait comme il l'aurait voulu s'il avait eu le choix, mais il ne l'avait pas. Et ne devrait pas. Et ne pouvait pas. Et... Dieu merci, elle avait reculé.

— C'est, euh... Elle replaça distraitement la mèche qu'il avait replacée. Ce n'est pas devenu plus facile, mais plus normal. Le temps aide. Un peu. Je suis désolée que tu aies à nettoyer derrière eux. Je suis sûre que ta sœur a d'autres travaux qui auraient été plus faciles. Tu as perdu un pari ou quelque chose comme ça?

Bryan força un rire pour dissimuler à quel point elle s'était approchée de la vérité.

— Hé, tu sais, c'est pour ça qu'ils me paient le gros salaire.

Il saisit la boîte à outils de produits de nettoyage. Mac devrait y mettre un logo. Et sur le manche de la brosse des toilettes aussi. Ça serait pratique s'il en oubliait une par accident.

Et il divaguait dans sa tête, essayant de masquer la réaction très viscérale qu'il avait envers Mme Beth Hamilton.

Il voulait racheter tout le stock du fabricant de son parfum. Ou mieux encore, investir dans l'entreprise, parce que cette fragrance — juste un petit coup de nez — l'excitait plus rapidement qu'il ne l'avait été depuis longtemps.

Et si elle ne portait pas de parfum... eh bien, son niveau de problème venait de monter en flèche.

— Maman, est-ce que Bryan peut nettoyer ma chambre ensuite?

Maggie, Dieu merci, sortit sa petite tête bouclée de la chambre d'à côté, retirant son pouce de sa bouche avec un bruyant *pop*! Elle suçait beaucoup ce pouce, il l'avait remarqué hier. Quand elle réfléchissait à quelque chose ou le considérait ou regardait la télé ou faisait une sieste, son pouce n'était jamais loin. Il aurait pensé qu'à son âge, elle aurait perdu cette habitude. Peut-être que la plupart des enfants dont le père n'était pas mort l'auraient fait. Il ne pouvait pas en vouloir à Maggie pour ce petit réconfort.

Que faisait Beth pour se réconforter?

Bryan serra plus fort la boîte à outils et se détourna, cherchant quelque chose pour occuper son autre main. Et son esprit. Parce qu'il n'avait pas besoin de s'inquiéter du réconfort de Beth. Il devait s'inquiéter de ses toilettes. Oui, c'était ça. Les toilettes. Rien de sexy dans des toilettes. Ou la poussière. Ou les plinthes. Ou les grilles de reprise d'air. Ou les plaques de cuisson. Tous des éléments garantis pour requérir toute son attention.

— Bien sûr, Mags. Bryan peut faire ta chambre ensuite.

Beth haussa des sourcils parfaitement arqués qui, il en était sûr, n'avaient jamais vu de maquilleuse de leur vie.

Depuis quand remarquait-il les *sourcils* d'une femme?

— D'accord, Maggie. J'arrive tout de suite.

Pas question qu'il frôle Beth. Elle devait partir en premier.

Heureusement, elle comprit et s'écarta de son chemin.

Bryan prit une profonde inspiration, souleva la boîte à outils, et essaya d'effacer de son esprit l'image du postérieur parfaitement formé de Beth alors qu'elle descendait le couloir.

Chapitre Sept

Bryan gémit lorsque son réveil sonna le lendemain matin. Ce n'était que le troisième jour des vingt qu'il était censé passer chez Beth, et c'était déjà trop. Il avait nettoyé la chambre de Maggie du haut du baldaquin de princesse qui drapait son lit, jusqu'au fauteuil rose et moelleux qui avait plus de poils de chat que de tissu, en passant par les dizaines de costumes qui débordaient de son placard. Elle lui avait assuré que sa chambre était propre la veille, mais qu'elle avait eu un « problème de garde-robe » la nuit dernière et avait dû trouver autre chose à porter pour dormir.

Étant donné les nouveaux draps sur son lit, Bryan avait une idée de ce dont elle parlait, mais il n'en laissa rien paraître. Elle n'avait peut-être que cinq ans, mais elle en savait assez pour être gênée par l'énurésie.

Était-ce un résidu du traumatisme qu'elle avait dû subir lorsqu'elle avait perdu son père?

Puis les jumeaux étaient entrés juste au moment où il avait fini, se disputant encore une fois pour savoir qui était le meilleur combattant au sabre laser, et il avait été entraîné à arbitrer. Le déjeuner avait été un événement, lui rappelant l'époque où lui et ses frères étaient enfants. Il avait ri du nourrissage furtif du chien qui se passait sous la table, du chat perché sur le séparateur de pièce qui gardait un œil méfiant sur le chien et sur les miettes qui tombaient par terre, du bavardage constant entre les jumeaux avec la voix de Maggie qui intervenait de temps en temps, et de Beth qui essuyait les miettes de pain sur son nez — et y étalait du beurre de cacahuète à la place.

Il s'était levé d'un bond pour l'aider à nettoyer, mais elle l'avait chassé, lui disant de profiter de son déjeuner.

C'était là le problème ; il en avait profité un peu trop. Il avait passé la nuit dernière dur et douloureux, se réprimandant tout du long. Beth était hors limites. Il ne pouvait pas se soucier d'à quel point elle était jolie ou à quel point elle était incroyable de s'occuper de ces enfants et de tenir sa maison tout en travaillant comme enseignante. Certes, c'étaient les vacances d'été et la maison était suffisamment sale pour que ses amis l'aient engagé, donc elle ne gérait pas aussi bien qu'elle avait évidemment pu le faire avant la mort de son mari, mais quand même. Beth tenait le coup alors qu'il pouvait dire à quel point elle avait aimé ce type.

Quelque chose se contracta en lui. Que serait-ce d'avoir quelqu'un qui se soucie autant de lui? D'être là chaque matin et chaque soir? De partager les petites choses de la vie : faire du café, faire les mots croisés, regarder le chien chasser les lapins dans le jardin dès le matin?

Regarder le soleil se lever depuis le lit king-size à l'étage dans sa chambre...

Il gémit à nouveau et cela n'avait rien à voir avec le réveil matinal. Certes, il était habitué à se lever tôt pour les appels, mais une fois le tournage terminé, il aimait faire la grasse matinée.

Il balança ses pieds hors du lit au moment où son téléphone sonna.

Il se passa une main dans les cheveux. Il ne reconnaissait pas le numéro, mais il était local. Bon sang, il espérait que ce n'était pas un journaliste. — Manley.

— Bryan? Beth. Essoufflée.

Chaque cellule de son corps se mit en état d'alerte. — Beth? Qu'est-ce qui ne va pas? Toutes sortes de catastrophes défilaient dans sa tête. Est-ce qu'un des jumeaux avait embroché l'autre avec une épée improvisée dangereuse? Est-ce que Jason avait pris la voiture? Est-ce que Maggie s'était étouffée avec quelque chose?

Il enfilait déjà un short de course d'une main — au diable le stupide uniforme. Il n'avait pas besoin de passer la journée aux urgences dans cet accoutrement, et puis le short était plus facile à enfiler d'une seule main.

— C'est Sherman. Je dois l'emmener chez le vétérinaire.

Sherman. Le chien. L'adrénaline de Bryan chuta brusquement alors que la menace immédiate pour Beth et les enfants se dissipait. Mais ensuite, l'inquiétude dans sa voix se fit entendre. — Que s'est-il passé?

— Je... Sa voix se brisa. — Il s'est empêtré dans la corde à linge et je ne sais pas... Il n'est pas... Je ne sais pas combien de temps il est resté sans oxygène.

Oh mon Dieu. Les enfants seraient dévastés. — Tu lui as fait du bouche-à-bouche? Même en le disant, il savait que ça sonnait ridicule.

Beth ne rit pas. — Oui. Et il respire à nouveau. Il reprend conscience aussi, mais je ne sais pas. Je pense que je devrais l'emmener juste pour être sûre. Les marques de corde autour de son cou sont assez mauvaises.

— J'arrive tout de suite.

— Tu n'as pas besoin de te précipiter. Je voulais juste te dire que je ne serai pas là et que je laisserai une clé sous le paillasson. Je sais que c'est cliché, mais c'est l'endroit le plus facile et je dois emmener les enfants chez leurs amis pour pouvoir faire ça. Je voulais juste que tu saches pourquoi nous ne serions pas là.

— Quel vétérinaire consultes-tu?

— Dr Bingham sur Harvest.

— Je te rejoins là-bas.

— Ce n'est pas nécess...

— Je le veux, Beth. Parce que si le pronostic du chien n'était pas bon, elle allait avoir besoin de quelqu'un avec elle. Il avait vu à quel point elle tenait à ce chien. Et il savait à quel point les enfants y tenaient. Beth souffrirait pour elle-même *et* pour eux si quelque chose arrivait au cabot.

— Oh, mais Bryan, ce n'est pas nécessaire.

— Le temps presse, Beth. Monte dans la voiture et va-y. Je te rejoins là-bas.

Une heure plus tard, Beth était très contente que Bryan ait insisté pour venir.

Maggie, qui était la seule de ses enfants qui n'avait pas d'amis à la maison ce matin et avait dû venir, était dans tous ses états. Elle ne parlait même pas tellement elle suçait son pouce furieusement, et elle faisait les cent pas exactement comme Mike le faisait — exactement comme elle l'avait fait quand la police était arrivée ce jour-là avec la nouvelle de l'avion de Mike.

Et tout comme à ce moment-là, Beth avait essayé d'attirer sa fille dans ses bras, mais Maggie ne voulait pas de ce réconfort — aussi comme Mike. Il gérait les choses à son propre rythme et dans son propre espace et Maggie était exactement comme lui, jusqu'aux cheveux noirs bouclés.

Parfois, la génétique pouvait être une vraie plaie quand elle avait le portrait craché de l'homme qu'elle avait perdu qui la regardait de l'autre côté de la table de la cuisine chaque matin.

Néanmoins, les doigts de Beth la démangeaient de tendre la main vers Maggie et de l'attirer dans le cercle de ses bras, et elle était sur le point de le faire quand Bryan revint du bureau d'accueil où il avait demandé des nouvelles de Sherman et prit Maggie dans ses bras. — Hé, Mags. Le vétérinaire a dit que Sherman allait s'en sortir. Il regarda Beth et hocha la tête.

Elle expira. Il disait la vérité. Sans l'enjoliver pour la rendre plus facile à accepter.

— On peut le ramener à la maison? J'ai envie de quitter cet endroit.

— Pas aujourd'hui. Ils vont le garder en observation pour la nuit, juste pour être sûrs. Mais ils ont dit qu'il est réveillé et qu'il boit de l'eau, et on pourra venir le chercher demain.

— Mais avec qui il va dormir ce soir? Son pouce retourna dans sa bouche.

Bryan le retira doucement et embrassa le dos de sa main.

L'estomac de Beth se noua. Des femmes du monde entier *tueraient* pour qu'il leur fasse ça. Et elle en faisait partie.

Elle était une mère horrible, jalouse de sa propre fille. La fille dont le monde avait été bouleversé par la mort de son père et maintenant le danger qui menaçait son chien. Et pourtant, Beth était là, à désirer ce qui avait été si généreusement donné à sa fille.

Maggie gloussa. — Ça chatouille. Ta barbe est toute piquante.

Bryan posa la paume de la petite sur sa joue. — C'est ce qui arrive quand je n'ai pas le temps de me raser le matin.

Le ventre de Beth frémit. Elle regrettait de ne plus voir Mike se raser. La présence d'un homme dans sa vie lui manquait pour ces choses si... oserait-elle le dire? Viriles.

Bryan Manley...

Oh mon Dieu. Elle était atteinte. Comme la moitié des femmes d'Amérique. Et des millions d'autres à travers le monde.

Elle aurait ri si la situation avait été drôle, du fait qu'elle se trouvait chez le vétérinaire avec une star de cinéma pour un chien idiot qui aimait courir après les sous-vêtements. On ne pouvait pas *écrire* une histoire pareille.

— Alors, que dirais-tu qu'on aille prendre le petit-déjeuner? demanda Bryan à Maggie. J'ai bien envie de pancakes, pas toi? Avec beaucoup de glace et de chantilly?

Maggie gloussa à nouveau. — C'est un dessert, idiot.

— Ah bon? Bryan la souleva de nouveau dans ses bras, ses boucles rebondissant autour de sa tête. Dans mon monde, c'est le petit-déjeuner. Et j'ai manqué le mien. Alors, qu'en dis-tu?

— Maman aussi?

Ils la regardèrent tous les deux, les sourires sur leurs visages étrangement similaires. Ce qui n'aurait pas dû être le cas puisqu'ils n'étaient pas liés, mais... l'étaient.

— Maman? demanda Bryan avec un air malicieux. Tu veux te joindre à nous?

Elle aurait dû lui poser cette question.

Beth se leva d'un bond. — Euh, oui, bien sûr. *Bien sûr* pour le petit-déjeuner. Qu'il se joigne à eux...?

Non. Pas question. Oublie ça. Mauvaise idée.

En fait, c'était une bonne idée. C'était juste inutile d'y penser parce qu'il était, après tout, *Bryan Manley, Star de Cinéma.*

La réalité s'imposa — clouant le cercueil des *et si* — dès qu'ils entrèrent dans le diner pour ces pancakes qu'il était si impatient de manger.

Tout le monde les dévisageait. Et leur faisait signe. Et l'appelait comme s'il était un héros de retour. Bien qu'en réalité, il l'était. La ville le considérait comme l'un des leurs. Il était né et avait grandi ici, avec juste assez de visites pour que ce soit légitime. Ils adoraient leur idole hollywoodienne.

C'était évident dans tous les sourires. Dans les regards rêveurs des adolescentes — et de certaines de leurs mères. Et les regards jaloux des autres femmes. Beth n'avait jamais ressenti autant l'animosité des regards qu'à ce moment-là, comme si elles se demandaient qui était *elle*, une étrangère dont le mari avait été soupçonné, pour mériter de dîner avec *le* Bryan Manley.

Arrête! Arrête de penser comme ça! Mike a été innocenté et c'est à eux de le reconnaître, pas à toi de les en convaincre. Sois aimable. Souris.

— Que penses-tu de ce box, Beth? Bryan posa sa main dans son dos.

Son sourire devint soudain naturel. — C'est bien.

Ils rirent de ce mot.

Elle cessa de rire quand il s'assit en face d'elle et que sa jambe frôla la sienne. Sa jambe virile et poilue contre la sienne, tout aussi nue, lisse et fraîchement rasée. (Oui, elle s'était rasée ce matin-là en se levant, et non, cela n'avait rien à voir avec le fait que Bryan passerait la journée chez elle, et pourquoi se défendait-elle auprès de sa conscience?)

— Ça va? Il pencha légèrement la tête, son inquiétude parcourant ses terminaisons nerveuses jusqu'à son cœur.

Pourquoi devait-il être si parfait? Certes, cela l'aidait dans son travail, mais la perfection physique ne suffisait-elle pas? Devait-il être si incroyablement gentil, attentionné et bienveillant? Capable de gagner le cœur d'une petite fille de cinq ans blessée avec un seul baiser sur le dos de la main?

À bien y réfléchir, cela fonctionnerait aussi sur des femmes d'âge mûr par milliers.

— Euh, oui, je vais bi... Bien. Je veux dire,

Son rire brisa la tension et Beth se laissa enfin détendre. Il restait un homme. Un autre être humain. Tous les artifices d'Hollywood ne le définissaient pas. Ce n'étaient que des ornements.

Même si c'était une bien belle façade.

La serveuse — ou plutôt Claire, la propriétaire — vint prendre leur commande. — Salut, Bry. Ça fait un bail qu'on ne t'a pas vu. L'insinuation dégoulinait comme du sirop d'érable de chaque mot.

— Claire. Comment vas-tu? Comment va Roddy?

La main gauche de Claire disparut dans son tablier. — Je ne sais pas. Il est parti dans le nord de l'État avec sa nouvelle copine.

D'accord. Célibataire et le faisant savoir à Bryan. Oui, la jalousie bouillonnait juste sous la peau de Beth. Une jalousie qu'elle n'avait aucun droit de ressentir.

— Oh, mince, je suis désolé d'entendre ça.

Claire haussa les épaules. — Pas moi. Il me ruinait en alcool. C'est ce qui arrive quand on n'a pas assez d'ambition pour aller chercher ce qu'on veut dans la vie. Pas que tu saches quoi que ce soit à ce sujet d'après ce que je vois. Elle jeta un coup d'œil à Beth. Tu n'es pas la femme de ce pilote?

Beth ne put s'empêcher de grimacer. Voilà ce qu'elle était devenue : *la femme de ce pilote*. Ça faisait mal. Ça dénigrait leur mariage et la réputation de Mike et ne lui permettait jamais d'oublier une minute le scandale qui avait entouré sa mort.

— C'est Beth Hamilton, dit Bryan, les yeux plissés en la regardant.

Beth secoua légèrement la tête. Ce n'était pas le moment.

— Tu connaissais mon papa? demanda Maggie en retirant son pouce de sa bouche et en se penchant en avant, les coudes sur la table. Mon papa était pilote.

— Oui, ma chérie, je sais, répondit Claire qui, Dieu merci, adressa un doux sourire à Maggie.

Une partie de l'animosité de Beth s'estompa. Au moins, cette femme était gentille avec sa fille. Cela incitait Beth à lui accorder le bénéfice du doute. Peut-être que Claire ne savait pas l'effet que *la femme de ce pilote* avait sur elle. Peut-être qu'elle n'avait rien voulu dire de particulier.

— Et cette petite canaille, c'est Maggie, dit Bryan en ébouriffant ses boucles. Et elle veut une grande pile de pancakes recouverts de glace à la vanille, de crème fouettée, de sauce au chocolat, de pépites de chocolat, et d'une cerise bien rouge sur le dessus.

Les yeux de Maggie s'écarquillèrent et elle tourna brusquement la tête pour le regarder avec émerveillement.

— C'est vrai?

Bryan lui pinça le nez.

— Bien sûr. Et tu vas les partager avec moi.

— Je suis obligée?

Bryan tapota le siège à côté de lui et, comme par magie, Maggie s'assit. Sans supplier. Sans insister. Sans même un mot pour lui dire quoi faire, chose que Beth n'avait pas réussi à obtenir de sa fille têtue (tout comme son père).

— Oui, tu dois le faire. Sinon, tu auras mal au ventre et on devra t'emmener chez le médecin au lieu d'aller chercher Sherman chez le sien.

— Oh. Je ne veux pas faire ça, dit Maggie en hochant solennellement la tête.

— Je sais. En plus, ce sera amusant de partager avec moi. On pourra faire un duel de cuillères.

— C'est quoi ça?

Il lui tapota le nez cette fois.

— Tu verras.

Il se tourna vers Beth.

— Et toi, Beth, que prends-tu?

Toi, avec une grosse portion supplémentaire de sauce au chocolat que je pourrais lécher sur chaque centimètre de-

— Euh, juste un verre de jus d'orange pour moi, merci.

— Quoi? Tu ne manges pas? Bryan fit *tss-tss*. Ça ne va pas du tout. Le petit-déjeuner est le repas le plus important de la journée.

Il regarda Claire.

— Beth prendra de nos pancakes. Apportez-en plus.

— Oh, mais Bry-

— Et deux cerises pour elle.

Il adressa ce sourire éblouissant d'un million de watts à Claire, qui semblait étourdie en s'éloignant pour apporter son repas à *LE* Bryan Manley.

Le sourire avait suffisamment de puissance pour résonner également chez Beth.

— Tu vas devoir en manger la plupart, tu sais. Mon système ne supporte pas tout ce sucre.

— C'est vrai. Tu es déjà assez douce comme ça.

D'accord, où était passée sa langue? Elle avait dû l'avaler. Ou elle s'était desséchée à son commentaire.

Il pensait qu'elle était *douce*? De quelle manière? Douce comme dans "Cette fille est tellement douce!" qui envoyait ses hormones dans un tourbillon et son mécanisme de *et si* en surrégime? Ou un "Oh, comme c'est mignon!" qui serait complètement nul, mais qui au moins la sortirait de cette balançoire vacillante de dois-je-ou-ne-dois-je-pas-me-permettre-d'être-attirée-par-lui.

— Maman n'est pas douce, c'est une poire épineuse. C'est ce que Papa disait toujours.

Maggie gloussa tandis que Beth restait bouche bée que sa fille s'en souvienne. Elle avait trois ans quand Mike avait été tué ; comment pouvait-elle s'en souvenir?

Mike l'avait dit avec affection - ils étaient allés au Mexique pour leur lune de miel et avaient goûté ce fruit. Il avait dit qu'elle était comme lui : une dure écorce avec un cœur doux à l'intérieur. C'était devenu son terme affectueux pour elle depuis lors.

Son cœur se serra en se souvenant de cela. Si difficile de croire qu'il était parti. Mais au moins Maggie avait de bons souvenirs de lui ; Beth avait craint qu'elle n'en ait aucun du tout.

— Une poire épineuse, hein? Bryan tambourina des doigts sur la table. Je penserais plutôt à un fruit étoilé. Douce et tirée dans cinq directions.

Beth rit à cela.

— Je ressens définitivement cette attraction. De plus en plus à mesure qu'ils grandissent.

— Je ne sais pas comment tu fais. Cinq enfants m'achèveraient.

Elle haussa les épaules.

— On fait ce qu'on doit faire. Et ce sont de super enfants. Vraiment.

— Pas Jason. Il est grognon, dit Maggie en plissant le nez. Et sa chambre sent les chaussettes.

— Toutes les chambres des adolescents sentent les chaussettes, Mags. Bryan passa son bras autour d'elle et se pencha. C'est ce qui fait grandir les garçons. Ils veulent s'éloigner de leurs pieds.

Maggie gloussa à nouveau et Beth eut envie d'embrasser Bryan pour l'avoir fait rire ainsi. Enfin, elle voulait embrasser Bryan pour d'autres raisons, mais celle-ci aussi.

Attends. Elle voulait faire *quoi*?

Elle réfléchissait encore à cela quand Claire revint avec leur nourriture.

— Oh là là! s'exclama Maggie en se mettant debout sur la banquette en vinyle. C'est une montagne de pancakes.

C'en était une, en effet. Il devait y avoir une douzaine de pancakes au babeurre et un gallon de crème glacée, ainsi qu'un récipient entier de crème fouettée.

— Eh bien, il faut bien qu'on soit à la hauteur des gens d'Hollywood, non? dit Claire, son regard fermement fixé sur Bryan.

Ses épaules, pensa Beth. Ou peut-être son torse. Heureusement qu'il était assis avec une table sur ses genoux, car Beth était sûre que Claire aurait aussi fixé *ça* du regard.

Elle rougit quand Bryan leva un sourcil vers elle. Oh mon Dieu. Elle n'avait pas besoin qu'il sache ce qu'elle pensait. Ou qu'elle était jalouse que Claire le regarde. Elle n'avait aucune raison - aucun *droit* - d'être jalouse. Bryan était célibataire. Libre. Et elle... eh bien, elle était libre au niveau compagnon de vie, mais cinq enfants étaient une ancre qu'aucun homme qu'elle avait fréquenté n'avait voulu soulever.

Ce qui, en réalité, lui convenait parfaitement. Elle avait des choses plus importantes pour occuper son temps que de chercher un père de substitution pour ses enfants - à savoir, être une mère pour ses enfants. Cela, plus tout ce qu'elle devait faire seule dans la vie, était ce sur quoi elle devait se concentrer.

D'autres personnes s'arrêtèrent à leur table une fois que Claire eut brisé la glace, certains demandant des autographes, d'autres des photos. Bryan parlait gracieusement à chaque personne. Il leur donnait l'impression d'avoir toute son attention, tout en réussissant à ne pas exclure Beth et Maggie. Il les présenta à des gens qu'il avait connus en grandissant - il obtint même une invitation ou deux pour Beth à se joindre à lui lors d'une fête ou d'une réunion à laquelle on l'invitait. Elle n'irait pas, bien sûr. Bryan était là pour nettoyer sa maison, pas pour *jouer* à la maison.

Cette idée, cependant, ne disparaissait pas, peu importe à quel point elle souhaitait qu'elle s'en aille.

Chapitre Huit

— Maman, Bryan vient jouer aujourd'hui? demanda Maggie en sautant au pied du lit de Beth le lendemain matin, son T-shirt à l'envers et ses baskets aux mauvais pieds, mais son sourire était si éclatant et radieux que Beth n'eut pas le cœur de le lui faire remarquer.

Elle n'avait pas non plus le cœur de lui dire que Bryan n'était pas là pour être leur ami. Peut-être devrait-elle le faire ; Maggie s'attachait un peu trop à leur aide temporaire.

Beth grimaça. Bryan était tout sauf "l'aide". Avant-hier, il avait été le plombier et le mécanicien. Hier, il avait été le bricoleur quand ils étaient rentrés du restaurant. Toutes les petites choses que Mike avait prévu de faire et qu'il n'avait jamais faites étaient devenues flagrantes pour Beth au cours des deux années depuis son départ. Les portes de placard bancales dans la buanderie, les bords effilochés du tapis datant de l'époque où Sherman était un chiot, qui s'étaient élargis à force d'être piétinés par cinq paires de baskets qui traînaient. Et puis il y avait la rampe branlante de l'escalier menant au sous-sol.

Bryan avait commencé par cette dernière. Il avait dit que c'était une question de sécurité, ce qui était vrai. Elle avait eu l'intention de s'en occuper, mais le temps qu'elle rentre du travail, prépare le dîner, supervise les devoirs et les bains, puis prépare les vêtements et les déjeuners pour le lendemain, la dernière chose qu'elle voulait faire était de l'entretien ménager. Elle gardait généralement ça pour les week-ends, mais Jason avait rejoint l'équipe de football cette année et Kelsey était devenue pom-pom girl, et les week-ends d'automne s'étaient transformés en extravagances de tailgate — sans l'alcool. C'était amusant, et elle adorait encourager ses enfants, mais la perte de temps était incroyable. Être parent célibataire n'était définitivement *pas* pour les âmes sensibles.

— J'ai préparé un goûter dans ma chambre. Tu penses qu'il aime le thé girl-may ou darling? Maggie plissa son petit visage et tapota ses lèvres comme si le choix entre Earl Grey et Darjeeling allait décider du sort du monde libre.

— Tu devras lui demander, Mags, mais je ne suis pas sûre que Bryan aime le thé. Il n'en a pas pris au petit-déjeuner hier.

Mais il *avait* mangé la plupart des pancakes de Maggie — une bonne chose car Beth n'avait pas apprécié l'idée d'un mal de ventre pour une enfant de cinq ans. Mais si elle avait dit quoi que ce soit à Maggie à propos de trop manger, elle aurait été la méchante. Elle en avait assez d'être la méchante, alors c'était génial que Bryan ait trouvé comment résoudre les deux problèmes en mangeant la majorité des pancakes. Et Dieu savait qu'il pouvait cacher ces mille calories ou plus beaucoup mieux qu'elle.

Bien que, pas s'il voulait retrouver ces abdos qu'il avait dans son dernier film.

Beth écarta les pensées de son dernier film, sinon elle devrait admettre qu'elle l'avait regardé la nuit dernière sur son iPad, grâce à son abonnement de streaming, et avait presque eu son premier orgasme non auto-induit depuis deux ans.

Elle sortit du lit et s'occupa de le faire pour faire baisser la chaleur qui envahissait son corps alors que des images de ses rêves continuaient de surgir dans sa tête. Tout comme autre chose qui n'avait cessé de surgir chez Bry-

— Mark et Tommy sont réveillés? demanda-t-elle à Maggie, enfilant rapidement sa robe de chambre par-dessus son T-shirt pour cacher ses tétons durcis. C'était inutile de demander si Jason et Kelsey étaient debout ; les adolescents ne se levaient pas avant 14 heures pendant l'été, sauf s'ils travaillaient. Et même là, c'était une corvée de les faire bouger. Beth détestait l'admettre, et se sentait comme une mauvaise mère d'en profiter, mais c'était beaucoup plus facile de laisser les deux dormir la majeure partie de la journée pendant qu'elle s'occupait des emplois du temps des trois plus jeunes. Elle avait réussi à organiser des covoiturages la plupart du temps pour n'avoir qu'un jour où elle devait faire la navette pour tout le monde. Rien d'autre n'était fait ce jour-là, mais c'était acceptable. Elle appréciait le temps passé avec les enfants et leurs amis. La vie passait trop vite pour manquer ces moments précieux.

De plus, Kelsey avait reçu des amies hier soir. Beth avait laissé passer cette excuse minable — Kelsey voulait montrer Bryan à un nouveau groupe d'amies, et bien que Beth n'y soit pas favorable, sa fille méritait d'avoir des soirées pyjama. L'observation de Bryan allait se produire ; autant en finir.

— Tommy a sorti Sherman, dit Maggie en sautant du lit, entraînant la couette avec elle. C'était Maggie, un désastre après l'autre. Et elle était totalement inconsciente de tout cela, ce qui expliquait comment elle pouvait vivre dans le tas qu'elle appelait sa chambre.

Beth n'atteignait jamais tout à fait le même niveau d'acceptation que sa fille.

Elle soupira et rejeta la couette sur le lit. Maggie avait raison sur un point — pourquoi se donner la peine de faire le lit quand on allait y retourner le soir même ?

Et peut-être que quelqu'un d'autre y grimperait aussi...

Beth ramassa un oreiller par terre et le jeta sur la chaise à côté de son lit. Génial. Ce n'était pas suffisant d'avoir des rêves érotiques sur le gars, maintenant son subconscient l'invitait dans la chambre ?

— Maman! cria Mark depuis le rez-de-chaussée sur un ton qui pouvait mettre l'instinct maternel de Beth en alerte rouge en une seconde.

— J'arrive! Elle tapota la cuisse de Maggie. Viens, ma chérie. Tommy a des ennuis.

— Comment tu le sais, Maman? Avec ton troisième œil?

Beth se mordit la lèvre. Les enfants avaient cru à cette histoire aussi longtemps qu'ils avaient cru au Père Noël. Elle regretterait le jour où Maggie grandirait. — Oui, ma chérie. Alors dépêchons-nous.

Elle enfila ses baskets. La visite de Sherman chez le vétérinaire lui avait laissé un problème de digestion hyperactive — probablement encore en train de se remettre du choc — et elle n'allait pas courir dans le jardin sans chaussures.

Elle fit un double-take en passant devant la chambre de Maggie.

— Maggie? Elle s'appuya contre le chambranle et passa la tête plus loin dans la pièce.

— Oui, Maman? Maggie passa sa tête sous la sienne autour du chambranle.

— Ta chambre.

— Oui, Maman. C'est bien elle.

— Elle est rangée.

— C'est parce que tu l'as peinte, tu te souviens?

— Non, je veux dire, elle est toute nettoyée.

— C'est parce que Bryan l'a fait.

— Oui, mais c'était hier. Le *rangement* ne collait pas à Maggie. Il glissait et se recroquevillait dans un coin dans les dix minutes suivant son apparition.

— Oui, dit Maggie si naturellement que Beth dut se rappeler qu'il s'agissait de *Maggie* à qui elle parlait. Maggie la tornade. Maggie la bordélique comme Jason l'appelait hors de portée des oreilles de Maman - du moins le croyait-il. Maggie ne connaissait pas le sens du mot *rangé*, à moins qu'il ne signifie *cool*.

— Il y a un problème, Maman?

Le petit visage de Maggie était levé vers elle avec un sourire si grand que Beth réprima sa réaction instinctive - à savoir demander si Maggie se sentait bien.

— Ça a l'air très joli.

— Merci, Maman. Bryan a dit que les petites filles qui prennent soin de leur chambre deviennent des femmes qui réussissent. Tu devais avoir une chambre vraiment propre quand tu étais petite, pas vrai, Maman?

Une raison de plus pour Beth d'avoir envie d'embrasser Bryan Manley.

Une autre s'ajouta à la liste quand elle arriva dans le jardin et vit Bryan retirer la latte de la clôture en bois qui coinçait Sherman, Tommy d'un côté, Mark de l'autre, tous deux prêts à attraper le chien hyperactif dès qu'il serait libéré.

— Cette extrémité du marteau sert à retirer les clous. Vous voyez ce V ici? Bryan fit glisser l'extrémité courbe du marteau le long du bois et arracha un clou. Faites attention une fois que vous l'avez retiré. Les clous rouillés signifient un voyage aux urgences.

— Ouais, il faut faire une grosse piqûre. Nick Miller a dû faire ça quand il a marché sur un clou dans la cour de récré.

Beth grimaça, se souvenant de quand c'était arrivé. Le sang avait effrayé les enfants, puis l'un d'eux avait partagé le mythe de la grosse aiguille, ce qui avait affolé Nick et le reste des enfants. Ce serait un anniversaire que Nick n'oublierait jamais, mais malheureusement pas pour de bonnes raisons. C'était en partie pour cela que ses trois plus jeunes avaient si peur des aiguilles.

— Comme pour tout, les gars, vous apprenez à le faire correctement et vous réduisez votre risque de blessure. Bryan arracha l'autre clou. Maintenant, tenez tous les deux Sherman parce qu'il va vouloir courir quand je vais soulever cette planche.

— J'ai son collier, dit Mark de l'autre côté.

— J'ai sa queue, dit Tommy en essayant d'attraper le moignon qui constituait l'appendice remuant de Sherman.

— Tu ne peux pas le tenir par la queue, dit Mark d'un ton méprisant. Incroyable comment les deux minutes séparant leur naissance donnaient à Mark cette mentalité de grand frère.

— Si, je peux.

— Non, tu ne peux pas.

— Si, je-

— Les gars, tenez-le tous les deux. Il va vouloir s'échapper. Prêts?

— Ouais, dirent-ils à l'unisson, un son si doux aux oreilles de Beth. Ça n'avait pas été le cas quand ils avaient pleuré à l'unisson en tant que nourrissons, mais ça... Définitivement.

— Un. Bryan écarta la planche de celle d'à côté avec cette extrémité courbe du marteau. Deux. Il glissa ses doigts dessous et posa le marteau, puis saisit l'autre côté. Trois. Il tira la planche juste assez pour que Sherman puisse se faufiler, directement sur Mark qui, heureusement, ne lâcha pas son collier.

— Je t'avais dit que je pouvais l'attraper!

— J'ai aidé! Tommy courut vers le portail pour passer de l'autre côté de la clôture.

— C'est vrai, Tom. Tu l'as fait. Maintenant tenez-le bien, les gars. Bryan remit la planche en place, prit deux nouveaux clous et les enfonça.

— Bryan! Tu l'as fait! Maggie traversa la cour en courant et lui sauta au cou en s'accrochant à son dos. Tu as sauvé Sherman! Encore!

Encore? *Encore*? Beth admit ressentir une pointe de douleur. C'était *elle* qui avait trouvé Sherman et l'avait démêlé de l'étendoir. C'était *elle* qui lui avait insufflé de l'air dans le museau et l'avait porté jusqu'à la voiture. C'était *elle* qui avait eu terriblement peur de devoir annoncer à ses enfants que quelqu'un d'autre qu'ils aimaient était mort. Pourtant, c'était Bryan qui recevait les câlins?

— C'est ta maman qui a sauvé Sherman l'autre jour, Maggie. Pas moi.

Eh bien, maintenant il méritait *vraiment* un câlin pour être si galant.

Beth les rejoignit alors qu'il détachait les bras de sa fille de son cou et se relevait.

Ses pas hésitèrent. Elle avait oublié à quel point il était grand. Comment il remplissait cette chemise.

C'est parce qu'il ne portait pas de chemise dans ton rêve hier soir, ma chérie.

Comme il était observateur... Son sourcil gauche s'arqua alors qu'elle rougissait encore une fois.

— Merci. Elle essaya de garder la voix neutre.

— Pas de problème. Le chien a réussi à bien se coincer là-dedans.

— Pas pour Sherman. Enfin, je veux dire, oui, pour ça mais aussi pour... Elle jeta un coup d'œil à Maggie et prit le menton de sa fille dans sa main. Pourquoi n'irais-tu pas aider tes frères à ramener Sherman à la maison où il doit être?

— D'accord, Maman.

Beth se mordit la lèvre inférieure pendant une seconde en regardant Maggie s'éloigner en sautillant, puis leva les yeux vers Bryan. Je voulais dire pour ce que tu viens de dire à Maggie. Que j'ai sauvé Sherman. Je sais que ça ne devrait pas être important, mais-

— Hé, tu n'as pas besoin d'expliquer. Ni de me remercier. Il lui toucha le bras d'une manière amicale - Jusqu'à ce qu'une décharge électrique remonte son bras. Le sien aussi, si sa réaction était un indice, car il retira sa main si vite que c'en était gênant.

—Je-

— Je suis-

— Qu'allais-tu-

— Toi d'abord.

La gêne régnait en maître.

Bien sûr, Bryan serait celui qui la briserait. — Je suis désolé. Je n'aurais pas dû-

— Non. C'est bon. C'est juste que... Je ne suis pas habituée à-

— Oh, c'est vrai. Je n'y avais pas pensé.

Elle mentait effrontément. Elle ne réagissait pas ainsi quand quelqu'un d'autre la touchait. Bon sang, elle n'avait même pas réagi de cette façon aux quelques baisers qu'elle avait reçus lors de ces rendez-vous qui n'avaient pas abouti, et ils étaient bien plus sensuels qu'un simple effleurement de ses doigts.

— Non, ce n'est pas ça. C'est juste... Bon sang, que pouvait-elle dire qui ne les embarrasserait pas tous les deux?

— Beth, je...

Et voilà qu'il recommençait avec ses gestes. Certes, cette fois-ci c'était son épaule, mais quand même... la même réaction. Seulement cette fois, aucun des deux ne s'écarta.

Mais elle aurait dû. Elle ne devrait pas envisager ce qu'elle était en train d'envisager.

Mais lui aussi semblait y songer.

C'était fou. Insensé. Stupide. Ça ne pouvait mener nulle part. Et ils étaient dans son jardin où n'importe qui pouvait les voir.

Y compris Jason et Kelsey s'ils regardaient par leurs fenêtres.

— Sherman! couina Maggie de l'autre côté de la clôture.

Maggie. Oh mon Dieu. Et Tommy. Et Mark. Ils ne pouvaient pas voir Beth et Bryan aussi proches.

— Sherman, non! Cette fois, c'était Mark, accompagné d'un autre cri aigu de Maggie et d'un mot de la bouche de Tommy que Beth ne savait même pas qu'il connaissait.

— Je dois voir ce qui se passe. Oui, c'était une excuse, mais elle était valable. Incroyable que *Sherman* soit son sauveur.

— Je viens avec toi.

Bryan lui saisit la main et ils coururent vers le portail, tandis que Beth essayait désespérément de ne pas remarquer le feu qui embrasait ses terminaisons nerveuses, partant de sa paume, remontant le long de son bras et se propageant dans tout son corps à l'idée de ce qui aurait pu être.

Puis elle vit Sherman. Rien de tel qu'un chien se roulant dans du compost pour refroidir ses nerfs en ébullition.

— Oh, Sherman, non! s'exclamèrent les quatre Hamilton à l'unisson.

— Oh, Sherman, oui, grogna Bryan en dirigeant les enfants pour former un cercle autour du chien. Allez, les gars, préparez-vous à l'attraper quand il va s'enfuir.

Bryan se balançait d'avant en arrière, prêt à bondir, et oh, ce que ça faisait à ses fesses. Et Beth ne détournait pas le regard.

Puis il s'élança et la perfection physique qu'était Bryan n'était rien comparée à lui venant à son secours une fois de plus — même lorsqu'il glissa, plongeant tête la première dans le tas.

Et c'était cela, ainsi que le fait qu'il ait réussi à garder son emprise sur son animal de compagnie qui se tortillait, qui fit grimper son statut de chevalier en armure étincelante de plusieurs crans.

Chapitre Neuf

Bryan utilisa la serviette rose et duveteuse que Maggie avait insisté pour lui prêter avant qu'il n'aille sous la douche, et essaya de ne pas trop regarder autour de lui dans la salle de bain de Beth lorsqu'il eut fini. D'imaginer Beth ici, sous la douche. Mouillée. Couverte de mousse.

Ou pas.

D'accord, il ne s'en sortait pas très bien sur ce point.

Il se frotta la tête avec la serviette. Ah, ça sentait comme elle. Pas du parfum, juste un shampooing bon marché, mais combiné à son odeur naturelle... Bam! Ça le frappait en plein ventre.

Tout comme ce presque-baiser plus tôt.

Il aurait dû le faire — eh bien, non, il n'aurait pas dû. Il y avait trop de bagages. Les siens inclus. Mais, bon sang, il en avait eu envie. Surtout quand il avait été à un tout petit pas de la goûter. De la tenir dans ses bras et de découvrir toute la douceur qu'il savait être en Beth. De la sentir contre lui, comment son corps s'accorderait aux contours du sien, comment elle s'emboîterait dans ses bras. Il y aurait des feux d'artifice. Il le savait. Il ne savait pas comment il le savait ; il le savait simplement. Il n'avait pas ressenti de feux d'artifice depuis, eh bien, des années. Même avec toutes les belles femmes qu'il avait fréquentées, il savait que Beth les éclipserait toutes s'il avait seulement la chance de la prendre dans ses bras et de l'embrasser.

Mais il ne l'avait pas fait et il ferait mieux d'accepter ça et de faire avec, au lieu de rester là à rêvasser sur quelque chose qui ne ferait que compliquer les choses. Il enroula la serviette autour de ses hanches et chercha quelque chose à mettre. Malheureusement, il doutait que son uniforme soit sorti de la machine à laver, mais il ne pouvait pas vraiment se promener dans sa maison en serviette. Il n'était pas stupide ; il travaillait dur pour garder son corps dans cette forme et savait à quoi il ressemblait. Il connaissait l'effet qu'il avait sur les femmes, et bien qu'il en soit content autour de Beth, Kelsey... pas vraiment.

Le peignoir de Beth était accroché derrière la porte. Bien sûr, il était rose.

Il haussa les épaules. Les vrais hommes pouvaient porter du rose, et bon sang, il était déjà dans cette serviette duveteuse avec un visage de chat sur le bord ; un peignoir rose était presque un détail.

Dommage qu'il soit trop petit.

Bryan retira la manche. Il avait réussi à la remonter jusqu'au biceps. Beth avait peut-être la taille parfaite pour lui, mais elle n'était pas bâtie comme lui. Et Dieu merci pour ça.

Il haussa les épaules et ouvrit la porte de la salle de bain. *Ne regarde pas son lit.*

Ouais. Ça n'a pas marché.

Le lit avait les couvertures remontées mais pas bordées. Les oreillers étaient sur la chaise à côté. Elle s'était levée en vitesse pour sauver Sherman. Avait-elle porté ce short court avec lequel elle était apparue dehors pour dormir? Ou dormait-elle nue? Elle ne portait pas de soutien-gorge — ça, il en était certain et ça l'avait torturé pendant toute sa douche.

Il réajusta la serviette. Ouais, c'était inutile. Une serviette n'allait pas cacher son érection grandissante.

Ce qui signifiait que, *bien sûr*, c'était le moment où la porte de sa chambre s'ouvrit et Beth se tenait là avec des vêtements dans les mains.

Qu'elle laissa tomber.

Bryan se pencha pour les ramasser, manquant presque de la percuter.

— Je, euh... Beth fit ce geste adorable de mettre ses cheveux derrière l'oreille et cette chose vraiment sexy de se lécher les lèvres dont elle n'avait aucune idée de l'effet que ça aurait sur lui. *Lui* ne savait pas que ça l'affecterait ainsi — comme une vague de lave déferlant sur sa tête et se précipitant directement vers son entrejambe. Bon Dieu, il la désirait.

Raison suffisante pour reculer. Ce qu'il fit.

Bien sûr, la serviette tomba quand il le fit.

Bryan se précipita pour attraper le truc quelque part vers ses genoux, rougissant pour la première fois de sa vie de sa nudité.

— Oh. Merde. Désolé. La fichue serviette avait rétréci de deux tailles en deux secondes, et elle était tordue sur elle-même de sorte que si cette chose pitoyablement étroite le couvrait réellement, il rendrait sa carte d'homme.

Le rougissement de Beth correspondait parfaitement au peignoir.

— Oh, bon sang. Tiens. Elle lui tendit un des vêtements. Bryan le lui arracha des mains et le plaqua sur son entrejambe. Génial. Rien de tel que de se tenir devant elle en tenant ses parties avec ses fesses à l'air derrière lui.

Il pria pour qu'il n'y ait pas de journalistes dehors. Cette photo deviendrait virale en un instant.

Beth se redressa et essaya de détourner les yeux — mais il surprit le coup d'œil rapide vers ses régions inférieures.

Ce qui provoqua un vif intérêt desdites régions inférieures.

Génial. Rien de tel que tenir ses parties *excitées* devant la femme qui les avait rendues ainsi.

Dieu merci, elle se retourna. — Ce sont, euh, c'étaient ceux de Mike. Il n'était pas aussi, euh, grand que toi, mais ils devraient quand même t'aller. En attendant que ton uniforme soit sec.

— Merci.

— Je vais te laisser... t'habiller.

Il ne voulait pas qu'elle parte.

Heureusement, un brin de bon sens l'empêcha de le dire tout haut, et il attendit qu'elle ferme la porte derrière elle avant de bouger.

Il n'était pas sûr de ce qu'il ressentait à l'idée de porter les vêtements de son mari.

Mari décédé.

Exact. Cette distinction était importante. Il ne draguait pas les femmes mariées. Les veuves, en revanche...

Non, il ne draguait pas les veuves non plus. Bon sang, il ne draguait personne. Il n'en avait pas besoin. Elles le draguaient toutes. Mais il n'avait jamais accepté l'invitation d'une femme mariée et jusqu'à présent, aucune de ses amantes n'avait été veuve.

Beth pourrait être la première.

Il enfila brusquement le short. Peut-être que porter les vêtements de son mari décédé *était* une bonne idée ; ça l'empêcherait de se ridiculiser autour d'elle. Sérieusement, il n'allait pas commencer quelque chose avec Beth. Elle avait trop de choses dans sa vie pour gérer une aventure sans lendemain, et une aventure sans lendemain était tout ce que Bryan pouvait faire à ce stade de sa vie. Surtout avec une mère de banlieue.

Un petit coup résonna à la porte. — Bryan ?

Il enfila rapidement le T-shirt par-dessus sa tête. — Attends, Maggie. J'arrive tout de suite.

Il ramassa la serviette et la suspendit dans la salle de bain pour qu'elle sèche, puis ouvrit la porte pour trouver Maggie debout avec une expression pleine d'espoir sur le visage.

Tout comme Kelsey et ses trois amies derrière elle. Combien de groupes d'amis cette gamine avait-elle ?

— Salut, Bryan. Kelsey lui adressa un petit sourire séducteur avec la tête penchée qui serait dévastateur pour des garçons de douze ans. Beth allait avoir du pain sur la planche dans quelques années.

Cette gamine a besoin d'un père.

Bryan inspira profondément. Il avait besoin d'aller nettoyer des toilettes ou quelque chose comme ça. Sortir cette idée absurde de sa tête.

— On se demandait si tu pouvais, tu sais, prendre quelques photos avec nous ? demanda Kelsey.

— Ouais, ça rendrait tout le monde totalement jaloux, dit une des filles.

— Et ma mère aussi. Elle te trouve canon.

Bryan s'efforça d'afficher un sourire. Cette conversation était déplacée à tellement de niveaux.

— D'accord, les filles, mais descendons, d'accord ? La chambre n'était *pas* l'endroit pour faire une séance photo. Son agent ferait une crise cardiaque.

Les filles gloussèrent et se dirigèrent vers les escaliers en masse, de cette façon étrange propre aux adolescentes. Maggie leva les yeux au ciel et secoua la tête en lui prenant la main. — Raquel est bizarre. Elle ne parle que de garçons. Le soupir de Maggie en disait long sur ce qu'elle pensait du sujet. — Les garçons sont agaçants.

Les lèvres de Bryan tressaillirent. Ah, l'honnêteté brutale d'un enfant.

— Sauf toi, dit Maggie en s'arrêtant en haut des escaliers. Elle tapota sa main avec sa main libre. — Tu n'es pas agaçant. Tu es gentil.

Son cœur fondit à cet instant. Il fut surpris qu'il ne dégouline pas dans les escaliers tellement ses paroles l'avaient touché. Parce qu'elle les pensait. Les enfants de son âge étaient d'une honnêteté brutale - et cette vérité pouvait blesser ou réchauffer le cœur.

Il la souleva dans ses bras et posa son front contre le sien pendant quelques secondes. — Merci, Maggie. Je te trouve aussi très spéciale.

Elle lui tapota les joues et lui donna un baiser sur le nez. — Maintenant, on est des copains spéciaux. C'est ce que mon papa faisait avec moi avant de mourir.

Le cœur de Bryan acheva de fondre et il ne put que hocher la tête. Bon sang, il dut même cligner des yeux plusieurs fois pour qu'elle ne le voie pas s'émouvoir.

Il la porta dans les escaliers, en rendant ses pas un peu plus bondissants pour que ses cris de joie effacent l'émotion intense qu'elle avait fait naître en lui. Ils avaient tous les deux besoin de son rire.

Kelsey attendait avec impatience dans le salon, essayant d'avoir l'air mature et cool devant ses amies. Comme il se souvenait de ces moments-là. C'était difficile de grandir avec un seul parent, et avec la façon dont son père était mort...

Il avait fait ses recherches après cette première nuit. Lu tous les articles de presse. Vu les soupçons qui pesaient sur Mike Hamilton dans les jours suivant sa mort. Ça n'avait pas dû être facile pour Beth, d'essayer de faire face à sa mort *et* de s'occuper de ses enfants *et* de gérer la couverture médiatique. La presse pouvait être impitoyable, surtout si elle flairait une histoire. Et elle en avait flairé une. Il s'était surpris à s'énerver en lisant les spéculations qui, au final, s'étaient avérées sans fondement. Mike avait été blanchi de tout acte répréhensible et son dossier était resté immaculé - comme il se devait.

Bryan hissa Maggie sur le canapé et alla se placer à côté de Kelsey. Ses épaules se redressèrent. Sa tête se leva un peu plus haut.

Puis il passa son bras autour d'elle. Son quotient de *coolitude* augmenta de façon exponentielle ; il pouvait le voir dans les regards admiratifs de ses amies. Bien. S'il pouvait faire ça pour elle, porter un tablier en valait la peine.

— D'accord, les filles, j'ai quelques minutes pour faire ça. Qui prend les photos?

— Oh, euh, c'est vrai. Le visage de Kelsey se décomposa.

—Je peux! Maggie leva la main, son petit visage si plein d'espoir que Bryan était à mi-chemin d'une grimace car il savait ce qui allait arriver quand Kelsey secoua la tête.

— Pas question, Mags. Je vais chercher Maman.

Sa grimace se transforma en un sourire qu'il ne put contenir.

Il essaya de le réprimer quand Beth arriva, s'essuyant les mains sur un torchon, l'air tellement June Cleaver que ça aurait dû le faire fuir dans la direction opposée, mais ce ne fut pas le cas.

Elle s'arrêta net quand elle le vit, et le regard qu'elle lui lança était *loin* d'être celui de June Cleaver.

Il dut se raisonner pour contrer la réaction naturelle de son corps. *Adolescentes* devint son mantra. Rien de mieux pour annuler l'effet que Beth avait sur lui.

La séance photo passa de "quelques minutes" à une bonne demi-heure tandis que les filles s'habituaient à lui et cessaient d'être impressionnées par sa célébrité.

Puis leurs mères arrivèrent.

Beth répondit à la porte alors qu'il terminait la dernière photo et elle revint dans le salon avec un air désolé sur le visage. — Euh, Bryan? Les mamans se demandaient si elles pouvaient, eh bien...

— Bien sûr. Pas de problème. Mais pourquoi n'irions-nous pas dehors, mesdames? Il aimait bien rencontrer ses fans et il savait aussi bien que quiconque que son physique était l'attrait principal. Il ne se faisait aucune illusion à ce sujet, et il travaillait son apparence précisément pour cette raison. C'était ce qui l'avait fait remarquer, mais il devait travailler son métier pour que les rôles continuent d'affluer. Il ne voulait pas finir comme une blague de beau gosse quand tout serait dit et fait. C'est pourquoi il essayait de passer à autre chose que les rôles de héros d'action. Personne ne gagnait d'Oscar pour ça. C'était le jeu d'acteur solide qui venait de l'interprétation de personnages émotionnellement complexes qui remportait les prix du Meilleur Acteur, et c'était quelque chose que Bryan avait en vue depuis son premier rôle SAG.

Il posa sur la terrasse pour suffisamment de photos pour remplir un magazine pendant toute une année, répondit à une tonne de questions et esquiva quelques invitations pas si discrètes avec sa bonne humeur habituelle et sans s'engager, tout en étant très conscient que Beth rôdait en arrière-plan, jetant un coup d'œil dans sa direction de temps en temps.

Elle n'avait pas oublié le presque-baiser. Bien. Enfin, peut-être que c'était bien. Il avait *presque* franchi les limites et ça ne serait vraiment pas bien. Ni pour l'un, ni pour l'autre.

Sans blague, Sherlock. Est-ce qu'elle a l'air du genre de femme qui embrasse des mecs au hasard?

La jalousie lui tordit l'estomac, ce qui le surprit car il n'avait jamais été du genre jaloux. Appelez ça de l'arrogance, mais si une femme voulait quelqu'un d'autre, il n'allait pas supplier. La réalité était qu'il en avait des files d'attente.

Mais avec Beth... Il ne comprenait pas. Elle était tout ce dont il n'avait *pas* besoin à ce stade de sa vie, juste au moment où sa carrière était sur le point de passer à l'étape suivante. Son agent comptait sur un nouveau rôle de jeune premier romantique pour lui donner une crédibilité tous azimuts. Pour pouvoir jouer des rôles émotionnels aussi bien que des rôles d'action. Il allait être considéré comme un touche-à-tout et faire un carton.

La dernière chose dont il avait besoin était de se languir d'une mère de cinq enfants dans la classe moyenne américaine. C'était son heure de briller. De marquer les esprits. Pas d'être attaché par des racines si profondes qu'il ne serait jamais libre.

Attaché? Attaché? Qu'est-ce que tu racontes, Manley?

Il ne savait pas et ne voulait pas savoir. Bryan plaqua un grand sourire charmeur de star de cinéma sur son visage et regarda la dernière maman du groupe. Il la fit tourner dans ses bras dans une pose romantique classique, sachant que ça ferait le tour de Twitter en quelques minutes et lancerait les spéculations sur son prochain film. Tout était question de publicité. Et le serait toujours.

Beth ne put s'empêcher de ressentir une pointe de jalousie lorsque Lori entoura de ses bras le cou de Bryan et s'y accrocha. Beth aurait voulu être à sa place. Ce qui était idiot. Ridicule. Elle avait un rendez-vous ce soir et Bryan ne posait que pour une séance photo, il n'emportait pas Lori dans ses bras pour chevaucher vers le soleil couchant et vivre heureux pour toujours. Bryan n'était pas fait pour ce monde. Cette vie. Il était destiné à de plus grandes et meilleures choses. Le glamour et le strass d'Hollywood. Des semaines dans le sud de la France pour des festivals de cinéma. Des cérémonies de remise de prix, des tapis rouges et des interviews...

Des interviews. Souviens-toi de ça, Beth. La publicité. Les relations publiques.

Mon Dieu, comme elle avait détesté les interviews. Tout le monde avait voulu lui parler quand la carrière de Mike avait été mise en doute. Elle avait dû s'exprimer alors. Elle avait dû le défendre. C'était un homme bien, et un excellent pilote. Il n'aurait jamais mis en danger ses passagers, sa carrière, sa *vie*. Ce n'était pas Mike, et c'est ce qu'elle avait dit à tout le monde. Mais malgré tout, ils avaient examiné chaque aspect de sa carrière pendant que l'enquête officielle se poursuivait. Mike avait été jugé dans la presse. Ils n'avaient jamais rendu de verdict car, Beth l'avait supposé, ils avaient découvert que l'image de Mike était si irréprochable qu'il n'y avait aucune histoire à raconter.

Mais avec Bryan...

Non, elle n'avait pas besoin de ce genre d'examen minutieux dans sa vie à nouveau, et bien qu'elle dût admettre qu'elle ressentait définitivement une attirance pour Bryan, cela ne pouvait mener nulle part. Elle ne le laisserait pas. Elle n'était pas une aventure de plateau. Elle avait cinq enfants pour lesquels elle devait montrer l'exemple. Cinq enfants qui dépendaient d'elle pour tout. Elle ne pouvait pas se permettre de se perdre dans l'hyperactivité qu'était la vie de Bryan, et elle ne pouvait pas se laisser distraire par des *et si* qui ne se réaliseraient jamais.

Alors elle cacha sa grimace quand Lori poussa un cri aigu et rejeta sa tête en arrière, montrant son implant mammaire à trois mille dollars, et elle l'encaissa comme si cela ne signifiait rien. Parce que, vraiment, cela ne pouvait - *ne devait* - rien signifier.

— Eh bien, mesdames, je suis désolé de devoir écourter cela, mais je suis en fait ici pour faire un travail. Les amies de Beth paient pour ça, et je veux m'assurer qu'elle en ait pour son argent.

Beth ne serait pas contre le fait d'être payée sous une autre forme—

Elle avait un rendez-vous. Ce soir. Avec un médecin. Elle devait sortir Bryan de son esprit.

Elle recula contre le barbecue avec un *clang*. — Oh. Désolée, dit-elle quand ils la regardèrent tous — une première depuis leur arrivée car ils n'avaient eu d'yeux que pour Bryan.

Bryan choisit de profiter de la distraction et, avec Maggie sur ses talons, se dirigea vers l'escalier extérieur menant au sous-sol. Zut. Elle n'avait pas eu l'occasion de demander aux enfants de le ranger et Dieu seul savait quelle nourriture ils avaient laissée là-bas.

— Allez, Beth, demanda Julia, la femme de l'entraîneur de soccer de Mark et Tommy, une fois qu'elles l'eurent vu descendre les escaliers — et Julia n'avait même *pas* de fille ici avec Kelsey. — Il ne fait pas vraiment le *ménage*, n'est-ce pas ? C'est juste une couverture, pas vrai ?

— Ouais, dis-nous qu'ils tournent un film ici ou quelque chose comme ça? Un shooting pour un magazine?

— Hé, il peut s'étaler—

— Mikayla! Debbie Johnson gifla Mikayla McCarty la Mal Embouchée — qui portait bien son surnom, sinon avec classe — sur le bras. — Les filles pourraient t'entendre.

— J'espère que *lui* pourrait m'entendre.

Beth regarda les cinq femmes, toutes des mamans de l'équipe de soccer et de l'association des parents d'élèves comme elle, les yeux écarquillés d'anticipation, des sourires pleins d'espoir sur leurs visages.

Était-ce ce qu'elles étaient toutes devenues? Des adolescentes en quête de potins dans des corps de femmes, parlant d'un homme qu'elles pensaient connaître par son image publique, mais qu'elles ne connaissaient pas vraiment? Bavant sur lui? Le transformant en un morceau de viande? Était-ce ce qu'il vivait quotidiennement? Poser pour des photos avec des inconnus qui aimaient l'emballage mais n'avaient aucune idée de l'homme à l'intérieur?

— Désolée de vous décevoir, mesdames, mais oui, Bryan est ici pour faire le ménage. Elle ajusta la housse du barbecue, puis se dirigea vers les portes-fenêtres menant à la cuisine. — Je vais demander à Kelsey d'amener les filles devant pour vous rencontrer.

Elle traversa la tornade de vaisselle du petit-déjeuner que Kelsey avait servi à ses amies, grimaçant en pensant à Bryan voyant cela. Il venait juste de rendre sa cuisine impeccable hier ; maintenant on aurait dit qu'une bombe avait explosé. La tornade Hamilton avait encore frappé.

Elle poussa du pied les baskets de son aînée hors du chemin juste au moment où la télé s'alluma. Ah, bien. Jason était debout. — Jase!

— Ouais? Sa tête de Cousin Machin se leva du canapé.

— Sérieusement? Tu es fatigué? Tu n'as pas dormi douze heures?

— Euh, pas vraiment, maman. J'étais debout à jouer à *Call of Duty* avec les gars.

Elle détestait ce jeu. Du sang, de la mort et de la destruction. Ça ne pouvait pas être sain. Elle en avait parlé au conseiller, mais le gars avait dit de le laisser jouer. C'était un exutoire social pour Jason, un moyen de se connecter avec des amis qui ne connaissaient pas la tragédie familiale. Cela donnait à Jason la chance d'échapper aux souvenirs. Un lieu et un moment où il n'avait pas à s'en souvenir et où il pouvait simplement être un enfant.

Mais cela ne voulait pas dire qu'elle devait l'aimer ou le laisser l'utiliser comme excuse pour ne pas faire sa part à la maison. — Eh bien, décolle ton corps fatigué du canapé et ramasse tous les sacs poubelle. Il faut les sortir aujourd'hui.

— Oh, maman. Pourquoi je dois le faire? C'est pas pour ça qu'on a M. Grande Vedette ici?

— Je n'aime pas ton ton, Jason. Et non, ce n'est pas pour ça que Bryan est ici. Il est là pour faire le ménage, pas pour être ton ramasseur personnel. Elle n'allait pas penser à lui comme étant son *quoi que ce soit* personnel. — Tu as peut-être fini l'école pour l'été, mais ce n'est pas des vacances. Cet homme a d'autres choses à faire dans sa vie que ramasser derrière toi. Et moi aussi. Elle lui lança une de ses chaussettes puantes. Elle n'avait pas eu de frères en grandissant. Juste une sœur aînée qui était plus une baby-sitter qu'une sœur. Être un "accident" n'était pas amusant quand il y avait douze ans d'écart avec son seul frère ou sœur.

— Oh, maman, ça peut pas attendre la pub?

— On a un magnétoscope numérique, Jase. Mets l'émission en pause et fais-le. Il y avait du bon à dire sur la technologie.

Surtout quand Jason figea l'écran à la prochaine publicité — une photo de Bryan sortant de ce lac avec les bombes explosant derrière lui et rien d'autre qu'un pantalon cargo taille basse menaçant d'avoir un problème de garde-robe.

— Hé, regarde qui c'est. Jason balança sa tignasse sur le côté, dégageant ses yeux. — Le mec a l'air vraiment différent dans un costume de femme de ménage. Il ricana.

— Jason, qu'as-tu exactement contre Bryan? Tu es grincheux depuis qu'il est arrivé ici.

Il baissa immédiatement la tête et fixa ses ongles. — Sais pas. C'est juste bizarre. Un gars qui nettoie notre maison. Qu'est-ce qu'il y gagne à traîner dans la maison d'une famille au hasard? Où est sa carte d'homme?

Carte d'homme? Son fils de quatorze ans parlait de *cartes d'homme*? Elle ne savait pas comment gérer ça. Elle n'était pas un homme. Les hommes savaient ces choses-là. C'est pourquoi elle avait choisi un thérapeute masculin, espérant qu'il pourrait apporter cette influence masculine dont elle n'était pas capable. Mais *carte d'homme*? Que devait-elle répondre à ça?

— Il est payé, Jase. C'est son travail.

— Allez, maman. Ouvre les yeux. Le mec gagne un million de dollars par minute. Pas moyen qu'il ait besoin d'argent en travaillant ici. Alors c'est quoi son angle?

— Il aide sa sœur. C'est son entreprise.

Jason haussa les épaules. — Si c'était moi, je signerais un chèque et basta. Il ne peut pas *aimer* nettoyer derrière nous. Alors c'est quoi le deal? Maintenant Jason la regardait. Intensément. Il repoussa même ses cheveux de son front. — Pourquoi *toi*, maman? Pourquoi t'a-t-il choisie *toi* pour faire le ménage?

Elle? Jason faisait de cela une affaire personnelle? Avait-il vu ce qui avait failli se passer entre elle et Bryan après l'escapade de Sherman à la clôture?

— Jason Michael Hamilton. Je n'aime pas ce que tu insinues et je ne veux plus entendre un mot à ce sujet. Bryan travaille pour sa sœur, et Mme Leopold et Mme Harte ont décidé que j'avais besoin d'une femme de ménage. Ce sont elles qui paient pour ça. Ça n'a rien à voir avec Bryan. Je ne sais pas pourquoi il travaille pour sa sœur, mais ce n'est pas nos affaires. Le fait est qu'il est là, il travaille, et c'est tout. Mais il n'est pas ton esclave personnel, alors ramasse tous les déchets et attaque-toi à ta chambre. Ça devient un danger pour la santé là-dedans. Est-ce que je me suis bien fait comprendre?

Ses cheveux retombèrent sur ses yeux tandis qu'il marmonnait quelque chose.

— Je n'ai pas entendu ça.

— Oui, m'dame.

Elle grimaça au « m'dame ». Rien de tel pour vieillir de vingt ans avec ce terme, mais c'était la plus grande marque de respect qu'elle pouvait espérer, alors elle laissa passer. Il se dirigea vers l'étage, vers la zone sinistrée qu'était sa chambre.

Beth exhala quand il tourna au coin et qu'elle entendit ses pas lourds *traîner* dans les escaliers. Mon Dieu, qu'avait-il insinué? Pensait-il vraiment que Bryan était là pour autre chose que ce pour quoi il avait été engagé?

Ou l'*espérait*-il?

Elle ne savait pas d'où venait cette pensée, mais elle résonnait en elle. Jason avait dû grandir rapidement au cours des deux années depuis la mort de Mike. Deux ans, pendant lesquels Jason avait atteint la puberté, la phase la plus diffi-cile de sa vie. Tout en faisant face à la mort horrible de son père...

Il ne voulait pas être l'homme de la maison. Elle non plus ne le voulait pas, mais Jason avait pris certaines choses en charge. Pas les ordures - celle-là, elle la lui avait imposée parce que les corvées sont des corvées et qu'elle avait besoin d'aide. Mais le sens des responsabilités qu'il ressentait parfois, le fait de veiller sur les autres enfants, l'argent qu'il mettait de côté dans la fermeture éclair de son pouf qu'il pensait qu'elle ne connaissait pas... Et ce satané regard sur son visage chaque fois qu'il la voyait avec le chéquier, ou à bout de nerfs avec Tommy et Mark, ou en train de déterrer Sherman de sous le porche... Toutes ces choses dont son mari aurait dû s'inquiéter, pas son fils de quatorze ans. Mais l'univers ne le voyait pas ainsi. Ce qui expliquait pourquoi elle allait, une fois de plus, à un rendez-vous auquel elle n'avait aucun intérêt à aller.

— Il s'en sort bien, tu sais.

Beth leva les yeux, surprise, pour trouver Bryan dans l'embrasure de la porte, éclairé par le soleil - la mise en valeur parfaite de ce physique de dingue qu'elle n'avait aucune raison de remarquer mais qu'il aurait fallu être morte pour ne pas voir.

— Je... je suis désolée. Quoi?

Bryan jeta un chiffon à poussière sur son épaule et entra dans la pièce d'un pas nonchalant. Oh, il ne le faisait pas exprès, mais l'homme était si naturellement sexy que le déhanché se produisait tout seul. Et la faisait saliver, tout en se demandant, en Technicolor éclatant, comment ce serait d'être plaquée contre ce corps, avec ses bras autour d'elle et ses lèvres sur les siennes et Mon Dieu! Qu'est-ce qui n'allait *pas* chez elle? Bryan ne pouvait rien être pour elle. Elle était aussi mauvaise que Lori et Mikayla et les autres mères.

— Jason, dit Bryan, inconscient de la direction que prenaient ses pensées. Sa mauvaise humeur fait partie de ses quatorze ans, mais ça lui passera. C'est un bon gamin. Bordélique, mais il est monté sans te répondre.

Il allait s'asseoir sur l'accoudoir du canapé, mais Beth se décala de côté pour qu'il puisse s'asseoir sur le canapé lui-même. *À côté* d'elle.

— Et devine quoi? Il lui fit un clin d'œil.

Il lui avait fait un *clin d'œil*. Pas étonnant que des millions de femmes s'évanouissent chaque fois qu'il apparaissait à l'écran.

— Beth?

Oh mon Dieu. Il l'avait surprise en train de fantasmer sur lui. — Euh, quoi? Ça devrait couvrir tout ce qu'il avait pu lui demander.

— Je l'ai surpris ce matin à sortir des chaussettes de son tiroir et à les lancer dans sa chambre.

Cela dissipa le brouillard que Bryan avait fait tomber sur ses processus de pensée rationnelle habituels. — Quoi? Pourquoi ferait-il ça? Il a passé tout ce temps à la nettoyer.

Bryan sourit et c'était ravageur. — Exactement. Il l'a nettoyée parce que tu l'as obligé, mais il veut avoir le contrôle sur sa chambre. Son environnement. Son monde. Il a eu si peu que ce petit acte de salir sa chambre lui procure du plaisir. Lui donne ce sentiment de contrôle dont il a besoin. C'est une bonne manifestation. Mieux que d'autres façons dont il pourrait agir pour prendre le contrôle de sa vie.

— Je pensais que tu étais acteur, pas psy.

Une expression étrange traversa le visage de Bryan et il détourna le regard. Oh, c'était bref, mais suffisant pour que Beth réalise qu'elle avait touché un point sensible.

— J'ai, euh... J'ai... vu quelqu'un pendant un moment. Un thérapeute. Tu sais, pour mettre quelques trucs au clair. J'ai tout appris sur le besoin de contrôle.

— Tes parents. Les mots sortirent avant qu'elle ne puisse les arrêter. Heureusement, cependant, il ne se ferma pas ou ne partit pas en trombe.

Au lieu de cela, il exhala et hocha la tête. — Ouais. C'était dur.

— J'imagine. Je suis désolée.

— Tu n'as pas à être désolée.

— Eh bien, que tu viennes chez moi et que tu voies le même genre de chose que tu as dû vivre.

— Beth.

Il posa sa main sur son genou. C'était un contact léger. Complètement asexué, elle en était sûre. Ou du moins c'était probablement son intention, mais ce n'était pas du tout comme ça pour elle. Une étincelle remonta sa jambe, traversa son estomac, lui coupant le souffle et le logeant dans sa gorge. Tout comme quand il avait failli l'embrasser.

— Je voulais juste te dire que, d'après ce que je peux voir, et ayant vécu quelque chose de similaire, tes enfants s'en sortent bien. Bien sûr, ils portent la perte - ça ne disparaîtra jamais - mais ils se comportent comme des enfants normaux. *Tu es* celle qui voit que leur père est parti à chaque minute de chaque jour. Et je comprends ça, vraiment. Mais eux non. Il y a des moments où ils oublient réellement. Ou quand les souvenirs sont bons, pas douloureux.

Il lui raconta ensuite que Maggie lui avait montré le câlin spécial de Mike, et Beth fut stupéfaite. Non seulement Maggie avait montré cela à Bryan, mais elle avait souri en le faisant.

— Tu ne dis pas ça juste pour me faire me sentir mieux.

Il rit doucement. — Crois-moi, si mes frères t'entendaient dire ça, ils te diraient sans ambages que je ne dis pas les choses pour faire plaisir aux gens. Que je suis brutalement honnête. Parfois à l'excès. Ses doigts pressèrent son genou juste avant de le quitter. — Non, s'il y a bien une chose que je ferais, ce serait de te dire le pire. Mais la vérité, c'est que les enfants *sont* résilients. Ils n'ont eu que quelques années avec Mike. Toi, tu en as eu tellement plus. C'est plus difficile pour toi de t'adapter parce qu'il faisait partie de ta vie depuis si longtemps. De tes projets d'avenir. Tu as perdu tout ça.

— Tu essaies de me remonter le moral? Elle optait pour l'humour. Parce que tout autre chose la ferait pleurer. Y compris l'idée que Bryan Manley essayait de la réconforter. Son monde avait tellement changé ces deux dernières années, et voilà qu'il changeait encore.

Il prit un virage serré vers Oh-la-la-ville quand il sourit timidement. — On dirait que je ne m'en sors pas si bien, hein?

Il faisait tellement plus qu'il ne le pensait.

Arrête, Beth! Criait son subconscient. *Ça ne veut rien dire. Il ne signifie rien. Il a l'habitude de faire sentir les femmes spéciales. C'est son travail. C'est ce qui l'a rendu si célèbre. Arrête de voir des choses qui n'existent pas. Parce qu'elles n'existent pas et tu vas juste finir par te faire du mal.*

Du mal. Bien sûr. La douleur. La douleur, c'est nul. La douleur, c'est mauvais. Elle n'avait pas besoin de plus de douleur.

Elle prit une profonde inspiration et se leva, essayant de ne pas remarquer à quel point son genou était soudainement froid sans sa grande et forte main posée dessus.

— Beth, qu'est-ce qui ne va pas? Bryan lui attrapa la main.

Elle essaya de la retirer. Ou du moins, elle essaya. Il ne la lâcha pas.

Son regard ne lâcha pas le sien non plus. Pas pendant tout le long et lent moment qu'il lui fallut pour se lever à côté d'elle, son regard au niveau du sien, puis s'élevant alors qu'il atteignait sa pleine taille. Elle avait oublié qu'il était si grand.

Il saisit son autre main et amena leurs mains jointes entre eux, posant ses phalanges contre sa poitrine.

Sa poitrine très ferme, bien définie et musclée.

— Beth, si c'est à propos de ce qui a failli se passer dans le jard-

— On pourrait ne pas parler de ça? Elle essaya discrètement de libérer ses mains, mais c'était une leçon de futilité. Et d'humilité.

— Manifestement, nous devons en parler, sinon ça va non seulement rester entre nous mais aussi grandir et devenir un énorme problème.

— Non, ce n'est pas vrai. Vraiment. J'ai déjà oublié. La façon dont ses doigts étaient entrelacés aux siens constituait bien un croisement de doigts, non?

— Tu mens.

Visiblement pas.

— Je...

— Ne fais pas ça, Beth. Il fit un pas de plus, bien que Beth ne sache pas comment c'était possible étant donné qu'elle était déjà écrasée contre lui. — Ne le nie pas. Tu n'aimes peut-être pas ça, mais ne le nie pas.

Le problème, c'est qu'elle aimait ça. C'était *pour ça* qu'elle voulait le nier.

Mais elle fit alors l'erreur de détacher son regard du sien et de regarder sa bouche. Ces lèvres qu'elle avait imaginées contre les siennes et, tout à coup, c'était comme si la lumière du soleil éclatait dans la maison à travers chaque recoin et chaque fenêtre et porte. Une lumière vive et aveuglante, l'entourant elle et Bryan jusqu'à ce qu'il n'y ait plus rien ici que lui. Se dressant au-dessus d'elle, la faisant se sentir si petite. Et délicate. Comme si elle avait besoin d'être protégée. Comme s'il était celui qui ferait ça pour elle.

Cela faisait trop longtemps qu'elle n'avait pas eu à être celle qui contrôlait. Au-dessus de tout. Capable d'équilibrer tout et de ne pas s'effondrer sous la pression. Pourtant, avec Bryan ici, tenant ses mains, ses yeux si intenses alors qu'il se concentrait sur elle, ses doigts serrant les siens si fort que pendant un moment, pendant un bref instant lumineux, elle pouvait laisser ses fardeaux glisser et savoir qu'il les porterait sur ces épaules incroyablement larges et fortes.

Elle voulait l'embrasser. Voulait se pencher vers lui et presser ses paumes contre sa poitrine, les aplatissant entre eux, le dos de ses mains écrasé contre ses seins. Cela faisait si longtemps qu'elle n'avait pas eu les mains d'un homme sur elle et encore plus longtemps sur ses seins et, mon Dieu, ça lui manquait. Et pour cette seule raison, elle devait arrêter cette rêverie maintenant.

— Bryan.

— Beth.

Son nom était doux. Haletant. Comme s'il venait de se réveiller dans son lit, ses cheveux ébouriffés, les vestiges d'une nuit d'amour s'accrochant à sa peau comme elle le voulait, tout chaud et repu et sexy en diable et d'où *diable* sortait-elle tout ça?

— Bryan, je ne peux pas. On ne peut pas. Elle mentait. Elle en était parfaitement capable, et Dieu (et elle) savaient que *lui* l'était définitivement. Ce pantalon ne laissait rien à l'imagination. — J'ai des enfants.

— Je sais.

— Je suis une mère.

— Je comprends.

— Je suis-

— Toi. Tu es toi. Bryan défit leurs mains et passa une phalange le long de son sternum, son regard la suivant tout du long jusqu'à ce qu'elle atteigne son chemisier et qu'il ne puisse pas aller plus loin. Pas sans sa permission.

Elle voulait la lui donner.

Mais ne le fit pas.

— J'ai des enfants pour qui je dois montrer l'exemple.

— Je sais.

— Ils ne peuvent pas me voir t'embrasser.

— Je sais.

— Ils ne comprendraient pas.

— Et *toi*?

La question était douce, mais elle en disait long. Non, elle ne comprenait pas. Elle ne saisissait pas comment ou pourquoi *le* Bryan Manley était dans sa maison, ramassant après ses enfants et le chien et les hamsters et... *elle*. Maintenant, il ramassait après elle, sauf qu'avec elle, ce n'était pas quelque chose de tangible comme ses sous-vêtements ou sa lessive ou le carnet de chèques ou une poêle. Bryan ramassait les morceaux dans lesquels sa vie s'était brisée. Sans le savoir, peut-être, parce comment pouvait-il savoir ou *vouloir* savoir ce qu'elle avait traversé ces deux dernières années qui définissaient maintenant qui elle était pour l'avenir? Et pourquoi serait-il même intéressé à le faire? Elle n'était pas aveugle ; elle avait un postérieur qui s'était un peu plus élargi qu'elle ne l'aurait souhaité. D'accord, *beaucoup* plus. Et elle était une mère. D'adolescents maussades, de jumeaux hyperactifs, et d'un chien qui battait le lapin Energizer. Comment et pourquoi *le* Bryan Manley la trouverait-il assez attirante pour vouloir l'embrasser?

— Non. Je ne comprends pas.

Son regard scruta son visage. Il passa une main dans ses cheveux, ses doigts s'attardant un peu trop longtemps, jouant avec les pointes, testant leur poids alors qu'il glissait sa main dessous pour lui caresser la joue.

Son pouce caressa ses lèvres et il fallut toute sa force d'auto-préservation pour ne pas l'embrasser. Pour ne pas s'ouvrir juste assez pour le laisser entrer.

Sa main glissa le long de sa gorge, son pouce reposant maintenant sur son point de pulsation battant.

— C'est de la folie, murmura-t-il à moitié.

Beth se raidit. Elle aurait préféré qu'il le garde pour lui. Il n'avait pas besoin de confirmer ses pires soupçons.

Elle fit un pas en arrière, mais Bryan ne la lâcha pas.

— Ne t'enfuis pas, Beth.

C'était définitivement un murmure.

— Tu l'as dit toi-même : c'est de la folie.

Il ne détourna pas son regard du sien, mais son pouce trouva parfaitement sa lèvre inférieure et la caressa.

— Ce que je ressens pour toi est fou. Ce que je veux faire avec toi est fou.

Son pouce effleura sa joue si doucement, mais cela alluma un million de feux sous sa peau.

— J'ai envie de te jeter sur mon épaule, de monter ces escaliers en trombe, d'enfoncer la porte de ta chambre et d'y rester au moins une semaine.

Ses genoux cédèrent. Littéralement.

Heureusement que le canapé était juste là, car elle réussit à y poser son derrière au lieu de fondre sur le sol, mais le sentiment derrière ces mots... L'image mentale de cette sensualité flagrante... Le regard dans ses yeux alors qu'il refusait de relâcher le sien... Beth n'arrivait pas à croire que le feu que ses mots avaient allumé était encore plus brûlant que celui que son pouce avait fait naître sur sa peau.

— Je suis désolé.

Il n'avait pas l'air très désolé.

— Je n'aurais pas dû dire ça.

— Tu as raison. Tu n'aurais pas dû.

Pas à moins que tu puisses tenir tes promesses.

Qu'est-ce qui n'allait *pas* chez elle?

Rien, ma chérie. Tu es une femme américaine normale, au sang chaud, qui est restée seule pendant deux ans. Tu as besoin d'une connexion et le bon vieux Bryan ici présent en est une sacrément puissante. Fonce, ma belle. Profites-en.

Ce n'était pas la voix de Mike dans sa tête, mais elle pouvait presque imaginer que ça aurait pu être la sienne. Il aurait voulu qu'elle aille de l'avant. Qu'elle soit heureuse. Qu'elle soit aimée. Désirée.

Mais avec *Bryan Manley*? Et n'était-ce pas une leçon de futilité de toute façon? Certes, il avait dit qu'il la voulait, mais pour une *semaine*. Peu importe à quel point cette semaine serait bonne, elle avait besoin d'un homme qui la voudrait pour toute une vie. Et peut-être que ce type ce soir serait cet homme-là. Pourquoi compromettre cela pour un fantasme?

Rassemblant le peu de force mentale qu'elle avait quelque part en elle, Beth prit une profonde inspiration, força ses genoux à fonctionner correctement et se releva. Elle parvint même à libérer sa main.

— Tu as raison. C' *est* de la folie. Je ne suis pas cette femme-là, Bryan. Je suis une mère. J'ai des enfants. Je ne peux pas m'enfermer dans une chambre pendant une semaine et oublier le monde extérieur. Ça doit être agréable de vivre dans ton monde où tu peux le faire, mais ici sur Acorn Lane, j'ai des covoiturages, des entraînements de foot, des récitals de piano et un travail de jour.

Elle lui serra la main et elle sentit une pression répondre dans sa poitrine. Elle faisait ce qu'il fallait.

— J'apprécie que tu dises ces choses, mais c'est probablement mieux si je ne m'engage pas sur cette voie, même dans mes rêves. Tu seras parti, de retour à ta vie glamour dans quelques semaines, et je serai toujours ici. Avec les covoiturages, les leçons de natation et...

— Maman!

Un énorme animal en peluche vacilla dans la pièce.

— Et Chewbacca.

Elle lâcha la main de Bryan, prit une autre profonde inspiration et claqua cette porte. Pour de bon.

— Maggie, rends leur jouet à tes frères.

Mike avait acheté une réplique en peluche de quatre pieds de haut quand les garçons avaient deux ans et ils chérissaient toujours cette chose jusqu'à ce jour. Ce qui pouvait avoir quelque chose à voir avec le fait que Mike le leur avait offert, mais Beth misait plus sur le fait qu'il était assez grand pour s'y allonger quand ils regardaient la télé.

— Mais Mme Beecham a besoin d'un rendez-vous.

Bryan arqua un sourcil vers elle.

— Le chat a des rendez-vous?

Beth leva les yeux au ciel avant de s'éloigner pour intercepter la prochaine Tornade Hamilton, alors que les garçons allaient poursuivre Maggie à travers la maison, l'énorme animal en peluche faisant tomber des choses de chaque mur et table quand Maggie passerait à côté.

— Bienvenue dans mon monde. Le chaos central.

Bryan appréciait le monde de Beth, aussi étrange que cela puisse paraître. Il prenait un réel plaisir à regarder les garçons courir après Maggie avec leurs capes volant derrière eux, le casque de Stormtrooper volant... bon, ce n'était pas joli ce qu'il avait fait à ce truc en cristal. Et puis le chien complètement dingue se joignit à la poursuite et...

Il arracha Chewbacca des mains de Maggie alors qu'elle faillit le percuter, tandis qu'elle enfouissait son visage contre sa cuisse et criait :

— Bryan! Sauve-moi!

Le truc, c'est qu'il avait la capacité de le faire. Tout ce qu'il aurait à faire serait d'épouser leur mère.

Chapitre Dix

Bryan ne pouvait pas sortir assez vite de la maison de Beth.

Épouser leur mère.

Tout l'après-midi, il avait vu les enfants imprimés dans chaque pièce de cette maison. Sur chaque mur. Des photos, des dessins, des trophées, des rubans... Il n'avait pas vraiment remarqué à quel point chaque pièce de la maison de Beth était une sorte de vitrine pour ses enfants et sa famille.

Et Mike. N'oublions pas Mike.

Le problème, c'est que Bryan le voulait. Il voulait faire semblant d'avoir le droit de faire pour Maggie ce qu'elle lui avait demandé. Quand elle était venue se réfugier vers lui en courant, c'était comme Mac à nouveau. Les nuits où elle venait dans leur chambre, effrayée et tremblante à cause de ses cauchemars. C'était dans son lit à lui qu'elle se glissait le plus souvent et c'était lui qui apaisait ses peurs. Mac et lui partageaient un lien spécial. Peut-être était-ce parce que Sean et Liam se ressemblaient tellement. Pensaient de la même façon. Ils étaient plus minces que lui, plus du genre quarterback que linebacker. Ils étaient tous les deux dans l'immobilier, avaient toujours eu un lien qui, sans exclure Bryan, lui faisait savoir qu'il n'était pas tout à fait comme eux. S'il n'avait pas eu Mac, cela l'aurait dérangé.

Alors quand Maggie lui avait demandé de la sauver, cela l'avait projeté directement dans le passé, et tout ce qu'il voulait faire était de l'entourer de ses bras et de la protéger du monde et de tout ce qui pouvait lui vouloir du mal.

Même le fait que ses poursuivants aient été Tommy et Mark n'avait pas atténué cet instinct presque primordial de la pousser derrière lui et d'affronter ses poursuivants de plein fouet.

Mais Maggie n'était pas Mac et il n'avait plus dix ans. Et puis il y avait Beth.

Ouais, il n'avait définitivement plus dix ans.

Épouser leur mère.

Alors il avait attrapé les jumeaux sous ses bras et les avait déposés dehors dans la remise, avec l'ordre de tout sortir pour qu'ils puissent la nettoyer. C'était un bon plan, mais malheureusement, il n'avait pas réalisé combien de temps il faudrait aux garçons pour la décharger (presque rien, vu qu'ils en avaient fait une compétition) et ensuite la recharger (trois heures pour finir demain). Il avait fallu que Beth les appelle pour le dîner pour qu'il réalise quelle heure il était et se souvienne qu'il avait un rendez-vous ce soir-là.

Un rendez-vous auquel il ne voulait pas aller.

Surprenant, car la femme était quelqu'un qu'il avait fréquenté au lycée. Elle avait laissé entendre la dernière fois qu'il était rentré chez lui qu'ils devraient renouer le contact et il l'avait appelée le jour de la partie de poker. Malheureusement, il ne pouvait pas se désister maintenant juste parce qu'il trouvait plus attrayant de passer un dîner chaotique avec une femme et ses cinq enfants hyperactifs.

Alors, il s'est précipité chez lui pour une douche rapide et un changement de vêtements, ne voulant pas se présenter au rendez-vous en uniforme.

Il fut doublement content de l'avoir fait quand il vit Beth entrer dans le restaurant quarante-cinq minutes après qu'Amber et lui aient commandé. Ce qui était environ quarante minutes après qu'il ait compris qu'il y avait une raison pour laquelle Amber et lui n'étaient pas sortis longtemps ensemble à l'époque.

Il envisageait des moyens de mettre fin au rendez-vous plus tôt quand Beth était entrée, portant une robe vert clair qui rendait ses cheveux plus brillants — et ses courbes plus prononcées — et le sang de Bryan n'avait fait qu'un tour rien qu'en la voyant.

Son sang avait encore bouillonné quand le type avec qui elle était avait posé sa main dans le bas de son dos alors qu'ils traversaient le restaurant. Puis il l'avait glissée sur ses épaules sous ses cheveux et, même de là où il était assis, Bryan pouvait voir Beth se crisper. Il avait à moitié envie d'aller apprendre à ce type une chose ou deux sur la façon de traiter une femme.

— ... Alors tu serais intéressé, tu penses?

Bryan entendit la fin de la question d'Amber et vit le sourire plein d'espoir sur son visage, heureusement, avant qu'il n'ait fait un engagement vague qui aurait pu le mettre dans l'embarras. De quoi parlait-elle?

— Euh...

— Oh, tu n'as pas besoin de me donner une réponse maintenant. Amber posa sa main sur son avant-bras. On a un peu de temps. Cassidy loue la maison de plage pour les trois premières semaines de l'été, mais après ça, on pourrait l'avoir si on voulait.

Cassidy. Cassidy Davenport. Mondaine de la ville. Son père était un ponte dans l'immobilier. Bryan savait exactement de quelle maison de plage Amber parlait ; elle avait fait l'objet d'un numéro d'Architectural Digest avec son design innovant et ce jacuzzi isolé sur le toit qui était pratiquement une oasis privée.

Définitivement *pas* question d'y aller avec Amber.

Avec Beth par contre...

En parlant de mains, le type avec qui elle était avait la sienne drapée sur le dossier de sa chaise et semblait jouer avec ses doigts de l'autre. Son langage corporel était clair et net : *Je vais conclure ce soir.*

Si seulement cet abruti prétentieux savait avec qui il était. Beth n'était pas comme ça. Elle ne se jetterait pas sur ce type, et elle ne pouvait certainement pas apprécier sa posture presque claustrophobique.

— Bryan?

Zut. Amber attendait une réponse.

Bryan arracha à contrecœur son regard de Monsieur Pieuvre et le concentra sur sa propre compagne. — Je suis désolé, qu'est-ce que tu disais?

Elle mordit sa lèvre supérieure pendant une seconde. Bryan se força à ne pas réagir. Ce n'était pas la faute d'Amber si sa morsure de lèvre n'était pas sexy comme celle de Beth, et elle ne pouvait pas s'empêcher de ne pas être la femme avec qui il voulait être en ce moment.

Ou que cette femme soit assise à vingt pieds de là, repoussant les assauts d'un prédateur professionnel. Il devrait aller la secourir.

Mais il ne pouvait pas. Il n'en avait pas le droit. Un presque-baiser et une discussion inachevée à propos de ce presque-baiser ne lui donnaient pas ce droit.

La main glissant vers son genou, cependant, c'était une autre histoire.

— Je suis désolé, Amber, mais il y a quelque chose dont je dois m'occuper. Il se leva et posa de l'argent sur la table. Il y en a assez pour l'addition. Il n'aggrava pas l'insulte en disant qu'il appellerait. Il ne le ferait pas. Jamais.

— Oh, mais... mais...

Ce n'était pas très gentil de sa part de la laisser bredouiller, mais la main du Gars Poulpe remontait la cuisse de Beth et Bryan ne comprenait pas comment le type ne captait pas le message quand Beth se raidissait. Il fallait être mort pour ne pas le remarquer.

Et si cette main montait encore plus haut, il pourrait bien le devenir.

— Beth? fit Bryan en mettant dans sa voix sa meilleure *surprise* digne d'une audition. Je pensais bien que c'était toi.

Il se glissa sur la chaise en face d'elle et du Tripoteur.

— Tu ne m'as pas dit que tu venais ici ce soir quand je suis parti de chez toi tout à l'heure.

Prends ça, connard. J'ai été dans sa maison. Nu dans sa douche, aussi.

S'il n'avait pas craint que cela ne se retourne contre Beth, il l'aurait dit à voix haute.

— Oh. Bryan. Salut.

Il ne savait pas si c'était du soulagement ou de la surprise dans sa voix, mais il optait pour le soulagement. Beth n'était pas du genre à vouloir être tripotée.

Un peu comme ce que tu voulais lui faire plus tôt?

Bon sang, maintenant il ne *pouvait plus* se lever de table. Pas sans montrer clairement qu'il avait la même chose en tête que le Poulpe.

— Euh, Bryan, voici, euh... Elle remit une mèche de cheveux derrière son oreille. Il est, euh...

— Rob Linders. *Docteur* Rob Linders. Le Gars Poulpe ne proposa pas de lui serrer la main. Tant mieux, sinon Bryan aurait pu la lui briser. Où en serait alors le *bon docteur*?

Bryan, au mieux, jeta un coup d'œil au type, plus préoccupé par le malaise évident de Beth. Oh merde. Était-ce parce qu'il était apparu?

Zut. Il n'avait pas pensé à ça quand il avait agi comme un homme des cavernes. Peut-être qu'elle *avait* apprécié que le bon docteur la touche. Peut-être que sa réaction était simplement due au fait qu'elle n'y était pas habituée.

— Alors, vous venez souvent ici? Oui, il cherchait des infos, mais merde, il devait savoir.

Pourquoi?

Il répondrait à *cette* question plus tard.

— Euh. Elle jeta un coup d'œil au docteur. Non. C'est la première fois. Notre premier, euh, rendez-vous.

Elle se léchait les lèvres nerveusement si souvent que Bryan voulait le faire pour elle. Après tout, il avait failli le faire plus tôt.

— Premier rendez-vous? Maintenant, il regarda effectivement le Gars Poulpe. Oh, désolé. Je ne voulais pas interrompre. Si, il le voulait. Et donner au type beaucoup de choses à penser. Bon, eh bien, je crois que je vais y aller. Après tout, je dois être dans ta chambre demain matin à la première heure. Linders. Il fit maintenant un point d'honneur à serrer la main du type – pour qu'elle ne soit plus sur Beth – et mit en œuvre chaque once du fameux charisme des Manley. Que le type gère *ça* tout en se demandant ce qu'il allait bien faire dans la chambre de Beth.

Avale ça, connard, pensa-t-il en sortant du restaurant à grands pas.

Le rendez-vous de Beth se termina six minutes et demie plus tard. Ce salaud l'avait vraiment laissée là-dedans. Toute seule.

Bien.

Bryan attendit au coin du restaurant que la voiture du *bon docteur* s'éloigne du trottoir. Beth ne sortit pas, mais Amber si. Dommage qu'elle ne soit pas sortie en même temps que Linders ; ils auraient pu se mettre ensemble et cela aurait réglé deux des problèmes de Bryan.

Il examinerait plus tard pourquoi c'étaient des problèmes. Pour l'instant, il se demandait où était Beth.

Il lui donna encore quatre minutes et trente-quatre secondes avant de retourner à l'intérieur.

Elle était là, à la table où il venait de la quitter, sirotant un verre de vin, paraissant si éthérée et belle à la lueur des bougies avec en toile de fond la cascade illuminée, c'était comme si un réalisateur avait mis en scène le plan parfaitement. Sa grâce naturelle alors qu'elle était assise là, élégante, sirotant délicatement son verre de vin qui captait la lumière scintillante de l'eau et la reflétait sur son visage serein, coupa le souffle de Bryan. Elle était simplement... éblouissante.

Il devrait s'en aller. Oublier simplement ces idées qui tourbillonnaient dans sa tête, et la laisser tranquille. Rien de bon ne pouvait sortir d'un retour à cette table pour partager un dîner romantique avec elle. Rien.

Pourtant, c'est exactement ce qu'il fit.

— Hé, je ne voulais pas gâcher ton rendez-vous. Il se glissa à nouveau sur la chaise qu'il avait quittée onze minutes plus tôt.

Elle arqua les sourcils et prit une autre gorgée de son vin.

— D'accord, peut-être que si. Mais le type devenait trop tactile.

Elle fit tournoyer le verre et étudia le vin un moment. — Merci.

— Je... quoi? Il se recula.

Elle posa son verre et joignit ses mains sur la table devant elle, ressemblant à une froide princesse de glace qu'il voulait faire fondre. — J'ai dit "merci". Il *devenait* en effet trop tactile et je manque de pratique pour repousser ce genre de choses. Une de mes amies nous a présentés, et bon... tu sais. Elles espéraient que ça marcherait, mais, honnêtement? Il me rendait claustrophobe.

— C'est ce que je pensais aussi.

— Que fais-tu ici?

— Oh. Je, euh... Merde. Il ne voulait pas admettre qu'il avait eu un rendez-vous. Bien sûr, elle en avait eu un aussi, donc elle ne pouvait pas s'en offenser. Pas qu'il ait même le droit de lui *demander* de s'en offenser. Il était un grand garçon ; il pouvait avoir des rendez-vous s'il le voulait.

Et elle aussi.

— J'avais un rendez-vous.

Son sang-froid se fissura d'un cran.

Bien.

— Un rendez-vous?

Il grimaça. — Eh bien, c'était plutôt un dîner avec quelqu'un du lycée, mais elle était... Je ne suis tout simplement pas intéressé, tu vois?

Elle soupira et reprit son verre de vin. — Ouais. Je comprends.

— Toi non plus? Pour une raison stupide, son estomac se remplit de papillons. Ce qui n'avait aucun sens, mais alors, beaucoup de ce qu'il faisait ce soir n'avait aucun sens dans son Grand Plan pour sa vie. Mais d'une manière ou d'une autre, il ne semblait pas pouvoir s'empêcher de suivre cette voie. — Le gars est médecin. Bon parti.

Elle rit doucement. — Il le pensait certainement.

Bryan partagea ce rire. — Ah. Fier de son diplôme, hein?

Beth haussa les épaules. — Ça fait partie du métier, j'imagine. Je sais que le travail de Mike revenait toujours à un moment ou à un autre dans la conversation. Je suis sûre que c'est pareil pour le tien.

— Eh bien, oui, c'est le cas. C'est parce que la plupart des gens savent qui je suis. C'est inévitable.

— Tu prends plutôt bien toute cette célébrité. Je n'arrivais pas à savoir si tu t'ennuyais ou non avec toutes ces mères qui te prenaient en photo.

— Hé, le jour où ça m'ennuiera, ce sera le jour où je devrais arrêter. Chacune de ces femmes et de ces filles aujourd'hui, et les amis de Jason l'autre jour... Ce sont tous des clients payants. Ils dépensent l'argent qu'ils ont durement gagné pour voir mes films et me permettre de faire le métier que j'aime. Si je ne peux pas prendre le temps de faire quelque chose d'aussi simple que de poser pour des photos avec eux, alors je ne mérite pas d'être dans ce milieu.

— Comment tu gères ça? Être toujours sur le qui-vive? Avoir toujours des gens qui te regardent, te dévisagent et pensent te connaître par ce qu'ils voient dans les médias?

Bryan prit une fourchette intacte. — Ça fait partie du job. Je savais dans quoi je m'engageais quand j'ai signé pour ce boulot. J' *espérais* même devoir gérer ça parce que ça signifie qu'on a réussi. Si on le voit comme ça, comme une sécurité d'emploi, ce n'est pas si mal. Tant que je peux encore avoir un dîner privé avec une belle femme de temps en temps, ça me va.

Elle était encore plus belle quand elle rougissait. — Je suis sûre que tu as l'occasion de le faire tout le temps.

C'était le problème ; la plupart des gens supposeraient la même chose. Mais ce dîner avec Beth n'était pas comme un dîner avec n'importe laquelle des autres belles célébrités qu'il avait fréquentées. Loin de là. Et ils n'avaient même pas encore *dîné*.

Il tendit la main vers la sienne, entrelaçant leurs doigts. Il aimait la toucher comme ça. — Non, Beth, ce n'est pas le cas. Il fit signe au serveur pour avoir les menus. Aucun d'eux n'avait eu l'occasion de manger et il ne voulait pas qu'elle mange ce que le Mec au Poulpe avait commandé. Elle sembla surprise et fit tourner son verre de vin un peu plus. C'était drôle, il n'avait jamais vraiment remarqué les mains d'une femme auparavant. Pas à moins qu'elles ne soient sur son corps.

Oh bon sang, maintenant il pourrait effectivement soutenir la table avec la fête dans son pantalon rien qu'en *pensant* aux mains de Beth sur lui.

Qu'est-ce qu'elle avait pour l'affecter comme ça?

— Les enfants savent que tu es en rendez-vous?

Oh, génial. Bien joué idiot, ramener le docteur sur le tapis. Tue l'ambiance, pendant que tu y es.

Mais elle sourit alors d'un petit demi-sourire et la température de Bryan monta de quelques degrés. Pas d'ambiance tuée.

— Je leur ai dit que je sortais avec un ami. Je ne veux pas qu'ils s'attachent à quelqu'un à moins que je ne sache que ce sera permanent. Ils ont eu assez de bouleversements dans leur vie et ce n'est pas juste pour eux de faire défiler des hommes dans leur vie.

— Il y a un défilé? Les mots sortirent de sa bouche avant qu'il ne puisse les arrêter. Bon sang, avant même qu'il ne puisse les *penser*. Il n'avait pas réfléchi ; il avait juste réagi. Dans ce cas, ce n'était probablement pas la meilleure ligne de conduite. Ce n'était pas ses affaires de savoir avec qui Beth décidait de sortir, ni combien.

Tu crois vraiment aux conneries que tu te racontes?

Bryan fit signe au serveur et commanda pour eux deux. Non, il n'y croyait pas et il commençait à ne plus se soucier de ne pas y croire. Il commençait à s'en soucier, tout court.

— Pas de défilé. Mais j'ai eu quelques rendez-vous. Des hommes sympas mais sans ce, tu sais, ce petit quelque chose.

Ouais, il savait.

Il prit une autre gorgée de son verre. À ce rythme, il pourrait en avoir besoin d'un autre.

— Alors parle-moi de ton travail, Beth. Tu n'as pas eu l'occasion l'autre jour avant qu'on ne soit distraits. Par la façon dont elle avait l'air dans sa chemise mal boutonnée, avec ses cheveux ébouriffés par le vent et coiffés avec les doigts pendant que le chien et les enfants avaient traversé sa maison en trombe. Il avait besoin de quelque chose de banal pour se sortir de l'esprit l'image de combien elle avait été sexy, debout là pendant que le chaos tourbillonnait autour d'elle - et combien elle était belle en ce moment même dans une robe qui faisait ressortir la couleur de ses yeux et laissait deviner la perfection en dessous. Une perfection qu'il voulait serrer fort contre lui tout en l'embrassant.

Il *allait* l'embrasser. Peut-être pas ce soir, mais il allait le faire. Il ne pouvait pas *ne pas* le faire.

Mais ensuite elle lui parla de son travail et Bryan réalisa qu'il n'y avait rien de banal du tout. Beth était une enseignante spécialisée pour l'école élémentaire. Avec les histoires qu'elle lui racontait sur ses enfants - ses élèves, mais elle en parlait avec la même affection et le même soin que lorsqu'elle parlait de ses propres enfants - Bryan réalisa que Mme Beth Hamilton venait de devenir encore plus spéciale à ses yeux.

Il réalisa aussi qu'il était en train de tomber amoureux d'elle.

Est-ce que Bryan lui faisait des avances?

Beth fixa ces magnifiques yeux verts, ceux qui la regardaient si intensément, et elle dut chercher son souffle.

Parlait-il d'elle? Voulait-il dire qu'il n'avait pas eu de dîner avec d'autres belles femmes auparavant? Bien sûr que si. Flirtait-il avec elle ou... ou pouvait-il vraiment *penser* ce qu'il disait?

Et si c'était le cas, comment se sentait-elle à ce sujet?

Elle tendit à nouveau la main vers son vin et le porta en tremblant à ses lèvres pendant que Bryan caressait ses doigts avec son pouce.

— Je suis désolé. Je te rends nerveuse.

— Non. C'est-à-dire... Eh bien... Elle prit une autre gorgée. Elle ne savait pas comment faire. Ne savait pas quel était le protocole. Ce qu'elle était censée dire. Comment elle devait agir.

Bryan lui prit le verre de vin et le posa. — Beth.

Elle rassembla un peu de courage et cligna des yeux vers lui, sa gorge encore trop serrée pour lui permettre de prononcer quoi que ce soit.

— Je te trouve très belle.

Son estomac se vida. Bryan Manley avait une façon de dire les choses qui n'appartenait qu'à lui.

Et c' *était* bien une réplique de drague. Ça ne pouvait pas *ne pas* en être une. Après tout, elle avait cinq enfants qui avaient modifié sa silhouette. Un chien qui l'épuisait, et une maison qui ressemblait à une zone sinistrée même dans ses meilleurs jours. Elle n'avait jamais le temps ne serait-ce que d' *essayer* d'être belle, encore moins de l'être réellement.

— Et je sais que c'est probablement totalement déplacé, mais j'ai envie de t'embrasser.

Voilà qui lui coupa le reste de son souffle. Et toute sensation dans son corps, à l'exception des vrilles de désir qui s'enroulaient à partir de l'endroit où sa peau touchait la sienne.

— Pas ici, bien sûr. On n'a pas besoin que ça fasse la une des journaux nationaux. — Il rit et, oh, ce que cela faisait à son visage. Son visage magnifique, superbe, digne d'une star de cinéma. — Pas que je le ferai non plus. Enfin, à moins que tu ne me dises que je peux.

Il lui offrait une porte de sortie. Il serait logique de la prendre. Après tout, ce n'était pas un roman à l'eau de rose où la femme au foyer de banlieue finissait avec l'Homme le Plus Sexy du Monde et vivait heureuse pour toujours. Pas avec cinq enfants, le chien et la zone sinistrée. Pourtant, sa gorge nouée ne lui permettait pas de dire quoi que ce soit.

Ouais, c'est ça. Mets ça sur le compte de ta pauvre gorge nouée.

Elle se lécha les lèvres.

— Mon Dieu, Beth. Ne fais pas ça. — La voix de Bryan était rauque. Tendue. Basse et sexy, elle grondait le long de ses terminaisons nerveuses comme une allumette sur de la poudre à canon. — Pas à moins que je puisse le faire aussi.

Son estomac papillonna. Non, en fait, il ondula. D'une façon totalement agréable.

Beth se lécha à nouveau les lèvres — et ressuscita l'essence de sa féminité qui sommeillait ces deux dernières années parmi les boules de naphtaline de son âme. — Si tu veux avoir le droit de me revendiquer, Bryan, alors revendique ce droit. Ne le demande pas. Embrasse-moi comme tu en as envie. Si je recule, au moins tu n'auras pas de regrets d'avoir essayé. Mais si je ne le fais pas... eh bien — elle haussa les épaules — qui sait?

Chapitre Onze

Bryan faillit s'étrangler. Il ne savait pas qu'elle en était capable.

À en juger par son expression, elle non plus. Était-ce une bonne chose?

Il s'en fichait. Elle venait de lui donner la permission — enfin, elle avait dit qu'il ne devrait pas demander la permission.

— Soudain, je n'ai plus très faim. Du moins, pas pour le dîner.

Il caressa le dos de sa main avec son pouce, parce qu'il le pouvait et parce que c'était tellement doux et sexy et qu'il avait besoin de la toucher pour s'empêcher de bondir par-dessus la table et de l'embrasser ici et maintenant.

Il n'allait pas pouvoir se retenir longtemps, cependant.

— C'est dommage. Parce que moi, si.

Beth reprit son verre de vin et effleura le bord de ses lèvres.

— Très faim.

Bon sang. Qui était cette femme et qu'avait-elle fait de Beth? *Sa* Beth. Non pas qu'il s'en plaignait — c'était agréable de voir ce côté sexy et séduisant d'elle — mais Beth en tant que mère était incroyablement sexy pour lui.

Où diable était leur serveur?

Un soupçon de sourire glissa sur les lèvres de Beth — comme sa langue voulait le faire. Puis elle prit une gorgée de vin et le pantalon de Bryan devint extrêmement inconfortable lorsqu'il aperçut sa langue qui sortait pour attraper le reste d'une goutte sur le bord.

Elle le torturait. Et elle en profitait.

Ils pouvaient être deux à jouer à ce jeu.

Il retira ses doigts des siens. Son air confiant vacilla un instant avant qu'elle ne se reprenne.

Puis ses yeux s'écarquillèrent quand il effleura sa jambe avec le bout de sa chaussure.

— Bryan! couina-t-elle à moitié.

C'était à son tour de prendre son verre d'eau et de prendre tout son temps pour boire, sans jamais rompre le contact visuel — ou celui du pied contre la jambe.

— Quoi?

— Je... c'est... Rien.

Elle but son vin d'une main un peu tremblante.

Bryan se pencha en avant et lui prit le verre, puis lui tendit un verre d'eau.

— Attention, Beth. Tu vas devoir garder tes esprits.

Pour qu'il puisse complètement les faire griller dès qu'il l'aurait sortie de ce restaurant.

Non. Pas *dès* qu'ils seraient sortis. Il n'allait pas lui sauter dessus comme un adolescent dès qu'ils auraient mis le pied sur le trottoir. Ce serait leur premier baiser. Il fallait que ce soit spécial. Mémorable. Il voulait qu'elle ne l'oublie jamais.

Elle n'est pas du genre à avoir une aventure, Manley. N'oublie pas ça.

Ouais, il le savait. Mais un baiser ne signifiait pas une aventure. Il n'était pas obligé d'aller plus loin qu'un baiser.

Mais alors elle glissa son orteil sous son pantalon et, bon sang, elle avait enlevé sa chaussure.

Bryan recracha l'eau qu'il venait de boire et attrapa une serviette.

— Beth! Tu ne peux pas faire ça ici!

Son air satisfait était de retour.

— Mais tu viens de le faire.

— Oui, mais c'était différent. J'ai gardé ma chaussure.

— Je ne voulais pas faire de dégâts avec les talons.

Était-il *vraiment* nécessaire qu'elle mentionne qu'elle portait des talons? Y avait-il un homme *vivant* qui n'aimait pas les talons sur les femmes? Les talons rendaient les jambes d'une femme plus longues, plus galbées, la plaçaient géné-ralement à une distance parfaite pour l'embrasser, et lui donnaient des fantasmes sur toutes les façons dont il aimerait les enlever. Ou *ne pas* les enlever. Juste Beth et ses talons, et, bon sang, il allait pouvoir soulever la table sans utiliser ses mains.

Il ramena ses jambes sous sa chaise. Il y avait une limite à la torture qu'un homme pouvait supporter. Et il ne s'attendait pas à en recevoir de Beth. Comme quoi, il ne savait pas tout.

Ça ne le dérangerait pas d'en apprendre beaucoup plus sur Beth.

Ce qu'il fit pendant le temps anormalement long que mit le serveur à apporter leur repas, puis le temps supplémentaire que Beth mit à le manger. Il aurait pu l'avaler en moins de six secondes, mais sa remarque précédente sur le fait de "la jeter sur son épaule" était aussi Néandertalien qu'il voulait l'être avec elle. Et s'il était honnête avec lui-même, il appréciait sa lenteur délibérée. Elle prenait son temps avec chaque coquille Saint-Jacques, savourant chaque bouchée, et Bryan se retrouva les yeux rivés sur ses lèvres.

Le fait est que Beth avait limité ses taquineries à ce seul effleurement de son pied contre sa jambe. La nourriture était arrivée et quel que soit le côté félin sensuel qu'elle avait essayé sur lui, il s'était évanoui face à son véritable plaisir sans complexe pour le repas. Il pourrait la regarder manger pendant des jours.

Une semaine de préférence. Dans sa chambre. Au lit. Comme il l'avait suggéré plus tôt. Nue.

Il bougea à nouveau, mal à l'aise. Il devait reprendre le contrôle de ses réactions ou il n'arriverait même pas à l'embrasser parce qu'il ne pourrait pas quitter cette table.

— Alors pourquoi aides-tu ta sœur? demanda-t-elle. Ça ne peut pas être quelque chose que tu *voulais* faire. C'est une recherche pour un rôle?

Il s'accrocha à cette explication à deux mains. Mieux valait ça que d'expliquer que Mac les avait tous surpassés.

— Mac avait besoin d'aide et je me suis dit, pourquoi pas? J'avais du temps à tuer.

— Et ensuite tu retourneras à la vie glamour? Faire du yacht à Monaco et conduire une Porsche sur Rodeo Drive?

— As-tu déjà été sur Rodeo Drive? J'essaie de rester loin de ce repaire à touristes. Mais Monaco? Ouais, c'est sympa. Un bon à-côté du boulot.

Elle lui posa alors des questions sur son travail, mais pas comme la plupart des gens le faisaient. *Eux* voulaient entendre des noms de célébrités qu'il rencontrait, des chiffres, des potins. Avec Beth, c'était comme si elle lui demandait comment s'était passée sa journée au bureau, et elle s'intéressait sincère-ment à ses réponses d'un point de vue personnel, pas sensationnel. C'était agréable. Nouveau et agréable.

Merde. Il s'enfonçait là et il lui restait encore trois semaines à tenir. Allait-il se satisfaire de simplement embrasser Beth ce soir?

Bryan secoua la tête. Il se connaissait. Mais il connaissait aussi Beth. Si le baiser à venir ce soir était tout ce qu'elle permettrait, il s'en contenterait.

Si elle le permettait du tout.

Beth picora son riz pilaf. Elle n'avait pas très faim — son estomac était noué depuis que Bryan s'était assis en face d'elle et Rob. En vérité, il était noué depuis que Rob s'était montré tactile. Mais que Bryan arrive ensuite...

Il était absolument délicieux dans son polo crème et son pantalon kaki avec une veste marron posée sur ses épaules comme si elle avait été taillée sur mesure. Ce qui était probablement le cas. Le gars était incroyablement séduisant et les vêtements, sans faire l'homme — parce que, vraiment, Bryan était son propre homme — le rendaient certainement spectaculaire.

Et il voulait l'embrasser.

Son estomac papillonna à nouveau à cette pensée et c'est tout ce qu'elle put faire pour prendre une autre bouchée de riz. C'était une tactique de temporisation. Elle n'avait pas goûté une seule bouchée des coquilles Saint-Jacques. Elle ne pouvait pas dire si le vin était doux ou sec. Elle ne connaissait le goût des asperges que parce que ce goût ne changeait jamais. Car depuis le moment où il avait dit qu'il voulait l'embrasser, Beth ne pouvait penser à rien d'autre.

Bryan ne parlait pas d'un simple baiser sur la joue ou d'un rapide effleure-ment des lèvres comme elle l'avait fait jusqu'à présent lors de ses rendez-vous. Non, il n'y aurait pas de petit baiser chaste avec Bryan.

Et si elle avait oublié comment faire? Et si elle n'était pas à la hauteur des stars de cinéma qu'il embrassait quotidiennement? Et si elle était nulle dans ce domaine? Après tout, elle n'avait vraiment embrassé personne d'autre que Mike depuis des années.

— Tu veux un dessert? lui demanda Bryan.

Ce serait un autre moyen de retarder l'inévitable — mais *pourquoi* tempo-risait-elle? Elle voulait aussi savoir ce que ça faisait de l'embrasser. Elle avait à peine pu détacher son regard de ses lèvres pendant tout le dîner.

Alors dis non et sortons d'ici!

— Merci, mais non. Le repas était suffisamment copieux.

Menteuse! Ce sont les papillons qui remplissent ton estomac.

Elle fit mentalement *chut* à sa conscience et tamponna ses lèvres avec sa serviette, puis la posa sur la table à côté de son assiette.

Le serveur apparut en un instant avec l'addition et Bryan lui tendit de l'argent avant que Beth n'ait eu le temps de cligner des yeux, comme si les deux hommes avaient répété la scène. — Bryan, tu n'es pas obligé de...

— J'en ai envie. Il lui prit à nouveau la main, ses doigts effleurant ses phalanges. — Allez, sortons d'ici.

Beth frissonna légèrement en entendant l'urgence dans sa voix. À cet ordre qui était encore une question et à laquelle elle n'était toujours pas sûre de pouvoir répondre.

— Tu es venue en voiture? demanda-t-il en sortant du restaurant, les bruits nocturnes et les lumières scintillantes éparpillées dans les arbres créant immédiatement une ambiance romantique.

— N... Beth s'éclaircit la gorge. — Non. C'est Rob qui m'a amenée. C'est le cousin de ma voisine Anne Marie.

Bryan lui prit la main. — Parfait, car maintenant j'ai le plaisir de te raccompagner chez toi.

Il la conduisit à son pick-up et lui tint la portière. Beth ressentit un frisson d'excitation lorsque sa robe remonta sur sa cuisse et que le souffle de Bryan se coupa. Pas mal pour une mère de cinq enfants. Avec une star de cinéma en plus.

Elle le regarda faire le tour du camion. Bryan n'était pas qu'une star de cinéma, cependant. Il était le confident de Maggie, le copain des jumeaux, le héros de Jason et le... eh bien, le béguin de Kelsey.

Et celui de Beth.

Voilà. Elle l'admettait. Elle avait le béguin pour lui tout autant que sa fille, mais à un tout autre niveau. Un niveau qui savait ce qui pouvait se passer entre un homme et une femme, et elle était curieuse de voir ce qui se passerait entre *eux*.

Bryan ne dit rien pendant le trajet, il alluma simplement la radio sur une station de soft rock, sa main ferme et assurée sur le levier de vitesse lorsqu'il changeait de rapport, et à nouveau, Beth frissonna en voyant la façon dont il maniait le camion. Elle ne pouvait qu'imaginer comment il la manierait, elle.

Et, oh, comme elle avait envie d'être maniée.

Il se gara sur le parking du parc municipal, s'arrêtant près du chemin menant au kiosque. Il coupa le moteur et posa son avant-bras sur le volant, regardant droit devant lui.

Beth fixait son profil. Cet homme était tout simplement à couper le souffle.

— Tu veux faire une promenade? Il tourna ces magnifiques yeux vers elle et le souffle de Beth se bloqua quelque part entre son cœur et sa gorge, et elle ne put que hocher la tête.

Il effleura brièvement sa joue du bout des doigts, son regard se posant directement sur ses lèvres, et la chair de poule parcourut sa peau.

— Attends ici, murmura-t-il, puis il glissa hors de son siège et fit le tour jusqu'à son côté.

Il ouvrit la portière et Beth eut l'impression de flotter hors de la voiture, sa main l'aidant à descendre. Puis il glissa le bras de Beth sous le sien, l'attirant près de lui de sorte que son épaule frôlait son biceps, son parfum chatouillant ses sens. Elle ne pouvait pas nommer le parfum, mais elle pouvait définitivement nommer la partie Bryan Manley ; elle avait si bien appris son odeur chez elle. Elle s'attardait sur les serviettes qu'il avait pliées et accrochées après sa douche dans sa salle de bain, et sur les vêtements de Mike qu'elle allait, à un moment donné, laver. Et sur sa robe de chambre rose...

Elle pouvait sentir Bryan partout dans sa maison. Même dans les cheveux de Maggie quand elle l'avait embrassée pour lui souhaiter bonne nuit hier soir.

Ce n'était pas bon. Il devenait une trop grande partie de sa vie. Trop au centre de son attention. Pourtant, elle était impuissante à l'arrêter.

Il la conduisit jusqu'aux marches d'un kiosque décoré de paniers suspendus de géraniums rouges et de guirlandes lumineuses le long de la balustrade.

Bryan s'arrêta au centre et se tint devant elle, sans jamais lâcher sa main. Au contraire, il entrelaça leurs doigts plus étroitement. Il la tenait plus fermement. Il fit un pas de plus et leva son autre main pour lui caresser la joue, puis passa son pouce sur sa lèvre inférieure.

Les papillons dans l'estomac de Beth s'agitèrent si vite qu'ils lui coupaient le souffle.

— J'ai envie de t'embrasser, Beth. Il frotta son nez contre le sien.

Elle se lécha les lèvres, son regard attiré par les siennes. — Tu n'as pas besoin de demander.

C'était toute la permission dont il avait besoin. Son pouce s'éloigna tandis que ses lèvres descendaient sur les siennes et, mon Dieu, c'était incroyable. Ses lèvres sur les siennes, taquinant, goûtant, glissant sur les siennes avec une telle promesse que Beth dut haleter pour reprendre son souffle.

Seigneur, cet homme savait embrasser.

Ses bras l'entourèrent, la pressant contre lui et le baiser n'était plus seulement un baiser. C'était un véritable événement. Beth dut glisser ses bras dans son dos et agripper ses épaules — ses épaules incroyablement fortes — et ses bras se resserrèrent autour d'elle. Sa langue plongea dans sa bouche, faisant *trembler* ses terminaisons nerveuses et il lui vola chaque once d'air de ses poumons. Mais Beth s'en fichait parce que s'il continuait simplement à l'embrasser, s'il continuait simplement à la tenir et à la presser contre lui et à la désirer, elle pourrait continuer ainsi pour toujours.

Et le baiser se prolongea. Comme elle l'avait pensé, ce n'était pas un rapide effleurement. Bryan goûtait chaque partie de ses lèvres, explorant chaque centimètre de sa bouche, son souffle chaud et lourd contre sa joue, ses bras forts et sûrs autour d'elle, ses mains — mon Dieu ses mains... Elle avait un faible pour les mains d'un homme et celles de Bryan étaient fortes et grandes et habiles et oh si sensibles quand il faisait tournoyer ses doigts sur son dos, allumant une nouvelle série de flammes sous sa peau.

Ce n'était pas possible. Elle ne pouvait pas être là, sous le kiosque avec ses fleurs suspendues et ses douces lumières, le bruit de l'étang en fond sonore, un véritable pays des merveilles, en train d'embrasser *le* Bryan Manley.

Non. Pas *le* Bryan Manley. Bryan Manley.

Bryan.

Elle était là, passant ses mains sur le dos large et les épaules de Bryan, le gars qui était venu nettoyer sa maison, mais qui s'y était glissé et lui avait donné une nouvelle vie. Tout ça en moins d'une semaine.

Beth se raidit. Moins d'une semaine. Elle ne pouvait pas ressentir quelque chose d'aussi fort pour quelqu'un en moins d'une semaine. C'était fou. C'était stupide. Et le fait que ce soit *le* Bryan Manley, star de cinéma, était incroyable. À un moment donné, elle allait devoir se réveiller de ce rêve et faire face à la réalité.

Puis il inclina sa tête de l'autre côté et Beth réalisa que la réalité avait dévié de quelques degrés vers la gauche.

Bryan fit glisser sa main le long de sa colonne vertébrale, s'arrêtant juste au-dessus de la courbe de son dos qui menait à ses fesses. Mon Dieu, elle voulait qu'il la touche là. Qu'il la prenne et la serre et la tire contre lui pour qu'il n'y ait aucun doute sur ce qu'il ressentait.

Mais Bryan ne le fit pas. En fait, il adoucit le baiser, se reculant légèrement pour qu'il y ait un filet d'air entre eux.

Beth frissonna.

— Tu as froid? chuchota Bryan contre ses lèvres.

Elle secoua la tête — parce qu'elle était trop remplie de désir pour pouvoir répondre de manière cohérente.

Il caressa sa joue de ses phalanges, son regard plongeant dans le sien. — Tu as raison. Tu es si chaude que je me suis oublié. Je n'aurais pas dû profiter de toi comme ça, Beth. Tout ce que je peux dire, c'est que je voulais tellement t'embrasser que je n'ai pas pu m'en empêcher. Je me suis interrogé là-dessus. Je l'ai imaginé, fantasmé depuis que je t'ai vue pour la première fois. Et quand j'ai appris que tu étais veuve...

Il prit une profonde inspiration tremblante et appuya son front contre le sien. — Je ne pouvais penser à rien d'autre. Je devais te tenir dans mes bras. Je devais savoir ce que c'était que de t'embrasser.

Beth se lécha les lèvres et sentit un frisson la parcourir quand son souffle se coupa. — Et maintenant que tu le sais?

Bryan attrapa sa lèvre inférieure entre ses dents, puis la caressa du bout de sa langue. — Maintenant, je veux en savoir plus.

Pendant un moment — bon, peut-être deux... ou sept — Beth vit cette image. Eux, dans son lit. Les lumières tamisées, peut-être quelques bougies, une douce musique en fond, et Bryan au-dessus d'elle, la regardant intensément dans les yeux en écartant les cheveux de son visage, lui disant en détail tout ce qu'il voulait lui faire...

Beth serra les cuisses contre la douleur qui s'y trouvait, eh bien, pas vraiment surprenante parce qu'elle savait ce que c'était, mais ça faisait si longtemps qu'elle s'était parfois demandé si elle s'en souviendrait encore.

Elle s'en souvenait.

Bryan remarqua le mouvement et tira ses hanches contre lui. — Hé. Où vas-tu? Je ne vais pas te mordre. Il glissa sa main bas dans son dos et l'arrondit sur la courbe de ses fesses, la pressant contre lui. — Sauf si tu le veux, bien sûr.

Il la désirait. Il n'y avait aucun doute là-dessus et Beth n'oublierait jamais ce que *ça* signifiait. Bryan la désirait et, que Dieu lui vienne en aide, Beth le désirait. Ici. Maintenant. Elle s'en fichait. Elle se fichait que ce soit un parc public. Que ce soit contre les règlements. Que son nom serait dans tous les journaux locaux dans la rubrique des faits divers s'ils étaient pris. Que c'était à découvert et que n'importe qui pouvait passer... Ça n'avait pas d'importance. Bryan serait à elle.

— Beth... Son souffle était chaud sur son cou. — Tu me rends fou, tu le sais ça?

Elle ne put que hocher la tête parce que, vraiment, il n'y avait plus d'air qui entrait.

Surtout quand il mordillait son cou comme ça.

— Que Dieu m'aide, tu es une femme magnifique. Il prit son visage dans son autre main et lui caressa l'oreille du nez, envoyant des feux d'artifice à travers elle. Ses genoux menaçaient de céder, alors Beth s'accrocha comme si sa vie en dépendait. D'une certaine façon, elle avait le sentiment que c'était le cas.

C'est à ce moment-là que la réalité revint brutalement. Elle était folle. *Ça* était fou. C'était Bryan Manley. C'était une star de cinéma. Ce n'était pas le genre de gars à s'installer en banlieue et elle n'allait pas vivre son style de vie.

Pas qu'il le lui ait même demandé.

Voilà. C'était ça.

Beth lâcha les cheveux à la base de sa nuque qu'elle n'avait pas réalisé qu'elle entortillait entre ses doigts.

Elle détendit son dos pour que ses seins — ses seins douloureux — ne soient plus plaqués contre ce torse magnifique. Pour que son bassin ne soit plus en contact avec cette glorieuse bosse sous son pantalon qui promettait le paradis, mais seulement pour un temps très limité.

Elle avait des enfants auxquels penser. Un cœur à protéger. Bryan Manley n'était pas ce dont elle avait besoin dans sa vie.

— Qu'est-ce qui ne va pas? Il recula et lui releva le menton d'un doigt. — Où es-tu partie?

Elle détourna le regard, mais puis prit une inspiration — enfin! — et le regarda à nouveau. — Je ne peux pas faire ça, Bryan.

Quelque chose passa sur son visage. De la déception? C'était surprenant. Ce n'était pas comme si elle était la seule femme en ville. Bon sang, plusieurs des mères avaient déjà clairement fait savoir qu'elles étaient plus qu'ouvertes à la possibilité. Non, elle devait voir des choses qui n'étaient pas là parce que même si Bryan la désirait, c'était seulement pour gratter cette démangeaison très agréable, très *chaude*, très compliquée.

Bon Dieu, il était un crétin. L'embrasser en public comme ça alors qu'il n'avait aucune intention de rester. Il était tellement habitué au style de vie de LA qu'il avait oublié qu'il ne devrait pas faire ça, surtout sachant que Beth n'était pas le genre de femme à prendre les choses à la légère.

Il lâcha sa joue. Sa joue lisse et douce qui avait si bon goût, ses doigts effleurant ce creux sous son oreille. Cet endroit sexy qui sentait comme elle et le rendait fou.

Il résista à l'envie de passer ses doigts sur ses lèvres. Ce serait juste cruel — pour lui. Il savait quel goût avaient ces lèvres. Il connaissait leur forme, leur texture et leur douceur. Il savait comment elles s'entrouvraient quand il voulait y glisser sa langue, et comment sa lèvre inférieure se sentait entre ses dents. Beth avait été conçue pour lui à tous égards, sauf pour le fait qu'elle était liée à la chose même à laquelle il ne voulait jamais être lié.

Alors il la laissa partir avec un profond soupir et l'éloigna de lui. — Je ferais mieux de te ramener chez toi.

Et de l'y laisser.

Seule.

Chapitre Douze

Elle devait sortir de la maison avant que Bryan n'arrive.

C'était la première pensée de Beth quand elle ouvrit les yeux le lendemain matin. Le matin d'après.

Mon Dieu, elle l'avait *désiré*. Dans le sens charnel. Dans le sens biblique. Dans tous les sens qu'elle possédait. Mais ensuite, elle devrait renoncer à lui.

Elle avait déjà vécu cela, et c'était horrible. Perdre Mike avait été dévastateur. Elle ne pouvait pas revivre ça. Et elle avait le sentiment que perdre Bryan pourrait être tout aussi dommageable.

Pourtant... ne serait-il pas préférable d'avoir ces souvenirs?

Beth serra son oreiller contre son ventre et se retourna, serrant les jambes en le faisant. Elle souffrait. Elle désirait. Bon sang, elle était même en train de s'exciter rien qu'en *pensant* à ce qui aurait pu être.

Elle ne pouvait pas être ici aujourd'hui. Elle ne pouvait pas le voir dans sa maison, se pencher, tendre les bras, bouger comme s'il en avait tous les droits et ne pas le désirer. Parce qu'elle le désirait. Ici, dans l'intimité de sa propre chambre — sa chambre solitaire — elle pouvait admettre qu'elle voulait savoir ce que c'était. Même si ce n'était que pour quelques jours.

Cela l'effrayait. Elle s'exposerait à trop de choses. Et ses enfants... ses enfants l'aimaient déjà. Si elle faisait passer leur relation à un nouveau niveau, les enfants le remarqueraient-ils? Et que se passerait-il quand il partirait?

Beth s'assit et tira son T-shirt sur ses cuisses douloureuses. Oui, elle n'allait définitivement *pas* être ici aujourd'hui. Peut-être que passer du temps avec cinq enfants qui ne-veulent-pas-aller-faire-du-shopping était exactement ce dont elle avait besoin pour se changer les idées d'une star de cinéma incroyablement sexy.

Bryan ne voulait pas sortir du lit. Cela n'avait rien à voir avec ce stupide boulot, et tout à voir avec le rêve érotique qu'il venait d'avoir à propos de Beth. Oui, lui. Un rêve érotique. Il n'en avait pas eu depuis ses quinze ans. Mais Beth... Bon Dieu, il la désirait. Et son subconscient lui avait permis de l'avoir.

Il attrapa des mouchoirs et se nettoya. Il était dans un sacré pétrin si elle pouvait lui faire cet effet en une semaine. Il lui restait encore trois semaines à tenir et elles ne pouvaient pas passer assez vite. En attendant, il devrait faire *quelque chose* pour se la sortir de la tête.

Aller chez elle et nettoyer sa chambre n'était *pas* la solution.

Il la désirait tellement que ça l'effrayait. Comment cette femme avec cinq enfants avait-elle pu s'emparer si complètement de ses pensées? Comment était-elle soudainement devenue la première chose à laquelle il pensait en se réveillant et la dernière chose à laquelle il pensait avant de s'endormir? Et chaque minute entre les deux?

L'embrasser n'avait fait qu'empirer les choses. Maintenant, il *savait* ce que c'était que de la tenir dans ses bras. De la goûter et de la sentir et de l'inhaler. De la désirer. Parce qu'il la désirait. Tellement que ça l'effrayait.

Elle le faisait remettre en question des choses qu'il n'avait jamais pensé remettre en question. Des choses dont il s'était fait une idée il y a des années. Mais un sourire aux cheveux ébouriffés et aux yeux verts, et il réévaluait tout. Et il ne voulait pas l'affronter, la voir, l'entendre, la *désirer* pendant qu'il faisait ça — parce que Beth pouvait lui faire oublier son propre nom, sans parler de ses principes jusqu'ici fermement ancrés.

Seule la pensée que Mac lui passerait un savon le fit sortir de son lit, entrer dans la douche, et enfiler cet horrible uniforme qui devenait trop serré à l'entrejambe chaque fois qu'il pensait à Beth.

Il prit une grande inspiration alors qu'il se tenait sur son porche, se forçant à sonner à la porte d'une manière qu'il n'avait pas eu à faire quand il était entré dans cette sentence le premier jour. À l'époque, c'était de l'appréhension. Maintenant... Maintenant c'était de la peur. La pensée de tenir à elle. De la désirer. D'essayer de faire fonctionner quelque chose entre eux tout en maintenant sa carrière et son statut dans l'industrie.

Jason ouvrit la porte. — Mec. Maman fait des courses.

— Jason. Bryan retira la casquette Manley Maids de sa tête, adressant un rapide *merci* à la déesse du shopping. — As-tu fini ta chambre? J'ai l'intention de faire un nettoyage en profondeur de chaque pièce aujourd'hui. Transpirer un bon coup et garder son esprit et son corps assez occupés pour que, s'il la voyait, il serait trop fatigué pour réagir.

Il espérait que cette idée fonctionnerait. Bon sang, elle était sortie et il la désirait *toujours*.

— Ça ne te dérange pas de nettoyer la maison des autres? demanda Jason. De faire ce qu'ils devraient faire?

Il y avait une raison à sa question, mais Bryan n'était pas sûr de laquelle. Mais Jason voulait quelque chose, et ses cheveux et son pantalon et son attitude maussade criaient un besoin d'attention, alors Bryan mit sa fierté de côté pour voir s'il pouvait aider le fils de Beth.

— Il n'y a rien de mal à faire un travail honnête. De plus, les amis de ta mère ont payé pour que je sois ici. Ce n'est pas différent d'un plombier ou d'un électricien.

— Ouais, mais eux ne portent pas quelque chose comme ça. Jason rejeta ses cheveux de son front, permettant à Bryan d'apercevoir les mêmes yeux verts que Beth.

— L'habit ne fait pas le moine, Jason. Ce sont les actions qui comptent. Ta parole compte. J'ai promis à ma sœur que je l'aiderais. J'ai accepté de prendre ce contrat, donc je suis ici.

— Mais juste pour un certain temps, non? Un mois?

— Oui, un mois.

— Ça craint.

— Tout dépend de ce que tu en fais. Bryan fit signe à Jason de s'asseoir dans le fauteuil du salon, puis il s'assit sur le canapé en face, forçant Jason à le regarder. La conversation était un début, mais s'il voulait atteindre ce gamin, s'il voulait avoir l'opportunité de faire du bien ici en montrant à Jason la réalité de la vie pour qu'il aide sa mère au lieu de créer plus de désordre chaque jour, il devait l'engager.

— Je n'aime pas faire le ménage, Jason. Mais il faut le faire et une fois que tu le fais, tu te sens bien d'avoir pris soin de ta maison ou de ta voiture ou de ta chambre ou de ton casier, et de te l'être approprié. Quand tu t'appropries quelque chose, que ce soit un objet ou ton action, tu en prends soin. Et en faisant cela, tu prends soin de *toi*. De qui tu es, de comment tu te présentes au monde.

— Tu essaies de me convaincre de me couper les cheveux? Maman ne le fait pas, tu sais.

Bryan se frotta les siens. — Tes cheveux sont tes cheveux. C'est entre toi et ta mère et je ne sais même pas pourquoi tu as abordé ce sujet. Je n'ai rien dit à propos de les couper.

— Tu l'as pensé, pourtant.

— Ce que je pense n'a pas d'importance. C'est ce que *tu* penses qui compte. Il n'était pas question d'entamer une discussion sur les cheveux. Le temps se chargerait de sa propre vengeance quand Jason regarderait les photos plus tard. — Je dis juste que tu dois être fier de ta chambre et de cette maison. Pas seulement pour ta mère, mais aussi pour toi.

— Mec, cette maison, je m'en fiche complètement.

— Vraiment? Et si tu devais déménager?

Jason releva brusquement la tête. — On doit déménager? Maman a dit que non. Que l'assurance vie couvrait tout. Qu'on allait bien.

Merde. Il n'avait pas voulu inquiéter le gamin ni aborder quoi que ce soit en rapport avec la mort de son père. Il était en train de tout gâcher. — Si ta mère a dit ça, alors c'est ce qu'elle pense. Je dis juste que c'est ta maison. Ta mère travaille très dur pour que ça reste ainsi et tu pourrais lui donner un coup de main en gardant ta chambre rangée et en ramassant un peu plus dans la maison. Je ne serai là que pour un mois. Après ça, ce sera à vous de garder la maison en bon état. Tu ne voudrais pas créer plus de désordre. Et tu pourrais obtenir plus de privilèges si tu faisais vraiment une partie du travail.

— Je ne vois pas du tout de quoi tu parles. Jason recommença à bouder, croisa les bras et plaqua ses pieds sur la table basse, faisant tomber une pile de magazines au sol. Et ne fit pas un geste pour les ramasser.

Bryan haussa un sourcil.

Avec un soupir à décrocher un oscar, Jason traîna son corps dégingandé hors des coussins pour récupérer la pile. Il la jeta sur la table dans un nouveau désordre.

Bryan se contenta de le fixer.

Avec un autre soupir qui aurait probablement pu être entendu dans le comté voisin, Jason réempila les papiers, puis lança un regard noir à Bryan.

— Pas si difficile à faire. Bryan hocha la tête vers la pile.

— J'imagine.

— Bien. Bryan se leva. — Et si tu t'occupais de la chambre maintenant? Imagine comme ta mère sera contente quand elle rentrera.

Sans parler de combien *Bryan* serait content quand Beth rentrerait.

Mais Bryan n'était pas là quand Beth rentra, et Beth avait des sentiments mitigés à ce sujet.

Elle n'arrivait pas à se sortir ce baiser de la tête. Ce qui allait de pair avec le fait qu'elle avait *perdu* la tête. Bryan Manley était hors de sa sphère. De son monde. Et cela lui avait été rappelé aujourd'hui dans les magasins.

Il y avait eu les regards. Les chuchotements. Ça avait commencé comme une brise légère sur une prairie quand elle était entrée, mais au fur et à mesure qu'elle parcourait les allées, elle pouvait sentir la brise prendre de l'ampleur, la métaphore de l'orage qui se préparait étant malheureusement exacte. Quand ils avaient atteint la moitié du supermarché, elle savait qu'elle n'échapperait pas aux vents des commérages avant d'atteindre la dernière allée.

Bien sûr, il y avait eu des gens qui traînaient dans l'allée, l'attendant simplement. Les questions sur Bryan...

Non, elle ne connaissait pas sa couleur préférée, et non elle ne savait pas sa taille (juste la bonne hauteur pour l'embrasser) ni la largeur de ses épaules (assez larges pour l'envelopper et lui faire perdre la tête) ni quel serait son prochain film ou s'il sortait avec quelqu'un ou pourquoi il était revenu en ville... Les questions n'en finissaient pas, comme si elle était son attachée de presse.

Quelqu'un lui avait même demandé ça et elle avait été sur le point de leur dire que non, elle n'était pas son attachée de presse ; elle était la femme qu'il avait embrassée la nuit dernière au kiosque du parc Palmer, mais cela n'aurait fait que soulever plus de questions et les enfants étaient déjà submergés par cette série.

Les enfants. Bon sang. Elle avait dû les sortir de là rapidement. Elle pouvait voir le même regard écarquillé sur le visage de Kelsey que celui qu'elle avait eu quand une journaliste — une jeune femme apparemment gracieuse et attentionnée — avait parlé doucement à Kelsey jusqu'à ce que la scène passe en direct, puis avait interrogé une fillette de dix ans sur ce que ça faisait de perdre son père.

Beth avait vu rouge et avait failli repousser la femme. Au lieu de cela, elle avait mis fin à l'interview et avait ramené Kelsey en vitesse à la voiture. Elle avait fait la même chose dans le supermarché.

Alors maintenant, ils étaient tous à la maison, le spectre de la mort de Mike planant au-dessus d'eux et Beth redoutait d'ouvrir la porte d'entrée. Elle ne pouvait pas faire face à Bryan. Elle ne pouvait tout simplement pas. Elle devait tenir bon pour les enfants, leur préparer le dîner et prétendre que tout était comme il se devait.

Elle prit une profonde inspiration et déverrouilla la porte d'entrée, priant pour que Jason n'ait pas réussi à transformer l'ordre que Bryan avait apporté à sa maison en une énième tornade.

Elle ne se faisait pas beaucoup d'illusions.

Sauf que lorsqu'elle ouvrit la porte, elle contempla le salon avec étonnement. La pièce était impeccable. Elle était rangée. Même la bibliothèque était en ordre. Et les magazines. Mike avait été militaire et même *lui* n'aurait pas pu les empiler plus droit.

Traînant les quatre plus jeunes enfants et six sacs de courses dans la cuisine, elle eut un autre choc. La chatière était installée sur la porte de derrière, l'égouttoir avait disparu, le robinet qui fuyait ne fuyait plus, chaque empreinte digitale avait disparu du réfrigérateur en acier inoxydable, *et* les dessins étaient alignés bien droits avec un aimant à chaque coin, le sol de la cuisine assez propre pour y manger, et les trois boutons de placard manquants avaient été retrouvés et remplacés.

À moins que le corps de Jason n'ait été possédé par des extraterrestres, Bryan avait fait tout ça.

— Mark, ramasse ces marshmallows, s'il te plaît, dit-elle alors que son fils laissait tomber le sachet à moitié mangé qu'ils avaient acheté au supermarché sur la table — seulement pour le rater et les voir se disperser sur le sol, le dur labeur de Bryan défait en deux secondes.

— Mais Maman, Sherman va les manger.

C'était bien ce qu'elle craignait.

Et, bien sûr, comme sur commande, Sherman arriva en trombe dans la pièce et aspira plusieurs friandises avant qu'elle ne puisse l'atteindre. Et puis il commença à haleter. Super. Encore un voyage chez le vétérinaire.

Heureusement, elle lui caressa la gorge et réussit à faire passer les marshmallows. Mark et Tommy eurent droit à un sermon sévère sur les dangers de donner à Sherman des choses que les chiens ne devraient pas manger, et ils rangèrent tous les courses et autres articles pour que la cuisine et leurs chambres ressemblent exactement à ce que Bryan avait laissé.

Beth entra dans sa chambre avec le sac de produits de toilette et ne fut pas surprise de voir que Bryan était passé par là. Il avait dit qu'il le ferait et il l'avait fait.

Cela ne devrait pas la surprendre — et ce n'était pas vraiment le cas — mais il avait été dans sa chambre. Déplaçant ses affaires pour épousseter. Voyant où elle dormait. Se baignait.

Ses cuisses fourmillaient à l'intimité que cela impliquait. Certes, il avait des produits de nettoyage à la main, mais après ce baiser... C'était elle qui y avait mis fin. Son instinct de survie s'était manifesté et elle avait eu envie de se donner des claques. Mais les enfants passaient avant tout. C'était nécessaire et le style de vie de Bryan n'était pas ce qu'elle voulait pour eux. *Si* elle avait même eu une chance de l'avoir. Un baiser ne faisait pas un engagement et Bryan avait une carrière si extraordinaire, elle ne pouvait jamais l'imaginer y renoncer pour ça. La vraie vie.

— Salut, maman.

Bien que la vraie vie venait de basculer de quatre-vingt-dix degrés vers la droite. Les cheveux de Jason étaient... *gominés en arrière?* — Jason? Elle pouvait vraiment voir son visage, mais elle n'était toujours pas sûre que c'était lui.

— Ouais, j'ai, euh, rangé le sous-sol et je me demandais si je pouvais inviter quelques copains pour une soirée jeux vidéo?

Il avait déjà tenté ces nuits blanches auparavant et elles s'essoufflaient généralement vers trois heures du matin. Ils dormaient jusqu'à midi, puis rentraient chez eux après un petit-déjeuner tardif de crêpes que Jason l'avait toujours aidée à préparer. Si c'était le prix à payer pour tout le travail que Jason faisait *et* sa nouvelle coiffure, Beth était tout à fait d'accord.

Kelsey, bien sûr, devait alors inviter *ses* amies, et Mark et Tommy devaient inviter *leurs* amis, donc Maggie aussi, et, eh bien, au moins l'obsession de garder la douzaine et demie d'enfants dans sa maison séparés par sexe et par âge l'empêchait d'être obsédée par Bryan toute la nuit.

Du moins jusqu'à ce que les coups de téléphone commencent.

Chapitre Treize

Tôt le lendemain matin — beaucoup trop tôt — Beth répondait au téléphone. Elle n'aurait pas dû être surprise, étant donné le cirque au supermarché, mais cela ne voulait pas dire qu'elle devait apprécier.

Et après le quinzième appel, elle en avait assez. Elle appela les parents de tous les enfants qui avaient dormi chez elle, leur donna son numéro de portable, puis débrancha le téléphone fixe.

Cela n'a fait qu'aggraver les choses. À midi, les camions de presse étaient garés dans sa rue.

Beth rappela tous les parents pour les informer de ce qui allait arriver chez elle et leur suggéra de récupérer leurs enfants devant la maison de la voisine derrière la sienne. Elle appela ensuite sa voisine pour la prévenir que des adolescents traverseraient son jardin, rassembla tous les enfants et demanda à Jason et Kelsey de les conduire à l'arrière pendant qu'elle irait sur le porche avant, comme s'il s'agissait d'une opération secrète. Sa voisine, Jillian, garderait les enfants jusqu'à ce que la voie soit libre.

En théorie, cela devait fonctionner. En réalité, Beth était un paquet de nerfs tremblants. Elle ne voulait pas parler à ces gens. Ce que Bryan faisait chez elle ne regardait personne. Il n'y avait aucune raison que cela fasse la une des journaux, et bien que ce ne soit pas le scandale qu'avait été la mort de Mike, cela n'en était pas moins invasif.

Elle avait au moins réussi à boutonner correctement son chemisier et à s'assurer qu'elle portait du maquillage et des vêtements sans taches, mais cela ne la faisait pas se sentir mieux. Des micros étaient enfoncés dans son visage et des questions lui étaient criées comme s'il s'agissait d'une urgence nationale à laquelle tout le monde avait besoin de réponses immédiatement.

— Bryan fait-il vraiment le ménage ou est-ce pour un rôle dans un film?

— Est-ce un coup de publicité?

— Comment avez-vous été choisie?

— Que pensent vos enfants d'avoir à nouveau un homme à la maison?

C'était la question qui l'a fait se figer. Celle qui l'a bloquée. Et qui a failli la faire pleurer.

— Bryan n'est *pas* l'homme de ma maison et même s'il l'était, ce ne sont pas vos affaires. Ne pouvez-vous pas me laisser tranquille? Le laisser tranquille? Qu'est-ce que ça peut faire ce qu'il fait pendant son temps libre? Il aide sa sœur et ça m'aide. Ça n'a rien à voir avec ce qui est arrivé à mon... mon mari ou ma vie et je veux que vous laissiez mes enfants en dehors de ça et que vous quittiez ma propriété. Maintenant.

Elle n'attendit pas que les questions s'arrêtent car, bien sûr, elles ne s'arrêtèrent pas. Ces gens étaient là pour faire leur travail, sans vraiment comprendre ce que ce travail lui faisait subir.

Elle ferma la porte derrière elle et s'appuya dessus, sa tête cognant contre le bois dur. *Je ne craquerai pas, je ne craquerai pas, je ne craquerai pas.*

Elle continua à se le répéter jusqu'à ce que son estomac se calme, que sa respiration redevienne normale et que la brûlure derrière ses yeux s'arrête.

Puis son téléphone portable sonna. Elle ne reconnaissait pas le numéro, alors elle ne répondit pas. L'appel passa sur la messagerie vocale mais avant qu'elle puisse écouter, il sonna à nouveau. Puis elle reçut un SMS.

Beth, c'est Bryan. S'il te plaît, décroche. Dis-moi que tu vas bien.

Bryan? Bryan l'appelait? Comment avait-il eu son numéro? *Pourquoi* avait-il eu son numéro? Et comment savait-il ce qui se passait?

— Tu vas bien? Il ne lui laissa même pas le temps de dire bonjour quand elle répondit à son appel.

— Ça va.

— Sont-ils partis?

— Je ne sais pas. Je ne veux pas regarder.

Il jura de manière inventive. — Tu ne devrais *pas* avoir à gérer ça. J'ai dit à

Mac que je ne voulais pas que ça arrive. Je suis vraiment désolé, Beth. J'aurais dû simplement leur donner une petite phrase et en finir. J'aurais dû me rendre compte que je ne pouvais pas m'en tirer comme ça. L'anonymat ne va pas avec le territoire. Je suis vraiment désolé.

Beth dut secouer la tête pour s'éclaircir les idées. De quoi s'excusait-il? — Ce n'est pas ta faute, Bryan. Tu ne les as pas envoyés ici.

— C'est tout comme. Tout ce que je fais ces jours-ci fait la une des journaux et j'aurais dû le voir venir. Je suis désolé. Je ne voulais pas vous entraîner, toi et les enfants, là-dedans à nouveau. Comment vont-ils?

— Les enfants? Ils vont bien. Ils sont chez ma voisine. Je les ai fait sortir avant que les questions ne commencent.

— Et toi? Comment vas-tu?

— Je vais... bien. Elle mentait. Ses genoux tremblaient, son estomac était encore nauséeux et une sueur froide humidifiait sa nuque.

— Écoute, je sais que je n'ai pas le droit de te demander ça, mais si tu veux leur dire que je tiens une conférence de presse à quinze heures aujourd'hui au bureau de Manley Maids, ça les éloignera de toi. Ils veulent juste des infos. Je vais leur en donner.

Elle prit une inspiration tremblante. Elle ne savait pas si elle pourrait leur faire face à nouveau. Elle ne voulait pas ouvrir la porte à cette meute de loups.

— Beth? Tu m'as entendu, ma chérie? Sa voix était si douce et basse, juste comme la veille quand il avait dit qu'il voulait l'embrasser.

Oh mon Dieu, et si quelqu'un l'avait vu l'embrasser et avait pris une photo et que maintenant *ça* serait étalé dans les journaux avec l'histoire qu'il faisait le ménage chez elle? Elle pouvait déjà entendre les gros titres sur leur *jeu* de maison. Oh mon Dieu. Elle ne pouvait pas faire ça. Pas encore. Elle ne pouvait pas revivre ce cirque. Ne pouvait pas affronter les regards, les coups d'œil et les doigts pointés et les questions — toujours ces questions comme s'ils avaient le droit de fouiller dans sa vie, ses pensées les plus personnelles là pour l'édification du public.

— Beth, tu es avec moi, ma chérie?

À travers un brouillard de panique, elle entendit la voix de Bryan.

— Beth, s'il te plaît, réponds-moi. Il y avait maintenant une tension dans sa voix. Une à laquelle elle pouvait totalement s'identifier.

— Je suis là. Le simple fait de dire ces mots, de le reconnaître, de communiquer avec quelqu'un qui n'essayait pas de lui sucer l'âme, aida Beth à se calmer.

— Bien. Je vais arranger ça, ma chérie. Je te le promets. Tu n'auras plus à t'inquiéter des journalistes. Je te le promets. Je vais demander à Mac d'affecter quelqu'un d'autre chez toi pour le reste du mois et tu n'auras plus à gérer ça ni à me revoir.

— Non. Le mot était sorti avant qu'elle y réfléchisse.

— Quoi? Il semblait aussi surpris qu'elle. — Mais si je ne suis pas là, ils ne t'embêteront pas.

— Tu ne peux pas abandonner les enfants. Tu ne peux pas leur apprendre à se terrer.

Même si c'était exactement ce qu'elle faisait en ce moment – au moins, ils n'en étaient pas témoins.

— Je ne peux pas laisser la presse dicter ma vie. La vie de mes enfants. Ils t'aiment bien, Bryan. Mes enfants aiment t'avoir dans les parages. Tu sais que Jason a fait quelque chose à ses cheveux? Je peux voir son visage grâce à ce que tu lui as dit. J'ai essayé pendant deux ans de communiquer avec lui et je n'y arrivais pas. Tu ne peux pas les abandonner maintenant à cause de ça.

D'accord, elle mettait beaucoup de choses sur les épaules de Bryan, mais elle ferait tout ce qu'il fallait pour ses enfants. Maggie lui avait montré ce câlin spécial qu'elle partageait avec Mike. Tommy et Mark finissaient à nouveau les phrases l'un de l'autre. Kelsey profitait de son prestige à l'école, et Jason... Elle n'avait pas vu le visage de son fils de face depuis avant l'enterrement. Elle gérerait les conséquences du départ de Bryan quand son mois serait terminé, mais pour l'instant, il ne pouvait *pas* ne pas être là. Qu'est-ce que ça apprendrait aux enfants sur la façon de gérer les problèmes? Qu'on s'enfuit?

— Mais Beth, si je suis là, ça ne fera que continuer.

— Alors tu leur donnes ce qu'ils veulent lors de ta conférence de presse. C'est toi l'histoire, pas nous. Mais après ça, nous voulons que tu reviennes.

Bryan voulait revenir aussi, mais Beth n'avait aucune idée de ce qui pouvait arriver. Certes, *lui* était l'attraction, mais une belle veuve d'un pilote de ligne avec cinq enfants et lui dans la maison? Faisant le ménage? L'histoire était parfaite pour les tabloïds *et* la presse légitime. La parfaite histoire romantique avec la star de cinéma et la femme au foyer. Son agent avait vu la possibilité dès qu'il lui avait dit ce qu'il allait faire pour Mac, c'est pourquoi Bryan voulait garder un profil bas. *Surtout* après avoir lu sur la mort de Mike. Il aurait dû se retirer à ce moment-là. Il aurait dû dire à Mac de trouver quelqu'un d'autre avant que les enfants ne s'attachent.

S'attachent.

Oh merde.

Ils n'étaient pas les seuls. Et c'était la pire et la meilleure sensation au monde. Il aimait bien ses enfants et il mentirait s'il disait qu'il n'était pas un tout petit peu fier que ce qu'il avait dit à Jason l'ait poussé non seulement à se nettoyer, mais aussi à faire quelque chose pour ses cheveux. Il avait entendu dans la voix de Beth à quel point ça l'avait rendue heureuse. Cette petite chose et il y avait contribué.

Bon sang, il devrait demander à Mac de trouver quelqu'un d'autre juste *à cause* de ce petit tremblement dans la voix de Beth.

Mais il ne le ferait pas. Il ne voulait personne d'autre ici, voyant la chambre de Beth ou les peluches de Maggie ou la collection de figurines des jumeaux, ou disant à Kelsey qu'elle était jolie et voyant son grand et beau sourire rayonnant si semblable à celui de sa mère, ou aidant Jason à devenir un homme.

Aider Jason...? Bon sang. Quand est-ce que la famille Hamilton s'était faufilée sous l'armure qu'il portait autour de son cœur?

Ce n'était vraiment pas ce dont il avait besoin dans sa tête alors qu'il allait affronter les médias cet après-midi. Il priait pour que ses pensées ne soient pas plaquées sur son visage.

— Alors, Bryan, demanda l'un des journalistes, est-ce que cela signifie que vous vous retirez de *The Pause Button*?

La comédie romantique faisait déjà parler d'elle avant même que le scénario ne soit finalisé, tous les acteurs d'Hollywood se battant pour les rôles principaux. Quand il avait décroché le rôle, son agent lui avait envoyé une caisse de Dom Pérignon. Il la boirait à un moment donné – quand le tournage serait terminé et qu'il se sentirait satisfait de sa performance.

— Non, je serai à l'heure pour le tournage. Ce job de nettoyage est temporaire. L'entreprise de nettoyage de ma sœur, Mary-Alice Manley, Manley Maids, est en plein essor et elle avait besoin d'aide. Comme mes frères et moi avons la même référence pour ce qui constitue une maison propre – notre grand-mère – Mac avait une équipe toute prête pour les nouveaux emplois.

— Vous voulez dire que vous nettoyez votre propre maison? demanda un autre journaliste.

— Pas maintenant, évidemment. Je n'y suis jamais. En fait, je suis également client de Manley Maids.

Un autre journaliste poussa son micro dans le visage de Bryan en se frayant un chemin parmi les autres.

— Alors pourquoi *cette* maison? Était-ce à cause de la belle veuve?

Bryan fusilla du regard le jeune journaliste. Même quelques-uns des vétérans gémirent. Ils pouvaient sentir une histoire, mais ils n'obtiendraient jamais la vraie si ils énervaient leur cible, et il ne fallait pas être un génie pour voir que Bryan n'était pas content de la question.

— Je suis ici pour faire un travail pour ma *sœur*. C'est le seul rôle qui a été joué dans tout ça.

Il ne nia pas que Beth était belle – il ne ferait jamais ça, parce qu'elle l'était – mais il devait mettre fin aux spéculations ici et maintenant. Il n'allait pas apporter plus de publicité à sa porte. Il avait regardé les extraits d'actualités de la mort de son mari, avait vu la panique sur son visage, l'avait entendue dans sa voix plus tôt ; elle n'avait pas besoin de revivre ce cauchemar.

Il répondit à quelques questions supplémentaires, glissa quelques publicités pour Manley Maids, mentionna le film, et pria pour que le scandale qui se préparait se soit résolu de lui-même.

Heureusement, il avait eu la prévoyance de porter l'horrible uniforme et accepta de poser pour des photos après. Mac ne pouvait pas avoir de meilleure publicité que ça. Donnez-leur ce qu'ils veulent et avec un peu de chance, ils laisseraient Beth et les enfants tranquilles.

Tout comme il s'était porté volontaire pour le faire.

Mais elle n' *avait pas* voulu qu'il parte. Et pas pour elle-même, mais pour ses enfants. Il aurait argumenté avec elle, mais quand elle avait évoqué le meilleur intérêt de ses enfants, il ne pouvait pas. Quel genre d'homme serait-il s'il partait au premier signe qu'elle avait besoin d'aide?

Pas le genre d'homme dont il était fier d'être.

Chapitre Quatorze

— Maman va être tellement en colère contre toi, Mags.

— Mais non. Je fais ça pour Bryan. Maman aime bien Bryan.

Bryan s'apprêtait à entrer dans la cuisine de Beth quand les paroles de Maggie l'arrêtèrent. Que fabriquait Maggie? Pourquoi Beth serait-elle fâchée? Et à quel point Beth l'appréciait-elle pour que même *Maggie* s'en soit rendu compte?

Et pourquoi cela avait-il de l'importance? Comme cette journaliste le lui avait rappelé hier, le tournage devait commencer dans trois semaines et il devait y être. Cette petite incursion dans la banlieue n'était que temporaire.

— Bien sûr que maman l'aime bien. Toutes les femmes l'aiment bien. Kelsey avait l'air beaucoup plus âgée que ses douze ans.

— Comme toi, Kels?

Bryan pouvait imaginer Maggie tirant la langue à sa sœur et cela le fit sourire. Il se souvenait si bien de ses chamailleries avec ses frères.

— Ne sois pas bête. Je suis trop jeune pour l'aimer bien.

— Alors pourquoi tu agis de façon si bizarre quand il est là?

Bryan avait envie de soupirer. Il avait dû gérer les béguins d'adolescentes toute sa vie, mais jamais il n'avait été plus gêné par l'un d'eux qu'en cet instant. Kelsey ne pouvait pas avoir le béguin pour lui. Il ne voulait pas lui faire de mal. Surtout que *son* béguin à lui était définitivement pour sa mère.

— Je n'agis pas bizarrement. Au moins, je ne fais pas un stupide collage avec de la colle partout sur la table qu'il n'accrochera jamais nulle part de toute façon.

— Si, il le fera. Bryan m'aime bien. Il va apprécier le dessin.

Il l'apprécierait certainement. Juste après avoir réussi à surmonter l'émotion qui lui nouait la gorge. Il accrocherait ce que c'était sur la porte de sa loge sur tous les plateaux où il irait jamais.

— Maman n'appréciera pas la colle, Mags. Tu vas avoir des ennuis.

— C'est pas vrai.

— Si, c'est vrai.

— C'est pas vrai.

C'était le moment d'intervenir. C'était une chose pour les garçons de se disputer ; en tant que jumeaux, ils avaient un lien qui serait plus fort que les dommages que leurs mots pourraient infliger, mais les sept ans qui séparaient Kelsey et Maggie prendraient beaucoup plus de temps à guérir et Bryan ne voulait pas être la raison d'une discorde entre les sœurs.

— Salut, les filles. Bryan inclina le bord de sa casquette vers elles et obtint les gloussements qu'il espérait de Maggie. Il reçut le soupir et le sourire timide de Kelsey qu'il espérait *ne pas* obtenir.

— Qu'est-ce que tu fais, Maggie?

Kelsey avait raison. Il y avait assez de colle à paillettes sur la table pour décorer Rodeo Drive. En rose.

Il cacha son sourire. Il se ferait charrier sur le plateau quand il accrocherait ce que c'était, mais il s'en fichait.

— Je te fais un dessin, Bryan. Pour que tu te souviennes de nous.

Cette fois, sa gorge se serra vraiment. Puis il regarda le dessin et cela menaça de l'étouffer. Il y avait les cinq enfants — Jason avec sa nouvelle coiffure — avec une Beth rayonnante derrière eux, ses bras étendus au-dessus des cinq.

Le symbolisme était omniprésent dans ce dessin et Bryan avait du mal à parler. — C'est un super dessin, Maggie. Je serai honoré de l'avoir.

Kelsey soupira.

— Mais Kelsey a raison. Il faut qu'on nettoie ça avant que la colle ne sèche sur la table. Il avait le sentiment qu'il était trop tard. Il ramassa un bâton de colle à paillettes et lut les petits caractères. Au moins, c'était soluble dans l'eau.

— Kelsey, tu pourrais remplir un seau d'eau chaude? Cela lui donnerait quelque chose de constructif à faire et la sortirait de la phase d'adolescente dans laquelle elle se complaisait pour le moment.

— Bien sûr, Bryan. Tu as besoin d'autre chose?

Il se mordit la lèvre face à l'adoration qu'il voyait dans ses yeux. — Si tu peux trouver une éponge avec un côté grattoir, ça aiderait.

— Je crois qu'on en a dans le garde-manger.

— Super. Merci. Il regarda Maggie. — Allez, Maggie. Nettoyons tout ça avant que ça ne sèche. Tu voudras pouvoir l'utiliser à nouveau.

— Maman dit que tu pars en tournage. Ça veut dire quoi?

— Ça veut dire que je vais aller à l'endroit où on va tourner le film.

— Je croyais que les films étaient faits à Hollywood?

— Pas tous. Parfois, c'est plus facile et moins cher d'aller sur un lieu, comme au bord de la mer ou dans les montagnes ou une ville plutôt que de le construire à Hollywood.

— Vous avez des téléphones là-bas?

— Bien sûr. Ce sera comme si on tournait ici en ville.

— Avec tous les gens et toutes les caméras comme quand papa est mort?

Il retint son souffle. Il avait entendu la panique dans la voix de Beth à propos des caméras, donc il ne s'attendait pas à ce que Maggie soit si désinvolte à ce sujet, mais après tout, elle n'avait que trois ans. Peut-être que ça ne lui avait pas fait une aussi grande impression.

— J'ai dit à ta maman que j'étais désolé pour ça. Je ne pensais pas que les gens se soucieraient que je sois ici.

Maggie haussa les épaules. — Eh bien *moi*, je suis contente que tu sois là. Tu me fais sourire et maman aussi. Mais Kelsey... elle agit juste bizarrement. Peut-être que tu pourrais la faire arrêter d'être bizarre.

— Maggie! Kelsey cogna le seau sur le comptoir, renversant de l'eau sur le côté, et lança un regard bouleversé à Bryan juste avant de s'enfuir de la cuisine. — Je te déteste!

— Reste ici, Maggie, et commence à nettoyer. Je reviens tout de suite. Il devait étouffer ça dans l'œuf avant que Kelsey ne le laisse prendre des proportions gigantesques.

Bien sûr qu'elle s'était réfugiée dans sa chambre. Génial.

Bryan l'entendait pleurer de l'autre côté de sa porte et prit une profonde inspiration avant de frapper.

— Va-t'en, microbe.

— C'est moi, Kelsey.

Il y eut un silence. Puis un reniflement. Puis un hoquet. Des pas traînants sur le sol, puis le verrou qui tournait.

Un visage bouleversé apparut dans l'entrebâillement de la porte. — Maggie ne sait pas de quoi elle parle.

— On peut parler, Kelsey?

Elle ferma les yeux, puis ouvrit grand la porte. — Je suppose.

— Allons nous asseoir sur le porche.

Elle se mordilla la lèvre et le précéda dans les escaliers et jusqu'aux fauteuils à bascule en bois, gardant la tête baissée pour que ses cheveux couvrent son visage.

— À propos de ce que Maggie a dit...

— C'est une idiote.

— C'est ta sœur, et les petites sœurs aiment taquiner. Crois-moi, je sais de quoi je parle. J'en ai une.

Il y eut l'ombre d'un sourire.

— Je ne pense pas que tu agisses bizarrement. Ce que tu ressens est normal pour une fille de ton âge. Et je suis flatté. Mais je suis trop vieux pour toi.

Son visage était en feu, mais elle était définitivement la fille de Beth, l'affrontant avec la même détermination. — Ouais, je sais. En plus, toutes les mamans vous aiment bien.

Il s'abstint de lui faire remarquer que les mamans *avaient* son âge.

— Alors, vous aimez bien ma mère?

Il ne l'avait pas vue venir, celle-là. — Euh, eh bien, oui. Ta mère est une femme gentille. Et avec ce qu'elle a traversé, avec ce que vous avez tous traversé, ta mère est une femme exceptionnelle.

— Oui, mais est-ce que vous l' *aimez* bien?

Comment cette conversation avait-elle pris la direction qu'il ne voulait pas qu'elle prenne? Il pensait que parler des sentiments de Kelsey serait la partie délicate... — J'aime beaucoup ta mère, Kelsey. Mais je ne vais pas rester longtemps ici. J'ai un film qui commence dans quelques semaines et je serai parti pendant des mois. Puis il y en aura d'autres. Ma carrière m'emmène partout dans le monde. Je ne peux pas être ici. Et ta mère mérite quelqu'un qui sera présent. Qui sera là pour elle.

— Oh.

Et il ferait mieux de s'en souvenir. Parce que pendant un moment dans la cuisine avec Maggie, et l'autre soir dans le kiosque, il avait laissé son esprit vagabonder. Imaginer. Faire semblant.

Sa vie *professionnelle* n'était que du faux-semblant ; il n'avait pas besoin de ça dans sa *vraie* vie. Et la réalité était que, peu importe à quel point il était attiré par elle, peu importe à quel point il appréciait d'être avec elle et sa famille, Beth était une réalité qu'il ne pouvait pas avoir.

Beth s'éloigna de la porte d'entrée. Elle n'aurait pas dû écouter, mais quand elle les avait vus se diriger dehors, elle était sur le point de demander ce qui se passait jusqu'à ce que le langage corporel de Kelsey la retienne. Et puis elle avait entendu ce que Bryan avait dit. Il avait géré le béguin de Kelsey à merveille.

Et ce qu'il avait dit à son sujet...

Il avait raison. Chaque mot était juste — il allait partir. Il ne pouvait pas rester ici et elle devait s'en souvenir.

Mais il l'aimait bien. Elle était "une femme exceptionnelle". Un frisson l'avait parcourue quand il avait dit ça. Un frisson qu'elle n'avait pas ressenti depuis des années — jusqu'à cette nuit dans le kiosque.

Bryan partait. Il ne restait pas. Les frissons n'avaient pas d'importance face à ça. Ses enfants avaient besoin de stabilité et elle aussi. Le style de vie de Bryan n'était bon pour aucun d'entre eux.

Chapitre Quinze

Bryan rangea le kit de nettoyage des Manley Maids et jeta un dernier coup d'œil à la cuisine. La colle de Maggie avait été un cauchemar, et les paillettes partout sur le sol n'avaient pas été amusantes, mais ils avaient travaillé dur tous les deux pour tout nettoyer pendant que le dessin qu'elle lui avait fait séchait sur le comptoir. Il avait lesté les coins pour qu'ils ne se recroquevillent pas et avait insisté pour que Maggie signe son nom une fois sec.

Elle lui avait souri radieusement quand elle l'avait fait, et Bryan savait qu'il chérirait toujours cette création rose et tordue. Maggie Hamilton serait difficile à oublier. Tous les Hamilton le seraient. Tout comme Tommy et Mark quand ils traversèrent à nouveau la cuisine en trombe, traînant une corde couverte de boue et laissant des empreintes boueuses de la porte de derrière jusqu'à la cuisine, et s'il n'avait pas été debout dans l'embrasure du salon familial — la porte d'entrée vers le reste de la maison — ces empreintes auraient continué plus loin.

— Halte! Il tendit le bras. Qui va là, soldats?

Les garçons se regardèrent, confus un instant, puis de grands sourires illuminèrent leurs visages, et ils se mirent au garde-à-vous.

— C'est moi, Sir Markus. Je suis venu informer la reine que son chien royal s'est échappé.

— Chien? Tommy leva les yeux au ciel. C'est le *prisonnier* de Sa Majesté qui s'est échappé. Il court dans le jardin du voisin.

Sherman. Encore.

Bryan posa la boîte à outils de nettoyage sur le comptoir. — Montrez-moi le chemin, messieurs.

Ce fut un après-midi de torture. Il avait été en grande forme pour le dernier film, n'avait pas pensé qu'il était trop hors de forme maintenant, mais courir après un chien pile électrique et deux jeunes garçons lui montra à quel point il avait tort.

Le maudit chien avait appris quelques astuces depuis l'escapade de la clôture et il fallut l'« armée » d'amis de Sir Markus et Sir Thomas pour le rattraper.

Bryan et la douzaine de garçons de dix ans finirent par encercler Sherman près de la piscine d'un voisin, avançant vers lui, resserrant le cercle. Malheureusement, au centre de ce cercle se trouvait la piscine elle-même et Bryan avait le sentiment que cela n'allait pas bien se terminer.

Surtout quand Sir Thomas décida de mener la charge de la brigade des sabres laser.

Sept enfants tombèrent à l'eau. Un chien en sortit.

Et s'enfuit avec une rapide secousse, un jappement et beaucoup trop d'entrain dans sa démarche.

Bryan repêcha les garçons, essora T-shirts et shorts, leur donna une rapide leçon sur la guerre au bord de la piscine pour la prochaine fois, puis les conduisit hors du portail arrière à la poursuite de ce maudit chien.

Le maudit chien s'en donnait à cœur joie. Littéralement. Il y avait un champ à la lisière du quartier, mais c'était le dernier bastion de sécurité avant la route très fréquentée.

— D'accord, les gars, voilà le plan. Bryan rassembla les garçons en cercle. Tommy, Johnny, Kevin et Kyle : vous allez contourner par la droite.

— C'est quoi, contourner? demanda Kyle.

— Vous allez passer par la droite. Bryan pointa du doigt un cornouiller. Vous voyez cet arbre? Je veux que vous passiez derrière et que vous arriviez jusqu'à cette souche. Ensuite, avancez doucement, en vous rapprochant les uns des autres au fur et à mesure. Vous autres, encerclez-le de l'autre côté. On va piéger Sherman entre nous comme on l'a fait la dernière fois.

Mark raconta aux autres l'incident du tas de compost — y compris la chute de Bryan dedans. — Bryan a sauvé la situation *et* le chien. C'était génial!

D'accord, il assumerait la chute dans le tas de compost si les garçons trouvaient ça génial.

La douche qui avait suivi et le fait de voir Beth après avaient été plutôt géniaux aussi.

Bryan jeta un coup d'œil à Sherman. Le chien était assis sur son arrière-train, la langue pendante sur le côté gauche de sa gueule, cette courbe semblable à un sourire sur son museau les narguant. — D'accord, les gars, marchez lentement jusqu'à vos positions.

Sherman bougea quand les garçons se déployèrent, ses sourcils tressaillant. Bryan n'avait même pas réalisé que les chiens *avaient* des sourcils.

Le chien regarda d'un côté puis de l'autre entre les deux groupes d'enfants. Chaque fois que Sherman tournait la tête, Bryan avançait de quelques pas. À un moment, Sherman jeta un coup d'œil dans sa direction, alors Bryan se figea.

Le chien s'agita nerveusement. Bryan regarda les garçons du coin de l'œil. Ils étaient presque en position pour commencer à avancer. S'il gardait l'attention de Sherman fixée sur lui, les garçons pourraient s'approcher suffisamment pour resserrer le cercle et le chien n'aurait aucune chance de s'échapper.

Tommy agita le bras. Mark fit de même peu après.

Bryan hocha la tête et les garçons avancèrent lentement.

Sherman se mit debout. Merde.

Bryan écarta les bras, essayant de se faire paraître plus grand. Les animaux réagissaient aux menaces plus imposantes en se recroquevillant.

Bien sûr, *ce* maudit chien ne le fit pas.

Sherman, pratiquement en train de danser sur la pointe des pattes, fit un tour sur lui-même, son petit bout de queue devenant rigide quand il vit les garçons. Bryan profita de l'occasion pour faire quelques pas de plus en avant.

Le chien regarda par-dessus son épaule — ce qui donna à Tommy et Mark l'occasion d'avancer.

Bryan voulait leur dire à quel point il était fier d'eux pour avoir compris la tactique, mais il ne voulait pas effrayer Sherman plus qu'il ne l'était déjà.

Il fit un autre pas quand Sherman regarda à nouveau les garçons. Puis un autre. Il était à moins d'un mètre du chien quand l'un des enfants trébucha.

C'était tout ce dont Sherman avait besoin pour s'enfuir.

Heureusement, il fit l'erreur d'essayer de passer devant Bryan, et Bryan plongea sur lui.

Et atterrit dans un tas de crottes de lapin.

Au moins ce n'était pas du cerf ou du cheval, mais quand même... Ce maudit chien l'avait obligé à prendre une douche deux fois.

— On l'a eu! Bien joué, Bryan! cria Mark, tous les garçons se tapant dans les mains pour célébrer leur grand effort d'équipe tandis que Bryan tenait le Jack Russell qui se débattait et sentait mauvais comme son trophée.

Il cala le chien sous son bras et accrocha son pouce au collier pour que la menace n'essaie pas de se tordre et de s'échapper à nouveau.

Le groupe marcha vers la maison, style légion romaine. Beth avait rassemblé les filles — qui se parlaient à nouveau, apparemment — et tendit un plateau de cookies. — Les héros conquérants doivent être récompensés. Merci, messieurs.

Ils se jetèrent sur les cookies comme on pouvait s'y attendre d'une horde de garçons de dix ans affamés. Heureusement que Bryan n'en voulait pas ; courir après Sherman lui avait montré qu'il ferait mieux de se passer de sucreries.

Surtout Beth.

— Et qu'est-ce que j'obtiens, ma dame? Tant pis pour ça. Elle avait l'air si mignonne en « décernant » les cookies aux garçons et il tenait, après tout, le chien primé.

Kelsey regarda sa mère. Merde. Il n'aurait vraiment pas dû poser cette question devant sa fille après cette conversation sur le porche. Surtout quand Beth rougit.

— Je, euh, pourrais en faire d'autres?

Kelsey leva les yeux au ciel.

— Ma-man.

Elle prit Sherman des mains de Bryan.

— Tu dois donner un baiser au chevalier. Tu ne sais donc rien?

Oh, Beth en savait long sur les baisers. Bryan pouvait en témoigner. Et en recevoir un ici, devant tous ces témoins, n'était *pas* la meilleure idée.

Mais Kelsey n'allait pas abandonner. Pas avec ce regard appuyé vers Bryan.

Alors il prit la main de Beth, mit un genou à terre et lui donna le baiser le plus rapide et le plus chaste possible, malgré son envie de l'attirer à lui et de rouler dans l'herbe toute la nuit, l'embrassant jusqu'au lever du soleil.

Au lieu de cela, il revint à la réalité, se leva rapidement, puis s'inclina devant Maggie et Kelsey.

— Et maintenant, mes dames, si vous voulez bien m'excuser, j'ai un travail à terminer.

Ces empreintes de pas boueuses n'allaient pas se nettoyer toutes seules.

— Attends, Bryan.

Beth tapota l'épaule de ses fils.

— Les garçons, il y a un désordre dans la cuisine qui porte vos noms. Et si vous alliez vous en occuper? Ce n'est pas le travail de Bryan.

Les garçons enfournèrent leurs biscuits dans leur bouche et firent ce qu'elle demandait.

Bryan leva les sourcils vers Beth.

— Pas de protestations?

Elle haussa les épaules.

— Que veux-tu? Ce sont des héros conquérants. Ils ont sauvé Sherman.

Maggie tira sur l'ourlet de la chemise de Beth, ce qui fit descendre le décolleté assez bas pour que Bryan puisse apercevoir son décolleté.

Quinze secondes de torture supplémentaire.

— Maman, c'est *Bryan* qui a sauvé Sherman. Il a sauté sur lui. Kyle me l'a dit.

Bryan lui caressa le menton.

— Non, Maggie. C'était un travail d'équipe. Chacun a fait sa part. Je me suis juste trouvé là quand Sherman s'est enfui. Nous avons *tous* sauvé Sherman.

Maggie croisa les bras.

— Non. C'est toi qui l'as fait. Kyle l'a dit. Tu es juste modeste.

Le regard que Beth lui lança disait qu'elle voulait le serrer dans ses bras. Il espérait que c'était pour d'autres raisons que d'avoir donné le crédit à ses fils.

— Kelsey, dit-elle, brisant le regard entre eux qui avait duré un battement de cœur de trop pour être convenable, emmène Sherman dans la buanderie. Il a besoin d'un bain.

— Bryan aussi, dit Maggie en se pinçant le nez. Beurk.

C'est ainsi que, une fois de plus, Bryan se retrouva nu dans la salle de bain de Beth.

Cette fois, il prit son temps. La dernière fois, il avait été si mal à l'aise face à cette intimité, mais maintenant, après l'avoir tenue dans ses bras, après l'effet qu'elle avait eu sur lui... il voulait toute l'intimité qu'il pouvait avoir. Le kiosque n'avait fait qu'aiguiser sa curiosité.

Il n'aurait pas dû l'embrasser. Il n'aurait pas dû se torturer ainsi. Tout comme il ne devrait pas se torturer maintenant, en l'imaginant ici avec lui, savonnant tout son corps, se frottant contre elle sous l'eau qui perlait sur sa peau, levant son pied pour l'accrocher derrière sa cuisse, pressant ses seins et ses mamelons contre sa poitrine, et, bon sang, il allait jouir dans sa douche s'il ne stoppait pas ce train de pensées.

Il baissa la température de l'eau et décida de *ne pas* s'attarder. La serviette rose que Maggie avait insisté pour qu'il utilise à nouveau aida à dissiper la situation, et le temps qu'il puisse ouvrir la porte de sa chambre, il avait repris le contrôle.

Sauf que maintenant, il fixait son lit.

Les images revinrent en force et son érection aussi. Dieu, il la désirait. Il voulait l'allonger sur ce lit et l'embrasser de ses magnifiques yeux à son nez mignon et ses lèvres sexy en diable. Descendre jusqu'à son menton, puis traîner sa langue en dessous, le long de sa gorge, chatouillant le creux de sa clavicule avant de se régaler de ses seins. Il voulait ses mains sur eux, ses lèvres, sa langue, la prendre dans sa bouche et la rendre folle de désir.

Elle avait été dans l'instant avec lui dans ce kiosque. Elle l'avait désiré. Elle avait été intelligente de ne pas laisser les choses aller trop loin — pour le bien de tous les deux — parce qu'il l'avait terriblement désirée. Elle n'avait *pas pu* ne pas le savoir.

Il serra la serviette rose autour de sa taille, espérant un peu de soulagement à la pression, mais la friction du coton sur le gland sensible ne fit qu'accentuer son désir. Il voulait Beth et il commençait à craindre de ne pas être assez fort pour résister à la tentation.

Bryan secoua la tête. C'était ridicule. Il avait des milliers de femmes — magnifiques, sexy, des mannequins — qui se jetaient à ses pieds. Il pouvait avoir qui il voulait.

Mais il ne voulait que Beth.

Il enleva brusquement la serviette, espérant à moitié que le bout pointu le pique à la cuisse et détourne son attention du fait que son sexe était dur et palpitant et voulait s'enfouir profondément en elle. Beth. Veuve. Mère de cinq enfants.

Pour la première fois, cette pensée ne lui faisait pas peur.

Il attrapa son boxer sur le lit et le claqua fermement sur son ventre, espérant que la piqûre détournerait ce qu'il ressentait. Non. Rien. Toujours aussi dur. Il prit ensuite le short. Le short de son *mari*.

Il prit son temps pour l'enfiler, imaginant Mike faire la même chose. Après avoir fait l'amour à Beth. *Ça* devrait le calmer.

Ça ne le fit pas. Ça ne fit qu'augmenter son désir pour elle.

Il perdait la tête. Être ici le perturbait. Il avait besoin d'une pause. D'un terrain neutre. De quelque chose d'autre sur quoi se concentrer.

Il enfila son bras dans le T-shirt — aussi celui de Mike — et appela Sean sur son portable.

— Hé, Bry, quoi de neuf?

Son sexe, mais s'il le disait, Sean ne le laisserait jamais tranquille. Et *ne pas* en entendre parler était exactement la raison pour laquelle il appelait son frère en premier lieu.

— Tu as besoin qu'on fasse quelque chose dans ton domaine? J'ai du temps à tuer et ça ne me dérangerait pas de faire de l'exercice.

— Tu te portes volontaire pour aider? Gratuitement ou tu t'attendais à ce que je te paie? Je ne peux pas me permettre des tarifs de star de cinéma ces jours-ci.

C'était Sean, toujours à lancer une pique quelque part. Ses frères étaient *certes* heureux de son succès, mais c'était trop facile pour eux de se moquer de son style de vie luxueux et peu suburbain.

— Considère ça comme de l'apport en nature.

Il avait déjà investi une grosse somme pour être partenaire dans le domaine que son frère prévoyait de transformer en resort exclusif. Liam était aussi de la partie, et dès que le testament serait homologué, la propriété appartiendrait à Sean. Alors le vrai travail commencerait. Pour l'instant, Sean avait eu la chance d'y être affecté par Mac, donc tout s'arrangeait parfaitement. Surtout si cela permettait à Bryan de sortir de chez Beth pendant quelques heures et lui donnait un peu d'air pour respirer.

Chapitre Seize

— Je pense que tu devrais l'amener à l'happy hour.

— Oh, excellente idée, Jenna. Comme ça, on pourrait tous le rencontrer.

Beth leva les sourcils vers ses deux amies qui se comportaient plus comme des contemporaines de Kelsey que comme des femmes adultes. Jenna et Kara voulaient reluquer Bryan. Elles étaient toutes les deux heureuses en mariage, mais ce n'était un secret pour personne que Bryan Manley figurait sur la liste des « passes » de chacune d'entre elles.

Leurs pauvres maris. Quand la conversation sur la liste des « passes » était venue sur le tapis, les hommes avaient joué le jeu de bonne grâce, mais maintenant que le numéro un de chacune était effectivement en ville et dans sa maison...

— Ce n'est pas un trophée à exhiber, Kar.

Elle regarda Mark courir sur le terrain de football et grimaça quand il se fit accrocher à la cheville. Par son frère. Évidemment. Ces deux-là étaient *littéralement* comme deux gouttes d'eau.

— Alors, ma chérie, tu ne l'as pas assez observé. Que fais-tu quand il se penche pour arranger tes oreillers? Tu t'en vas?

Le rouge monta aux joues de Beth et elle fouilla dans son sac à dos pour sortir les bouteilles d'eau supplémentaires des garçons qu'elle emportait toujours au cas où ils finiraient l'autre.

— Ce n'est pas un morceau de viande.

Jenna ne faisait même pas semblant de regarder le match. Mais en même temps, son fils Ben était sur le banc pour le moment.

— Ma chérie, c'est un superbe spécimen de beau gosse et tu ne peux pas me dire que tu ne l'as pas remarqué. Cette rougeur que tu as en ce moment en dit long, même si tu ne dis rien.

— D'accord. Oui, c'est un bel homme. J'ai compris. Mais il n'est pas là pour qu'on le reluque, et vous deux ne le payez pas pour être là après les heures de travail, alors non, je ne vais pas l'inviter à l'happy hour.

C'était une tradition en été. Tous les vendredis soirs, quelqu'un organisait une fête. Ils appelaient ça l'happy hour entre eux — et l'heure familiale pour les enfants parce que, vraiment, ce n'était pas une bonne idée d'enseigner aux enfants que les happy hours étaient une chose normale. De plus, l'école ferait une crise en lisant les journaux d'été des enfants.

— Allez, Beth. Au moins demande-lui. Qu'est-ce qui pourrait arriver de pire, qu'il dise non?

Non, le pire serait qu'il dise oui. Bryan était sorti de chez elle à quatre heures pile ces deux derniers jours. Il arrivait à huit heures précises, prenait son heure de déjeuner — à la minute près — et partait dès qu'il le pouvait. En fait, elle lui avait dit qu'il pouvait partir plus tôt s'il avait des choses à faire, mais il l'avait simplement regardée en disant qu'il travaillerait jusqu'à quatre heures.

Elle ne savait pas ce qui s'était passé. Pourquoi il était passé de ce chevalier en armure vert pistache étincelante à cet... étranger poli. Mais pour une raison quelconque, il avait décidé de la tenir, elle et les enfants, à distance. Pour sa part, ça lui convenait parce qu'elle pensait beaucoup trop à lui, mais les enfants regrettaient la camaraderie qu'ils avaient partagée. Et elle regrettait d'entendre leurs rires.

L'arbitre siffla et Mark quitta le terrain en trombe, son visage aussi rouge que le sien, mais de colère. Elle était sur le point de descendre des gradins quand son entraîneur, M. Weston, passa son bras autour de lui et le ramena vers le banc, lui parlant tout du long.

Le cœur de Beth se serra. Les enfants avaient besoin d'un père. Mike aurait su quoi dire à Mark. Des choses que l'entraîneur était probablement en train de lui dire, mais auraient-elles autant de poids venant du père de son ami Eric plutôt que du sien?

Une fois de plus, la vague de tristesse qui l'avait envahie après la mort de

Mike menaçait de la submerger. Le groupe de soutien disait que ce sentiment s'atténuerait au fil des années, mais ne disparaîtrait jamais vraiment. Que les *et si* seraient toujours présents dans un coin de son esprit.

Elle détestait ces scénarios. Elle ne pouvait pas vivre dans le *et si* ; elle était dans l'ici et maintenant. Tout comme ses enfants. Alors quelles que soient les paroles de sagesse dont Mark avait besoin, elle était assez réaliste pour savoir que l'entraîneur devrait être celui qui les lui donnerait.

Puis elle vit Bryan s'avancer vers le terrain depuis l'autre côté du parc. Toujours dans son uniforme vert, l'homme était *encore* un spectacle à voir, et ces papillons qu'il avait éveillés dans son estomac dans le kiosque se réveillèrent et prêtèrent attention, leurs ailes battant dans son ventre en anticipation.

Mais il ne se dirigea pas vers elle. Pendant un moment, les ailes des papillons s'affaissèrent, mais quand il se dirigea vers le banc, serra la main de l'entraîneur, puis s'accroupit devant Mark et lui parla, les papillons devinrent fous.

— Et tu penses que *ça*, ce n'est pas une perle rare? Tu es aveugle ou quoi? Jenna s'éventa. Sérieusement, Beth, tu ne vois pas *ça*?

C'était ça le problème. Elle le voyait et l'observait. Et c'était de plus en plus difficile de détourner le regard plus il restait dans les parages.

Alors elle ne le fit pas. Elle l'observa avec son fils. Le match continuait autour d'eux, les enfants allaient et venaient sur le banc, les sifflets retentissaient, la foule acclamait ou gémissait, et Jenna lui disait quelque chose de temps en temps, mais Beth n'avait d'yeux et d'oreilles et tous ses autres sens concentrés que sur ce qui se passait sur ce banc devant elle.

Les épaules affaissées de Mark se détendirent progressivement. Son dos se redressa un peu, ses hochements de tête devinrent plus assurés. Puis il renoua ses chaussures et se leva, dansant d'un pied sur l'autre, tirant sur le maillot de l'entraîneur pour attirer son attention.

Bryan enjamba le banc à un moment donné et recula de quelques pas jusqu'au bord de la piste qui entourait le terrain. Il mit ses mains dans ses poches avant — ce qui faisait de très jolies choses à l'arrière de son pantalon, autre chose dont il était difficile de détourner le regard — et hocha la tête quand Mark se retourna vers lui.

Mark attira finalement l'attention de l'entraîneur et ils eurent une rapide conversation à cœur ouvert. M. Weston jeta un coup d'œil à Bryan, puis fit un signe de tête à Mark. Ensuite, son fils retourna dans le jeu.

Des larmes piquèrent les yeux de Beth. Ne serait-ce que pour ce moment-là, Bryan était son Prince Charmant.

— Oh mon Dieu. Il vient par ici! Kara força les mots entre ses dents. Vite! Jenna! Tu as un chewing-gum? Elle mit sa main devant sa bouche et souffla.

— Sérieusement? Tu penses avoir une *chance* d'embrasser Bryan Manley maintenant? Ici? Avec Beth assise à côté de nous?

Cette fois, Beth ne rougit pas. Cette fois, elle laissa les mots de Jenna pénétrer. Les fit rouler sur sa langue pour les savourer.

Si seulement...

Non. Elle secoua la tête. Les *si seulement* étaient tout aussi mauvais que les *et si*.

— Salut.

Bryan grimpa les gradins, ce pantalon épousant des cuisses puissantes et cette chemise tendue sur un magnifique ensemble d'épaules. Toutes ces choses qu'elle avait remarquées chez lui la première fois qu'elle l'avait vu à l'écran, mais maintenant, le voir ici en chair et en os... Et ça ne faisait qu'ajouter au problème.

— Que se passait-il avec Mark?

Ses amies s'écartèrent comme la mer Rouge, lui donnant la parfaite opportunité de s'asseoir à côté d'elle.

Heureusement pour elle, il l'a prise. Ou peut-être pas si heureusement, car une de ces cuisses fermes était maintenant pressée contre la sienne et l'odeur de son effort de la journée flottait autour d'elle, s'attardant sur sa langue, la défiant de le goûter.

Dieu qu'elle en avait envie.

Mais elle ne le ferait pas. Elle avait des enfants impressionnables à considérer. Et des mères qui la regardaient avec envie.

Et un téléobjectif braqué sur eux depuis les gradins de l'autre côté du terrain.

Putain de merde.

— Il a eu quelques mots bien choisis pour son frère qui lui a fait un croche-pied à la cheville. L'entraîneur voulait étouffer ça dans l'œuf avant que ça ne dégénère.

Elle voulait étouffer autre chose dans l'œuf, mais elle avait peur que si elle le lui disait, cela ne génère encore plus de publicité dont elle ne voulait pas. — Alors, qu'est-ce que tu lui as dit?

Bryan haussa les épaules. — Que Tommy l'avait accroché par accident et qu'il était de la famille. On n'insulte pas et on ne manque pas de respect à sa famille. On ne le fait à personne, mais surtout pas à ceux qui seront toujours là pour toi.

— Oh, c'est tellement adorable. Kara tendit la main. — Kara Leopold. Je suis une amie de Beth. Et voici Jenna Harte.

— Enchanté. Jenna ne manqua pas non plus l'occasion de le toucher et Beth fut surprise de voir à quel point cela ne lui plaisait pas. — Nos fils jouent au foot avec les jumeaux.

— Ben et Nick. Kara remit une mèche de cheveux derrière son oreille et pencha légèrement la tête, avec un doux sourire aux lèvres que Beth n'avait jamais vu auparavant.

Oh, pitié. Vraiment? La femme était heureusement mariée à son amour de lycée, mais un sourire — d'accord, c'était un sourire dévastateur — de Bryan et elle oubliait opportunément qu'elle était folle amoureuse de l'homme qu'elle connaissait depuis la quatrième?

— Ravi de vous rencontrer, mesdames. Bryan était expert pour se sortir des situations délicates — des situations féminines ; elle l'avait vu de première main avec Kelsey — et il mit cette expérience à profit maintenant. — Les gars et moi avons eu une conversation ce matin même sur le fait d'avoir le dos de son frère, alors quand j'ai vu le visage de Tommy, j'ai été un peu surpris.

— Le visage de Tommy? Beth ne pouvait pas cacher sa surprise.

Bryan hocha la tête. — J'ai vu l'action et la réaction de Mark, même si je n'ai pas pu entendre ce qu'ils ont dit. Mais ensuite Tommy avait l'air d'être sur le point de pleurer. Avec ce dont nous avions parlé ce matin, eh bien... Il se massa la nuque. — J'espère que je n'ai pas dépassé les bornes, Beth, mais étant donné la conversation, j'ai pensé que je pouvais ajouter un peu plus au discours de l'entraîneur.

Beth ne savait pas sur quoi pleurer en premier. Qu'elle soit une mère si incompétente qu'elle n'ait pas remarqué la douleur de Tommy, ou que Bryan ait les mots de sagesse pour ses garçons qu'elle n'aurait jamais. Elle espérait juste que le photographe n'avait pas pris cette photo.

Qu'allait-elle faire à propos de ce photographe? Autant qu'elle le voudrait, elle ne pouvait pas simplement prétendre qu'il n'était pas là. Ça ne les faisait jamais partir.

— Non... non. C'est bon. J'apprécie que tu prennes du temps sur ton emploi du temps pour faire ça.

— Pas de problème. Ils m'ont demandé de venir.

Ah bon? C'était nouveau pour Beth. Les garçons n'étaient plus aussi enthousiastes pour le foot maintenant que Mike n'était plus leur entraîneur. Elle avait dû les soudoyer avec le salon de glaces après et un grand discours sur le fait de ne pas laisser tomber leurs coéquipiers avant qu'ils ne mettent leurs uniformes pour chaque match. Savoir que Bryan serait là expliquerait pourquoi ils ne lui avaient pas donné de fil à retordre aujourd'hui. Sa famille devenait un peu trop attachée à Bryan Manley.

Tout comme Kara, qui s'était rapprochée un peu plus et avait tourné son corps juste assez pour que Beth puisse presque jurer qu'elle mettait sa poitrine en avant — déjà d'une taille impressionnante grâce au cadeau d'anniversaire de son mari pour leurs vingt ans. Pas quelque chose que Beth aurait voulu, mais Kara en avait été ravie.

Maintenant, en la regardant essayer d'attirer l'attention de Bryan et l'intérêt manifeste qu'elle montrait, Beth devait se demander si les seins avaient été une tentative de sauver le mariage plutôt que de l'améliorer.

— Maggie! Beth appela vers le bac à sable où Maggie travaillait sur un château de sable miniature avec sa troisième bouteille d'eau. Beth avait appris à en apporter au moins six parce que Maggie avait trouvé son médium dans le sable mouillé. Beth jurait que sa benjamine allait devenir une artiste un jour. Peut-être une sculptrice.

— Quoi, Maman?

— Bryan est là. Tu veux lui montrer ce que tu fais?

Oui, c'était mal d'utiliser sa fille pour distraire Bryan et le sortir de la ligne de mire du photographe, mais rien de ce qu'elle pourrait faire ne distrairait Kara. Beth avait le sentiment que si le mari de Kara arrivait ici complètement nu, ça ne la distrairait pas. Une raison de plus pour sortir Bryan de la zone de ce téléobjectif.

Maggie bondit hors du sable, détruisant le château au passage, avant de s'élancer   à   travers   l'herbe   vers   les   gradins.   — Bryyyyyyaaaaaaaaaaaannnnnnnnnnnnnnnn!

Zut, Beth avait espéré faire descendre Bryan là-bas et l'éloigner non seulement du photographe mais aussi de la tentation de Jenna et Kara. Pas qu'il ait l'air du tout tenté. Tentant, oui. Tenté par elles, non.

Puis il la regarda, elle, et Beth fut à moitié tentée elle-même.

— Tu es sûre que ça ne te dérange pas que je sois là? demanda-t-il. Je sais que c'est ton moment avec les enfants, mais comme les garçons ont demandé...

— Ça ne me dérange pas du tout. C'est bien pour eux d'avoir quelqu'un d'autre pour les encourager. Il pensait qu'elle voulait ce temps seule avec ses enfants? Ne réalisait-il pas qu'elle passait tellement de temps avec les enfants que le temps des matchs était pour elle? Pour la chance d'interagir avec d'autres parents pendant que les enfants étaient occupés et heureux? Il y avait eu tellement de tristesse dans leurs vies ces deux dernières années qu'être dehors aux matchs, entourée d'amis, était une bénédiction.

— Bryan! Tu es venu! Maggie grimpa les gradins à quatre pattes, ressemblant à un petit singe gambadant, puis se lança dans les bras non préparés de Bryan.

L'étreinte le fit basculer en arrière de sorte qu'il attrapa Maggie d'une main et se stabilisa de l'autre sur le gradin derrière elle et pendant un moment — un bref, minuscule moment de « et si » — Beth imagina que son bras était passé autour d'elle et qu'il avait le droit de le faire. Qu'elle avait le droit de s'y attendre et de l'accepter.

Le désir la frappa au ventre si fort et si vite que ça lui coupa le souffle. Bon sang, elle voulait ça. Elle voulait que Bryan passe son bras autour d'elle. Qu'il soit à elle. Qu'il veuille être à elle et revendique sa place devant tout le monde.

Y compris le photographe qui était sûr de prendre des tas de photos de Bryan et... Maggie.

Oh non, certainement pas. Elle n'allait pas permettre que ces photos soient publiées où que ce soit. Sa fille avait droit à la vie privée et Beth serait damnée si elle laissait un paparazzi cupide lui enlever ça.

Elle se leva. — Bryan, tu peux garder un œil sur Maggie? Je reviens tout de suite. Elle en avait vraiment marre de ces conneries.

— Doucement, ma puce! Tu m'as presque fait tomber de mon siège.

Bryan se redressa et installa Maggie sur son genou, essayant de reprendre son souffle tout en regardant la mère de la fillette descendre les gradins. Pour être honnête, c'était plutôt la vue du postérieur de la mère qui ondulait en descendant les gradins qui lui avait coupé le souffle, mais Maggie avait achevé le travail avec un coup de genou dans le ventre.

— Tu es venu, Bryan! Comme tu l'avais dit.

Son sourire acheva de lui couper le souffle.

— Bien sûr que je suis venu. Pourquoi dire quelque chose si on ne le fait pas?

Maggie l'embrassa sur la joue, expulsant l'air restant de ses poumons.

— Jason a dit que tu ne viendrais pas. Que tu étais trop occupé pour venir. Je lui ai dit qu'il avait tort et maintenant tu lui as montré.

Il passa une main étonnamment tremblante dans ses cheveux.

— Je tiens toujours parole, Maggie. Tu peux compter là-dessus.

Oh mon Dieu, que faisait-il? Il ne devrait pas être ici, lui dire qu'elle pouvait compter sur lui, ou donner des conseils paternels à Mark ou de la compassion à Tommy. Tenir Maggie dans ses bras et sur son genou, heureux comme tout de l'avoir là. Et d'être proche de Beth...

Une de ses amies avait un regard affamé, et l'autre était émerveillée, mais il n'avait d'yeux que pour Beth. Il l'avait vue assise dans les gradins dès qu'il était sorti de sa voiture sur le parking. Comme un phare, le soleil avait brillé sur ses cheveux et l'avait appelé. Il avait vu son sourire illuminer son visage et c'était comme si elle l'avait ensorcelé ; il avait presque flotté à travers la pelouse pour la rejoindre.

Il aurait flotté jusqu'en haut des gradins si le coup de sifflet de l'arbitre et les paroles de Tommy et Mark ne l'avaient pas arrêté. Leur dispute l'avait sorti du brouillard dans lequel il était depuis que les garçons lui avaient demandé de venir aujourd'hui, alors qu'il ne pouvait penser qu'à être avec Beth et sa famille.

Les gradins autour d'eux explosèrent en acclamations, et Bryan détacha son regard de Beth alors qu'elle marchait sur la piste pour regarder les garçons qui se tapaient dans la main avec un autre enfant qui se promenait fièrement avec le ballon de football sous le bras.

— Oh, regardez, Mme Harte! Ben a marqué le but!

La femme — Jenna? — arrêta enfin de le fixer et se mit à applaudir.

— Allez, Benny!

Son fils leva les yeux et secoua la tête.

— Mince. J'ai oublié qu'il n'aime pas ce surnom, marmonna sa mère.

— La plupart des garçons se débarrassent de leurs surnoms avant leurs mères. Ma grand-mère m'appelle encore...

Bryan ferma la bouche. *Ça*, c'était personnel. Il n'avait pas besoin que ça se répande dans les médias. En plus d'être embarrassant, sa grand-mère serait blessée si les gens se moquaient du surnom qu'elle lui donnait. Et « Bébé Bry-

Bry » n'était pas un surnom par lequel il voulait être connu. Seule Mamie pouvait l'appeler ainsi et s'en tirer.

Il devait admettre qu'il aimait quand elle le faisait. Généralement, c'était quand il l'enlaçait et qu'elle lui chuchotait à l'oreille : « Tu es mon préféré, Bébé Bry-Bry. »

Il savait que ce n'était pas vrai, qu'elle appelait chacun d'entre eux son préféré, mais ça l'avait toujours fait se sentir spécial. Désiré. Aimé. Il en avait eu besoin dans les années qui avaient suivi la mort de leurs parents.

— Comment elle t'appelait, Bryan? demanda Maggie en tirant sur son col.

— Un surnom spécial juste pour moi. C'est privé, Maggie.

— Je n'ai pas de surnom privé. Kelsey m'appelle Mags. Jason m'appelle la naine.

— Les grands frères peuvent être embêtants. Je sais, j'en ai deux.

— J'ai trois frères. Tommy et Mark ne me donnent pas de surnoms, seulement Jason. Et Kelsey. Mais c'était seulement parce qu'elle était gênée parce qu'elle ne voulait pas que tu saches qu'elle t'aime bien.

Il pouvait voir l'intérêt s'éveiller chez les femmes. Génial. Kelsey n'apprécierait pas que cette rumeur se répande, pas plus qu'elle n'avait apprécié la révélation joyeuse de Maggie.

— Tu n'aurais pas dû me le dire, Maggie. Tu savais que ça lui ferait de la peine.

Les lèvres de Maggie se tordirent et elle arrêta de lui tapoter le bras.

— Je suppose.

— Tu t'es excusée auprès d'elle?

— Non.

— Je pense que tu devrais le faire quand nous rentrerons à la maison.

Le visage de Maggie s'illumina d'un sourire exactement comme celui de sa mère, et c'était une raison de plus pour que l'air de ses poumons prenne la fuite.

— Tu *viens* à la maison avec moi? Je croyais que tu ne voulais pas vivre avec nous?

La voix de Maggie monta d'une octave et de quelques décibels. L'intérêt des deux femmes n'était soudain plus du tout sur le match.

Génial. *Beth* n'avait pas besoin que ce genre de rumeurs se répande.

— Tout comme certaines personnes vont au bureau, au restaurant ou dans des magasins pour travailler...

— Ou dans un avion.

— Ou dans un avion. Tout comme ils vont tous au travail, je vais chez vous pour travailler. Je n'y vis pas.

— Mais tu pourrais. On a besoin d'un papa. Mamie l'a dit la dernière fois qu'elle et Papy sont venus nous rendre visite.

La vérité sort de la bouche des enfants. Et des grands-parents.

Bien que, s'il était honnête avec lui-même, il devait avouer que l'idée lui plaisait un peu.

Et cette pensée traversa son cerveau comme un éclair, réveilla son système nerveux et s'enfouit quelque part dans sa cavité thoracique. Tout près de son cœur.

— Donne-moi l'appareil photo.

— Recule, ma p'tite dame. *Clic, clic.*

Ce connard ne s'arrêtait même pas de prendre des photos. Beth avait le sentiment qu'il en avait pris pendant toute sa traversée du parc.

— C'est mon enfant sur ces photos et je ne vous permettrai pas de les vendre.

— Son visage sera flouté. C'est comme ça qu'on procède avec les mineurs.

— Et le mien?

— Écoutez, ma p'tite dame. Bryan Manley fait la une. Vous faites la une. Vous deux ensemble pourraient payer mon loyer pendant un an.

— Le loyer? Il s'agit de votre *loyer*? Beth avait envie d'arracher l'appareil des mains de ce type, mais elle s'attirerait plus d'ennuis ainsi qu'en laissant des photos d'elle circuler. Elle n'avait pas besoin d'une photo d'identité judiciaire en plus de ça. — On parle de ma *famille*. De ma vie privée. De ma vie. Comment pouvez-vous justifier votre loyer au détriment de ma famille? Vous n'avez pas déjà fait assez de dégâts? Savez-vous ce que c'est que de devoir calmer mes enfants quand les caméras n'arrêtent pas? De répondre à leurs questions sur pourquoi les gens ne les laissent pas tranquilles? Et maintenant vous allez encore me jeter sous les projecteurs?

— Alors vous ne devriez pas traîner avec une star de cinéma. Ça va avec le territoire, vous savez?

— Je ne *traîne* pas avec lui. Il travaille pour le service de nettoyage. Il fait son boulot. Laissez-le tranquille.

— Vous semblez bien protectrice envers quelqu'un qui travaille pour vous. Comme si vous aviez quelque chose à cacher.

Elle serra les poings, essayant désespérément de ne pas lui arracher le visage. Oublie l'appareil photo. Elle prit une profonde inspiration et compta jusqu'à dix, sachant que ça ne servirait à rien. Pas quand il menaçait sa famille.

Elle essaya une autre tactique. — Comment vous appelez-vous?

— Pas question, ma p'tite dame. Je ne vous dirai pas ça. Je n'ai pas besoin d'être poursuivi en justice.

— Alors à qui allez-vous vendre ces photos?

— Encore une fois, je ne vous le dirai pas. Je n'ai pas besoin que vous fassiez des menaces avant que je sois payé. Une fois qu'elles seront à eux, poursuivez-les en justice tant que vous voulez. Je serai hors de cause.

— Pas si vous me touchez. Dans un geste qu'elle n'aurait même pas prévu, Beth déchira sa propre manche de chemise et ébouriffa ses cheveux. — Un mot. Un cri de ma part et c'est fini. Ne me forcez pas à le faire. Elle avait les mains sur la ceinture de son short.

— Bon sang, ma p'tite dame, vous êtes folle.

— Non, je suis une mère qui protège ses enfants. Je ferai tout ce qu'il faut pour les sauver de l'enfer dans lequel vous êtes sur le point de les plonger. Donnez-moi la carte mémoire.

— Pas question. Il fit un pas en arrière, heureusement sans prendre plus de photos.

Beth tira sur son short et le bouton sauta. Elle fit un pas vers lui. — Un pas de plus et je commence à crier.

Le type semblait hésitant. Bien. Qu'il se demande si elle était sérieuse. *Elle* ne se posait pas la question ; elle ferait tout ce qu'il faudrait pour récupérer ces photos et protéger sa famille.

Elle ouvrit un peu plus son short. — Vous êtes prêt à prendre le risque? Je n'ai rien à perdre que vous n'allez pas me faire perdre avec ces photos.

Le type regarda autour de lui comme s'il s'attendait à ce que quelqu'un surgisse des arbres autour d'eux.

Beth prit une profonde inspiration, étonnamment calme pour ce qu'elle s'apprêtait à faire. Elle ouvrit la bouche pour crier.

— Ne faites pas ça. Le photographe s'étrangla sur ces mots. — Je ne peux pas prendre le risque. Ma carrière sera finie rien qu'avec le soupçon. Ma femme... elle me quittera.

— Est-ce que ça en vaut la peine? Payer votre loyer de cette façon? Pour tout ce que vous allez perdre? Beth garda une main sur son short et tendit l'autre. — Donnez-moi la carte mémoire.

Le type semblait prêt à s'enfuir.

— Ne le faites pas, Steve.

Il la regarda, les yeux écarquillés.

— Steve McAllister. C'est écrit sur votre sac d'appareil photo. Je peux vous identifier.

— Merde. Putain de merde.

— Donnez-moi la carte mémoire, Steve. Elle voulait continuer à répéter son nom ; lui faire savoir qu'elle le connaissait.

— Fait chier. Il regarda l'arrière de l'appareil photo. Puis elle. Puis les arbres derrière eux.

— Donnez-moi la carte, Steve, ou je crie. Maintenant. Elle ébouriffa ses cheveux pour faire bonne mesure. — Vous êtes prêt à tout risquer?

— Certainement pas, ma p'tite dame. Il ouvrit l'appareil et sortit la carte. — Gardez vos putains de photos. Votre vie privée est foutue de toute façon. Tout le monde sait qui vous êtes. Qui sont vos enfants. Qui était votre mari. Vous n'aurez jamais la paix.

Elle ne mordit pas à l'hameçon. Elle prit simplement la carte mémoire et la glissa dans son soutien-gorge. Maintenant, s'il essayait de la récupérer, elle aurait vraiment de quoi l'accuser.

— Si je vous revois, je dirai à votre femme que vous m'avez fait des avances pour un scoop. Je la ferai me croire ; ne pensez pas que je ne le ferai pas.

Elle eut la satisfaction de le voir blêmir. Bien. Maintenant, il savait ce que c'était d'avoir sa famille et sa vie personnelle menacées.

Elle était étonnamment calme en retournant vers les gradins. Elle avait arrangé ses cheveux, remonté la fermeture éclair de son pantalon, mais le bouton avait disparu et la déchirure de sa chemise serait attribuée à s'être accrochée à une branche d'arbre.

— Maman! Maggie descendit des genoux de Bryan et dévala les gradins vers elle. — Est-ce que Bryan peut venir avec nous au glacier? Il peut?

— D'accord, ma chérie. Pourquoi pas? Elle était au plus mal de son apparence, de mauvaise humeur, et ses vêtements étaient déchirés. Absolument le meilleur moment pour être vue en public avec Bryan Manley, qui réussissait à avoir l'air délicieux dans un uniforme qui aurait dû lui saper toute sa masculinité.

— Beth? Ça va? Bryan descendit après Maggie, l'inquiétude gravée sur son beau visage. Et la curiosité gravée sur ceux de Kara et Jenna. — Où êtes-vous allée?

— J'ai cru voir le chien des Dynert. La pauvre Muffy avait disparu depuis plus d'une semaine. Beth se sentait mal d'utiliser la perte des Dynert, mais elle ferait n'importe quoi pour protéger sa famille. Et cela, pour le moment, incluait Bryan. Il n'avait pas besoin de savoir pour le photographe.

— C'était elle, Maman? Muffy va rentrer à la maison?

Elle prit le menton de Maggie dans sa main, triste d'avoir encore de mauvaises nouvelles à annoncer à sa fille. — Non, ma chérie, ce n'était pas Muffy. Je pense que c'était un renard. Un renard rusé et sournois qu'elle avait heureusement réussi à déjouer, Dieu merci.

— Oh. La lèvre inférieure de Maggie trembla. — Muffy me manque. J'aimerais qu'elle ne soit pas partie, elle aussi.

Oh merde. Beth se sentit minuscule. Elle n'aurait pas dû utiliser le chien comme excuse, mais c'était tout ce qu'elle avait pu trouver. Et même là, elle n'était pas sûre que Bryan l'ait complètement crue.

Elle tira sur son t-shirt pour cacher le bouton manquant. Le visage solennel de Maggie lui serra le cœur. — On peut aller la chercher demain si tu veux.

— Oui. J'aimerais bien.

Elle tapota le dos de Maggie. — D'accord alors. Et si on rassemblait les garçons pour aller manger une glace?

— Ce match n'est pas encore terminé, dit Bryan.

Oui, Bryan en voyait beaucoup trop et le regard qu'il lui lançait indiquait qu'il avait des questions.

— Oh. C'est vrai. Elle jeta un coup d'œil au terrain. Les deux garçons étaient assis sur le banc pour le moment, donc au moins elle ne manquait pas leur temps de jeu. Mais elle n'avait pas pu risquer de laisser le photographe s'enfuir avec ces photos, donc si elle avait manqué une partie de leur jeu pendant une fraction de match, tant pis.

De nouveaux encouragements éclatèrent autour d'eux pendant qu'ils retournaient dans les gradins et dix minutes plus tard, le match était terminé, l'équipe des jumeaux avait gagné, et les trois plus jeunes enfants lui criaient leurs commandes de glaces.

— Attendez une minute, les enfants, je ne suis pas la serveuse. Vous lui direz quand on y sera.

— Tu viens avec nous, Bryan? demanda Mark en faisant tournoyer ses protège-tibias au bout de son doigt.

Beth les attrapa pour les empêcher de s'envoler. Ce plastique dur pouvait faire mal.

— Oui, Bryan vient. Et je suis sûre qu'il commandera quelque chose de fabuleux, lui aussi. Elle saisit le sac de sport et fourra les protège-tibias des deux garçons à l'intérieur.

— Je peux venir en voiture avec toi, Bryan? demanda Tommy, courant aux côtés de Bryan sans attendre de réponse.

— Moi aussi! Mark, bien sûr, se joignit à lui.

— Eh bien, je ne sais p-

— Ça me va, Beth.

— Je peux venir? demanda Maggie.

— Mais Maggie, maman a besoin d'enfants avec elle, dit Mark.

— Jason et Kelsey peuvent aller avec elle. De toute façon, ils ne parlent pas, alors maman pourra avoir son moment de tranquillité.

Bryan ébouriffa les cheveux de Maggie. — Peut-être que ta maman *veut* parler. Tu devrais peut-être aller avec elle.

— Mais je veux venir avec toi!

Bryan regarda Beth. — Ça te va?

C'était tellement bien que c'en était presque effrayant. Non, en fait, c'était carrément effrayant. Ses enfants s'étaient accrochés à lui comme jamais et si elle avait *voulu* que cela arrive, ça ne se serait pas produit.

La question était, le *voulait*-elle maintenant que c'était arrivé?

La fête de l'amour ne fit que continuer chez Buster's Ice Cream Shoppe, les plus jeunes se bousculant pour s'asseoir à côté de lui. Beth avait dû jouer les arbitres puisqu'il n'y avait que deux places à côté de Bryan, convaincant Tommy et Mark d'alterner toutes les demi-heures pendant que l'autre s'asseyait en face de lui. Heureusement, cela gardait Kelsey hors de la rotation, mais sa fille aînée était assise au coin où elle ne pouvait pas manquer de regarder Bryan.

C'était étrange de se sentir jalouse de ses propres enfants, mais Beth l'était. Bryan était si naturel avec eux, riant et faisant des blagues. Il avait même réussi à faire parler Jason de l'endroit où il s'était fait couper les cheveux : la mère de sa petite amie.

Il avait une petite amie? Beth faillit s'évanouir à cette nouvelle. Comment avait-elle pu manquer cette étape importante dans la vie de son fils aîné?

Mon Dieu, elle se sentait parfois tellement nulle comme parent, surtout maintenant, en les regardant tous avec Bryan. Il avait une affinité naturelle avec les enfants et cela s'étendait au-delà de ses propres enfants. Elle l'avait observé à la fin du match quand tous les enfants avaient voulu lui serrer la main. Bryan Manley était quelqu'un dans cette ville et ils voulaient tous un peu de lui.

Tout comme elle.

Voilà, elle l'admettait. C'était difficile de ne pas le faire. Bryan commençait à occuper la plupart de ses pensées pendant la journée. Elle se réveillait en pensant à lui et s'endormait en pensant à lui - le désirant. Elle pouvait le regarder travailler autour de sa maison toute la journée. Il avait même commencé à tailler la haie sous sa fenêtre de cuisine. Elle avait protesté que ce n'était pas dans sa description de poste, mais il avait rétorqué : « Mac dit de toujours s'assurer que le client est satisfait. Alors c'est ce que je fais. »

Elle connaissait d'autres façons dont il pourrait satisfaire cette cliente...

Beth eut un hoquet et enfourna une grande cuillère froide de dessert dans sa bouche. La fin de ce mois ne pouvait pas arriver assez vite.

Parce que si elle continuait à penser à des choses comme lui la satisfaisant, elle le ferait aussi.

Chapitre Dix-Huit

Bryan arriva tôt au travail le lendemain matin.

Et il savait exactement pourquoi il l'avait fait.

Ces premières heures de la matinée étaient précieuses dans la maison de Beth. D'habitude, il les utilisait pour refaire ce qu'il avait fait la veille et que les enfants avaient défait, mais aujourd'hui, il y avait le désordre que les garçons avaient laissé en traversant la maison après le salon de glaces. S'il les avait ramenés à la maison, il aurait pu s'en occuper à ce moment-là, ou au moins les superviser pour qu'ils ne laissent *pas* de traces derrière eux.

Ils avaient vraiment besoin d'un père.

Il laissa tomber la serpillière dans le seau d'eau. Il perdait complètement la tête à penser ce qu'il pensait. Oui, bien sûr, ils avaient besoin d'un père, mais ils n'avaient pas besoin que ce soit *lui* ce père. Il n'était pas fait pour être un père.

Pourtant, hier soir... Mon Dieu, c'était si agréable. Si amusant. Lui, Beth, les enfants, tous en train de bavarder au salon de glaces. Se taquinant les uns les autres, revivant les moments forts du match. Même en discutant de l'incident du croc-en-jambe. Tout avait été si agréable. Si normal. Comme cette fois avec ses frères et Mac et Gran-

Bryan eut le souffle coupé. Il avait oublié quand Gran les avait emmenés au marché de Papa Gino. Une épicerie générale avec un comptoir de charcuterie, une boucherie et un bar à sodas. Ils avaient pris des root beer floats et s'étaient assis dans l'un des box, un régal pour les « gens qui payent » comme disait Gran. Elle n'avait pas beaucoup d'argent, alors ces floats avaient été spéciaux.

Bryan pouvait encore sentir ce que c'était que d'être assis à cette table et de voir la serveuse le regarder avec un sourire bienveillant et lui demander ce qu'il voulait. Liam et Sean avaient su instantanément, mais lui et Mac avaient eu trop de choix pour décider si facilement. Gran avait simplement souri et lui avait tapoté le bras en disant à la serveuse qu'ils devaient y réfléchir encore un peu.

Ah, la patience qu'elle avait eue en prenant en charge quatre enfants effrayés et tristes. Bien sûr, elle les aimait, mais ça n'avait pas dû être facile. Veuve sans plus que sa vieille maison à son nom, Gran avait réussi à se débrouiller. Elle les avait sauvés du système de placement familial et pour cela, il lui serait toujours reconnaissant. C'est pourquoi il payait le supplément que coûtait son appartement dans la maison de retraite qu'elle avait voulue. Personne ne le savait, ni Liam ni Sean, ni Mac, et surtout pas Gran. L'arrangement était entre lui et le directeur et il avait acheté l'unité directement, alors tout ce que Gran avait à faire était de payer pour ses soins. Il aurait arrangé cela pour elle aussi, mais Gran avait sa fierté. Il connaissait tout de la fierté.

Il passa la serpillière sur les marques de crampons sur le parquet et s'occupa également des empreintes boueuses de Sherman. Même le chien commençait à lui plaire.

Il replongea la serpillière dans le seau. Encore deux semaines et demie. Comment allait-il survivre sans tomber amoureux d'eux tous?

Son téléphone portable sonna, Dieu merci, le ramenant à la réalité.

C'était son agent.

— Hé, Don, quoi de neuf?

— J'ai reçu un appel disant qu'ils commencent le tournage plus tôt s'ils peuvent avoir assez de monde sur le plateau. Tu es partant?

Il le serait, mais cela signifierait rompre son engagement envers Mac. Cela signifierait aussi quitter Beth et les enfants. Il *ne pouvait pas* faire ça.

— Je suis engagé dans ce travail, Don. Je ne peux pas vraiment me désister. Est-ce que ça va poser problème?

Euh, bien sûr que oui. Tu mets ta carrière en pause pour faire le ménage?

— La veuve, hein? Il se passe quelque chose là-bas que je devrais savoir? J'ai vu quelques rumeurs dans la presse.

— Tu sais comment est la presse. Toute histoire qu'ils peuvent trouver. Il n'y a rien ici.

Menteur.

— Dommage. Ça ferait une bonne presse. Tu es sûr que tu ne veux pas commencer quelque chose?

— Tu ne viens pas de me demander ça. Il était surpris. Bien sûr, il savait que les gens plantaient des histoires pour générer de l'intérêt et se rendre plus commercialisables, mais il n'avait jamais fait ça. Don le savait aussi. Ils en avaient discuté. Il réussirait dans sa carrière par ses propres mérites ou il ne réussirait pas, mais il ne mentirait jamais pour avancer.

— Désolé. Don n'avait pas l'air très désolé. Pas que Bryan puisse le blâmer, mais c'était le côté sordide de ce business. Les castings sur canapé en étaient un autre. Quiconque disait qu'ils n'existaient plus à notre époque n'avait pas assez roulé sa bosse.

— Donc je dis à PJ que tu es hors course pour le tournage anticipé, c'est ça?

Bryan sourit. C'était pour ça que Don était un si bon agent ; il voulait des clarifications sur chaque point, aussi bien des studios que de ses propres clients. Sa carrière était entre de bonnes mains avec Don.

— Pas possible, Don.

— D'accord alors. Dans deux semaines à partir de vendredi, tu seras sur le plateau.

Dix-sept jours au total. C'est tout ce qui lui restait avec Beth et les enfants.
— Oui, c'est ça. Je serai là à ce moment-là.

Même s'il ne voulait pas y être.

— Bryyyyyaaaannnn! Maggie traversa la cuisine en courant, les bras tendus et un sourire si grand qu'il couvrait presque tout son visage. Mon Dieu, ça allait lui manquer. Elle allait lui manquer. Son adoration pour lui allait lui manquer — mais pas à cause de ses films ou de ce qu'il faisait dans la vie. Maggie l'aimait pour qui il était.

Maggie l'aimait.

Merde. Elle l'aimait vraiment.

Regarde ce visage. Ces yeux brillants. Ce sourire qui s'étendait d'une oreille à l'autre. Elle avait voulu qu'il emménage. Qu'il soit son père.

Et il allait la quitter.

Ce n'était pas sa faute si elle avait besoin d'un père. Il était là pour faire le ménage. Alors il aidait un peu. S'était attaché à elle. Aimait sa curiosité. Ses questions. Ses goûters et ses dessins désordonnés. Pourquoi cela devait-il la faire l'aimer? Pourquoi ne pouvait-elle pas simplement profiter du temps et de l'attention sans que ce soit un gros problème?

Parce qu'elle avait cinq ans, qu'elle manquait son père, et qu'elle avait trouvé un substitut dans sa propre maison, voilà pourquoi, imbécile.

— Tu veux bien me faire un sandwich au beurre de cacahuète et à la compote de pommes? Elle cligna de ses grands yeux bruns.

Un jour, elle allait briser des cœurs. Il espérait juste que le sien ne serait pas brisé quand il partirait parce que le *sien* à elle l'était.

Il devait prendre ses distances. Ne pas être si impliqué dans la vie des enfants. Il devait créer cette distance pour qu'ils ne soient pas bouleversés quand il partirait. Bon sang, ça n'était pas censé se passer comme ça. Il était censé être venu, avoir nettoyé la maison, et être parti. Vivre sa vie loin de l'entreprise de Mac.

Mais il s'était engagé pour des projets supplémentaires — il s'occupait aujourd'hui des placards de la buanderie — pour aider « la veuve ».

Beth.

Mère de cinq enfants.

Veuve mère de cinq enfants.

Sexy veuve mère de cinq enfants.

Qui pouvait le rendre fou d'un seul regard.

Et avec un baiser... lui faire penser des choses qu'il n'aurait jamais cru penser.

— Tu veux un sandwich pour le petit-déjeuner?

— Oui. Papa aimait les sandwichs au petit-déjeuner. Ça me manque.

Encore un coup de poignard au cœur. Il ne pouvait *pas* être le père de Maggie.

Il allait quand même lui faire ce sandwich. — Tu es sûre que tu veux de la compote de pommes sur ton sandwich? Pas du beurre de pommes?

— Du *beurre* de pommes? Maggie plissa le nez. Le beurre vient des vaches, pas des pommes.

Bon, d'accord. Ce serait de la compote alors. Il n'allait pas se lancer dans une discussion sur la fabrication du beurre car il avait le sentiment qu'il perdrait face aux convictions de Maggie.

Il appuya la serpillière contre le seau et la laissa le conduire par la main jusqu'à la cuisine. Adieu le détachement.

Maggie avait déjà commencé à préparer son sandwich. Les preuves dégoulinaient des plans de travail, le long des placards. Sherman était en pleine extase, courant d'un placard à l'autre pour lécher les différents ingrédients.

Bryan espérait de tout cœur que le beurre de cacahuète ne rendait pas les chiens malades. Bien que ce serait bien fait pour ce cabot s'il avait mal au ventre.

— Première chose à faire, on met Sherman dehors. Il attrapa le chien et chercha sa laisse. Il la trouva coincée derrière le bac à pommes de terre.

Une fois Sherman dehors, aboyant et tirant sur sa laisse, Bryan ferma la porte de derrière pour étouffer le bruit, puis prit un lot d'éponges dans le garde-manger. — Allez, Maggie. Nettoyons ce bazar avant d'en faire un autre.

— C'est idiot. On devrait continuer à faire le même bazar comme ça on n'aura qu'à nettoyer une seule fois.

Paroles de sagesse d'une enfant de cinq ans.

— Tu as déjà mangé du beurre de cacahuète et de la compote quand tu étais petit, Bryan?

Il essaya de se souvenir — car il avait tellement essayé d'oublier pendant toutes ces années. — Pas de la compote, non. Mais j'ai déjà mangé du beurre de cacahuète avec de la banane. Les deux étaient des aliments de base du système d'aide sociale.

Son estomac se noua. Il s'était juré de ne plus jamais manger de beurre de cacahuète une fois qu'il aurait un travail, et pourtant il allait le faire maintenant.

Étonnamment, la compote se mariait bien avec le beurre de cacahuète. Elle s'étalait aussi sur le visage de Maggie à chaque bouchée et dégoulinait sur son assiette, une fois même avec une si grosse goutte qu'elle éclaboussa son menton.

Les yeux de Maggie pétillaient de rire tandis qu'elle gloussait et s'essuyait. — Kelsey dit que je mange salement.

— Je pense que tu manges des aliments salissants.

Elle pencha la tête sur le côté avec une expression qui lui coupa le souffle tant elle ressemblait à sa mère. — Je crois que tu as raison. J'aime les choses salissantes. La colle pailletée, la compote, le beurre de cacahuète, ma chambre. Sauf pour les bêtises de Mme Beecham. Je n'aime pas ses bêtises. Mais je l'aime bien. Elle est câline.

Bryan avait eu plus d'un aperçu du chat Maine Coon. Câlin était un bon mot pour le décrire. Salissant aussi. Le chat perdait assez de poils pour tricoter une couverture d'hiver. C'est ce qu'il se retrouvait à nettoyer le plus, surtout dans les coins de la salle à manger sur le parquet. Oubliez les moutons de poussière, le chat perdait des *chatons* de poussière. Il l'avait observé une fois pendant qu'il nettoyait ses poils. Assis là à lécher sa patte avant tout en se lavant les moustaches, dans une posture d'ennui total. Les chats étaient bizarres comme ça. Mais il commençait même à apprécier cette fichue bête presque autant qu'il aimait Sherman.

Attends. Depuis quand avait-il décidé qu'il aimait bien le chien?

Bryan secoua la tête. Les chiens, les chats, les enfants... tout ça allait cesser d'être important une fois son contrat terminé.

Et pendant que tu y es, ça t'intéresserait d'acheter un pont à Brooklyn, Manley?

— Tu veux bien nous aider à chercher Muffy, Bryan? Maman et moi, on va sortir tout à l'heure pour chercher. Tu es si doué pour retrouver Sherman, je suis sûre que tu peux retrouver Muffy.

Pas de pression... Bryan ne songea même pas à essayer de s'en sortir. La vérité, c'est qu'il *voulait* les aider à retrouver le chien disparu, bien qu'il ne soit pas sûr de croire à l'histoire de Beth d'hier. Il y avait eu une lueur dans son regard et une détermination dans sa démarche qui ne correspondaient pas à l'attitude de quelqu'un cherchant un chien perdu, mais quand il l'avait interrogée à ce sujet, elle s'était tenue à son histoire.

Il voulait connaître la vérité et savoir pourquoi elle la cachait, alors ne serait-ce que pour cela, il irait avec elles.

Être près de Beth... eh bien, cela allait sans dire.

Et en parlant du loup — ou plutôt de l'ange — Beth fit irruption dans la cuisine à cet instant, et s'arrêta net quand elle le vit.

— Bryan! Que fais-tu ici?

— Il travaille ici, Maman, répondit Maggie, dans toute sa sagesse de cinq ans. Et il va nous aider à retrouver Muffy.

Génial. Beth avait compté pouvoir ramener Maggie à la maison dans une demi-heure en disant qu'elle avait dû se tromper. Mais avec Bryan... Il n'allait pas gober ça si facilement.

Après le match de football, il avait regardé la déchirure sur sa chemise, le bouton manquant et ses cheveux. Il les avait lissés et ça avait été une leçon majeure de maîtrise de soi pour ne pas fondre contre lui et lui dire la vérité.

Surtout après avoir regardé les photos la nuit dernière. Si jamais elle revoyait M. Steve McAllister, ce serait trop tôt. Ses photos laissaient croire qu'il y avait quelque chose entre eux. Il les avait captés, Maggie et Bryan, en train de rire, avec Maggie sur les genoux de Bryan. Elle ne se souvenait même pas que Bryan avait posé une main sur son genou, mais Steve McAllister avait immortalisé ce moment pour la postérité.

Elle avait gardé la carte mémoire au lieu de la détruire. Elle l'avait mise dans son coffre-fort où personne d'autre qu'elle ne pourrait jamais voir ces photos. Au cas où le besoin s'en ferait sentir, bien sûr.

Ou si elle *voulait* revivre ces jours surprenants dans les années solitaires à venir.

— Euh, bien sûr, c'est super s'il veut venir. Une paire d'yeux supplémentaire est toujours utile.

Bien que ce serait une torture pour ses talents d'actrice de maintenir le prétexte. C'était lui l'acteur du groupe, pas elle. Elle n'arrivait même pas à mentir efficacement à propos du Père Noël. Mike avait été celui qui avait perpétué ce mythe pour leurs enfants. Quand il était mort et que Maggie croyait encore au Père Noël, au lapin de Pâques et à la cigogne... Noël avait été difficile ces deux dernières années.

L'heure suivante rivalisait avec Noël en termes de difficulté.

— Tu es sûre d'avoir vu quelque chose par ici? demanda Bryan pour la énième fois, en écartant les branches.

Beth hocha la tête. Oh oui, elle avait définitivement vu quelque chose, mais c'était beaucoup plus haut que les branches à hauteur de genou que Bryan fouillait. M. Steve McAllister mesurait au moins 1,80 mètre et son trépied aussi. Dommage qu'il n'ait pas utilisé l'appareil photo — le très gros et très cher appareil photo — pour retrouver un chien perdu plutôt que de voler l'intimité et le bien-être de quelqu'un.

— Je ne vois rien. Surtout pas de trou pour un terrier de renard. Il laissa retomber les branches. Tu es *certaine* que c'était ici?

— Oui, mais ça ne veut pas dire que le renard vit ici. Il pourrait simplement se promener.

— Pas pendant la journée. Les renards sont nocturnes.

Mince. Elle le savait. Elle savait aussi que Maggie *ne le savait pas.* — Peut-être qu'il était enragé?

— Et tu as poursuivi un animal enragé?

Il l'avait coincée là. Elle n'aurait jamais fait ça. — J'ai cru que c'était Muffy.

Il arqua de nouveau son sourcil, mais ne dit rien. C'était une bonne chose qu'elle n'ait pas choisi le métier d'actrice.

Beth les laissa errer pendant une autre heure, sachant pertinemment qu'ils n'étaient pas sur la piste de Muffy, mais elle ne voulait pas effrayer ses enfants ni faire culpabiliser Bryan à propos des paparazzi plus qu'il ne le faisait déjà.

— Hé, vous n'êtes pas Bryan Manley? Un gamin sur un skateboard fit un wheeling pour s'arrêter à côté d'eux.

— C'est bien moi. Bryan s'arrêta pour parler au gamin. Beth admirait cela chez lui, qu'il n'ait pas oublié d'où il venait ni d'apprécier que les fans étaient la raison pour laquelle il pouvait faire ce qu'il faisait.

— Est-ce que je peux vous demander de signer ma planche?

— Tu as un marqueur?

— Ouais. Le gamin sortit un marqueur — Beth n'avait aucune idée de pourquoi il en portait un — et remercia Bryan pour la signature avant de s'éloigner en skateboard.

— Pourquoi les gens veulent que tu signes des choses, Bryan? Maggie tira sur sa chemise.

Il la souleva et la cala sur sa hanche. — Ça montre aux gens qu'ils m'ont rencontré.

— Pourquoi ils veulent te rencontrer?

— Je suppose qu'ils aiment mes films et ça leur donne l'impression d'en faire partie quand ils me rencontrent.

Euh... non. Du moins, ce n'était pas pour ça que les amies de Kelsey et leurs mères voulaient le rencontrer. Mais Beth était reconnaissante qu'il ne partage pas cette information avec Maggie. Elle l'apprendrait bien assez tôt. Et quand elle apprendrait que Bryan l'avait tenue dans ses bras...

— Hé, je peux prendre une photo de vous deux? Elle sortit son téléphone portable. C'était un souvenir pour Maggie, pas une photo publicitaire.

— Ouais, Maman! Maggie enroula ses petits bras autour du cou de Bryan et posa sa tête contre sa joue.

L'expression sur le visage de Bryan était inestimable. Étonné et heureux à la fois.

Beth sentit une boule se former dans sa gorge. Il tenait sa fille si étroitement, une main dans son dos, l'autre bras la tenant contre sa taille, et le sourire sur le visage de Maggie...

Beth réussit à sourire malgré la boule dans sa gorge. — C'est super, Maggie. C'est une belle photo de vous deux. Pas que l'un ou l'autre puisse prendre une mauvaise photo.

— Fais-moi voir! Maggie agita ses jambes.

Heureusement, les réflexes de Bryan se mirent en marche, lui évitant ainsi quelques... dommages.

Beth cacha un sourire en leur montrant la photo.

— Oh, cool! Tu peux peut-être me la signer, Bryan? Maggie enroula à nouveau ses bras autour de son cou et lui donna un baiser sur la joue. S'il te plaît?

Bryan détourna son regard de celui de Beth. Puis il s'éclaircit la gorge. — Euh, oui. Bien sûr, Maggie. Il lui donna une dernière étreinte, puis la posa. — Et si on cherchait Muffy encore quelques minutes avant de rentrer? Ta maman pourra imprimer la photo.

— Non, rentrons maintenant. Muffy ne va pas passer par ici. Elle n'aime pas le chien des McNulty, Bruiser. C'est un brute.

Bull *dog*, mais c'était assez proche. Beth prit la main de Maggie. — D'accord, ma puce, rentrons à la maison.

Maggie tendit la main vers Bryan. — Allez, Bryan. Tu dois marcher avec nous.

Bryan avait de la chance de ne pas trébucher. Trop d'émotions encombraient sa poitrine, rendant la respiration difficile. Le moment où il avait tenu Maggie dans ses bras et qu'elle avait enroulé les siens autour de son cou... Le regard sur le visage de Beth, puis cette photo...

Il n'allait jamais réussir à passer le reste du temps sans faire quelque chose qu'il regretterait probablement toute sa vie.

Mais, bon sang, s'il ne faisait rien, il le regretterait aussi toute sa vie.

Heureusement, Liam appela pour dire que leur ami Jared avait obtenu des billets de baseball de dernière minute, donc ils avaient des plans pour la soirée tous les quatre. Il quitta même la maison de Beth tôt, bien que Maggie le supplia de rester pour le dîner, mais c'était trop tentant. Ses frères ne le laisseraient jamais tranquille s'il les laissait tomber pour une fillette de cinq ans. Enfin, et sa mère. Mais quand même...

Pourtant, malgré le fait qu'il était sorti avec ses meilleurs amis au monde, sans parler des trente mille autres personnes dans le stade, ça s'est avéré être une soirée plutôt solitaire quand tout ce à quoi il pouvait penser était les six personnes qu'il avait laissées derrière lui.

Chapitre Dix-Neuf

— Oh non, Sherman, pas encore!

Bryan grimaça en entendant la plainte de Kelsey.

Beth sortit en trombe de la cuisine. — Qu'est-ce qu'il a fait cette fois?

Bryan jeta un coup d'œil depuis la buanderie. Cette pièce allait lui prendre toute la journée à nettoyer ; les enfants Hamilton avaient pris le nom au pied de la lettre. De plus, il y avait une déchirure dans le revêtement en vinyle qui allait nécessiter du travail pour être réparée. Beth avait plus besoin d'un bricoleur que d'un service de nettoyage. Il allait définitivement parler à Mac d'ajouter ce service.

— Il a traîné mes sous-vêtements dans le jardin des Templeton.

L'étendoir. Encore. Cela faisait quatre fois depuis qu'il était là. Pas étonnant qu'ils aient autant de linge, le chien créait plus de travail.

Ça suffisait ; il allait construire à Beth un étendoir autoportant auquel le chien ne pourrait pas accéder.

— Hé, Jason. Tu veux venir avec moi? Je dois aller au magasin de bricolage.

— Pas vraiment. Le gamin était allongé sur le dos sur le canapé, une console portable entre les mains, les pouces tapant frénétiquement.

— Mec. Bryan lui arracha le jeu des mains. — Ce n'était pas vraiment une question. Allons-y.

— Oh, mec. Je suis obligé? Jason balança ses longues jambes dégingandées hors du canapé et regarda sa mère. — J'ai des trucs à faire aujourd'hui, Be-Man.

Beth haussa les sourcils. — Quel genre de trucs?

— Euh, tu sais. Des trucs. Des trucs pour l'école. Jason ajouta un sourire à la fin comme s'il pensait que Beth le croirait.

— Tu pourras faire ça après être allé avec Bryan. Je suis sûre qu'il ne t'aurait pas demandé si ce n'était pas important.

Ce n'était pas une question, et Bryan apprécia le soutien.

Il tapota l'épaule de Jason. — Allez, on y va. Plus vite on y va, plus vite on pourra revenir pour que tu puisses t'occuper de tes trucs. Des trucs dont Bryan et Beth savaient tous deux qu'ils n'existaient pas. Jason pourrait l'aider à leur retour. Ce serait bon pour le gamin d'apprendre à utiliser des outils et à construire des choses. Mike avait une belle série d'outils électriques dans le garage.

Beth ne put s'empêcher de regarder son fils partir avec Bryan. Ne put s'empêcher d'imaginer à quel point cela pourrait être réel. Comment cela aurait été si Mike était encore en vie. Il aurait emmené Jason là-bas et lui aurait montré des choses, lui aurait appris à tondre la pelouse, à réparer la tondeuse, peut-être même à utiliser certains des outils qu'il avait collectionnés au fil des ans. Bien que... *elle* était plutôt douée avec une perceuse ; elle pourrait leur montrer - à tous - comment réparer les choses.

Curieusement, elle n'y avait pas vraiment pensé jusqu'à présent. Ça avait été une lutte constante pour s'assurer que leur santé mentale allait bien avec tout ça, et pour continuer à être leur mère. Être leur père était un tout autre élément et cela devenait plus important qu'elle ne l'avait réalisé. Si elle avait besoin de rappels, cette leçon de changement de pneu le lui avait bien fait comprendre. Jason ne rajeunissait pas. Dans deux ans, il conduirait. Puis Kelsey deux ans après. Regardez ce qui s'était passé au cours des deux dernières années. Ces sept cent trente jours n'étaient pas aussi longs qu'elle l'aurait souhaité.

— Maman, pourquoi tu as l'air comme ça? Maggie leva la tête de la table basse où elle dessinait encore une fois. Le thérapeute avait dit de donner à Maggie un bloc et des crayons puisqu'elle était trop jeune pour écrire quand Mike était mort. Ce bloc était devenu le compagnon constant de sa fille et il s'avérait que Maggie avait un vrai talent dans ce domaine. Beth avait retiré les images effrayantes qu'elle avait dessinées juste après l'accident une fois que les dessins avaient commencé à se transformer en choses agréables. Des papillons, des fleurs, Sherman, Mme Beecham - une autre addition que le conseiller avait suggérée et que Maggie avait nommée d'après son institutrice de maternelle.

— Comme quoi, ma chérie?

— Comme si tu voulais aller avec Bryan et Jason?

Beth sortit brusquement du brouillard dans lequel elle s'était trouvée. Maggie avait remarqué *ça*? Les choses devenaient un peu trop incontrôlables. Non, pas les *choses*. Ses *émotions*. Elle devait prendre ses distances avec Bryan. Devait faire de même pour les enfants. Le départ de Mike n'avait pas été son choix ; celui de Bryan le serait. Un départ nécessaire puisqu'il avait une carrière à reprendre, mais les enfants ne le verraient pas ainsi. Il n'était là que pour un bref moment dans leurs vies ; elle avait l'impression qu'ils ne le comprenaient pas. Alors quand il partirait, ce serait une personne de plus à laquelle ils tenaient qui les quitterait.

Bryan pouvait sentir l'étau se resserrer. Les enfants commençaient à l'atteindre. Jason avait grommelé pendant tout le trajet jusqu'au magasin de bricolage, principalement à propos de l'aimant avec le logo de l'entreprise sur le camion et à quel point c'était *ringard*. Bryan lui dit que le *cool* était dans le comportement de la personne, pas dans les apparences, et fit entrer le camion dans une place de parking avec une manœuvre impressionnante qu'un des cascadeurs lui avait apprise sur son dernier film. Cela avait attiré l'attention de Jason et ouvert la porte à ce qu'ils allaient faire au magasin de bricolage.

— Tu es sûr que Sherman ne pourra pas y accéder? demanda-t-il en aidant Bryan à charger le bois dans le camion.

— J'en suis presque certain.

— Alors pourquoi le fais-tu si tu n'es pas totalement sûr? Ce chien est un monstre.

Bryan devait être d'accord avec Jason sur ce point, mais ne le dit pas à voix haute. — Je pense qu'on peut trouver quelque chose pour déjouer un chien. Il croisa les doigts.

— J'sais pas. Jason ramassa le rouleau de corde en nylon. — Je parie que le cabot va ronger ça en une journée.

— Pari tenu. Non pas qu'apprendre à un gamin de quatorze ans à parier soit une bonne chose, mais ça le garderait impliqué dans le projet une fois qu'ils auraient fini de le construire. — Donc tu vas m'aider à construire ça, pas vrai?

Jason balaya ses cheveux inexistants de son visage et parut surpris de les trouver manquants. Ou peut-être que la surprise était due à ce que Bryan venait de lui demander. — Moi? Construire? Je ne sais pas comment faire.

— Parfait. Bryan lui posa la main sur l'épaule. — Alors tu n'auras pas de mauvaises habitudes que je devrais te faire perdre. Tu apprendras la bonne façon de faire dès le début.

— Pourquoi fais-tu ça? Ce n'est pas dans ta description de poste.

— Parce que Sherman crée plus de travail pour tout le monde. Un peu d'effort supplémentaire maintenant économisera une tonne de travail plus tard.

— Mais ce n'est pas dans ta description de poste.

— Parfois, Jase, il ne s'agit pas de ce que tu es censé faire. Parfois, il s'agit de faire ce qui est juste. Et la chose juste ici est d'empêcher le chien de faire ce qu'il continue à faire. Ça rendra la vie de tout le monde plus facile.

Jason regarda par la fenêtre et marmonna quelque chose.

— Quoi? Je n'ai pas entendu.

Pendant un instant, Bryan n'était pas sûr que Jason l'ait entendu — ou qu'il ait l'intention de répondre. Mais ensuite, il tourna la tête et regarda Bryan. — J'ai dit que ce serait bien pour Maman si la vie devenait plus facile. Elle est stressée depuis que Papa est mort.

Bryan inspira profondément et pria pour trouver les bons mots. — C'est une bonne chose qu'on fasse ça, alors. Chaque petit geste qu'on peut faire pour lui faciliter la vie sera utile.

— Ouais. C'est pour ça que j'ai fait ma chambre. Tu avais raison.

Il y eut un moment. Un adolescent lui disait qu'il avait raison. Bryan aurait dû enregistrer ce moment pour la postérité.

Mais... pourquoi? Il partait, tu te souviens? Jason aurait d'autres moments comme celui-ci avec le prochain homme dans la vie de Beth.

Bryan ne voulait pas qu'il y ait un autre homme dans sa vie — ce qui était ridicule puisqu'il ne pouvait pas l'être.

Ouais, ça n'avait aucun sens, mais bon, beaucoup de choses de ces deux dernières semaines n'en avaient pas.

Ou peut-être que si, et qu'il refusait simplement d'écouter...

— Mais Jason, je veux mélanger le ciment. Bryan a dit que je pouvais, dit Mark en tirant la langue à son grand frère.

Jason tenait la truelle au-dessus de sa tête. — Tu es trop petit, Mark. Tu n'as pas assez de force dans les bras. Il faut le faire soigneusement et rapidement, et tu n'y arriveras pas.

Bryan prit la truelle des mains de Jason et s'agenouilla près du trou du poteau. — Ça n'aura plus d'importance si on ne mélange pas ça et qu'on ne met pas le poteau en place, les gars. Alors travaillons ensemble, d'accord? Il essuya la sueur de son front sur son épaule. L'arrière-cour avait beaucoup de schiste sous la surface, alors il avait dû faire un autre voyage à la quincaillerie pour acheter du ciment à prise rapide. Bien sûr, Maggie avait voulu le mélanger, puis les jumeaux s'y étaient mis, et tout d'un coup, le mélange du ciment était devenu une affaire de famille.

Et il était en plein milieu de tout ça. Ses frères se seraient bien moqués de lui s'ils pouvaient le voir maintenant. Et vu qu'il dînait avec eux et Gran ce soir, il n'avait pas besoin de leur donner le moindre indice sur ce qui se passait ici.

Que se passe-t-il *ici, Manley?*

Il ne voulait pas y réfléchir de trop près.

— D'accord, les gars, attachons le poteau. Il avait fixé quatre cordes au poteau et donna à chacun des enfants plus âgés, Kelsey incluse, une corde avec un piquet au bout. — Maggie, tu surveilles le niveau pour t'assurer que la bulle d'eau reste au milieu, d'accord?

— Oui, mon capitaine. Maggie le salua. Pour une raison quelconque, elle associait le ciment sec à la plage et faisait des références nautiques toute l'après-midi.

Peu importe ce qui marchait.

Bryan tenait le poteau droit pendant que les enfants enfonçaient les piquets dans le sol. Il avait montré à Jason comment ajuster les cordes pour qu'une fois en place, il puisse faire le tour et les renforcer.

— D'accord, tout le monde, pendant que ça prend, on va construire l'étendoir. Vous êtes prêts à aider?

— Ouais!

— Cool!

— Bien sûr.

— Peu importe. La dernière réponse venait de Kelsey qui n'était pas aussi enthousiaste que les garçons mais qui, néanmoins, avait choisi la construction plutôt que d'aider sa mère à préparer le déjeuner.

En parlant de ça, de temps en temps, Beth sortait sur la terrasse dans son short rose et son haut blanc flottant, pieds nus, et ses cheveux dans leur état naturel ébouriffé par le vent, et Bryan devait retrouver son souffle encore une fois parce qu'elle continuait à le lui voler.

Heureusement, le vrombissement de la scie à onglet était suffisant pour reprendre le contrôle de la réaction de son corps — rien de tel qu'une lame d'acier tournante avec des dents méchantes à hauteur d'entrejambe.

Il mesura l'angle, le compara au dessin qu'il avait fait et l'installa pour que Tommy fasse la coupe. — Maintenant, souviens-toi, Tom, vas-y doucement. Tu ne veux pas enfoncer la lame trop vite, sinon le bois va éclater et on n'a pas besoin de ça. Il baissa les lunettes de protection de Tommy. — Souviens-toi, la sécurité d'abord.

— Je sais. Maman dit toujours ça.

Bien sûr qu'elle le disait parce que Beth était une super maman.

Chaque enfant eut son tour pour utiliser la scie et la perceuse, mais au moment où ils en étaient à leur deuxième vis, la nouveauté s'était estompée. Seule Maggie resta pour l'aider à assembler le cadre et à y tendre la corde. Ils terminèrent juste au moment où Beth apportait un plateau de sandwichs sur la terrasse.

— À table! appela-t-elle.

Les enfants accoururent de tous les coins de la maison. Certains qui n'appartenaient même pas à Beth.

— Kelsey, toi et Amanda, apportez le thé glacé ici. Mark, prends les gobelets. Tommy, la glace. Kevin, tu peux apporter une grande cuillère, et, Jason, il y a des chips et des fruits sur l'îlot.

— Et moi, Maman? Je veux apporter quelque chose. Maggie tira à nouveau sur le t-shirt de Beth.

Et comme avant, Bryan n'allait certainement pas lui dire d'arrêter. Surtout quand l'encolure descendit plus bas et que le léger décolleté qu'elle avait devint plus qu'un simple aperçu.

Non pas qu'il aurait pu dire quoi que ce soit de toute façon parce que sa bouche s'était asséchée. Sa gorge aussi, et sa poitrine se serrait alors que le flux sanguin se dirigeait vers le sud.

Bon sang, il était un chien. Ses enfants étaient là, pour l'amour du ciel. Les enfants des voisins aussi. C'était inapproprié. C'était stupide. C'était tout simplement mal.

Mais ça ne l'empêchait pas de regarder.

Elle portait un soutien-gorge rose. Rose clair, une teinte plus foncée que sa peau, et l'imagination de Bryan s'emballa. Il voulait lui enlever ce t-shirt, le passer par-dessus sa tête, puis glisser ses paumes le long de ses bras et autour de son dos, défaire son soutien-gorge et le faire glisser, la révélant à lui par petits aperçus tantalisant, effleurant sa peau de ses doigts, la faisant frissonner. Puis il la prendrait en coupe, ses pouces caressant ses tétons, les regardant durcir alors qu'il baisserait la tête juste au moment où elle disait —

— Tu veux quelque chose, Bryan?

Dieu merci, il leva les yeux sans lui dire exactement ce qu'il voulait. Dieu merci, il leva les yeux avant de simplement le prendre.

Toute sa famille le regardait fixement.

— Ça va, Bryan? T'as l'air bizarre. Tommy lui tendit un verre de quelque chose. — Tu vois? On t'avait dit que c'était trop de travail. C'est pour ça que Mark et moi on a fait une pause.

Il avala la boisson d'un trait. Du thé glacé. Bien. Il avait besoin de quelque chose pour s'éclaircir les idées.

Il finit le verre avec un grand *ahhhh,* puis s'essuya la bouche avec son avant-bras juste pour les garçons.

Beth leva les yeux au ciel et lui tendit une serviette. — Je vous jure, vous les garçons, vous ne grandirez jamais.

— Tu as raison. C'est trop amusant. Il utilisa la serviette pour prouver qu'il n'était pas le rustre qu'elle aurait pensé s'il elle avait pu lire dans ses pensées.

— Alors, quand est-ce qu'on va mettre le haut sur le poteau? demanda Mark en tendant le bras par-dessus la table pour attraper les chips.

— Mark Joseph Hamilton, on ne tend pas le bras par-dessus la table. Surtout quand on a des invités.

— Mais Bryan n'est pas un invité. Il est...

Ça le laissa perplexe. Bryan aussi. Qu'était-il exactement? Pas un employé — il ne travaillait pas pour elle. Il travaillait pour Mac. Il pouvait être un prestataire extérieur, mais il doutait que les enfants sachent ce que c'était.

— C'est un membre de la famille! s'exclama Maggie en surgissant de sous la table de pique-nique, serrant dans ses bras l'énorme chat. Tout comme Mme Beecham!

Le chat laissa échapper un long « *Mrrrrooooowwwww* » agacé, les faisant tous rire.

Heureusement, car Bryan était sur le point de faire tout sauf rire.

Un membre de la famille. C'était comme ça que Maggie le voyait? C'était comme ça qu'ils le voyaient tous? Enfin, les enfants. Beth savait bien que ce n'était pas le cas. Mais que pensait-elle de la déclaration de Maggie?

Il risqua un coup d'œil vers elle. *Bouleversée* était le mot qui lui vint à l'esprit.

Oh, génial. Elle était horrifiée. Contrariée. Pas d'accord avec cette idée. Ceci dit, lui non plus. Mais les enfants... Ce n'était pas bon pour les enfants. Ils ne pouvaient pas penser ça de lui.

Il savait que se laisser entraîner n'était pas une bonne idée, mais il avait pu gérer ça. Les enfants, en revanche... Il devait faire quelque chose à ce sujet.

Bryan termina tôt.

Beth aurait dû en être reconnaissante. Et elle l'était. En quelque sorte.

Ils devaient parler. Ce que Maggie avait dit au déjeuner...

Elle n'arrivait pas à se sortir cette idée de la tête. Et c'était une mauvaise idée. Mauvais que ses enfants le pensent. Mauvais qu'elle le *veuille*. Mauvais parce que Bryan avait eu l'air de quelqu'un à qui on avait enfoncé un tisonnier brûlant dans le...

Sorti de la bouche d'une enfant de cinq ans, et il n'y avait rien que Beth puisse faire pour l'effacer. Et elle *devait* faire quelque chose. Maggie avait été distraite par Mme Beecham, puis Kelsey l'avait sagement occupée pour qu'elle laisse Bryan tranquille, mais sa déclaration planait toujours au-dessus d'eux.

Un membre de la famille.

Elle n'aurait jamais pensé qu'il y aurait un autre homme qu'elle envisagerait d'avoir dans la maison de Mike. Dans le lit de Mike. Mais Bryan, avec son physique sexy et sa façon incroyable d'embrasser, et surtout sa manière d'être avec ses enfants — et avec elle, à vrai dire — il s'était faufilé sous ses défenses et lui avait donné envie que la description de Maggie soit vraie.

Il avait dit quelque chose à propos de s'attaquer au garage, et il était parti. Il n'avait même pas demandé à Jason de l'aider, ce dont ils avaient discuté plus tôt. Elle avait hésité à aborder le sujet pour le moment, mais Jason avait soudainement décidé de divertir ses jeunes frères. N'ayant jamais eu ce genre d'attention de sa part, ils s'en étaient délectés et tous les trois étaient partis concevoir un terrain de Quidditch. Kelsey, aussi, s'était soudainement intéressée à tresser les cheveux de Maggie et elles avaient toutes les deux disparu à l'étage pour le reste de l'après-midi. Beth avait presque peur de voir le désordre dans sa salle de bain une fois qu'elle avait entendu la baignoire se remplir, mais le désordre qui planait au-dessus de la table de pique-nique était suffisant pour une journée.

Son téléphone portable sonna alors qu'elle fermait la porte d'entrée après le départ de Bryan. Quelle idiote, son cœur s'était mis à battre la chamade, pensant que c'était lui. Bien que la raison pour laquelle il l'appellerait alors qu'il ne lui avait pas dit deux mots de tout l'après-midi restait un mystère.

C'était Kara Leopold, malheureusement. Non, *heureusement*. Pas la peine de souhaiter ce qui ne pouvait pas — et ne devrait pas — être. — Salut, Kar, quoi de neuf?

— Demain soir. Tu *dois* l'amener. Mon neveu vient. Il veut se lancer dans le métier d'acteur et s'il pouvait juste parler à Bryan, il pourrait avoir une chance.

— Kar, je ne lui ai même pas demandé de venir. Et je ne le ferai pas maintenant. Il pourrait être occupé. Oh, il était occupé. Qu'il le sache ou non.

— Tu plaisantes? Tu ne lui as pas demandé? Pourquoi? Tu essaies de le garder pour toi toute seule? Tu ne veux personne d'autre autour de lui?

Beth éloigna le téléphone de son oreille et le regarda avec surprise. Oui, c'était bien le nom de Kara sur son identification d'appelant, mais la femme au téléphone? Beth ne savait pas qui elle était. — Tu es folle? Tu t'entends parler? Je ne garde pas Bryan Manley pour moi toute seule et je ne vais *pas* lui demander de venir à l'happy hour pour que tu puisses le harceler pour faire entrer Dylan dans le métier. L'homme est en pause de tout ça. Il nettoie ma maison, bon sang.

— Et tes tuyaux? Il les nettoie aussi?

La bouche de Beth s'ouvrit et elle secoua la tête. — Je n'aime pas ce que tu insinues. C'est *toi* qui l'as choisi pour ce travail, pas moi. Je n'ai pas eu mon mot à dire. En fait, je me souviens très bien que *toi* et Jenna avez toutes les deux dit que si je refusais votre cadeau, vous ne me parleriez plus jamais. À cet instant, ça semblait plutôt une bonne idée.

— Je pense simplement que c'est assez égoïste de ta part de le garder chez toi toute la journée et de ne pas nous laisser passer du temps avec lui.

— Il n'est pas là pour se faire des amis, Kar. Il est là pour travailler, tu te souviens?

— Ouais, eh bien, trop de travail et pas de jeu rend Bryan très ennuyeux. Amène-le.

Pas question. Elle avait aperçu des bribes de la frénésie féminine que Bryan suscitait ; elle n'allait pas infliger ses amies à Bryan. Qui sait, les autres pourraient finir aussi folles que Kara et elle se retrouverait sans amies. Et sans Bryan.

Un membre de la famille.

Non. Elle n'allait pas se retrouver avec ça non plus. Et c'était comme ça que ça devait être.

Chapitre Vingt

— Tu es vraiment beau en vert, Bryan. Ça va bien avec tes yeux.

Bryan serra les poings en attendant dans le salon du nouvel établissement de vie assistée de Gran. Sean adorait le taquiner et bien que, la plupart du temps, il puisse lui rendre la pareille, ce soir n'était *pas* le bon moment. — Ne pousse pas trop, Scene. Voilà. Laisse Sean ruminer sur son ancien surnom. Ça l'énervait toujours quand ils étaient enfants et, en ce moment, Bryan ne serait pas contre que quelqu'un cherche la bagarre avec lui. Il avait besoin d'évacuer ce... ce...

Ce quoi? De la colère? Non, il n'était pas en colère. De la terreur? Oui, ça pourrait être ça.

De la frustration?

Bon sang, oui. Il était définitivement frustré.

Et ce fichu uniforme n'arrangeait rien.

Il prit un exemplaire de *People* et le feuilleta, mais les photos de belles femmes en robes à peine existantes n'aidaient pas non plus. Aucune n'était aussi belle que Beth.

Il jeta le magazine sur la table. — Sérieusement. Comment Mac peut-il s'attendre à ce qu'on s'appelle *Manley Maids* quand on porte le pantalon le plus *peu* viril de l'histoire des uniformes de travail? Regarde. Ça, c'est un uniforme de travail.

C'était la photo promotionnelle de son dernier film où il avait des bombes qui explosaient derrière lui, un pistolet dans chaque main, et une femme accrochée à chaque bras. Des femmes en bikini. À l'époque où il n'était *pas* frustré.

— Hé, je suis prêt à donner de l'argent à Mac pour de nouveaux uniformes, dit Liam en tapant sur l'épaule de Sean à son arrivée. Je me sens comme une fichue fille dans ces vêtements.

— On pourrait aussi chanter comme une fille, dit Sean en se rajustant. Qui diable les a conçus?

— C'est moi.

Oh merde. Gran.

— Je suppose qu'il y a un problème?

— Je suis désolé, Gran, dit Sean. Nous ne savions pas...

— Je m'en rends compte, Sean. Je sais que vous, les garçons, ne me blesseriez jamais délibérément. Elle toucha le bras de Bryan et il se pencha pour l'embrasser sur la joue, essayant de réparer une partie des dégâts que leurs commentaires avaient dû causer.

— L'uniforme est bien, Gran, murmura-t-il. Il supporterait cette chose si cela signifiait ne pas la blesser.

Elle leva un sourcil vers lui, le scepticisme gravé sur son visage. — Alors, vous allez me dire ce qui doit être fait et je travaillerai sur un autre design.

Bryan reconnut ce regard. Elle était déterminée à arranger ça. Et si l'un d'eux ne lui donnait pas de direction, Dieu seul savait dans quelle direction elle irait.

Il prit une profonde inspiration et se lança. Au moins, il pourrait obtenir quelque chose de bien pour tous les trois s'il parlait maintenant. — Ils sont un peu, euh, serrés, Gran.

— Serrés, comment? demanda Gran comme si la réponse n'allait pas les embarrasser tous terriblement alors qu'elle les conduisait dans le couloir vers une salle à manger privée comme la dame du manoir.

— Tu sais, Gran, *serrés*. Bryan salua de la tête les résidents qu'ils croisaient. Ici, il n'était que le petit-fils de Catherine Manley et il aimait pouvoir être juste ça. Les projecteurs étaient géniaux, mais parfois, c'était agréable d'être simplement lui-même.

Liam tint la porte ouverte pour leur grand-mère et ils la suivirent comme des canetons. Bryan cacha son sourire. Ses frères l'appelaient autrefois le vilain petit canard. Cette photo dans *People* racontait une autre histoire, et si son visage et son corps étaient les billets pour ne plus jamais avoir à s'inquiéter de mettre de la nourriture sur sa table, qu'il en soit ainsi.

— Sean, apporte le poulet à table. Liam, les pommes de terre. Et Bryan, tu peux verser le vin. Mais pas ces verres taille Hollywood auxquels tu es habitué. Je ne veux pas que l'un de vous, les garçons, soit ivre.

— Oui, madame. Il leva les yeux au ciel. Des verres *taille Hollywood*. Il avait essayé de l'amener sur la côte ouest plusieurs fois pour lui montrer que ce n'était pas le Sodome et Gomorrhe qu'elle imaginait, mais Gran n'en voulait pas entendre parler. *Elle ne monterait pas dans un avion à son âge et elle pouvait mieux voir Bryan à la télé qu'avec des hordes de gens lui poussant des micros dans la figure.*

Il connaissait son argument par cœur parce qu'elle avait dit la même chose chaque fois qu'il avait abordé le sujet. Gran était contente ici dans ce petit bourg, un sentiment qu'il n'avait jamais compris.

Puis une image de Beth et des enfants au match de football traversa son esprit et pendant un moment - un moment aussi rapide que cet éclair - il l'envisagea.

Non. Pas question. Il avait travaillé trop dur pour s'en sortir. Pour aller au-delà. Pour s'élever. Il ne revenait pas ici pour sa grand-mère, encore moins pour une veuve avec cinq enfants.

Cinq enfants qui avaient besoin d'un père.

Une veuve qui avait besoin d'un homme dans sa vie.

Nom de Dieu. Il n'était pas cet homme et il pouvait chasser cette fichue pensée de sa tête. Il avait un film à commencer. Un autre en boîte. Des tournées promotionnelles. Des cérémonies de remise de prix. Des contrats publicitaires à considérer. Les choses se mettaient enfin en place ; ce n'était *pas* le moment de tout lâcher pour des matchs de foot et de la peinture au doigt.

— Ne lève pas les yeux au ciel avec moi, jeune homme. Tu penses peut-être tout savoir parce que tu es une grande star de cinéma, mais je peux encore prendre ma baguette pour te donner une fessée si tu deviens trop prétentieux.

— C'est ce que j'essaie de te dire, Gran. Bryan posa son verre de vin devant elle. Je suis *trop* grand pour ce pantalon.

— Bryan Matthew Manley, il n'y a aucune raison d'être grossier.

Sean s'étouffa avec son vin et Liam semblait sur le point de faire de même.

Bryan voulait juste être malade. — Je... Je ne voulais pas... Il n'avait *rien* voulu dire de ce genre ; c'était sa *grand-mère*, bon sang! —

Et pour ajouter l'insulte à l'injure, Sean prit une photo de lui avec son téléphone portable.

— C'était pour quoi, ça? Bryan essayait encore de comprendre comment Gran en était arrivée à l'insinuation sexuelle.

— Une assurance. Contre la pauvreté. Sean s'assit. Je suis sûr qu'un magazine paierait cher pour avoir cette expression sur ton joli visage.

— Sean Patrick Manley, arrête de taquiner ton frère, dit Gran comme si elle n'avait pas juste parlé de... *ça*. Donne-moi ce téléphone.

— Oh, Gran...

— Le téléphone. Elle agita ses doigts.

Bryan éprouva une grande satisfaction lorsque Gran supprima la photo. Il dut même cacher son rire quand elle effaça le reste des photos de Sean - accidentellement bien sûr, mais quand même... il l'avait bien mérité.

Ce qui n'était *pas* mérité, c'étaient les complications en cours avec son projet actuel auxquelles certaines de ces photos étaient liées - un projet dans lequel beaucoup d'argent de Bryan était investi.

— Quel genre de complications?

Sean grimaça. — Merriweather a légèrement contrarié nos plans. Elle donne à sa petite-fille la chance d'hériter du domaine.

— Putain de merde. Bry jeta sa serviette sur la table. Le domaine était censé être la propriété phare de Sean et le premier projet des frères Manley. S'ils perdaient celui-ci, il n'y aurait pas de deuxième projet.

— Ton langage, Bryan. Gran prit une bouchée de poulet, ces deux mots suffisant comme réprimande. Elle avait toujours su attirer leur attention avec un simple mot ou un regard. Ils avaient tous été trop inquiets de la perdre à cause de problèmes de santé pour vouloir la contrarier.

— Désolé. Bry remit sa serviette sur ses genoux. — Que vas-tu faire, Sean?

Son frère passa une main sur sa bouche. — À mon avis, j'ai trois options. Un, s'assurer que Livvy échoue et que la vente puisse se dérouler comme prévu. Deux, je voulais vous demander si vous vouliez couvrir la différence. Pour un retour sur investissement proportionnel, bien sûr.

— Donc tu serais l'associé minoritaire alors? demanda Liam.

Sean hocha la tête. — Ce n'est évidemment pas ce que je voulais quand j'ai planifié ça, mais on peut négocier les termes et je vous rachèterai progressivement. Si vous pouvez avancer l'argent, c'est ma deuxième option. La troisième serait de faire appel à des investisseurs extérieurs, mais cela diluerait la part de tout le monde.

— Cette option est exclue. Liam se frotta le menton. — C'est censé être un projet des frères Manley. Si on fait entrer quelqu'un d'autre, on perd cet avantage, à la fois dans la prise de décisions et la publicité.

— Mais vous avez Bryan, dit Gran. C'est la meilleure publicité que vous puissiez demander.

Bryan secoua la tête. Il y a trois semaines, il aurait peut-être dit oui. Maintenant? Il ne voulait pas être responsable – enfin, plus qu'il ne l'était déjà – d'attirer l'attention sur Beth et ses enfants. Et c'est exactement ce qui arriverait s'il s'impliquait publiquement dans une entreprise locale. — Pas question, Gran. Je suis l'associé silencieux. Je n'ai pas l'expérience de ces deux-là dans ce domaine. Si on commence à afficher mon visage partout, ça va devenir un cirque. Les médias sont géniaux jusqu'à ce qu'ils ne le soient plus. Sean a déjà ce que je peux me permettre. Sans compter qu'il n'était pas question d'impliquer Beth et les enfants plus qu'ils ne l'étaient déjà.

— Alors, comment avancent vos missions, les garçons? demanda Gran.

— Comment ça se passe? Bryan s'étrangla sur ces mots avant de réfléchir aux conséquences de les avoir prononcés. Conséquences qu'il tenta rapidement d'atténuer quand Gran le regarda sévèrement. — Je ne comprends vraiment pas pourquoi les gens procréent. Tu devrais voir ces cinq enfants. Je nettoie et range la maison, et le temps que j'aie fini la dernière pièce, je dois tout recommencer. C'est comme si chaque enfant était sa propre tornade. Inversement proportionnel à leur taille, en plus. La petite dernière... *ouf*. Elle peut créer un désordre d'une ampleur épique.

— Elle souffre, Bryan. Elle extériorise. Sois patient, dit Gran. Son père était le pilote de ce crash d'avion il y a quelques années. Triste.

Bien plus triste que quiconque ne l'avait réalisé. Et étant donné ce qui était arrivé à *ses* parents, Bryan était parfaitement placé pour compatir, d'où ses *problèmes*.

Il coupa une tranche de pain. — Je sais *exactement* ce qu'elle ressent, Gran.

— Je sais que tu le sais.

Gran lui serra la main et pendant un instant, il se retrouva dans l'église le jour des funérailles quand elle avait fait la même chose avant qu'il ne s'effondre complètement.

Et tout comme à l'époque, elle changea de sujet. — Liam? Comment va Cassidy?

Liam secoua la tête. — Elle est Cassidy.

— Allons, Liam, ne la juge pas sur ce que tout le monde dit d'elle.

Qu'elle était une mondaine gâtée sans la moindre idée de comment mener une vie normale puisque son père riche payait tout. La reine des écervelées.

Le problème, c'est qu'il serait plus facile de gérer Cassidy Davenport et son ignorance que Beth et son pragmatisme. Son authenticité. Et les enfants... Mon Dieu, les enfants. Le fait qu'il sache ce qu'ils traversaient... Pourquoi Mac avait-il dû lui donner *cette* mission? Pourquoi n'avait-il pas pu avoir une vieille dame avec cinquante ans de toiles d'araignées et de moutons de poussière à gérer? Ou, bon sang, même Cassidy. Il aurait pris Cassidy n'importe quand plutôt que de désirer Beth au point d'en avoir mal à la poitrine quand il y pensait.

Et il y pensait beaucoup. Il avait manqué la moitié de la conversation du dîner en pensant à son désir pour Beth. Putain. Il était dans un sacré pétrin. Il but une gorgée de son vin. Il devait vraiment partir tant qu'il le pouvait encore. — Alors, que penses-tu d'échanger, Sean?

Sean secoua la tête. — Pardon, qu'est-ce que tu as dit?

— Ta mission. Elle doit être canon si tu ne nous as même pas dit un mot à son sujet. Je me dis que je devrais peut-être aller voir par moi-même si tu ne la réserves pas. On pourrait peut-être échanger nos boulots. Dès qu'il eut dit ça, il sut qu'il ne le ferait pas. Sean n'était peut-être pas dans les films, mais c'était un bel homme. Et local. Beth et les enfants pourraient s'attacher à Sean autant qu'ils s'attacheraient à lui.

— Tu as ta propre cliente à gérer.

Gran le transperça du regard. Les gens disaient que ses yeux étaient bleu ardoise ; Bryan les qualifiait d'acier. Sa grand-mère était faite d'une étoffe robuste et elle ne manquait pas un détail. Ça avait rendu difficile de faire des conneries quand il était enfant et il semblait que les choses n'avaient pas beaucoup changé au fil des années. — Et elle est plutôt charmante si je me souviens bien de ce que j'ai vu dans le journal.

Les journaux ne rendaient pas justice à Beth. — Ouais, elle est canon, mais elle a cinq enfants. Rien ne détruit plus vite l'attrait d'une femme qu'une bande de gosses qui traînent dans les parages. Il mentait. Beth pourrait avoir dix enfants que ça ne changerait rien à ce qu'il ressentait pour elle, alors qui essayait-il de convaincre?

Ses frères. Parce que s'ils avaient ne serait-ce qu'une idée du combat qu'il menait quand il s'agissait de Beth et de sa famille, il n'en entendrait jamais la fin.

— Hum. Gran le transperça du regard. Ses yeux durs, froids et bleu acier. *Pourquoi?*

Oh merde. Gran avait élevé quatre enfants et il venait de faire cette remarque stupide... — Je suis, euh, désolé, Gran. Je, euh...

Gran leva la main. — Je t'ai mieux élevé que ça, Bryan Matthew. Cette femme a beaucoup à offrir à quelqu'un, et ces enfants sont des bénédictions. Tu devrais t'estimer heureux qu'elle envisage ne serait-ce que de sortir avec toi. Avec des commentaires comme ça, tu ne la mérites pas.

Il le savait. Il ne la méritait pas. Et plus important encore, elle méritait mieux.

Alors pourquoi, quelques heures plus tard, après avoir survécu au dîner sous l'œil vigilant de Gran, saisit-il l'occasion de passer le vendredi soir avec elle quand son amie Kara l'appela pour l'inviter à l'happy hour du quartier?

Parce qu'il était manifestement un masochiste.

Chapitre Vingt-Et-Un

Il était certainement un masochiste ; il passa toute la journée suivante à travailler sur les placards dans les chambres de Beth. Elle lui avait laissé une liste de choses à faire — il refusait de l'appeler une liste de corvées car cela impliquerait qu'il était son chéri et il n'avait *pas* besoin de ces implications — et le plus urgent semblait être les tringles à vêtements branlantes. Il n'avait pas prévu ce qu'il allait exactement toucher.

Ou peut-être que si.

Le voilà, épaule contre épaule — et joue contre joue — avec ses robes, les retirant, les drapant sur ses bras, sentant le tissu soyeux glisser contre sa peau, imaginant qu'il faisait de même sur la sienne. Imaginant *qu'elle* glissait contre lui. Rejouant le baiser dans le kiosque encore et encore jusqu'à ce que sa *queue* puisse tenir tous les vêtements. Et son parfum... Il persistait dans l'air de son placard, l'entourant, le narguant avec quelque chose qu'il n'avait aucun droit de désirer.

Dieu merci, elle était absente pour la journée. Au moins, quand il se promenait avec une érection assez grosse pour y suspendre des vêtements, personne n'était là pour en être témoin.

— Mec, dis-moi que tu n'es pas en train de te travestir.

Sauf Jason.

Merde. Il avait oublié que Jason était assez âgé pour ne pas participer à toutes les sorties que Beth organisait.

Eh bien. Rien ne dégonflait une érection plus vite que l'enfant de la femme pour laquelle il avait cette érection.

— Je répare le placard de ta mère.

— En fait, c'est celui de mon père.

Double merde. Érection partie ; empathie montant en flèche de six milliards de degrés.

Silence. Jason le fixant, le défiant de dire quelque chose.

Alors il le fit.

— Alors peut-être que tu devrais m'aider à le réparer.

Jason cligna des yeux. Rapidement. Plusieurs fois. Il détourna brièvement le regard aussi. Mais ensuite, il prit sur lui, ravala les larmes que Bryan pouvait voir poindre juste sous la surface, et hocha la tête.

C'était suffisant.

Beth fixa l'étiquette de prix. Encore. Elle ne pouvait même pas dire depuis combien de temps elle la fixait ou même quel était le prix car son esprit était à des millions de kilomètres. Enfin, à 6,8 kilomètres exactement. C'était précisément la distance entre sa porte d'entrée et ce magasin. Elle y conduisait des centaines de fois par an, mais ce n'était pas pour cela qu'elle savait qu'il était à 6,8 kilomètres de chez elle. Non, ça, elle le savait parce qu'elle avait regardé le kilométrage augmenter alors qu'elle s'éloignait de chez elle ce matin. Avant que Bryan n'arrive.

Elle n'avait pas voulu être là. Enfin, ce n'était pas tout à fait vrai. Elle ne voulait rien de *plus* que d'être là, ce qui était le problème. Bryan. Allait. Partir. Elle devait se le faire entrer dans le crâne, à travers l'épais brouillard induit par le charisme qui s'était infiltré dans sa cavité cérébrale le jour où il était apparu.

— Maman, tu vas prendre celui-là ou pas parce que je commence à m'ennuyer, dit Maggie en posant son menton dans sa main et en levant les yeux vers Beth avec les yeux de Mike.

Beth lâcha l'étiquette de prix et secoua la tête. — Ce n'est pas exactement ce que je veux. Parce que ce qu'elle voulait ne pouvait pas s'acheter sur un portant.

Encore deux semaines. Le service de ménage avait été le cadeau parfait, mais plus Bryan travaillait autour de sa maison, plus il réparait son foyer esthétiquement, plus il le faisait émotionnellement. Mentalement. Spirituellement.

C'était agréable d'avoir un homme dans sa maison. Agréable de voir ses larges épaules atteindre des endroits qu'elle ne pouvait pas, faisant des choses qu'elle n'avait pas le temps de faire. Remettant sa maison en ordre. Comme si une bouffée de testostérone était tout ce dont ils avaient besoin pour remettre la maison comme elle était avant que Mike ne parte ce matinlà.

Sauf que cette testostérone ne pouvait pas être celle de Bryan. Peut-être qu'elle devrait sortir et commencer à chercher quelqu'un. Quelqu'un pour elle. Peut-être que c'était de ça qu'il s'agissait. L'attrait cru, flagrant et renversant de la sexualité de Bryan l'avait réveillée. L'avait fait désirer à nouveau. L'avait fait souffrir à nouveau, et elle avait oublié ce que c'était. Oublié ce que c'était que de languir pour quelqu'un. De vouloir être physiquement et émotionnellement proche de quelqu'un. Non, Bryan ne pouvait pas être cet homme, mais il était certainement le meilleur réveil qui soit. Elle devait à ses enfants de trouver quelqu'un. De faire de la maison un foyer à nouveau. Et elle se devait à elle-même d'aimer et d'être aimée. De trouver cette compagnie que le caprice de Mère Nature lui avait arrachée.

L'happy hour ce soir. Il y avait plusieurs hommes célibataires dans le coin. Beaucoup de ses amis invitaient leurs amis. Peut-être qu'elle sortirait un peu de sa coquille et parlerait réellement à certains d'entre eux dans l'optique de sortir au lieu de se cacher derrière son veuvage. Peut-être qu'il était enfin temps de vivre à nouveau.

— On peut avoir des hot-dogs, maman? S'il te plaît? demanda Tommy.

— Ouais, je veux de la moutarde sur le mien. Et de la choucroute, dit Mark.

— Tu n'aimes pas la choucroute.

— Si, j'aime ça.

— Non, tu n'aimes pas.

— Si, j'aime.

— Non, tu n'aimes pas.

— Si.

— Non.

— Crétins! Kelsey posa une main sur la tête des jumeaux et les fit pivoter pour la regarder. — Vous vous souvenez de ce que Bryan a dit? Vous devez veiller l'un sur l'autre. Vous ne pouvez pas faire ça si vous vous battez, alors arrêtez. Tu n'aimes pas la choucroute, Mark. Tu as dit que ça avait le goût de vers de terre malades et on n'a pas besoin que tu vomisses sur le chemin du retour. Kelsey leva les yeux et secoua la tête en regardant Beth.

Vous vous souvenez de ce que Bryan a dit... Génial. Maintenant ses enfants le citaient. Vivaient selon ses règles. Selon l'exemple qu'il avait donné.

Elle ne serait jamais capable de le remplacer dans sa vie.

Puis elle se présenta à l'happy hour et réalisa que, pour ce soir au moins, elle n'aurait pas à le faire.

Chapitre Vingt-Deux

— Tu as *vu* qui est là?

— Oh mon Dieu, c'est Bryan Manley!

— Bryan *Manley* est ici!

— Une *star de cinéma* est sur la *terrasse* de Kara!

— Je vais avoir un orgasme tout de suite!

Beth pouvait s'identifier à chaque commentaire. Surtout le dernier, bien qu'il soit totalement déplacé venant de la prof de maths de Jason. C'était déjà assez étrange de voir Mme Shuman en robe de chambre prendre son journal le dimanche matin dans leur quartier, mais là?

Quelqu'un se glissa à côté d'elle et passa un bras autour de sa taille. — Beth! Je suis si contente que tu aies décidé de le partager.

Beth regarda la femme à côté d'elle. Bethany Cavanaugh. Elle habitait quatre maisons plus loin, conduisait une Jaguar et était célibataire. Beth lui avait parlé peut-être six fois en toutes ces années où la femme avait vécu ici et maintenant elles étaient copines? — Je, euh...

— Oh, ce n'était pas Beth. Kara se faufila à travers la foule avec un sourire malicieux et tendit un verre de vin à Beth. — C'est moi qui l'ai invité.

— Comment as-tu eu son numéro? Bethany posa la question que Beth aurait posée si elle avait pu parler.

— J'ai mes secrets. Kara porta la suffisance à un tout autre niveau.

Bien sûr qu'elle en avait. Et bien sûr qu'elle les utiliserait pour le faire venir ici. Beth aurait dû le voir venir. Mais qu'est-ce que cela signifiait? Kara était mariée. Heureusement, ou du moins Beth l'aurait cru, mais après tout, on ne sait jamais ce qui se passe dans le mariage des autres. Elle but une gorgée de vin.

— Eh bien, tu es vraiment l'hôtesse parfaite, dit Bethany en se rapprochant de Kara.

Beth ressentit soudain le besoin de prendre une douche.

Encore plus — et d'une manière totalement différente — quand Bryan leva les yeux à ce moment-là et la surprit en train de le fixer.

Elle voulait prendre une douche avec *lui*. Être en sueur puis savonneuse avec lui. Se glisser contre lui dans ses draps, puis sous la douche et, mon Dieu, peut-être même sur le tapis de la salle de bain.

— Alors tu ne *savais pas* qu'il allait venir? ricana Bethany. Bien que leurs noms soient similaires, Beth était *juste Beth* tandis que Bethany était aussi élégante et sexy que sa Jaguar. — Chérie, *moi*, je saurais sûrement s'il *venait*.

Oh, le sous-entendu. Beth n'en avait vraiment pas besoin.

Bethany, apparemment, si. Elle quitta sa nouvelle *meilleure amie* Kara pour se diriger vers Bryan.

Beth éprouva un léger moment de satisfaction en voyant Bryan jeter un coup d'œil à Bethany, remarquer sa robe d'été légère qui avait des fentes aux bons endroits, puis la regarder *elle* avec un léger sourire flottant sur ses lèvres qui disait qu'il avait déjà vu ça avant.

Était-ce mal que cela la rende heureuse de savoir que Bryan voyait clair dans le jeu de cette femme?

Fidèle à sa grâce et à son charme, cependant, lorsque Bethany se planta devant lui et lui tendit la main pour qu'il la prenne — le dos vers le haut comme si elle s'attendait à ce qu'il l'embrasse — Bryan mit le charme en marche. Beth aurait pu lui dire de ne pas se donner cette peine ; Bethany était à lui pour le prendre, même s'il voulait répéter ses répliques pendant qu'elle le faisait. C'était presque risible.

Presque.

— Alors, combien de temps vas-tu encore pouvoir profiter de lui? demanda l'une des autres femmes.

— A-t-il déjà fait tes tiroirs?

— Cuisiné dans ta cuisine?

— Changé tes draps?

Les sous-entendus ne s'arrêtaient pas, et bien que Beth puisse apprécier l'humour et les taquineries bienveillantes qui les sous-tendaient, elle avait du mal à garder son sang-froid.

Puis il apparut à ses côtés. — Salut, Beth. Mesdames.

Il l'avait distinguée. L'envie dans les yeux des autres femmes était presque palpable. Surtout celle de Bethany quand il se pencha pour lui chuchoter à l'oreille. — Ton amie Kara m'a invité ce soir.

— C'est ce que j'ai entendu.

— C'était gentil de sa part.

Gentil n'avait rien à voir avec la raison pour laquelle Kara l'avait invité.

— Merci d'avoir réparé les barres dans mes placards. C'étaient des accidents qui n'attendaient que d'arriver.

— Oui, elles étaient assez lâches. Jason m'a aidé.

— Jason?

— Tu sais, ton fils? Il avait l'habitude d'avoir une serpillière sur la tête mais maintenant on peut voir son visage? Gamin bougon.

Dieu que cet homme était magnifique quand il la taquinait.

Concentre-toi sur la conversation, pas sur ses fossettes.

Elle prit rapidement une gorgée de son vin. — Oh. Lui. Oui, je crois qu'on s'est rencontrés. Mais le Jason que je connais n'avait aucun intérêt à m'aider dans la maison.

— Eh bien, il s'y est soudainement intéressé. Il a aussi aidé pour le reste du projet d'étendoir. Ses doigts tapotèrent sa taille et Beth s'intéressa soudainement à quelque chose d'autre aussi.

Enfin, non. Ce n'était pas vrai. Elle s'était intéressée à *ça* depuis qu'elle avait posé les yeux sur lui sur son porche.

Elle chassa cette pensée, prit une autre gorgée de vin et ramena son cerveau à leur conversation. Après tout, ils parlaient de son *fils*, pour l'amour du ciel. Elle devrait être capable de garder ses pensées lubriques à distance en discutant de son *enfant*. — Il a un intérêt personnel dans l'étendoir. Il ne veut pas que ses boxers se retrouvent à nouveau dans les haies du voisin.

Le sourcil gauche de Bryan se leva et, oh, c'était vraiment un bon look pour lui. — Encore?

Beth hocha la tête. — Sherman est un humiliateur qui ne fait pas de discrimination.

— Ah. Ça explique l'enthousiasme de Jason quand on l'a finalement érigé.

Était-il obligé d'utiliser *ce* mot? Beth avait du mal à ne pas jeter un coup d'œil à son entrejambe.

Plusieurs femmes, cependant, n'étaient pas si discrètes et Beth fut étonnée de voir Bryan rougir.

— Alors, y en a-t-il d'autres comme vous dans l'écurie de Mac? Si oui, inscrivez-moi pour un contrat à vie, dit l'une des femmes, s'attirant une belle série de rires.

— Désolé, mesdames. Mes frères et moi sommes pris pour le mois, mais je suis sûr que Mac embauchera d'autres gars vu qu'il y a eu beaucoup d'intérêt.

Non, c'était *lui* qui suscitait l'intérêt. Mac Manley savait ce qu'elle faisait quand elle avait mis ses frères au travail.

Tout comme Kara savait ce qu'elle faisait quand elle l'avait invité à la fête. Celle-ci dura plus longtemps que tous les autres apéros auparavant, au point que les enfants commençaient à tomber comme des mouches et que le sous-sol de Kara devint une grande soirée pyjama parce qu'aucun des parents ne voulait partir.

Le truc, c'est que Bryan les charmait tous, pas seulement les femmes. Les hommes surmontaient leur animosité initiale pour parler de ses films, des cascades et de ce que c'était de travailler avec des « bombes », et de toutes les stars avec lesquelles il avait collaboré. Bryan était incroyable pour détourner une grande partie de l'attention, cependant. Quand la conversation s'attardait trop longtemps sur sa vie, il la retournait et demandait aux autres ce qu'ils faisaient ou où ils partaient en vacances ou comment leurs enfants s'en sortaient dans le sport ou à l'école ou chez les scouts... L'homme savait vraiment comment gérer une foule et le faire paraître authentique.

Mais en fait, Bryan *était* authentique. C'était ce que Beth aimait le plus chez lui. Certes, il était agréable à regarder et il pouvait l'embrasser à lui faire perdre la tête s'il s'y employait, mais au final, c'était un type vraiment sympa. Il n'y avait pas de manières, pas de « regardez-moi-je-suis-meilleur-que-vous », pas de fausse modestie, juste une authenticité et une honnêteté sans prétention qui le rendaient d'autant plus attirant.

— Alors, Beth, pourquoi ne pas amener Bryan dimanche? demanda Dena Reardon en replaçant la mèche rebelle de son chignon derrière son oreille d'un mouvement de tête séducteur.

Seul dans ce groupe, une invitation à un parc d'attractions pouvait inclure une tentative de séduction.

— Dimanche? fit Bryan en penchant lui aussi la tête, mais de manière complètement naturelle et sans aucune invitation.

Cela n'empêcha pas Beth d'avoir envie de parcourir sa mâchoire de ses lèvres, d'embrasser son cou et de passer ses doigts dans ses cheveux —

— Euh, on va au parc d'attractions de Martinson. Les enfants voulaient y aller depuis son ouverture en avril, mais avec l'école c'était trop compliqué à organiser. Je leur ai promis qu'on irait au début de l'été et dimanche est le seul jour qui convient jusqu'en août.

— Je me souviens de Martinson, dit Bryan, le visage illuminé d'un sourire. S'il n'avait pas déjà été une star de cinéma, ce sourire aurait scellé l'affaire. Je ne pouvais jamais en avoir assez quand j'étais gamin.

— Tu devrais venir, dit Dena, qui jouait maintenant avec cette mèche rebelle.

Sérieusement?

Puis elle toucha le coin de sa bouche du bout de sa langue. — J'emmène mes garçons. Ils sont amis avec Tommy et Mark.

— Et Alex, intervint Beth. Tu emmènes Alex, n'est-ce pas? Alex était le mari de Dena. Une personne importante à inclure.

Dena détacha à contrecœur son regard de Bryan. Pour environ une minute. — Euh, oui. Bien sûr qu'Alex vient. Il adore faire les manèges avec les garçons. Donc, tu devrais amener Bryan. Comme ça, Alex ne sera pas le seul homme.

Rien de tel que d'être mis sur la sellette. Tous les deux.

— Merci pour l'invitation, Dena, dit-il, et Beth sourit. Voilà sa porte de sortie.

— Je vais y réfléchir.

Il allait y *réfléchir*? Pas *J'ai déjà des projets parce que pourquoi voudrais-je faire dans la banlieue avec cinq enfants, sans parler d'une mère qui ne peut pas rivaliser avec toutes les actrices que je côtoie quotidiennement?*

— Tu *devrais* l'emmener, tu sais. Kara tira Beth contre le mur de pierre quand quelqu'un s'interposa entre elle et Bryan.

— Il n'a pas envie de passer la journée au parc d'attractions avec mes enfants.

— Non, je pense qu'il veut passer la journée au parc d'attractions avec *toi*, et tes enfants font partie du package.

Beth était apparemment la seule à garder les pieds sur terre quand il s'agissait de Bryan. — Ça n'arrivera pas.

— Dommage. Kara but tranquillement une gorgée de son verre, mais Beth n'était pas dupe. Kara avait beau la regarder, sa vision périphérique était entièrement focalisée sur Bryan, et la lueur calculatrice dans son œil disait qu'elle n'allait pas laisser tomber cette affaire. — Alors... encore deux semaines, hein?

Beth se retint de lever les yeux au ciel. — Ouais.

— Tu *ne peux pas* le laisser partir.

— Kara, je n'ai aucune emprise sur lui.

Kara, elle, leva les yeux au ciel. — Oh, je t'en prie. Je vois comment il te regarde.

— Tu te trompes.

— Non, je ne me trompe pas. Il ne cesse de jeter des coups d'œil en arrière comme s'il vérifiait que tu es toujours là. Tu aurais dû lui demander de venir ici avec toi ce soir. Tu devrais lui demander de venir avec toi dimanche. Marque ton territoire pour que toutes les femmes ici n'essaient pas de lui planter leurs griffes dessus.

— Toi aussi?

— Hé, si je pensais avoir une chance, qui sait? poursuivit-elle tandis que Beth essayait de fermer la bouche. Mais je suis mariée, alors que toi... toi, tu *as* une chance. Et tu es célibataire. Rien ne t'empêche de saisir l'opportunité, Beth. Bon sang, si ce n'est pas pour toi, fais-le pour nous toutes.

— Tu ne veux pas dire, fais- *le* pour vous toutes? Le sarcasme coulait de sa langue.

— Bon sang, si, c'est exactement ce que je veux dire.

Ce sarcasme glissa visiblement sur Kara sans l'atteindre.

— Je veux dire, pourquoi pas? Tu es jeune, célibataire, et cet homme est à tomber par terre. Il transpire le sexe par tous les pores. Ce serait vraiment un cas où tu te sacrifierais pour l'équipe parce que tu sais que chaque femme ici va rentrer chez elle ce soir et imaginer ce que c'est d'être avec lui. Imaginer ce que c'est d'être toi.

Elles n'avaient pas voulu être elle il y a deux ans. Certaines ne le voulaient toujours pas — enfin, jusqu'au moment où Bryan Manley avait franchi son seuil.

— Je ne vais pas coucher avec lui pour réaliser les fantasmes de tout le monde.

— Oh, ma chérie, contente-toi de réaliser les tiens. Ce sera suffisant pour nous toutes.

— Comment en sommes-nous arrivées à cette conversation? Qu'était-il arrivé à sa vie normale et quotidienne? Ce coup de vent avait fait plus que secouer l'avion de Mike et Beth subissait encore ses effets, dont le *moindre* n'était pas d'avoir Bryan Manley chez elle.

— Tu n'as toujours pas compris, n'est-ce pas? Jess et moi n'avons pas engagé Bryan pour *nettoyer* chez toi, Beth. Nous l'avons engagé pour *toi*. Dès que j'ai entendu Mac dire ce qu'elle prévoyait et qui elle comptait utiliser, j'ai su qu'on devait faire ça pour toi. Qui de mieux pour te sortir de ton veuvage auto-imposé qu'un des frères Manley? Et Bryan parmi tous!

Beth arrêta son verre de vin en chemin vers sa bouche. Elle ne pouvait *pas* avoir entendu ce qu'elle pensait avoir entendu. — Vous essayiez de me *caser* avec lui?

— Eh bien, oui. Si on allait dépenser ce genre d'argent pour te remonter le moral, ce n'était certainement pas pour du ménage. La poussière revient au bout de quelques semaines ; de l'argent jeté par les fenêtres. Non, ma chérie. On a acheté Bryan Manley pour toi.

Beth allait être malade. Ses amies venaient de transformer l'un des types les plus sympas en gigolo. Ou du moins, elles espéraient le faire.

— Tu as perdu la tête, Kara? Beth tira Kara à l'écart et baissa la voix en un chuchotement théâtral. C'est de la prostitution.

— Seulement si tu couches avec lui. Kara eut un sourire narquois et remua les sourcils. Et même dans ce cas, ce n'est pas *toi* qui le payes. Et on le paye qu'il couche avec toi ou non, donc ce n'est pas comme s'il était payé spécifiquement pour avoir des rapports sexuels.

Beth jeta un coup d'œil à Bryan, espérant que le sourire qu'elle lui lança ne trahissait pas sa nausée, tout en priant qu'il — et tous les autres — n'ait pas entendu Kara. — Oh mon Dieu. Tu t'entends parler? Comment peux-tu penser que c'est acceptable?

— Oh allez, Beth. Tu ne peux pas me dire que tu n'as jamais pensé à ce que ça serait. Bon sang, chaque femme ici y a pensé. *Toi*, tu as vraiment l'occasion de le découvrir. Tu fais l'envie de toutes les femmes ici. Qu'est-ce qui te retient? Il est clairement intéressé. Tu ne peux pas me dire que tu ne l'es pas. Mike est parti depuis deux ans. Une femme a des besoins, et qui de mieux pour y répondre que l'Homme le Plus Sexy du Monde?

Beth ne pouvait même pas parler. Ne pouvait pas dire un mot. C'était... incroyable. Stupéfiant. Des choses comme le sexe tarifé se passaient dans son quartier et ses amies pensaient que c'était une bonne idée? Elle ne connaissait pas ces femmes.

Et elles ne la connaissaient certainement pas si elles pensaient qu'elle aurait une aventure sans lendemain avec quelqu'un. Et qu'elle en *parlerait* ensuite?

— Je dois partir.

— Beth...

— Non, Kara, arrête. Je ne peux pas rester ici. Je vais chercher les enfants et partir. Nous devons nous lever tôt de toute façon. Elle se dirigea vers l'entrée du sous-sol par l'allée pour éviter les regards trop curieux qu'elle recevait.

— Mais qu'en est-il de Bryan?

Qu'en était-il de lui? Elle n'était pas sa gardienne, et à en juger par son apparence, il s'amusait bien. Pourquoi le soumettre au ridicule de ce que ses soi-disant amies avaient fait? Laissons-le dans l'ignorance parce que la connaissance était juste si... si... sordide.

Voilà un mot. Un peu démodé mais c'était le bon. Ce que Kara avait fait était tellement en dessous de tout standard que c'était le seul mot qui convenait.

Mon Dieu, Bryan ne devait jamais le découvrir. Les *tabloïds* ne devaient jamais le découvrir.

— Bryan sera au travail lundi comme il l'a été ces deux dernières semaines. Ça ne changera pas ou il y aura trop de questions, mais je te jure, Kara, si tu insistes, si tu dis quoi que ce soit à qui que ce soit, notre amitié est terminée. Je n'arrive pas à croire que tu me mettrais — ou mettrais Bryan — dans cette position et ensuite *l'admettrais*. Qu'est-il arrivé à ton bon sens? J'ai des enfants, Kar. Des enfants qui n'ont pas besoin d'un défilé d'hommes à travers notre porte d'entrée et ma chambre.

— Et ce dont *tu* as besoin, Beth? Deux ans, c'est trop long pour être seule à ton âge. Tu es jeune. Pleine de vie. Sexy. Tu as besoin d'un homme dans ta vie.

— Dans ma *vie*, c'est sacrément différent que dans mon *lit*, Kar.

— Non, ça ne l'est pas. Ça en fait partie.

— Une partie. Pas le tout. Et avec Bryan, c'est tout ce qu'il pourrait y avoir.

— Ah! Donc tu admets qu'il pourrait y avoir quelque chose.

Beth avait envie de se cogner la tête contre le mur. Ou la tête de Kara, en fait. — Cette conversation n'a aucun sens. Ne dis rien à personne, d'accord? Ça n'arrivera pas.

— C'est dommage.

— *Tu* devrais avoir honte. Pour quel genre de femme me prends-tu?

— Au risque de me répéter, tu es une femme normale, en bonne santé, pleine de vie qui a besoin de s'amuser un peu dans sa vie.

S'amuser semblait bien ; le chagrin, pas vraiment. — Ta définition de l'amusement est différente de la mienne.

Kara haussa les épaules et Beth pouvait voir que son argument tombait dans l'oreille d'un sourd. — Tout ce que je dis, c'est vis un peu, Beth. Arrête de te sentir coupable d'être en vie. Profite de l'instant présent.

Bon sang, c'était dur. Bryan entendit cette phrase et voulut se précipiter pour terrasser la Dame Dragon de Beth parce que qui diable disait des choses pareilles à une veuve qui était encore en deuil?

Sauf qu'elle n'était pas en deuil cette nuit-là dans le kiosque. Cette nuit-là, c'était juste eux.

— Mêle-toi de tes affaires, Kara. Ça ne te regarde pas.

— Tu es mon amie, Beth. Je déteste te voir t'enfermer loin du monde.

— J'ai cinq enfants à m'occuper, un travail et une maison. Je ne m'enferme pas, même si je le voulais. J'ai des responsabilités.

— Et c'est tout ce que tu as. Qu'est-il arrivé au plaisir? À une journée entre filles au spa? As-tu utilisé ce bon cadeau que les femmes de l'église t'ont offert?

— Je n'ai pas eu le temps.

— Tu n'as pas *pris* le temps. Et le déjeuner au Bistro? Ou le baby-sitting que Courtney et ses amies ont proposé?

— Je ne vais pas partir en courant pour un soin du visage pendant que des adolescentes à peine plus âgées que les miennes essaient de tenir la maison. Les jumeaux à eux seuls sont déjà difficiles à gérer.

— Et ils survivraient pendant deux heures. Mais tu ne t'accordes pas ce temps, Beth. Tu es toujours en mouvement, à faire des choses pour tes enfants. C'est génial, mais parfois tu dois faire quelque chose pour toi.

Bryan commençait à comprendre. Beth aimait ses enfants, mais Kara avait raison ; elle avait besoin de temps pour elle-même. Pour être Beth. Pas Beth la Mère, ou Beth la Veuve, ou Beth la Professeure, mais la femme sous tout ça parce que si elle ne la nourrissait pas, ne prenait pas soin d'*elle*, il n'y aurait plus aucune de ces autres Beth pour faire tout ce qui devait être fait. Et si cette femme était mise hors jeu, ce serait le chaos total dans la maison des Hamilton.

— Je sais que c'est difficile, mais tu dois sortir. Mike ne voudrait pas que tu deviennes une ermite.

Beth inspira brusquement. — Ne mêle pas Mike à ça.

Sa voix avait un tremblement évident. Que ce soit de colère ou de larmes, Bryan n'était pas sûr de vouloir le savoir. Il n'aurait pas aimé gérer l'un ou l'autre.

— Tu n'as aucune idée de ce que Mike aurait ou n'aurait pas aimé.

— Vraiment? Tu vas me dire qu'il serait heureux de te voir te faner dans ton veuvage alors qu'il y a un beau mec chez toi qui te regarde comme s'il avait hâte de t'emporter quelque part?

C'est ce que Kara voyait? Bon sang. Il pensait avoir mieux caché ses émotions que ça.

— Tu exagères, Kara.

Elle n'exagérait pas.

— Non, je n'exagère pas. Cet homme te désire et tu serais antipatriotique de ne pas le désirer. Qu'est-ce que tu attends, bon sang?

— Tu le fais passer pour quelqu'un qui est là pour exécuter mes ordres. C'est une personne, Kara. Tu ne peux pas le forcer à faire quelque chose qu'il ne veut pas faire, tout comme tu ne peux pas me forcer. Alors lâche-moi, tu veux? J'avancerai dans ma vie à mon rythme, pas au tien.

Eh bien, s'il avait besoin d'une preuve supplémentaire qu'une aventure avec Beth n'était pas une bonne idée, c'était bien celle-là. Quelle ironie. Aussi loin qu'il s'en souvienne, il avait eu des femmes qui se jetaient sur lui, qu'il le veuille ou non, pourtant la seule femme avec qui il *voulait* avoir quelque chose à faire était celle qui ne le voulait pas.

Chapitre Vingt-Trois

— Bryan, que fais-tu ici?

Ce n'était pas la personne que Beth s'attendait à voir sonner à sa porte à neuf heures du matin un samedi. Surtout qu'elle avait quitté l'happy hour avant lui, alors Dieu seul savait à quelle heure il était rentré chez lui.

Et elle ne voulait pas le savoir. Peut-être qu'il revenait du lit d'une heureuse femme au foyer.

C'était probablement la raison pour laquelle elle lui grogna dessus.

— Je suis venu te sauver, dit-il avec son sourire le plus charmeur.

Cela aurait pu marcher, si elle ne l'imaginait pas en train de sortir du lit de Mme Shuman. Ou de celui de Kara. Ou de Bethany.

Elle hissa Maggie un peu plus haut sur sa hanche. Sa cadette avait pris du poids. — Je m'en sors très bien toute seule, merci.

Il pencha la tête et, bon sang, ça lui allait bien. — Ça va?

Non. — Je vais bien. J'ai juste beaucoup à faire aujourd'hui. Sherman a décidé que les poubelles étaient plus amusantes que les cordes à linge et a trouvé comment se faufiler dans le placard de la cuisine pour y accéder, je dois aller au supermarché à un moment donné aujourd'hui, Kelsey a rendez-vous chez l'orthodontiste, et Jason veut aller chez son ami.

— Et je vais chez Carly! s'exclama Maggie, son sourire occupant la majeure partie de son visage.

— Oui, ma chérie, c'est vrai. D'une manière ou d'une autre. Elle regarda Bryan. — Tu vois, je vais dans sept directions différentes en même temps.

Il prit Maggie dans ses bras. — Alors c'est une bonne chose que je sois là.

— Pourquoi *es*-tu là? C'était étrange de ne pas avoir Maggie dans ses bras, mais ce n'était pas étrange de la voir dans ceux de Bryan. Et *ça*, c'était étrange.

— J'ai décidé que tu avais besoin d'un jour de congé.

— J'ai tout l'été de congé.

— Tu as l'été de congé pour le *travail*. Pas pour être parent.

— Il n'y a *pas* de jour de congé quand on est parent. Surtout quand... Elle le regarda d'un air entendu. Elle ne voulait pas mentionner Mike devant Maggie.

— Eh bien, aujourd'hui *est* ce jour. Tu vas faire quelque chose de girly et je vais m'occuper des enfants. On fera toutes tes courses et je déposerai Maggie et Jason là où ils doivent aller.

— Mais Kelsey doit aller chez l'orthodontiste. Tu ne peux pas faire ça ; seul son parent le peut.

— Je n'ai pas besoin d'y aller aujourd'hui. Kelsey, Dieu merci, apparut au moment le plus opportun. — Ce n'est pas comme si le Dr Taylor n'avait pas déjà changé ce rendez-vous cinq fois.

— Trois, Kelsey. N'exagère pas.

— Peu importe. Tout ce que je dis, c'est que tu ne dois pas me laisser t'empêcher d'avoir une journée entre filles. Bryan a raison ; tu en as besoin d'une. Je peux aller chez Maddy.

— Tu vois? Bryan afficha son fameux sourire et Beth pouvait sentir sa résolution faiblir. — Problème résolu.

— C'est Kara qui t'a mis ça dans la tête? Encore une manœuvre de son amie bien intentionnée mais mal avisée?

— Non. Pourquoi?

C'était dommage qu'il soit un si bon acteur parce qu'elle ne pouvait pas dire s'il mentait ou non. Mais après tout, elle n'avait aucune raison de le soupçonner et c'était juste la paranoïa des machinations de Kara qui alimentait ses soupçons. — Pour rien. Et j'apprécie l'effort, mais...

— Vas-y, maman.

— Quoi? Maintenant sa plus jeune se mêlait de l'affaire?

Maggie hocha la tête si furieusement que ses boucles rebondirent sur le visage de Bryan. — Tu dois aller chez le coiffeur et être toute jolie.

Génial. Donc maintenant elle avait l'air minable. Avec Bryan Manley juste en face d'elle. Pas étonnant qu'il n'y ait aucun espoir que quelque chose se passe. Pourquoi s'embêter avec la mère de banlieue quand il pouvait avoir les plus belles femmes du monde?

— Voyons, Maggie, ta maman est magnifique comme elle est. C'est une journée pour lui faire du *bien*. Comme un massage ou un soin du visage ou quelque chose comme ça. Bryan embrassa le dessus de la tête de Maggie et regarda Beth avec le regard qui avait lancé sa carrière, et le truc, c'est que c'était complètement naturel chez lui. — Ne change pas un cheveu sur ta tête, Beth. Tu n'en as pas besoin.

Un *boum* frappa son ventre, la remplissant de chaleur et de ces papillons à nouveau. Pourquoi devait-il être si gentil?

— Vas-y. Amuse-toi bien. Je m'occupe des enfants. Prends soin de toi.

Elle le voulait. Vraiment. D'un autre côté, elle voulait rester ici avec lui.

Et c'était la raison pour laquelle elle partit. Un changement complet de décor lui ferait du bien.

Cinq heures plus tard, c'était *Bryan* qui avait besoin d'un changement de décor. Il plaisantait quand il se plaignait à ses frères et à sa grand-mère des ravages que pouvaient causer cinq enfants, mais maintenant... Mark et Tommy suffisaient à eux seuls à le faire craquer.

Il avait reporté le rendez-vous chez l'orthodontiste et déposé Jason, Kelsey et Maggie chez leurs amis, puis emmené les jumeaux faire les courses avec lui. *Bien sûr*, il était tombé sur Sean, qui allait le taquiner sans merci sur son rôle de papa poule, et puis les garçons avaient renversé une tour de boîtes de mac-n-cheese en courant dans les allées avec des sabres laser imaginaires, quémandant du soda tout du long.

La cliente de Sean, Olivia Carolla, était là, et même si lui et ses frères voulaient la voir disparaître, la femme avait proposé aux garçons une expérience à essayer avec le soda qui, selon elle, les guérirait définitivement de leur envie de soda, donc elle ne pouvait pas être si mauvaise. Juste gênante pour leurs plans.

Donc maintenant, il se retrouvait dans la cuisine de Beth, à verser trois verres de cola — parce qu'il *savait* que Maggie voudrait participer à cette expérience — et à mettre un œuf dur dans chacun.

— Et maintenant? demanda Mark, posant son menton dans sa paume.

— Ouais, et maintenant? Tommy fit la même chose, mais en miroir.

C'étaient des jumeaux fraternels, mais certaines de leurs actions étaient étrangement similaires.

— Maintenant, on attend. Mme Carolla a dit que si on laisse ça tranquille, quelque chose va arriver à l'œuf.

— Quoi? demanda Tommy.

— Bryan ne sait pas, dit Mark.

— Si, il sait.

— Non, il ne sait pas.

— Si, il sait.

— Les gars. Bryan s'accroupit à côté d'eux avec ses coudes sur le comptoir. — Ce n'est pas grave de ne pas savoir. C'est pour ça qu'on fait l'expérience. On vérifiera demain et on verra ce qui s'est passé.

— Donc on ne peut pas boire le soda, hein?

— Dans le verre? Avec l'œuf dedans? Non. Pourquoi voudriez-vous faire ça?

Les garçons eurent le même sourire sur leurs visages, se regardèrent et dirent à l'unisson : — Pour voir ce qui se passe.

Il rit. Ne pouvait pas s'arrêter en fait. Surtout quand les garçons commencèrent à rire aux éclats et puis ce fut l'ouverture de la saison des rires. Et puis il y eut des chatouilles — eux sur lui.

D'une façon ou d'une autre, Bryan s'est retrouvé assis par terre avec les deux garçons lui sautant dessus, le chatouillant jusqu'à ce qu'il ne puisse plus respirer.

Il se tortilla en arrière sur le sol de la cuisine et s'appuya contre le lave-vaisselle. — Les gars, laissez-moi souffler, vous voulez bien? Je suis un vieux bonhomme.

— Tu n'es pas vieux, dit Tommy.

— Tu es bien conservé, dit Mark.

— Quoi? Il rit. — Où avez-vous entendu ça?

Tommy haussa les épaules et s'assit à côté de lui. — Papy. Il dit toujours ça à Mamie quand son 'thrite commence à la faire souffrir.

Mark s'assit de l'autre côté. — C'est quoi le 'thrite?

Mon Dieu, qu'il aimait ces enfants. — C'est quelque chose dont vous n'aurez pas à vous soucier avant longtemps.

— Mamie ne va pas mourir, hein?

— Le 'thrite va la tuer?

Oh là là. L'ambiance devint sombre et Bryan réalisa à quel point sa réponse allait être importante pour eux deux. — Non, les gars. L'arthrite ne va pas tuer Mamie.

— Hourra! dirent-ils ensemble, se tapant dans les mains devant lui.

Génial. Maintenant, quand leur grand-mère *mourra* effectivement, ils penseront qu'il leur a menti. — Mais vous savez que ça finira par arriver. Nous mourrons tous.

— Ouais, notre papa l'a fait, dit Tommy.

— Mais il n'aurait pas dû, dit Mark. Tout le monde le dit.

— Ouais, c'est vrai. Tommy hocha la tête d'un air sage. — Mais ça ne le fait pas revenir.

— C'est parce qu'il est au paradis, dit Mark.

— Mais non, bêta. Il est dans la terre.

— Eh bien, d'abord il est allé dans la terre, mais ensuite il est allé au paradis, dit Mark comme s'ils discutaient de planter des fleurs ou quelque chose comme ça.

Mais tout changea quand Mark ajouta : — N'est-ce pas, Bryan? Papa est allé au paradis.

Merde merde merde. Bryan n'était pas préparé à ça. Il ne connaissait pas les croyances religieuses de Beth. Il ne voulait pas orienter les enfants dans une direction qu'elle n'approuverait pas, mais il devait leur dire quelque chose.

— Votre papa sera toujours avec vous, les gars. Juste ici. Il tapota le cœur des garçons, et il sentit le sien *battre fort*. Mon Dieu, faites qu'il dise la bonne chose. — Souvenez-vous toujours de lui tel que vous l'avez connu et sachez qu'il vous aimait beaucoup. S'il avait pu survivre à l'accident pour être avec vous, il l'aurait fait.

Bien sûr que Mike l'aurait fait ; c'est ce que font les parents. Bryan espérait que l'accident s'était produit rapidement et que Mike n'avait pas eu le temps de réaliser ce qui allait se passer ou de s'inquiéter pour sa famille.

Pas besoin de t'inquiéter, mon pote. Je m'occupe d'eux.

Cette pensée lui vint soudainement à l'esprit et Bryan se retrouva à fixer le mémorial au-dessus de la cheminée à travers la porte de la cuisine.

Mais qu'est-ce qui lui prenait, bon sang, de promettre quelque chose à un mort alors qu'il n'avait aucun droit même d'y penser?

Chapitre Vingt-Quatre

Beth enfila son chemisier et boutonna maladroitement avec ses doigts engourdis. Mon Dieu, elle n'avait pas eu de massage depuis des années. Elle avait oublié à quel point c'était génial.

Elle n'oublierait *pas*, cependant, à quel point Bryan était formidable pour lui avoir permis de vivre ça aujourd'hui.

— Y a-t-il autre chose que je puisse faire pour vous? demanda Molly, la réceptionniste en lui tendant la facture.

Beth fut à moitié tentée de répondre « Bryan Manley », mais elle avait déjà eu cette conversation avec Kara la nuit dernière.

Mais la nuit dernière, il avait été *Bryan Manley*. Aujourd'hui, il était juste Bryan. Un homme assez attentionné pour s'occuper de ses cinq enfants juste pour qu'elle puisse faire une pause.

Pourquoi?

C'était la question qu'elle se posait depuis ce matin. Certes, c'était un type sympa, mais ça allait bien au-delà de la simple *gentillesse* et elle était sûre que le babysitting ne faisait pas partie de ses obligations chez Manley Maids. Il devait sûrement avoir d'autres choses à faire un samedi. Surtout qu'il reviendrait chez elle lundi.

Cette pensée la rendait vraiment euphorique.

Secouant la tête, Beth prit sa monnaie et roula quelques billets pour le pourboire de sa masseuse avant de les tendre à Molly. — Tu peux donner ça à Hayley?

Molly refusa de le prendre. — Elle préférerait avoir l'autographe de Bryan Manley. On en parlait justement.

Bien sûr qu'elles en parlaient. Tout comme toutes les autres femmes du salon, réalisa Beth. Avec les rondelles de concombre sur les yeux, la musique New Age filtrant à travers les écouteurs qu'on lui avait donnés, et le relâchement total de la tension grâce au soin du visage et au massage, Beth n'avait pas remarqué les regards. Maintenant, elle les voyait bien.

— Je vais voir ce que je peux faire. Elle ne voulait pas le faire. Elle ne voulait pas lui demander. Mais c'était une si petite chose et ça signifierait tellement pour Hayley que Beth devait surmonter son embarras. Il le ferait, elle le savait. Ce n'était pas le problème. Le problème était qu'elle ne voulait pas être juste une groupie de plus.

Ouais, mais tu en es une, alors autant l'assumer.

Elle préférerait l'assumer lui. Et pas à cause de qui il était professionnellement, mais de qui il était personnellement. Cette journée avait été un tel cadeau. Quelques heures précieuses où elle n'avait pas à s'inquiéter des enfants ou à s'interrompre pour emmener quelqu'un quelque part.

— Je vais voir ce que je peux faire, répéta-t-elle en glissant les billets dans son portefeuille.

Si seulement Kara n'avait pas dit ce qu'elle avait dit la nuit dernière, Beth ne se sentirait pas si gênée de lui demander. Bon sang, elle avait à peine pu lui parler hier soir après cette révélation. Mon Dieu, s'il l'apprenait un jour ou, pire encore, s'il pensait qu'elle avait été dans le coup, elle ne pourrait plus jamais le regarder en face. Le voilà qui se comportait comme un être humain normal, et ses amies voulaient le louer comme leur fantasme sexuel. Où était passée sa vie normale?

— Il a l'air d'être un type vraiment sympa, dit Molly.

La recherche d'informations ne s'arrêterait pas tant que Bryan ne serait pas parti. Et même après, Beth était sûre que les questions continueraient pendant des mois. Elle sortit ses clés, les faisant tinter pour qu'il n'y ait aucun doute sur le fait qu'elle partait et que la source des commérages de la ville allait bientôt se tarir. — Il l'est. Très sympa. Il fait du bon boulot à la maison aussi.

— S'il était dans ma maison, je le ferais juste s'asseoir là et être magnifique.

Oh non, elle ne le ferait pas. Molly chercherait d'autres activités. Tout comme la moitié des femmes ici, selon Kara. — Crois-le ou non, ça deviendrait lassant. En plus, tout n'est pas une question de physique.

Molly, au début de la vingtaine, regarda Beth comme si elle parlait une langue étrangère. Pour une jeune femme d'une vingtaine d'années, c'était probablement le cas. — Sérieusement? J'y crois pas.

Beth haussa les épaules et passa la bandoulière de son sac sur son épaule. — Quand tu as traversé ce que j'ai traversé ces deux dernières années, tu te rends compte que c'est la personne à l'intérieur qui compte, pas son apparence.

— Ouais, mais c'est pas génial quand l'extérieur correspond à l'intérieur?

Hmmm. Pour une jeune femme d'une vingtaine d'années, Molly avait une assez bonne perspicacité.

C'était quelque chose qui resta avec Beth tout le long du trajet jusqu'à la maison. Et qui refit surface quand elle entra et trouva Bryan et ses trois plus jeunes enfants regroupés autour de sa table de cuisine, examinant quelque chose sur un iPad.

— Beurk. C'est dégoûtant.

— Ils mentent. C'est pas ce qui va arriver.

— Tu vois? Maman dit toujours que le soda c'est mauvais pour toi. Si tu continues à en boire, tu vas ressembler au Yéti sans dents. Maggie se rassit sur sa chaise et croisa les bras avec un hochement de tête définitif. — Pas vrai, Maman?

Trois paires d'yeux supplémentaires se tournèrent vers elle et pendant une seconde, elle eut l'impression que Bryan avait tout à fait le droit d'être là et qu'elle avait tout à fait le droit de s'attendre à ce qu'il y soit.

— Euh, vrai à propos de quoi?

— Une dame à l'épicerie a dit à Mark et Tommy que le soda mange les dents. C'est vrai?

Elle regarda Bryan pour celle-là. — Mange les dents?

— Détruit l'émail. Il leva l'iPad avec une image vraiment dégoûtante dessus. — Tu vois?

— Euh, non merci. Je ne veux pas voir ça. Elle s'approcha et poussa doucement l'iPad sur la table, face contre la table.

Bryan lui sourit et la seconde d'après, son bras était autour de sa taille et elle était assise sur sa jambe.

Et ils eurent l'air surpris en même temps.

—Je-

— Euh-

— Je devrais- Beth se leva.

— Désolé. Bryan croisa les bras et enfouit ses mains dans les plis. — Je ne voulais pas- Je n'aurais pas dû toucher- Je ne sais pas pourquoi j'ai fait ça.

Il ne savait pas? Mince. Elle avait espéré que c'était pour la même raison qu'elle l'avait permis. Non pas qu'il y ait eu une pensée consciente à ce sujet ; c'était juste arrivé. Il l'avait attirée sur lui et elle s'était laissé faire. Le geste le plus naturel du monde. Mike et elle l'avaient fait des milliers de fois.

Mais Bryan n'est pas Mike.

Comme si elle avait besoin qu'on le lui rappelle.

— Maman, pourquoi t'as l'air si bizarre?

Et maintenant son visage était rouge écarlate. — Parce que je viens d'avoir un massage et que mon visage était dans un trou dans la table.

Cela l'a amenée à surfer davantage sur internet pour leur montrer à quoi ressemblait une table de massage — une recherche *judicieuse* car chercher "massage" revenait pratiquement à rechercher "porno". Elle a finalement dû s'éloigner de l'iPad pendant que Bryan faisait la recherche, car certaines images étaient tout simplement trop explicites pour qu'elle les regarde avec Bryan Manley dans sa cuisine devant ses enfants.

Principalement parce qu'elle n'aurait pas été contre l'idée d' *essayer* certaines de ces images avec Bryan Manley dans la cuisine, mais certainement *pas* devant ses enfants.

Heureusement, les enfants se sont lassés de la discussion sur le massage, puis lui ont montré leurs expériences avec les œufs, et ensuite, bien sûr, ont exigé de savoir ce qu'il y aurait pour le dîner. Elle en avait tellement assez de réfléchir à ce qu'il y aurait pour le dîner. Qui mangerait quoi, ce qu'elle avait dans la maison, combien de temps s'était écoulé depuis qu'ils avaient mangé tel ou tel plat. Si cela ne tenait qu'aux enfants, ils mangeraient des hot-dogs et des hamburgers tous les soirs — ce qui était probablement ce qu'elle allait faire ce soir puisque c'était facile.

— Et si on allait dîner au restaurant? C'est moi qui invite, proposa Bryan en éteignant l'iPad et en se levant. On peut prendre Kelsey et Jason en chemin. Qu'est-ce qui vous ferait plaisir? Beth?

Ce dont elle avait envie n'était pas quelque chose pour le dîner.

— Bryan, tu n'es pas obligé de faire ça.

— Je sais, mais tu as eu une journée relaxante. Pas besoin de rentrer et de cuisiner. Sortons. Ce sera amusant.

— Oui! Allons-y! Je veux des tacos!

— Je veux des bâtonnets de poisson!

— Je veux de la glace!

— Tu ne peux pas avoir de la glace pour le dîner, dit Mark en tirant sur une boucle de Maggie.

— Je peux si je veux, n'est-ce pas, Bryan? Sa fille tourna ses yeux bruns de bébé vers Bryan et Beth le vit littéralement fondre.

— Tu vas devoir demander ça à ta maman, Maggie.

— Super. Fais de moi la méchante, marmonna Beth pour que lui seul puisse l'entendre.

— Désolé. Ce n'était pas mon intention, chuchota-t-il en retour.

— Mouais. Le pauvre homme avait l'air d'un cerf pris dans les phares, ce qui était plutôt drôle quand on pensait qu'il avait fait le tour des talk-shows et avait dû faire face à des centaines de journalistes et des rues bondées de fans, mais il ne pouvait pas trouver une réponse pour une enfant de cinq ans à propos de glace?

— On peut prendre de la glace après le dîner, Maggie. Elle écarta les boucles de Maggie de son visage. Mais d'abord, tu dois manger quelque chose de sain.

— Mais tu as dit que la glace était saine, maman. C'est fait avec du lait. Et la glace à la fraise a des fruits dedans.

Zut. Elle détestait quand on lui renvoyait ses propres mots à la figure. Surtout d'un soir où elle n'avait pas eu envie de cuisiner et avait cédé à l'idée de manger de la glace pour le dîner.

— Seulement pour les occasions spéciales, Maggie.

— Ce soir, c'est spécial. Bryan est avec nous.

Kara avait-elle coaché Maggie?

Bryan toussa.

— Prenons la glace en dessert, d'accord?

— Double boule?

Bryan regarda Beth.

Elle hocha la tête.

— D'accord, ce sera double boule. Allons chercher ton frère et ta sœur et montons dans le camion.

— Dans le monospace, idiot. On ne peut pas tous tenir dans ton camion.

Bryan n'aurait jamais pensé voir le jour où il conduirait un monospace ailleurs que sur un plateau de tournage, et pourtant le voilà en train de le faire dans sa ville natale. Mais avec Beth et les enfants à l'intérieur, c'était drôle comme ça ne le dérangeait pas.

Tu es dans de beaux draps, Manley.

C'était drôle comme ça ne le dérangeait pas non plus.

Il ne se souciait pas du monospace, il ne se souciait pas des regards quand ils entraient tous dans le restaurant. Il ne se souciait pas que la serveuse ait du mal à prendre leur commande, et il ne se souciait vraiment pas de l'incident des petits pois qui rendait Beth folle. Apparemment, les jumeaux avaient des opinions divergentes sur les petits pois et Mark prenait plaisir à les glisser en douce dans la purée de Tommy. Tommy, à son tour, prenait plaisir à les fourrer dans la chemise de Mark.

— Mark Joseph Hamilton, tu échanges ta place avec Jason tout de suite, chuchota Beth d'une voix forte à travers la table.

— Mais c'est lui qui a commencé.

— C'est pas vrai.

— Si, c'est vrai.

— Je me fiche de savoir qui a commencé, je veux que ça s'arrête. Bouge, jeune homme. Maintenant. Ou tu vas rater beaucoup d'attractions demain.

Preuve des compétences parentales de Beth (ou de sa menace), Mark a *effectivement* bougé. Encore plus impressionnant, Jason n'a pas gémi d'avoir à s'asseoir entre Tommy et Maggie.

Non pas que Maggie leur causait des problèmes. La "cabane en rondins" qu'elle construisait sur son assiette avec des frites la tenait très bien occupée.

— Je peux quand même aller sur le Diable Tourbillonnant demain puisque j'ai changé de place? demanda Mark d'une voix contrite que Bryan n'avait pas entendue depuis les onze jours qu'il était avec la famille.

— C'est le Derviche Tournant et oui, répondit sa mère, réussissant à paraître incroyablement belle dans un simple t-shirt blanc et une paire de boucles d'oreilles roses pendantes que Maggie avait fièrement annoncé avoir demandé à Beth de porter puisqu'ils sortaient dîner. Maggie les avait choisies pour Beth au bazar de Noël de son école l'année dernière.

— Cool. Je vais le faire toute la journée.

— Tu vas être malade, dit Jason, en enfournant des spaghettis comme s'il faisait les foins. Ce type John dans ma classe, il a fait ça. Il dit qu'il ne peut plus s'approcher du manège depuis. Rien que d'y penser, ça le rend malade.

— Il a vraiment été malade? Genre, directement sur le manège? Tommy oublia les mines terrestres dans sa purée pendant que Jason racontait l'histoire appropriée pour les adolescents, tandis que les filles ne cessaient de dire "Beurk" et "Berk" et que Beth disait à Jason de se taire au moins trois fois. Pas dans ces termes, mais peut-être aurait-elle dû car Jason devait aller jusqu'au bout de l'histoire avant de s'arrêter.

— Et toi, Bryan, sur quels manèges tu vas monter? demanda Maggie, sa championne dans la maison des Hamilton. Ça lui réchauffait le cœur de voir comme elle voulait toujours l'inclure. Une mauvaise idée, il le savait, puis-qu'elle s'attachait trop, mais Bryan ne trouvait pas en lui la force de la remettre à sa place et de lui dire que ce qu'elle faisait — ce qu'elle espérait — n'arriverait jamais. Beth et lui ne seraient pas ensemble.

— Tu viens au parc avec nous? Jason se redressa à cette idée. Cool. Tout le monde va en parler.

Kelsey sortit de sa transe de messagerie. — Vraiment? Tu viens? Il faut que j'envoie un texto à Maddy. Elle a tellement besoin d'aller au parc demain. Elle replongea dans son téléphone, mais cette fois avec un sourire au lieu d'un air renfrogné.

— Attendez une minute, je n'ai pas dit que je venais. *Beth* devait dire qu'il venait. Il y irait en un instant, mais seulement si *elle* le voulait, pas parce que ses enfants le voulaient.

— Tu dois venir! Tommy enfourna une fourchette de pommes de terre dans sa bouche sans même grimacer devant le petit pois que Bryan vit au bout.

— Oui, tu dois faire les montagnes russes avec nous. Elles sont géniales! dit Mark. S'il te plaît, maman? Bryan peut venir? Je paierai son billet.

— Moi aussi! dit Tommy.

— Moi aussi. J'ai de l'argent dans ma tirelire, dit Maggie.

Kelsey et Jason se joignirent à eux et Bryan faillit s'étouffer avec le dernier morceau de son steak. La générosité des enfants le touchait profondément.

— Eh bien, Bryan, on dirait que tu es invité au parc avec nous demain. Beth le dit avec un sourire, mais il n'était pas sûr que l'invitation soit sincère ou non.

Peu importait, car les acclamations des enfants ne lui laissaient aucune échappatoire. Il devait y aller ou il aurait cinq enfants très déçus lundi.

Il prit une gorgée d'eau pour s'éclaircir la gorge. — J'adorerais venir, mais à une condition.

— Quoi? dirent les enfants à l'unisson, le regardant avec des yeux si pleins d'espoir qu'il en eut à nouveau la gorge serrée.

Il prit une autre gorgée. — Vous devez tous faire le Tourbillon Derviche avec moi.

— Maggie ne peut pas. Elle est trop petite.

— Alors tu devras faire un autre manège avec moi, Maggie. Deux fois.

La moue de Maggie se transforma en sourire, comme il s'y attendait. — D'accord. On peut faire le manège des tasses. Elles tournent en rond.

Beth s'étouffa à moitié derrière sa serviette, les yeux pétillants. — J'espère que tu n'as pas le mal des transports.

— Crois-moi. Avec certaines des cascades que j'ai faites, les tasses ne seront rien.

— Si tu le dis.

C'était donc réglé. Il allait au parc d'attractions avec eux demain. Puis il recommencerait chez Beth lundi. Douze jours d'affilée avec le clan Hamilton.

Quelque chose disait à Bryan que ce n'était pas une bonne idée, mais il n'y avait plus moyen de faire marche arrière maintenant.

D'ailleurs, quelle que soit la voix qui lui disait de fuir, une autre tout aussi forte le poussait à rester.

Il n'y avait pas à hésiter sur celle qu'il allait écouter.

Chapitre Vingt-Cinq

C'était la meilleure journée que Beth avait passée depuis deux ans.

Ses enfants souriaient, riaient et se poursuivaient avec une telle exubérance insouciante et un tel bonheur que c'était presque comme si l'accident d'avion n'avait jamais eu lieu.

Presque.

Car au lieu de Mike, leur père, il y avait Bryan. Leur gouvernant.

Beth gloussa. Il avait toujours l'air terriblement mignon dans le pantalon et la chemise verts que sa sœur avait choisis comme uniforme, mais il était encore plus beau aujourd'hui en short cargo et T-shirt. Il réajusta sa casquette de base-ball — qui, étonnamment, avait réussi à détourner les regards, car personne ne s'attendait à ce que LE Bryan Manley traîne chez Martinson's avec une ribam-belle d'enfants.

— Allez, les lambins! cria-t-il à Beth, Maggie et Kelsey qui étaient à l'arrière du groupe. On va vous laisser dans la poussière.

— Il n'y a pas de poussière, maman, dit Maggie, l'air très perplexe en regar-dant autour d'elle. C'est que du bitume.

— C'est une expression, Mags. Kelsey continuait de tweeter sans arrêt à ses amis, mais elle avait promis à Bryan de ne pas mentionner sa présence avec eux. Ça tuait sa fille adolescente, mais Beth était fière d'elle de résister à la tentation.

C'était probablement uniquement la pensée d'être photographiée avec ses

« cheveux d'attractions » qui l'en empêchait, mais Beth se contentait de ce qui marchait. Aujourd'hui était juste pour eux. Une chance pour Bryan d'être simplement Bryan, le frère de Mac, l'ami de ses enfants, et son... eh bien, peu importe ce qu'il était. C'était juste agréable de ne pas avoir à s'inquiéter des journalistes, des caméras et de savoir si quelqu'un enregistrait quelque chose qui pourrait être sorti de son contexte pour un article. Elle ne comprenait pas comment il pouvait vivre dans un tel aquarium, mais c'était une bonne chose qu'il le puisse puisque ça faisait partie du métier.

Et elle n'avait certainement pas été contrariée quand Dena avait appelé pour dire que son fils avait de la fièvre et qu'ils ne pouvaient pas les rejoindre, mais qu'ils pourraient peut-être le faire une autre fois? Beth n'avait pas rappelé à Dena qu'il n'y aurait pas d'autre fois avec Bryan une fois qu'il serait parti.

Bryan revint en courant et souleva Maggie dans ses bras. — Allez, Mags. Tu dois nous guider.

— Youpi! J'aime bien faire ça. Je l'ai fait une fois à l'école. J'étais la meneuse du défilé d'Halloween.

C'était le dernier Halloween où Mike était encore en vie. Évidemment, ils ne le savaient pas à l'époque, mais mon Dieu, comme Beth s'en souvenait maintenant. Ils avaient tous deux été fous de rire et émus aux larmes alors que Maggie, vêtue de son costume de princesse préféré, avait perfectionné son salut royal en menant ses camarades de classe autour du parcours du défilé à la maternelle. Puis elle s'était arrêtée juste devant eux, avait fait la révérence et leur avait envoyé un baiser en disant : « Je vous aime, maman et papa », assez fort pour que tous les parents l'entendent. Même maintenant, le cœur de Beth battait à ce souvenir. Parfois, Dieu vous donnait des cadeaux d'une manière inattendue et c'étaient ces moments qui la prenaient toujours au dépourvu et lui faisaient les apprécier d'autant plus.

Comme maintenant. Bryan avait sa fille sur ses épaules et sa tête était renversée en arrière alors qu'elle riait de son rire contagieux. Cela fit rire les garçons aussi, puis se répercuta jusqu'à elle et Kelsey. Un moment dans le temps qu'elle chérirait pour toujours ; quand un nouvel homme était entré dans sa vie et avait ramené le rire.

— Je veux faire le toboggan aquatique!

Pendant environ une minute.

— Je veux faire le mur d'escalade!

— Non, la grimpe au filet!

— L'araignée!

— La grande roue!

— Les gars, dit Bryan, captant leur attention avec ce seul mot d'une manière dont personne d'autre n'était capable. On va être là toute la journée. On a le temps pour tout. Alors commençons par ce que Maggie veut faire, puis on fera chacun son tour ce que tout le monde veut. Y compris votre mère.

Bryan lui sourit et Beth sentit ses genoux faiblir.

— Alors, que veux-tu faire, Beth?

Il lui posait cette question et Beth, à sa grande honte, pensa immédiatement à un lit et eux deux nus.

— Le toboggan aquatique. C'était évident. Elle avait besoin de quelque chose pour se rafraîchir.

C'est ainsi qu'elle se retrouva à marcher derrière Bryan une fois de plus, cette fois avec son short plaqué sur son postérieur, appréciant pleinement le spectacle et ne s'en cachant pas à elle-même. Être à la traîne avait ses avantages.

La grande roue vint ensuite pour qu'ils puissent observer le reste du parc — et parce que faire attendre Maggie serait une torture pour eux tous.

Beth et Bryan montèrent dans une nacelle avec Maggie et les jumeaux, tandis que Kelsey et Jason eurent leur propre nacelle avec un avertissement sévère de Bryan de bien se tenir.

Beth cacha son sourire. Ces deux-là savaient trop bien qu'il ne fallait pas faire quelque chose de stupide dans une grande roue. Il lui restait environ un an et demi avant que Jason ne retombe dans les bêtises d'adolescent stupide, mais pour l'instant, la peur continuait d'être son facteur de motivation. Néanmoins, voir Bryan veiller sur ses enfants fit de nouveau vibrer les papillons dans son ventre.

— Oh, regarde notre van là-bas! dit Maggie, se penchant un peu trop joyeusement au bord de leur nacelle. On dirait une des petites voitures de Mark et Tommy.

Beth allait l'attraper, mais Bryan avait déjà une bonne prise sur la ceinture de son short.

— Où ça? Tommy grimpa sur le siège et Beth dut se précipiter pour l'empêcher de basculer. Thomas John Hamilton, assieds-toi sur ton siège immédiatement.

— Oh, mais maman, alors je ne pourrai pas voir notre van.

— Si tu passes par-dessus bord, tu ne le verras plus jamais. Bryan tira sur la jambe de Tommy. Assis.

Pas un mot de protestation ne sortit des lèvres de Tommy. Avec elle, il aurait argumenté et rationalisé ses actions. Elle était sûre qu'il deviendrait avocat quand il serait grand.

— Ouais, Tommy, tu es censé rester assis dans les grandes roues, dit son frère, d'un air suffisant. Tu ne sais rien ou quoi ?

— Je sais que tu es un crétin.

Maggie gloussa, ce qui n'arrangea pas les choses.

— C'est pas vrai.

— Si, c'est vrai.

— Les gars.

Et juste comme ça, les garçons se turent. Même Maggie arrêta de glousser au ton de Bryan. C'étaient de bons enfants et ils l'écoutaient habituellement, même si cela demandait un peu plus d'efforts que pour Bryan, mais il était nouveau pour eux. Une nouveauté. Sa parole avait plus de poids que la sienne puisqu'ils l'avaient écoutée pendant si longtemps. Elle avait oublié à quel point c'était plus facile avec un partenaire pour équilibrer les tâches parentales.

Un *choc* lui tomba dans l'estomac. Des responsabilités parentales. C'était exactement ce à quoi ça ressemblait. Ce que c'était, depuis que Bryan était arrivé ce matin. Elle s'était complètement concentrée sur les enfants. Il lui avait adressé un rapide sourire — un rapide sourire *dévastateur* qui avait déclenché toutes sortes de scénarios de *et si* — puis avait commencé à préparer tout le monde et à les faire monter dans le van pour aller au parc comme s'ils l'avaient fait des dizaines de fois auparavant. Beth était stupéfaite — et inquiète — de la rapidité avec laquelle elle — et eux — l'avaient accepté.

Le tour se termina avec un plan en place pour le reste des attractions de la matinée, puis le déjeuner. Avec cinq enfants, il y avait toujours quelqu'un qui avait faim et c'était généralement Jason. Beth n'osait pas imaginer le jour où les trois garçons seraient adolescents. Elle devrait prendre un deuxième emploi rien que pour les nourrir.

— Je vais aussi prendre trois hot-dogs pour le déjeuner.

Bien sûr, Mark le ferait parce que Jason venait de dire qu'il allait le faire, et Mark s'était mis à imiter son frère aîné depuis la mort de Mike. Avant cela, il ne jurait que par Mike.

Mark avait besoin d'un père. Tout comme Tommy. Tout comme Jason.

Et les filles... les filles avaient besoin de leur père.

— Je te défie à la course, Bryan!

Kelsey défiait Bryan à la course? Kelsey ne courait pas — ça décoiffait ses cheveux et la faisait transpirer. Elle détestait transpirer. La seule raison pour laquelle elle n'avait pas mis l'eye-liner et le mascara qu'elle aimait porter — qu'elle avait chapardés à quelqu'un parce que Beth n'était pas fan du maquillage pour les filles de douze ans — était la menace d'avoir des yeux de raton laveur à cause de la chaleur.

Mais apparemment, tout cela passait au second plan avec Bryan dans les parages, et les longs cheveux bruns de sa fille volaient derrière elle comme une queue de cheval tandis qu'elle s'élançait vers le Tilt-A-Whirl, ses longues jambes dévorant le sol.

Elle allait être magnifique. Tous les signes étaient là et l'intérêt pour paraître belle aux yeux des garçons... Beth n'avait qu'à observer sa fille regarder Bryan pour voir que les hormones s'étaient réveillées.

Une fille devrait avoir un père pour l'aider à naviguer dans le monde délicat des garçons adolescents en proie aux hormones.

Arrête ça. Tu ne vas pas mettre Bryan Manley dans ce rôle. Il va partir, souviens-toi? Il a une vie qui n'inclut pas tes cinq enfants. Ni toi. Mets-toi ça dans la tête et tu seras beaucoup plus heureuse. Kara ne savait pas du tout de quoi elle parlait.

Elle aurait pu croire son subconscient s'il n'avait pas ajouté cette dernière partie. Kara savait *exactement* ce qu'elle faisait, à la fois en embauchant spécifiquement Bryan et en se confiant lors de l'happy hour, mettant ainsi l'idée dans la tête de Beth. Ou plutôt, rendant l'idée *plus grande* dans la tête de Beth.

Chassant cette pensée de sa tête, ou du moins la repoussant dans les tréfonds de son esprit, elle se dépêcha de rejoindre ses enfants et Bryan à l'attraction. Elle adorait celle-ci quand elle était enfant.

— Maman, tu dois monter avec Bryan et Maggie sinon ce ne sera pas équilibré à cause du poids.

— Tu insinues que je pèse autant que Bryan? Elle ébouriffa les cheveux de Kelsey.

Kelsey se dégagea. — Maman! Mes cheveux vont être tout décoiffés.

— Bah, ils le sont déjà. Maggie leva les yeux au ciel avec un air si expérimenté que Beth eut peur de demander d'où ça venait. — Tu as couru.

— Bryan t'a battue, tu sais, dit Jason, les rattrapant enfin avec sa démarche distinctive qu'il ne changeait jamais pour personne ni pour quoi que ce soit.

— Pas du tout. J'ai gagné. Pas vrai, Bryan? La main de Kelsey se posa sur le bras de Bryan et le sourire sur son visage était si sincère que Beth en eut le souffle coupé. Comme il était naturel pour sa fille de le toucher, de lui poser une question, d'avoir cette camaraderie avec lui.

Si seulement il n'allait pas partir. Si seulement il pouvait rester et avoir une vie normale avec eux.

Les *si seulement* étaient aussi inutiles à laisser entrer dans sa vie que les *et si*, alors Beth claqua cette porte mentale et se concentra sur le fait qu'elle allait monter dans une attraction qui la ferait se cogner contre l'homme le plus sexy du monde. Y avait-il un inconvénient à cela?

Ils grimpèrent et baissèrent la barre de sécurité. Beth était au milieu, Bryan à sa droite et Maggie à sa gauche pour permettre à la force centrifuge de les projeter contre lui.

Beth essaya de résister. Elle essaya vraiment, mais l'attraction était trop forte, et après le premier tour où ils furent projetés autour de la cabine, ses poignets souffrant de la prise de mort qu'elle avait sur la barre de sécurité, Beth abandonna. Ses épaules étaient assez larges et fortes pour supporter son poids. Il savait à quoi il s'engageait en montant dans l'attraction.

Maggie poussait des cris aigus alors que le deuxième choc les frappait avant qu'ils ne changent de direction. Beth entoura sa plus jeune de son bras alors que la force la renvoyait de nouveau contre Bryan.

Son torse était tout aussi fort que ces épaules. Et, oh là là, ce que ses muscles contractés lui faisaient ressentir contre son dos...

Et puis il y avait le bras qu'il avait passé autour de ses épaules, la plaquant contre son côté.

— Reste là, dit-il à son oreille, la musique forte et les cris des enfants le faisant ressembler à un murmure — accompagné d'un souffle qui lui donna des frissons dans la nuque. — Accroche-toi à Maggie et on va suivre le mouvement.

Elle voulait suivre le mouvement, ça c'était sûr.

— Détends-toi, Beth. Je ne vais pas te mordre, je te le promets. Il rit en le disant, lui rappelant comment il l'avait dit sous le kiosque quand il l'avait embrassée.

L'attraction les fit tourner à nouveau et l'autre main de Bryan atterrit à côté de la sienne sur la barre de sécurité et, oh mon Dieu, les frissons se transformèrent en tremblements. Puis il déplaça son pied pour se caler en place, son mollet frôlant le sien, et Beth ne put s'empêcher de frissonner.

Sérieusement? Elle frissonnait?

— Ça va? dit-il à nouveau dans son oreille, lui donnant *encore plus* de frissons.

Bon sang, elle détestait que l'idée de Kara ait du mérite. Elle *devrait* juste avoir une aventure avec lui. Elle avait clairement des besoins et Bryan pouvait définitivement y répondre.

Pouvait-elle faire ça? Avoir une aventure?

Évidemment...

D'accord, donc physiquement elle le pouvait clairement, mais mentalement? Émotionnellement? Elle n'avait jamais fait ça avant. Elle était du genre à s'engager. Que serait-ce que de, pour une fois, tenter l'aventure et vivre un peu?

— Beth?

Elle le regarda par-dessus son épaule et à ce moment-là, l'attraction changea de direction, et d'une manière ou d'une autre, les lèvres de Beth se retrouvèrent sur les siennes.

Bon sang, c'était incroyable.

La main qu'il avait sur son épaule pour la maintenir contre son côté se retrouva maintenant enfouie dans ses cheveux. Bryan ne la laissa pas bouger (pas qu'elle en ait eu l'intention) alors qu'il faisait quelques mouvements délicieux avec ses lèvres sur les siennes, lui donnant des frissons et lui faisant recroqueviller les orteils.

Ce qui avait peut-être commencé à cause de la force centrifuge se poursuivait grâce à la force de la nature.

Il embrassait Beth.

Il ne devrait pas.

Il devait arrêter.

Ce n'était pas une bonne idée.

Tout cela lui traversait l'esprit, mais Bryan ne s'arrêtait pas. Ne pouvait pas. C'était...

C'était Beth.

Le manège bougea à nouveau, mais Bryan refusa de les laisser se séparer. Il resserra ses doigts dans ses cheveux, gardant sa tête exactement où elle était pour que ses lèvres restent là où il les voulait, et il saisit son autre main sur la barre de sécurité, le contact physique le plus étroit qu'il pouvait avoir pour le moment. Il en voulait plus, mais il prendrait ce qu'il pourrait avoir.

Et, bon sang, il voulait ça. Il la voulait, elle. Voulait la goûter à nouveau, inhaler l'odeur et le goût qui étaient purement Beth. Ceux qui le tiendraient éveillé la nuit quand il partirait.

Non, il n'allait pas penser à la quitter. Pas encore. Pas maintenant.

Le manège bougea et, merde, les sépara. Le regard surpris de Beth rencontra le sien et il pouvait voir à quel point le baiser l'avait affectée, elle aussi. Sa respiration était superficielle et la prise qu'elle avait sur la barre de sécurité sous ses doigts en disait long.

— Beth.

Il ne savait pas quoi dire, mais il devait dire quelque chose et son nom était une musique à ses oreilles. Un nom si simple et pourtant si beau, qui pouvait être prononcé dans un soupir avec tant d'émotion, ou grogné dans un moment — ou une heure — de passion, ou murmuré doucement avec toute l'émotion derrière. C'était un nom parfait, tout comme elle.

Puis elle se lécha les lèvres et, bon sang, le reste de son corps voulait participer à l'action.

Il dut rire. Le voilà, en public sur un manège de parc d'attractions, où le monde entier pouvait voir, avec sa fille de cinq ans de l'autre côté d'elle, et tout ce à quoi Bryan pouvait penser était de tourner Beth face à lui, la faire sortir de son short, et l'installer sur lui. Ça, ce serait un sacré tour de manège.

Heureusement, ce manège prit fin avant que ses hormones ne prennent le dessus sur son jugement et il caressa sa joue du dos de ses doigts, réticent à arrêter de la toucher mais sachant qu'il le devait. — Merci.

Elle parut surprise. — Pour quoi?

Il était content d'entendre que sa voix était tremblante. Et haletante.

— Pour ce baiser. J'en avais besoin.

Elle jeta un coup d'œil à Maggie qui, heureusement, était trop absorbée par les vues et les sons de ce qui se passait autour d'eux et pas par ce qui se passait à l'intérieur de ce manège. — *Besoin?*

Merde. Il n'avait pas voulu aller par là. Il écarta quelques mèches de son visage alors que les barres de sécurité du manège se déverrouillaient. — Parlons-en plus tard.

Parler. Bryan voulait parler.

Ce n'était pas ce que Beth voulait faire. Que était-elle censée dire? *Mon Dieu, oui, est-ce que je peux te sauter dessus?*

Comment exactement donnait-on à un gars le feu vert pour lancer quelque chose comme ça?

Et *était*-elle déterminée à lancer cette balle?

En le regardant hisser Maggie sur ses épaules, puis faire signe aux jumeaux de marcher à côté de lui, demandant à chacun comment était le manège, remerciant Jason et Kelsey d'avoir veillé sur leurs frères, Beth connut sa réponse, un *oui* sans équivoque. Elle voulait Bryan, et si elle ne pouvait l'avoir que pour une nuit, elle serait folle de ne pas saisir cette chance.

Mais elle n'allait rien partager de tout cela avec qui que ce soit. Tout ce qu'ils feraient ensemble serait pour elle seule.

Chapitre Vingt-Six

Bryan ne se souvenait pas d'avoir passé une journée aussi amusante. Ni d'avoir été aussi épuisé. Et dire qu'il pensait que tourner des cascades était un travail difficile? Rien ne pouvait se comparer à surveiller cinq enfants dans un parc d'attractions, nourrir cette marmaille, *et* arbitrer les chamailleries sur tout et n'importe quoi, du déjeuner à la saveur de barbe à papa à choisir, en passant par qui s'asseyait où dans la camionnette pour le retour.

Dieu merci, les trois plus jeunes s'étaient endormis et les deux plus âgés avaient leurs écouteurs dans les oreilles.

Il jeta un coup d'œil à Beth, son visage illuminé par le tableau de bord et les lampadaires. Elle était belle d'une manière gracieuse et discrète. Apaisante. Réconfortante. Enfin, sauf quand il la touchait. Et l'embrassait. Et la serrait dans ses bras.

Ou quand il *pensait* à faire l'une de ces choses. Il désirait Beth avec une intensité qui défiait toute logique, étant donné qu'elle aurait dû représenter tout ce qu'il ne voulait pas.

Pourtant, elle était tout ce qu'il voulait.

Il tendit la main vers la sienne. Les deux plus âgés étaient dans leur monde et personne d'autre ne remarquerait.

Le laisserait-elle lui tenir la main?

Elle le regarda, surprise, puis jeta un coup d'œil en arrière et se détendit quand elle vit ce qu'il avait vu.

Il serra doucement ses doigts. Elle regarda leurs mains, puis le regarda à nouveau.

Elle passa sa langue sur ses lèvres.

Mon Dieu, l'effet que ça lui faisait. Il savait ce que sa langue faisait ressentir. Il voulait la sentir à nouveau sur ses lèvres. Il voulait l'attirer contre lui et presser son corps doux et courbe contre le sien, et lui faire sentir l'effet qu'elle lui faisait.

Tu vas le regretter, Manley.

Probablement. Mais pour l'instant, il s'en fichait. Cette journée avait été parfaite. Quoi de plus parfait que de la terminer avec elle dans ses bras?

Il porta sa main à ses lèvres et embrassa le dos. Les magnifiques yeux chocolat de Beth le suivirent tout du long, ses lèvres s'entrouvrant en un doux O dont elle n'était probablement même pas consciente.

Mais lui l'était. Il était conscient du battement plus rapide dans sa gorge et de la façon dont ses yeux s'élargirent quand il passa son pouce sur l'endroit qu'il venait d'embrasser avant de l'embrasser à nouveau.

Ils remontèrent son allée et Bryan lâcha sa main à contrecœur pour manœuvrer la camionnette dans le garage.

Kelsey et Jason sortirent de leur transe quand la porte du garage s'ouvrit et que la lumière s'alluma, mais les trois plus jeunes ne bougèrent pas d'un pouce.

— Je vais les porter à l'intérieur si tu peux tenir les portes.

Beth secoua la tête et attrapa Jason par la manche alors qu'il passait devant elle. — Jase, prends Tommy. Bryan portera Mark et je m'occupe de Maggie. Kelsey, tu peux nous tenir la porte s'il te plaît?

Elle retira les vêtements sales et en sueur de ses enfants endormis, leur enfila des T-shirts, puis les borda dans leurs lits avant de se diriger vers la cuisine pour remercier Bryan avant qu'il ne parte.

Elle n'avait vraiment pas envie qu'il s'en aille.

Il lui tendit un verre d'eau glacée quand elle entra, puis passa son bras autour d'elle pour éteindre la lumière de la cuisine, de sorte que seul le clair de lune filtrant à travers la fenêtre au-dessus de l'évier et les portes-fenêtres donnant sur la terrasse éclairaient la pièce.

— Allons sur la terrasse, dit-il, sa voix si basse qu'elle pensa qu'il entendrait les battements de son cœur par-dessus.

Beth avala la gorgée d'eau qu'elle venait de prendre et le précéda sur la terrasse après qu'il eut balayé l'air d'un geste de la main pour l'inviter à passer.

Elle le regarda fermer les portes-fenêtres derrière lui, s'autorisant à apprécier chacun de ses pas jusqu'à ce qu'il soit à ses côtés.

Elle but nerveusement une autre gorgée d'eau, sentant le regard de Bryan sur elle tout du long.

Il lui prit le verre quand elle eut fini. — Encore soif?

Elle secoua la tête. Si elle avait essayé de dire quoi que ce soit, elle aurait été une menteuse, car soudain sa bouche s'était asséchée et c'est tout juste si elle avait réussi à avaler cette dernière gorgée.

— J'ai passé une excellente journée aujourd'hui, dit-il en écartant une mèche de cheveux de son front.

— N'est-ce pas censé être ma réplique? Regardez-la, assez cohérente pour plaisanter avec lui. Elle n'aurait jamais cru ça possible.

— Ce n'est pas une réplique.

D'accord, voilà que ses genoux fondaient à nouveau. Ils allaient le faire. Ils allaient vraiment le faire.

Ce que *le faire* impliquait exactement restait à voir, mais Beth était plus que prête à le découvrir.

— J'ai passé un excellent moment avec toi et tes enfants aujourd'hui, Beth. Un meilleur moment que je ne me souviens avoir passé depuis longtemps. Il fit un pas de plus et les papillons dans l'estomac de Beth firent une nouvelle apparition.

— Tu dis ça comme ça. Tu ne peux pas me dire qu'être dans un parc d'attractions local surpasse les Oscars.

— Si, quand je ne suis pas nominé. Et même alors... ce n'est que l'apparat de ma profession. Ce que nous avons fait aujourd'hui... c'était réel. C'est ça, la vie.

Le cœur de Beth manqua un battement. C'est ça, la vie? Où voulait-il en venir? Les stars de cinéma ne faisaient pas la navette entre Hollywood et la banlieue.

Elle se lécha à nouveau les lèvres. Elle ne pouvait pas s'en empêcher ; elles étaient si sèches.

Son regard se fixa sur sa bouche et les papillons se transformèrent en libellules. Ou mieux encore, en dragons, car ses entrailles étaient en feu, un enchevêtrement de fils tordus de désir et de besoin, et si *lui* ne faisait pas *quelque chose*, elle allait devoir le faire.

— Beth...

— Bryan...

Ils firent tous les deux quelque chose. Ils se penchèrent l'un vers l'autre et leurs lèvres se rencontrèrent, et c'était comme s'ils n'avaient jamais quitté le parc d'attractions. L'estomac de Beth fit les mêmes virages et loopings que dans les montagnes russes et son corps avait l'impression d'être à nouveau dans le Tilt-A-Whirl, sauf que cette fois Bryan était pressé contre elle de tout son long et ses bras l'entouraient correctement et elle pouvait passer ses mains sur tout son dos fort et sculpté, descendant jusqu'à sa taille, la tentation de sentir à quel point ses fesses étaient parfaites manquant presque de la sortir du moment.

Presque.

— Mon Dieu, Beth, je te veux, murmura-t-il quelque part entre sa mâchoire et le creux sous son oreille, ses mots chatouillant sa peau tandis que leur sens envoyait des frissons dans tout le reste de son corps.

C'était le moment. Oui ou non?

— Bryan...

— Je sais. Je comprends. Je pars et tu n'es pas ce genre de femme, mais s'il te plaît, est-ce que je peux juste t'embrasser et te tenir un peu? Il ne me reste pas beaucoup de temps et... — il déposa un autre baiser à faire fondre sur ses lèvres — je veux te connaître, Beth. Je veux explorer ce qu'il y a entre nous, même si c'est seulement en te tenant et en t'embrassant. Je ne t'oublierai jamais, Beth Hamilton. Tu es une femme exceptionnelle.

Elle était une femme en train de *fondre*. Son désir, son respect, sa maîtrise, sa façon d'être avec ses enfants... et avec elle... Elle pourrait facilement tomber amoureuse de Bryan.

— Oui, Bryan, murmura-t-elle avant de se pencher pour l'embrasser. Oui à tout ce qu'il voulait, et tellement plus qu'elle désirait. Elle enroula ses bras autour de son cou et pressa ses seins douloureux contre sa poitrine, son fin T-shirt en coton ne cachant rien de la perfection qui se trouvait en dessous. Mon Dieu, elle voulait ça. Elle le voulait lui.

Il agrippa ses fesses et la tira contre lui.

Il la voulait aussi.

Comment cela allait-il se passer? La logistique était un peu délicate puisque sa chambre se trouvait au-delà des autres en haut des escaliers. Ils devraient passer devant toutes les chambres des enfants et elle ne pouvait pas leur donner ce genre d'exemple.

Condamnés avant même d'avoir commencé.

Il s'appuya contre la rambarde de la terrasse et l'attira entre ses jambes. Il n'y avait aucun doute sur à quel point il la désirait et Beth ne put s'empêcher d'éprouver une bouffée de fierté d'avoir provoqué cela. Elle. Mère de cinq enfants et il la désirait encore.

Ce n'est pas comme s'il voulait t'épouser ; c'est un homme et tu es une femme. Pas de quoi en faire toute une histoire.

Sauf que pour elle, c'en était une. Alors elle n'allait pas laisser les doutes ou les insécurités gâcher ce moment.

Elle entremêla ses doigts dans ses cheveux, adorant leur texture et leurs boucles et le fait qu'elle embrassait un nouvel homme et qu'elle appréciait pleinement chaque seconde et ne pouvait s'en lasser. Les tâtonnements maladroits sur le pas de sa porte lors de ces autres rendez-vous... Ce n'était rien comparé à ceci.

Il libéra sa bouche et traça un chemin de baisers le long de sa mâchoire, embrassant chaque centimètre, puis descendit le long de sa gorge. Elle rejeta la tête en arrière, lui donnant un meilleur accès, chaque endroit qu'il touchait lui faisant voir des étoiles. Mon Dieu, ce que le toucher de cet homme lui faisait.

— Tu as un goût si doux, chuchota-t-il.

La brise nocturne caressait sa peau brûlante, mais ce n'était pas la raison des frissons qui l'enveloppaient soudain. Non, elle en attribuait fermement la responsabilité aux doigts de Bryan - littéralement, parce qu'il l'avait serrée si étroitement dans ses bras que ses doigts effleuraient les côtés de ses seins, et, bon sang, ce que cela provoquait en elle. Et à l'extérieur - ses tétons étaient si tendus qu'ils lui faisaient mal.

Elle gémit dans l'air de la nuit et ce fut suffisant pour la surprendre et lui faire ouvrir les yeux. Oh mon Dieu. La pleine lune éclairait sa terrasse comme un projecteur, juste là où elle était en train de peloter Bryan Manley. Avait-elle perdu la tête ? N'importe qui pouvait voir.

Même Jason et Kelsey s'ils regardaient par la fenêtre.

— Bryan... Elle retira ses doigts de ses cheveux et les posa contre ses biceps. Quelqu'un pourrait nous voir.

Il déposa un dernier baiser sur sa clavicule et enfouit son visage juste en dessous, faisant de nouveau picoter ses tétons avant de relever la tête.

— Je suppose, soupira-t-il. Mais, bon sang, Beth, j'ai eu envie de faire ça toute la journée. Et tellement plus encore.

— On ne peut pas.

— Je sais.

— Ce n'est pas, eh bien, ce n'est pas raisonnable.

— Je sais.

— Et on ne pourrait pas, c'est-à-dire, ma chambre, elle est au-delà de celles des enfants.

— Oh, crois-moi. Je sais exactement où se trouve ta chambre.

Son corps s'échauffa à l'idée de lui là-bas, touchant ses affaires. Les tenant, les reposant. Voyant la partie la plus intime de sa maison, où elle dormait et rêvait et se languissait de lui.

Elle avait été seule pendant si longtemps.

— La cabane dans l'arbre. Les mots sortirent de sa bouche avant même qu'elle n'y ait pensé.

— La quoi?

Elle ne pouvait plus reculer maintenant. Elle l'avait dit et, franchement, l'idée de faire l'amour avec Bryan dans la cabane - où personne ne le saurait jamais, où ce serait juste eux - était très tentante.

— La cabane dans l'arbre. Elle fit un signe de tête vers le grand chêne au fond de son jardin. On pourrait y aller.

Bryan sourit de ce sourire dévastateur et embrassa le bout de son nez avant de mettre un peu d'espace entre eux. — Aussi tentante que soit cette idée, et autant que tu me fasses sentir comme un adolescent, Beth, je ne vais pas te faire l'amour dans une cabane dans un arbre. J'ai beaucoup plus de classe que ça et tu mérites tellement mieux.

Au diable la classe ; elle le voulait si fort qu'elle envisagerait même cette terrasse si elle avait un toit pour que ses enfants ne puissent pas voir accidentellement. Au diable les voisins. Ils pourraient tous en crever de jalousie.

Oh mon Dieu, qui était cette femme? De l'exhibitionnisme? À quoi cet homme était-il capable de la pousser?

Il caressa sa joue du dos de ses doigts, puis passa son pouce sur ses lèvres. — De plus, ce n'est pas le bon moment maintenant. Je dois bientôt partir pour le plateau et toi, eh bien, tu as tout ça à gérer. Tu n'es pas une femme d'un soir et je ne vais pas te faire compromettre tes principes. Tu n'as pas besoin de ça ni que je complique ta vie.

— Mais et si je voulais que tu compliques ma vie? Encore une fois, qui était cette femme, et Dieu merci elle s'était manifestée.

— Ah, Beth, tu me tentes de le faire. Il l'embrassa rapidement - pas assez longtemps. Mais je ne pourrais pas vivre avec moi-même.

Et il ne vivrait pas avec elle. C'était non-dit mais planait entre eux.

Elle devrait être contente qu'il soit si prévenant. Contente qu'il la respecte elle et ses enfants assez pour ne pas accepter son offre. Mais cela ne voulait pas dire que ce n'était pas frustrant.

Il appuya son front contre le sien. — Merci pour cette journée incroyable. Je ne l'oublierai jamais. Et je n'oublierai jamais ça. Il frotta son nez contre le sien pour pouvoir la regarder dans les yeux. Je ne t'oublierai jamais.

S'éloigner de Beth fut la chose la plus difficile qu'il ait jamais eu à faire. Il la laissa sur sa terrasse, appuyée contre la rambarde, ses cheveux ébouriffés par ses doigts, ses lèvres gonflées par ses baisers, ses tétons clairement visibles sous son T-shirt, et il avait senti l'humidité entre ses cuisses quand il avait pressé son genou entre elles. Entendu son soupir quand il avait passé sa langue le long de sa gorge.

Et cette idée de cabane dans l'arbre...

Il secoua la tête en montant dans le camion, s'ajustant pour s'asseoir confortablement dans les sièges baquets, mais il avait le sentiment qu'il ne serait plus jamais à l'aise en présence de Beth. Il la désirait. Terriblement. Et elle l'avait désiré aussi. Elle lui avait même proposé *la cabane dans l'arbre* de tous les endroits. Pendant un instant, il avait envisagé l'idée, mais ensuite... non. Ce qu'il avait dit était vrai. Certes, cela apaiserait leur passion sur le moment, mais faire l'amour à Beth était un moment à chérir, pas à bâcler dans la cabane des enfants. S'il devait un jour emmener Beth au lit, ce serait avec tout le romantisme possible : champagne, pétales de rose, musique douce, et un lit assez grand pour qu'ils puissent en profiter de mille façons, car une fois qu'il l'aurait dans son lit, il ne voudrait plus jamais en sortir.

Il sortit de l'allée et aperçut Beth dans sa chambre, sa silhouette illuminée par la petite guirlande lumineuse accrochée à l'arbre en soie de son petit salon. Elle le regardait s'éloigner, alors que tout ce qu'il voulait était être là-haut avec elle.

Il passa une vitesse, heureux de cette distraction. Il désirait Beth, mais il ne pouvait pas l'avoir. Malgré tout ce que les tabloïds disaient sur son côté play-boy, cette noblesse allait le tuer.

— Hé, n'est-ce pas le film que tu tournes, Bryan? demanda Kelsey en fourrant le journal sous le nez de Bryan dès qu'il franchit la porte d'entrée le lendemain matin.

Ses yeux croisèrent ceux de Beth avant qu'il ne prenne le journal.

Beth retourna ramasser les jouets pour chien que Sherman avait, une fois de plus, réussi à éparpiller dans toute la maison. Le chien n'avait pas encore compris qu'il était censé jouer avec les jouets, pas avec le panier, et les faire tous jouer à ramasse-52. C'était au moins mieux que l'étendoir à linge, mais quand même... Le chien demandait plus de travail que les enfants.

— Il est écrit que l'actrice a fait fermer le plateau pour quelques jours. Ça veut dire que tu n'as pas besoin d'y aller?

Bryan prit le journal et enleva sa casquette de baseball. Jason la lui prit et l'accrocha au porte-clés près de la porte, puis regarda par-dessus son bras pour lire l'article.

— Hmmm, fit Bryan en parcourant le reste, puis il ouvrit le journal à la page suivante. Mon agent ne m'a pas appelé, donc pour l'instant, je suis toujours censé y aller.

— Que s'est-il passé? demanda Beth avec un sentiment de malaise dans l'estomac. Elle ne voulait pas qu'il parte, elle ne voulait pas parler de son film et elle ne voulait *vraiment* pas parler de l'actrice avec laquelle il allait travailler. Et probablement embrasser. Il embrassait de magnifiques femmes dans tous ses films.

Et dans sa vie privée aussi, n'oublie pas ça.

Comme si elle le pouvait.

Elle jeta un coup d'œil à la cheminée. À la photo de Mike. Il voudrait qu'elle soit heureuse ; ils en avaient parlé dans ce genre de conversation hypothétique que les couples mariés ont, bien qu'elle ait supposé qu'ils parlaient de l'autre qui se *remariait* avec quelqu'un d'autre, pas d'une nuit de passion.

Mon Dieu, elle pourrait vraiment en avoir une de celles-là maintenant.

— Il est écrit que l'actrice a piqué une crise et détruit le plateau, dit Kelsey, l'air un peu trop réjouie en racontant l'histoire.

Beth jeta les jouets de Sherman dans le panier. Bien sûr, l'un d'eux rata sa cible. — Kelsey...

Bryan attrapa la balle de tennis fugueuse. — Le rapport dit que Carina Dempsey n'était pas d'accord avec la mise en scène et voulait la changer. Il parcourut encore un peu, puis plia le journal et le mit sous son bras. — On ne peut pas croire tout ce qu'on lit, Kels.

— Ouais, je sais. Kelsey se laissa tomber sur le canapé et croisa les bras avec une mine renfrognée.

Beth devait étouffer les commérages dans l'œuf avant qu'ils ne causent des problèmes plus tard. Les adolescentes pouvaient être cruelles.

— Comme quand les journalistes ont dit que Papa avait bu avant le vol.

Beth aurait été tellement plus heureuse si l'attitude de Kelsey avait *vraiment* été à propos des commérages.

— Non, non. Ils ont *spéculé* qu'il l'avait fait. Jason, obsédé par la réputation de son père, avait lu chaque article que Beth n'avait pas pu lui cacher. Il avait appris le concept de *spéculer* dès la première semaine et c'était devenu son mantra. Cela avait semblé une éternité avant que le NTSB ne publie les résultats de l'analyse toxicologique et ne disculpe Mike. — Et ils avaient tort.

— Donc tu veux dire qu'elle n'a *pas* saccagé l'endroit? Le pouvoir des ragots reprit le dessus.

Beth secoua la tête. Les adolescentes...

— Difficile de savoir ce qui est vrai, dit Bryan. J'en saurai plus quand j'y serai.

— Quand pars-tu?

— Je suis attendu sur le plateau dans deux semaines. Je peux partir n'importe quand, donc je pourrais y aller le week-end d'avant. Installer la caravane, apprendre à connaître les lieux, voir qui est déjà là. C'est utile de savoir avec qui on va travailler avant de commencer le tournage.

— Tu vas tourner? Mark, bien sûr, *allait* s'intéresser à ça. — Un pistolet? Ou un laser? Il brandit son sabre laser.

— Je parie que c'est une mitraillette, ajouta Tommy, en saisissant le pistolet à eau que le père de Mike leur avait acheté pour leur anniversaire. Merde. Elle devait sortir ce truc. Il y avait déjà eu une bataille d'eau dans la salle de bain.

— Non, un canon.

— Un tank!

— Ouais, un tank ce serait cool!

Rien dans le départ de Bryan n'était cool. Beth se pencha pour cacher les sentiments que cette pensée évoquait et trouva au moins huit chaussettes sous le canapé que Sherman avait dû s'approprier. Elle allait changer son nom en Monstre à Chaussettes, et l'appeler simplement Monstre pour faire court. C'était approprié.

Et *bien sûr*, le monstre bien nommé la percuta à l'arrière des cuisses, la faisant basculer tête la première dans le canapé, heurtant, *évidemment*, l'armature en bois, et pendant un moment elle vit des étoiles. Malheureusement, ce n'étaient pas du genre qu'elle avait vues avec Bryan la nuit dernière.

— Sherman! Tommy courut pour secourir le fauteur de troubles qui avait rebondi et glissait maintenant sur le parquet.

— Maman! Maggie accourut à l'aide de Beth, écartant les cheveux du visage de sa mère. — Ça va, Maman? Tu dois aller à l'hôpital?

Maggie avait une peur irrationnelle des hôpitaux. Dans son expérience, les gens y allaient pour mourir.

— Non, ma chérie, ça va. Beth frotta la bosse et s'assit sur le canapé.

Bryan s'agenouilla devant elle et, oh, l'image que cela présentait.

Elle avait vraiment dû se cogner la tête fort.

— Ici. Laisse-moi regarder ça. Il écarta les cheveux de sa tête. — Tu as un œuf.

— Un œuf? Pourquoi Maman a-t-elle un œuf sur la tête? Tu ne l'as pas pris de notre expérience, hein, Maman?

— L'expérience! Tommy sauta du dos du canapé, pistolet à eau à la main.

— Mon œuf! Mark courut après lui.

Après une seconde d'hésitation, Maggie courut aussi dans la cuisine.

— Eh bien, je suppose que ça me montre où je me situe dans l'échelle d'importance ici.

Bryan sourit et cela fit beaucoup moins mal à sa tête. Il caressa sa joue du dos de ses doigts. — Ils se sont assurés que tu allais bien, puis ils sont allés vérifier, je cite, la plus cool des expériences au monde. Si je revois un jour le client de Sean, je devrai la remercier. Il toucha à nouveau la bosse. — En attendant, mettons un peu de glace là-dessus.

— Super. Juste ce dont j'avais besoin. Un œuf d'oie sur le front.

Il lui tendit la main pour l'aider à se lever. — La bonne nouvelle, c'est que c'est sous la racine des cheveux. Et le bleu te va bien.

Elle le poussa légèrement de l'épaule, démesurément contente qu'il ait remarqué quelle couleur lui allait bien, et agacée contre elle-même d'en être contente.

La sonnette retentit juste au moment où ils arrivaient dans la cuisine pour voir trois enfants très absorbés par l'étude des œufs dans les tasses.

— J'y vais, dit Bryan. Va voir ce que Louis Pasteur, Madame Curie et Pavlov fabriquent là-dedans, ajouta-t-il en se dirigeant vers la porte d'entrée comme s'il était chez lui.

Mais ce n'était pas le cas. Et il ne pouvait pas l'être. Alors elle reporta son attention sur les enfants qui, *eux*, vivaient ici, qui *étaient* le centre de sa vie et la raison pour laquelle elle ne pouvait pas courir après Bryan sur des plateaux de tournage.

Cependant, elle alla le chercher quelques minutes plus tard, comme il n'était pas revenu, pour voir ce qui le retenait.

Elle aurait dû s'en douter. Il y avait une meute de chacals affamés, euh, de journalistes sur son perron.

— Je n'ai aucun commentaire à faire là-dessus, disait Bryan. Je ne suis pas là-bas, alors je ne sais pas ce qui se passe.

— Prévoyez-vous de partir plus tôt que prévu?

— Comme vous pouvez le voir, j'ai des engagements préalables. Bryan hocha la tête en direction de sa maison. Je serai sur le plateau quand je serai attendu. Quant au reste, je ne peux pas commenter. Maintenant, si vous vouliez bien partir pour que cette famille puisse retrouver son intimité, j'apprécierais.

— Pensez-vous que Carina va se faire renvoyer?

— Il y a eu d'autres rapports d'autres plateaux qu'elle a ruinés quand elle n'était pas contente.

— Il paraît qu'ils cherchent à la remplacer.

— Continueriez-vous le film si elle était remplacée?

Les questions ne cessaient pas, mais Bryan les esquivait. Beth ne pouvait qu'admirer son professionnalisme et son éthique pour ne pas jeter l'actrice sous le bus, même si *elle* avait entendu les mêmes choses à propos de Carina, connue pour ses frasques sur les plateaux. Franchement, Beth avait toujours pensé que cette femme le faisait exprès pour garder son nom dans les journaux. Comme on disait à Hollywood, il n'y avait pas de mauvaise publicité. En banlieue, cependant, c'était une tout autre histoire. Beth aurait préféré que son nom ne soit plus jamais mentionné dans les journaux.

Ce qui signifiait, *bien sûr*, qu'un journaliste décida de la mêler à la conversation.

— Madame Hamilton, voudriez-vous commenter les services de Bryan chez vous?

Oh, les ricanements que *cette* question provoqua dans la foule assemblée - et oh, la colère qu'elle suscita chez Bryan. — Beth n'est *pas* impliquée là-dedans. Laissez-la en dehors de ça.

— Mais sûrement que votre sœur aimerait la publicité pour Manley Maids? Nous avons juste besoin d'une citation de votre *cliente*.

Ouais, le journaliste allait loin dans les sous-entendus. Beth avait envie d'être malade.

Bryan était de plus en plus en colère. — Ma sœur n'apprécierait pas les insinuations.

Il était près de perdre son sang-froid professionnel et ce ne serait pas bon pour son image - ni pour la réputation de Beth, car dès qu'il commencerait à la défendre, les gens penseraient qu'il en avait le droit, ce qui signifierait qu'il devait y avoir quelque chose entre eux et cela ouvrirait une autre boîte de Pandore.

— Mac dirige un service professionnel et vos commentaires n'y ont pas leur place. La conférence de presse est terminée, les gars. Il se retourna et entra dans sa maison sans un regard en arrière - mais en claquant définitivement la porte. — Désolé pour ça.

— Ce n'est pas ta faute.

— Eh bien, techniquement, si. Si je n'étais pas là, tu n'aurais pas à faire face à eux.

— Tu n'es là que pour quelques jours encore. Je suis sûre que je peux supporter ça jusque-là. C'était un petit prix à payer pour l'avoir près d'elle, car au moins il y avait une fin en vue.

Attends. Était-ce censé être une bonne chose?

— Je suis content que *toi*, tu le puisses.

— Euh, d'accord?

Bryan regarda derrière lui vers la porte d'entrée, puis la dirigea vers le bureau, loin des yeux indiscrets de la presse toujours sur son perron.

Il ferma la porte. Puis il mit sa main derrière sa nuque et l'attira dans un autre baiser à faire fondre les genoux.

Cinq minutes plus tard - ou peut-être trente - il la relâcha enfin. Et, mon Dieu, qu'elle avait du mal à le laisser partir.

— Je suis désolé, dit-il alors que ses lèvres quittaient les siennes. Je n'aurais pas dû faire ça.

— M'embrasser?

— Ouais.

— Pourquoi? Je veux dire, tu l'as fait hier soir aussi, et je ne me plaignais pas, si tu te souviens.

— Je m'en souviens. Et c'est le problème.

— C'est un problème que je ne te demande pas d'arrêter de m'embrasser?

— Oui. Parce que si tu le faisais, j'arrêterais. Et alors je ne penserais pas à ce que je veux faire d'autre avec toi.

— Quoi *d'autre*?

Il arqua un sourcil vers elle. — Allons, Beth. Tu as eu cinq enfants. Présumément, ce n'étaient pas des conceptions immaculées.

Elle rougit. — Bien sûr que non.

— Alors tu sais de quoi je parle.

— Eh bien, oui, mais... Mais tu pars.

— Exactement. Et ça met mon contrôle à rude épreuve. Je ne peux pas t'avoir ; tu n'es pas ce genre de femme, mais ça ne m'empêche pas de te désirer. Et quand je parle de partir, de ne plus te revoir, de sortir de ta vie pour que quelqu'un d'autre puisse y entrer, eh bien, ce n'est pas ce que je veux.

— Que *veux*-tu, Bryan? Mon Dieu, elle pouvait espérer tellement...

— C'est justement ça, Beth. Je te veux *toi*. Mais je ne veux pas ça.

— Ça? Ses enfants? Sa vie? Son monde? Mon Dieu, ça faisait mal. Il lui donnait tout dans une phrase et le lui arrachait dans la suivante.

— J'ai une carrière qui commence à décoller. Je ne peux pas m'en éloigner maintenant. J'ai travaillé trop dur pour arriver où je suis.

— Je ne te demande pas de t'en éloigner.

— Je sais. Mais j'y pense.

Mon Dieu, elle aussi. Mais si elle avait jamais pensé qu'il pourrait y avoir un compromis entre leurs modes de vie différents, cet événement médiatique sur son perron y avait mis fin. Ses enfants ne méritaient pas ce bouleversement. Et elle ne méritait pas ce chagrin. — Alors peut-être devrais-tu partir maintenant, Bryan. Rendre la rupture plus facile.

Pendant un moment, il parut peiné. Mais c'était un bon acteur, capable de faire appel à des émotions à volonté, et elle le vit le faire. Le vit encaisser, ranger ça, et sortir son côté professionnel.

Il passa la main qui n'était pas encore derrière sa nuque dans ses cheveux. — Oui, peut-être que ce serait mieux. Tu as raison ; ta famille n'a pas besoin de cette intrusion. Vous avez tous vécu assez de choses. Ma carrière et tout ce qui va avec sont mon choix, et ce n'est pas juste de vous l'imposer. Je suis désolé, Beth. Pour tellement de choses.

Pour ce qui aurait pu être...

— Je vais juste aller dire au revoir aux enfants et-

— Je préférerais que tu ne le fasses pas.

— Quoi?

Elle prit une profonde inspiration, sachant qu'elle faisait ce qu'il fallait, mais aussi que les autres seraient blessés qu'il ne leur dise pas au revoir. Cependant, une rupture nette valait mieux qu'une séparation prolongée avec des larmes et des promesses qui ne pourraient jamais être tenues. — Ils n'ont pas besoin du désordre de la séparation. Pars, c'est tout. Je leur dirai que tu as été appelé sur le plateau et que tu as dû partir. Si tu restes et fais toute une histoire de ton départ, ils y accorderont plus d'importance qu'il ne le faudrait. Après une semaine ou deux, ils passeront à autre chose.

Bryan ne pensait pas que son cœur puisse être davantage déchiré après qu'elle lui ait demandé de partir, mais lui dire que les enfants passeraient à autre chose... Ça, c'était le coup de grâce.

En tant qu'acteur, il connaissait le pouvoir des mots, mais en tant qu'homme, il n'avait jamais été confronté aux véritables sentiments qu'ils évoquaient.

Il ravala cette émotion, cligna des yeux plusieurs fois parce que, oui, ça faisait mal, puis puisa dans son répertoire pour afficher un visage *stoïque*. — Tu as raison, bien sûr. Il fléchit ses doigts derrière sa nuque, surpris de constater qu'il la touchait encore là. Il l'embrassait il y a à peine deux minutes, ses doigts enfouis dans ces boucles soyeuses qu'il voulait voir étalées sur un oreiller sous eux, et maintenant il devait la laisser partir.

Il expira et laissa retomber sa main. — Je te souhaite le meilleur, Beth.

— Toi aussi, Bryan. Sa voix était rauque et s'il n'avait pas été celui à qui elle avait demandé de partir, il aurait juré qu'elle était émue.

— Eh bien... Il éclaircit sa propre voix enrouée. — Je suppose que je vais prendre mon chapeau et m'en aller. Mac pourra passer chercher les affaires que j'ai laissées.

— Oui. C'est bien.

— Au revoir.

— Au revoir, Bryan. Bonne chance pour ton film.

Cette foutue comédie romantique pour laquelle il ne ressentait pas une once de bonheur à tourner en ce moment, parce qu'il allait représenter à l'écran ce qu'il venait peut-être de perdre dans la vraie vie.

Chapitre Vingt-Huit

Les enfants étaient déçus. Enfin, Kelsey était dévastée, certaine que sa popularité nouvellement acquise allait chuter en flèche sur Twitter. Jason, lui aussi, semblait abattu, reprenant l'air maussade d'adolescent qu'il avait perdu ces deux dernières semaines.

Les jumeaux ne cessaient de répéter : « Quand Bryan reviendra », et Maggie avait préparé un endroit spécial sur son bureau pour faire une liste de tout ce qui se passait dans ses journées afin de s'en souvenir pour le raconter à Bryan quand il reviendrait nettoyer sa maison de poupée des poils de Mme Beecham.

Beth n'avait pas le cœur de leur dire que cela n'arriverait pas. Ils finiraient tous par s'en rendre compte, avec un peu de chance quand l'excitation de sa présence se serait estompée. Elle ne voulait pas détruire leurs rêves.

Mais, mon Dieu, *ses* rêves à elle. Chacun d'entre eux était rempli de Bryan. Elle s'était réveillée le lendemain avec une douleur entre les cuisses qui n'avait même pas été là quand il *était* présent.

Elle aurait dû coucher avec lui. Elle aurait dû le faire accepter son offre dans la cabane dans l'arbre. Elle aurait dû créer les souvenirs qui l'auraient portée pendant les prochaines semaines — peut-être mois — jusqu'à ce qu'elle l'oublie. Bon sang, elle détestait que Kara ait eu raison.

Le téléphone sonna, lui offrant heureusement la distraction dont elle avait besoin — jusqu'à ce qu'elle entende qui c'était.

— Bonjour, Mme Hamilton. C'est Mac Manley. J'ai cru comprendre que vous avez mis fin au contrat de mon frère et je voulais savoir quel était le problème. J'aimerais le résoudre si possible.

Le seul problème était qu'il était trop sexy pour son propre bien. — Il n'y avait aucun problème. C'est juste qu'il a fait tout ce qui devait être fait, et puis, il a ce film qui arrive...

— Qu'il ne devait pas commencer avant une semaine et demie. A-t-il fait quelque chose? Abîmé quelque chose?

Seulement elle, pour un autre homme.

Ressaisis-toi!

Beth secoua la tête pour s'éclaircir les idées, même si Mac ne pouvait pas la voir. — Non. Bryan était un excellent travailleur. Il est allé au-delà de ses obligations, mais, eh bien, il avait terminé. Je n'ai plus rien pour l'occuper, et il semblait absurde de gaspiller son temps en inventant des choses à faire. J'ai pensé qu'il serait mieux sur son plateau de tournage.

Mac soupira à l'autre bout du fil. — Je pourrais envoyer quelqu'un d'autre. Gratuitement bien sûr. Je vous rembourserai le solde de ce qui a été payé.

— Ce n'est pas nécessaire, vraiment. Bryan a fait le travail de bonne foi. C'est moi qui l'ai laissé partir. Gardez l'argent. Et non, je ne veux personne d'autre.

Elle avait le sentiment qu'elle n'en voudrait plus jamais, d'ailleurs.

Allez, Beth, vraiment. Ressaisis-toi! Tu ne vas pas gâcher le reste de ta vie à languir pour ce type. Il est passé à autre chose ; tu dois faire de même.

— Je ne vais certainement pas garder l'argent si Manley Maids ne l'a pas gagné, dit Mac. Je vais vous le retourner.

— Pourquoi ne pas le donner alors? À la bibliothèque ou à l'école ou quelque chose comme ça. Quelqu'un d'autre qui pourrait avoir besoin de vos services mais qui n'a pas les moyens de payer. Vraiment, ce n'est pas nécessaire. Bryan a fait un excellent travail ; c'est juste que c'est terminé maintenant.

Quelque chose qu'elle allait se rappeler pendant de nombreuses nuits à venir.

— Qu'est-ce que tu as fait?

— Mac...

— Je te jure, Bryan, qu'est-ce que tu as fait?

— Mac...

— Tu me laisses un message bidon et je dois appeler ma propre cliente pour savoir ce qui s'est passé. Et *elle* n'a rien voulu me dire. Tu as joué les Rico Suave et tu l'as fait tomber amoureuse de toi, puis tu l'as jetée comme une starlette d'hier?

— Mac...

— Quatre semaines, Bry! *Quatre* semaines! C'est tout ce que je t'ai demandé. C'était notre pari, tu te souviens? Et tu n'as même pas pu faire ça? Sérieusement, qu'est-ce qui ne va *pas* chez toi? Tu dois courir après tout ce qui porte une jupe? Je pensais qu'une femme avec cinq enfants serait un assez bon frein, mais noooon. Pas mon frère, le tombeur. Il faut que tu fasses une entaille sur chaque montant de lit, je suppose. Je n'arrive pas à croire...

— Attends une minute, Mary-Alice Catherine Manley! La tension de Bryan montait en même temps que sa voix et il laissa tomber le boxer qu'il essayait de fourrer dans son sac de voyage. Sa voiture allait arriver dans moins de cinq minutes. Il n'avait *pas* le temps pour ça. — Je ne suis pas un Néandertalien qui doit faire une conquête partout où il va et tu le sais bien. Ne me dis pas ces conneries! J'ai été plus que circonspect avec Beth et ses enfants.

Bon, sauf quand il l'embrassait. Là, il était excité comme pas possible. Mais Beth l'était aussi, alors il doutait qu'elle l'ait dénoncé à sa sœur pour ça.

Il ramassa le boxer et le fourra dans le sac, puis le ferma — et *bien sûr*, la fermeture éclair se coinça dedans. Calant le téléphone entre son oreille et son épaule, il essaya de dégager le tissu. — Beth avait des problèmes avec la couverture médiatique qui accompagne le package Bryan Manley et je ne peux pas lui en vouloir. Après ce qu'elle et ses enfants ont traversé... Pourquoi diable m'as-tu envoyé là-bas? Quelque chose que Mac avait dit lui revint. — Merde. Tu m'as envoyé chez elle *parce qu'*elle a cinq enfants? Parce que tu sais que c'est la *dernière* chose que je veux dans ma vie et que tu es tellement inquiète que je drague tes clientes que tu as dû m'envoyer chez celle que tu pensais que je ne voudrais pas?

Il était insulté. Il n'avait jamais donné à Mac aucune raison de douter de son professionnalisme ou de sa parole. Et il lui avait *donné* sa parole qu'il serait professionnel en travaillant pour elle — certes, il parlait de la façon dont il nettoyait les maisons parce qu'il avait, après tout, essayé de se sortir de ce foutu pari, mais sérieusement? Elle pensait qu'il draguerait ses clientes?

— Oh, ne retourne pas ça contre moi, Bryan Matthew. Je l'ai fait pour toi. Je veux dire, personne ne va penser que tu serais intéressé par une veuve avec des enfants, elle moins que quiconque. C'était la mission la plus sûre que je pouvais trouver. Tu peux imaginer si une autre cliente avait jeté son dévolu sur toi? Tu serais en train de changer les draps et les ampoules et les tiroirs de commode dans sa chambre en te demandant comment tu allais t'en sortir à la fin de la journée. Je t'ai rendu service.

Il n'allait pas lui dire exactement quel service elle lui *avait* rendu. Enfin, *aurait* rendu si cette histoire avec Beth avait pu aller quelque part. Mais ce n'était pas possible. Et Beth, en femme intelligente, l'avait suffisamment compris pour lui demander de partir.

Il chercha du regard le dossier contenant son script. Il allait devoir réviser ses répliques car il n'avait pas été aussi assidu que d'habitude pour les mémoriser, étant trop occupé avec Beth et les enfants. — Je n'ai rien fait, Mac, mais je vais payer pour le reste du mois.

— Elle ne veut pas que je lui rende l'argent. Elle m'a dit de le donner.

Ah. Le dossier était là, sur l'îlot de sa cuisine, parmi une demi-douzaine de factures qu'il ferait mieux de payer avant de partir. Merde, il n'avait pas le temps. Il les glissa à l'intérieur du dossier. — Choisis une association d'aide aux victimes. Je doublerai le montant de ton don.

— Tu es un prince, Bry.

— Ouais, ouais, c'est ce qu'on me dit. Il glissa le dossier dans la poche avant de son sac d'ordinateur portable.

— J'étais sarcastique. Loin de moi l'idée de gonfler ton ego plus qu'il ne l'est déjà.

C'était un vieux refrain. Mac ne le laisserait jamais prendre la grosse tête, par amour.

— Donc on est d'accord? Il jeta un coup d'œil autour de sa maison pour voir s'il n'avait rien oublié. Malheureusement, l'endroit était tristement dépourvu de *choses*. Juste une télé haute définition, un système audio à faire sauter le toit, et quelques tableaux qu'un décorateur engagé lui avait dit d'acheter. Il n'aimait même pas l'art impressionniste, et pourtant c'était là sur ses murs. Cet endroit était aussi accueillant que la maison de poupée de Maggie. En fait, la maison de poupée était plus chaleureuse, étant donné que la fourrure de Mme Beecham lui donnait un air habité, alors que sa maison ressemblait plus à une halte. — Tu vas arrêter de me harceler maintenant à propos de faire quelque chose pour la mettre en colère?

— Tu promets que tu ne l'as pas fait?

— Je promets. Mettre Beth en colère n'avait jamais été son but. L'exciter, la rendre folle de désir, oui. Toutes les choses que Mac avait spécifiquement décidé que Beth ne serait pas intéressée.

Mac n'avait pas été dans ce kiosque. Ni sur la terrasse la nuit dernière.

Il passa les sangles du sac de sport sur son épaule alors que la limousine arrivait devant chez lui. Un bon avantage, ça. — Je dois y aller, Mac. Envoie quelqu'un d'autre chez Beth. Elle mérite une pause.

— Comme je l'ai dit, Bry, tu es un prince.

— Et maintenant je vais en jouer un dans les films. Je pars pour la côte.

— Tu me dois toujours, frangin.

— Quoi? Il jonglait avec le téléphone et ses clés en fermant la porte.

— Le pari. C'était pour quatre semaines et tu te tires plus tôt.

— Ce n'est pas suffisant que je paie pour ça? Le double? Il jeta ses clés dans le sac. Il n'en aurait pas besoin pendant un moment.

— Tu te défiles toujours pour un pari?

— Jamais. Il passa les sangles sur son épaule, jonglant avec le téléphone et son humeur. — Très bien. La prochaine fois que j'aurai une pause entre deux films, je ferai les huit jours restants.

— Je vais te tenir à ça.

Il fit un signe de tête au chauffeur qui ouvrit la portière, puis se glissa à l'arrière. — Fais donc ça.

— Je le ferai.

— Bien.

— Parfait.

— Salut, frangine.

— Salut, grand frère.

Elle raccrocha avant lui, bien sûr. Mac aimait avoir le dernier mot et elle adorait le taquiner en l'appelant son grand frère. Il était le plus jeune des trois frères et ça ne manquait jamais de l'énerver quand ses frères l'appelaient *le bébé*. Eh bien, il leur avait montré. Le nom le plus en vue sur l'affiche de ce film allait être le sien. Il était enfin en route vers les sommets.

Dommage que ça ressemble plus à un simple départ pour le travail.

— Tu l'as laissé partir? Kara faillit littéralement lâcher la bouteille de vin, ce qui était un péché majeur dans le monde de Kara.

Beth la lui prit et la posa sur la table en ardoise du patio. — Je ne l'ai *laissé* rien faire du tout. Il avait fini, alors il est parti.

— Je n'y crois pas. Jess leva les mains. — Personne, et je dis bien *personne*, ne laisse Bryan Manley partir avant la fin de son temps. Tu l'avais chez toi, dans le creux de ta main si tu le voulais, et il était sous contrat pour rester là, et tu l'as laissé partir? Franchement, Beth, essaies-tu de saboter ta vie amoureuse?

Beth chercha le tire-bouchon du regard. Quelque chose pour les distraire de cette conversation. Le vin devrait faire l'affaire. — Il n'y a *pas* de vie amoureuse, les filles. C'est ce que j'essaie de vous dire. Ce n'est pas parce que vous l'avez mis chez moi que des étincelles vont jaillir.

— Hum-hum. Elles se rassirent toutes les deux et croisèrent les bras.

— Tu oublies, on t'a vue à l'happy hour. On *l'a* vu à l'happy hour. Cet homme ne pouvait pas détacher ses yeux de toi.

Elle les avait sentis. Du moins, elle avait espéré que c'était ça, mais réalistement, elle s'était dit que ce n'était que de la pensée magique.

Toute l'histoire avec Bryan n'avait été que de la pensée magique.

— On peut changer de sujet? J'en ai un peu marre de parler de lui. C'était parce que les journalistes n'étaient pas partis. Drôle que Bryan et elle aient convenu qu'il partirait pour mettre fin à l'invasion, mais cela n'avait fait que déclencher une nouvelle vague d'intérêt. Ils s'étaient beaucoup intéressés à ses tâches chez elle et pourquoi elle l'avait renvoyé.

Donc, bien sûr, elle avait dû démentir cette rumeur, et puis il y avait eu les questions sur comment ses enfants géraient leur nouvelle célébrité étant donné ce qui s'était passé il y a deux ans, et ça n'avait pas été joli alors qu'elle essayait de protéger les enfants des questions et commentaires tout en tentant de faire partir ces gens de sa propriété et de ne pas leur montrer à quel point c'était douloureux, parce que d'après son expérience, plus un sujet était émotionnel, plus ils bourdonnaient autour comme des abeilles. Si elle faisait comme si ce n'était pas grand-chose, ils reculeraient.

Donc Beth avait dû prendre sur elle et prétendre que toute cette agitation dans son jardin ne la transformait pas en boule de nerfs et sourire doucement et répondre à leurs questions de la manière la plus évasive possible. D'où la réunion de ce soir chez Kara, avec les enfants dans la piscine et la salle de jeux, et elle avec un verre de vin devant elle, maintenant qu'elle avait réussi à déboucher la bouteille et à en verser pour chacune d'elles.

— D'accord, alors de quoi veux-tu parler ? Kara prit son verre et le fit tourner comme un sommelier. — De la nouvelle corde à linge dans ton jardin ? Oh, attends. C'est Bryan qui l'a installée. Que dirais-tu du nouveau lavabo dans la salle de bain des enfants ? Oh, attends. Bryan encore. Et le trou dans la clôture qui a été bouché... oups, Bryan encore. Elle ponctuait chaque phrase d'un tournoiement de son vin. — Votre sortie à Martinson's Amusements ? Oh, Bryan était là, n'est-ce pas ? Et que dire du médecin avec qui tu as dîné ? Tu sais, celui qui a été jeté hors du restaurant par nul autre que Bryan-Manley-à-la-rescousse. Bon sang, Beth, de quoi d'autre y a-t-il à parler ?

Beth lança un regard noir à Kara par-dessus le bord de son verre. — Que dirais-tu des camps d'été ? Ou de l'endroit où vous allez en vacances ? Qu'en est-il de la véranda que tu fais construire, Jess ? Quels professeurs vos enfants auront l'année prochaine ? Il y a beaucoup de choses dont on peut parler et ça n'a pas besoin de tourner autour de Bryan.

— Je ne comprends tout simplement pas. Tu ne veux pas quelqu'un dans ta vie ? Le vin de Kara tournait toujours. — Tu ne veux pas être désirée à nouveau, Beth ? Avoir un compagnon ?

Au diable tout ça. Beth vida son verre. Ce n'était pas beaucoup puisqu'elle n'en avait rempli qu'un quart, mais quand même, ça faisait du bien de faire une déclaration.

— Bien sûr que si. Mais pas avec Bryan. Allez, les filles, vous savez quel genre de vie il mène. Je ne peux pas élever des enfants dans cet aquarium. Et qui dit que j'en aurais même la chance ? Bryan ne veut pas élever les enfants de quelqu'un d'autre. Et certainement pas cinq.

— Il avait l'air plutôt à l'aise avec tes enfants chaque fois que je l'ai vu, dit Jess.

— Et il est venu au match de foot alors qu'il n'était pas obligé. Kara pointait à nouveau avec son verre de vin. Heureusement que Beth ne lui en avait donné qu'un peu ; il aurait débordé s'il y en avait eu plus. Et puis il y a eu la sortie au parc d'attractions. C'était son jour de congé et pourtant il l'a passé avec vous. Vous six.

Ces arguments, Beth y avait déjà pensé. Mais c'était elle qui l'avait entendu dire que ce qu'elle avait, il n'en voulait pas. Elle connaissait la réalité ; pourquoi ses amies ne pouvaient-elles pas l'accepter? — Il est venu parce qu'ils le lui ont *demandé*. C'est un type sympa ; il n'allait pas dire non s'il n'était pas obligé.

— Sérieusement? Une grande star de cinéma comme lui n'a rien de mieux à faire que de passer une journée dans un parc d'attractions parce qu'un enfant lui a *demandé de venir*? Il serait dans des parcs d'attractions tous les jours s'il faisait ça. Tes enfants ne sont pas les seuls qui aimeraient passer la journée avec une star de cinéma.

— Ils ne lui ont pas demandé *parce qu'*il est une star de cinéma. Ils lui ont demandé parce qu'ils l'aiment bien.

— C'est exactement notre point.

Kara se recula avec un air suffisant et leva son verre. — Tes enfants l'aiment bien. Il les aime bien. *Tu* l'aimes bien et il *t'*aime bien. Qu'est-ce qui ne va pas dans ce tableau?

Zut. Elle aurait aimé ne pas avoir fini son vin parce qu'elle avait besoin de quelques minutes pour trouver un argument. Ça lui avait semblé convaincant quand elle se l'était dit à elle-même. — D'accord, ils s'apprécient tous. Mais ça ne veut pas dire qu'on va avoir une relation. Il a une carrière qui n'est pas propice à élever des enfants et j'ai des enfants qui ne sont pas propices à parcourir le monde. Ça ne marcherait jamais.

— Tu ne le sauras pas avant d'avoir essayé. Kara arborait un sourire de chat du Cheshire en sirotant son vin.

— Il faut être deux pour essayer de faire fonctionner une relation, Kar. Il est parti dès que je l'ai suggéré. Il a même... - mince, elle aurait aimé avoir encore du vin pour rendre la suite plus acceptable - dit que ce que j'avais n'était pas ce qu'il voulait.

— Il n'a pas dit ça.

— Si, il l'a dit.

— Il ne le pensait pas comme tu crois. Jess se pencha en avant, faisant tourner le pied de son verre entre ses mains.

— Peu importe *comment* il le pensait ; il est parti. Il est sur le plateau. Il fait son travail. Il vit la vie qu'il veut. Je ne peux pas lui en vouloir pour ça. Et je ne vais certainement pas lui lancer un ultimatum ou quoi que ce soit.

Kara posa son verre avec un *clic* sur l'ardoise. — On dirait que tu l'as déjà fait.

— Quoi?

— Tu lui as dit que ça ne marcherait pas pour toi alors il est parti. Y a-t-il eu une discussion sur un compromis? Tu lui as demandé si tu pouvais venir sur le plateau? Beaucoup d'acteurs ont des familles qui viennent sur le plateau. Ne leur donnent-ils pas de grandes caravanes? Je parie que la sienne pourrait tous vous accueillir, vous sept. Surtout si vous deux partagez un lit.

Ce que Beth ne donnerait pas pour partager un lit avec Bryan - sauf la stabilité et le sentiment de sécurité de ses enfants. C'était non négociable. Ses enfants étaient tout pour elle. Elle aurait son temps une fois qu'ils seraient tous grands et indépendants. Bien dans leur peau et épanouis. Alors ce serait son tour.

Qui sait? Peut-être que Bryan serait encore libre à ce moment-là.

Lui? Sérieusement? Tu n'as pas passé deux semaines avec ce type? Quelqu'un va le saisir dès qu'il pensera à se poser. Tu as raté ta chance, ma belle.

— Je pense que tu devrais aller là où il tourne. Kara remplit le verre de Beth, et cette fois ce n'était pas qu'un quart du verre.

— Tu essaies de me saouler?

Kara lui tendit le verre. — Oui. Peut-être que ça te mettra un peu de plomb dans la cervelle parce que la sobriété ne te réussit pas.

Beth n'y toucha pas. — Je ne vais pas aller sur son plateau de tournage.

— Pourquoi pas?

— Parce qu'il ne m'a pas invitée. Et il y a les enfants.

— Alors emmène-les. Elle rapprocha le verre de Beth.

— Oh, bien sûr. Comme si j'allais débarquer sur son tournage avec cinq enfants.

Kara haussa les épaules. — Pourquoi pas? Si vous finissez ensemble, les enfants seront de toute façon avec vous sur les lieux de tournage. Autant commencer maintenant.

— Bryan et moi n'allons pas finir ensemble.

— Eh bien, vous ne finirez pas ensemble si vous ne vous *mettez* pas ensemble. Ça doit arriver d'abord.

— Je dis que tu devrais prendre le remboursement que Mary-Alice a proposé, dit Jess, et acheter des billets d'avion pour toi et les enfants pour aller à San Francisco. C'est bien là qu'ils tournent? Faites-en de belles vacances en famille et vois Bryan pendant que vous y êtes. Quand as-tu pris des vacances pour la dernière fois?

Environ trois mois avant la mort de Mike. Elle n'était pas montée dans un avion depuis et doutait fortement de le refaire un jour.

— Les enfants vont chez les parents de Mike ce week-end. Sa mère avait appelé ce matin pour le lui rappeler. Dieu merci, Donna l'avait fait, car avec tout ce qui se passait avec Bryan dans leur vie, Beth avait oublié.

— Donc, laisse-moi résumer. Kara tapotait son ongle sur la table d'ardoise. Tes cinq enfants partent pour le week-end chez leurs grands-parents, et tu as renvoyé, sans doute, l'homme le plus sexy du monde? Tu réalises que tu vas être seule ce week-end, n'est-ce pas, Beth? Je veux dire, l'homme n'a pas pu court-circuiter ton cerveau au point que tu ne t'en rendes pas compte. Tu pourrais l'avoir rien que pour toi pendant deux jours entiers! Qu'est-ce que tu fais assise ici? Tu devrais être en train d'acheter de la lingerie sexy.

— Hé, je suis partante pour une virée shopping. Jess avala le reste de son vin. Je vais nous appeler un taxi.

— Tu ne feras rien du tout. Beth fit glisser son verre au centre de la table. Pas pour elle, merci bien. Elle n'avait pas besoin de quoi que ce soit qui embrouille son jugement ou elle finirait par accepter cette idée ridicule. Je ne vais pas passer le week-end avec Bryan. Ça ne peut mener nulle part, alors à quoi bon?

— Oh mon Dieu. Kara but un peu du vin de Beth. Sérieusement? Un week-end torride de sexe incroyable alors que tu es célibataire depuis deux ans? Tu ne vois pas l'intérêt de ça? Ce n'est pas comme si tu devais épouser le gars. Juste passer un bon moment.

— À moins que... Les yeux de Jessica se plissèrent. Tu *veuilles* épouser le gars.

— D'accord, vous avez beaucoup trop bu. Beth vida le reste de la bouteille par-dessus la balustrade dans le parterre de fleurs. Je le connais depuis deux semaines et demie. Je ne vais *pas* épouser Bryan Manley.

— Dommage, dit Kara en sortant une autre bouteille du glacière. C'est exactement ce dont tu as besoin, Beth. Un type formidable qui aime tes enfants et qui t'apprécie beaucoup aussi. Et il peut certainement te permettre de conserver le train de vie auquel tu t'es habituée. Je ne vois pas d'inconvénient à cela.

— Eh bien, mis à part le fait qu'il faudrait son accord, il y a l'aspect aquarium public de sa vie. Tu ne te souviens pas de ce que c'était quand Mike est mort? Tout le harcèlement de la presse? Les enfants avaient peur de quitter la maison. Je ne pourrais pas leur faire subir ça à nouveau, même si Bryan était ne serait-ce que *vaguement* intéressé par une relation. Ce qui n'est pas le cas.

— Et tu sais ça comment?

Oh merde. La conversation prenait une tournure qu'elle ne voulait pas aborder avec ces femmes. Elles étaient peut-être ses deux meilleures amies, mais certaines choses étaient tout simplement trop personnelles pour être partagées.

— Vous en avez déjà parlé ensemble, n'est-ce pas? Vous avez discuté d'avoir une relation, dit Jess en tendant son verre à Kara pour qu'elle le remplisse, avec un sourire suffisant. Je le savais.

— Il a juste dit qu'il veut le glamour de son style de vie de star de cinéma. La banlieue n'offre pas le même éclat et le même glamour, j'en ai peur. Ça n'arrivera pas, les filles, alors on peut laisser tomber s'il vous plaît?

— D'accord, très bien, mais ça ne veut pas dire que tu ne peux pas profiter de ce week-end. Vas-y. Envole-toi pour l'endroit où il tourne. Amuse-toi. Ensuite, reviens lundi et reprends ta vie normale. Pense au bon moment que tu vas passer et aux souvenirs que tu vas créer. Personne ne dit que tu dois être une sainte, Beth. Tu es une femme normale, avec des besoins comme nous toutes. Bryan peut les satisfaire.

Elle aimerait y aller. Vraiment. Kara et Jess avançaient de bons arguments et si elle ne l'appréciait pas déjà autant, elle le ferait probablement. Mais le problème était qu'elle l'aimait *trop*. Si elle y allait, elle craignait que cette *affection* ne se transforme en quelque chose de plus et elle ne pouvait pas affronter ce chagrin.

Non, dans l'intérêt de l'auto-préservation et de la maturité, elle restait sur place.

Être un adulte responsable, ça craignait vraiment parfois.

Chapitre Vingt-Neuf

Bryan sortit de la limousine devant sa caravane sur le plateau. Une nouvelle caravane. Finie la caravane standard de second rôle. Ils avaient mis le paquet pour lui.

Il donna un pourboire au chauffeur. Certes, il n'était pas censé le faire ; le studio s'en chargeait, mais il n'avait pas oublié à quel point il était difficile de gagner sa vie et maintenant qu'il avait plus que nécessaire, il aimait partager sa richesse.

— Salut, Bry. Content de te voir! lança Josh, l'un des machinistes qui avait travaillé avec lui sur le dernier film.

— Je ne savais pas que tu serais sur ce film.

— Ouais, on m'a appelé à la dernière minute. Plutôt cool, même si ça ne va pas être aussi excitant que le dernier, hein? Pas d'armes, d'explosifs et de bombes en bikini.

— Carina est pas mal en bikini. Et il était presque sûr qu'il y avait quelques scènes en bikini dans ce film. Drôle qu'il ne puisse pas s'en souvenir avec certitude alors qu'il travaillait avec l'une des actrices les plus sexy de l'industrie.

Il préférerait voir Beth en bikini. Ou *sans* bikini.

Bon sang. Il devait la sortir de sa tête. Cette partie de sa vie était T-E-R-M-I-N-É-E.

— Carina peut être belle à l'écran, mais entre nous, lui chuchota Josh d'un air théâtral, son attitude de merde la rend vraiment peu attirante. Les costumiers sont prêts à démissionner, ils sont tous tellement énervés par ses exigences de nouveaux costumes. Cette femme pense qu'une femme au foyer de banlieue devrait porter des robes de bal.

Beth avait eu quelques jolies robes dans son placard. Probablement pour une réception chic à laquelle elle était allée avec son mari.

Il aurait adoré la voir dans l'une d'elles, le tissu moulant scintillant sur toutes ses courbes. Beth était faite comme une femme devait l'être et ses doigts ne demandaient qu'à parcourir tout son corps.

Son sexe avait aussi des démangeaisons.

Merde. Il devait vraiment passer à autre chose.

— Elle est toujours sur le plateau, alors? D'après ce que j'ai lu dans les journaux, je n'étais pas sûr.

— Ouais, elle est là. Pas contente d'y être et PJ n'est pas content d'elle. Ça rend le tournage vraiment sympa, tu vois?

PJ, le réalisateur, avait dirigé une demi-douzaine de comédies romantiques à succès et avait fait de Carina ce qu'elle était aujourd'hui. Avec ces deux-là sur ce film, Bryan était assuré d'avoir un certain buzz, mais si Carina allait rendre les choses difficiles, tout pourrait être un désastre. Alors il aurait quitté Beth pour rien.

Il ouvrit brusquement la porte de sa caravane. — Merci pour l'info, Josh. Je vais faire un petit somme avant de m'aventurer dehors. On dirait que je vais avoir besoin d'énergie pour tenir le rythme avec Carina.

— Si elle a son mot à dire, tu vas avoir besoin de cette énergie pour bien plus que ça en ce qui la concerne. Elle a déjà prévenu toutes les femmes de l'équipe de rester loin de toi.

Bryan s'arrêta sur la troisième marche. — Tu plaisantes?

— Hé, mec, que veux-tu que je te dise? Cette femme te veut.

— Ouais, eh bien je ne suis peut-être pas intéressé.

— Sérieusement? Cette femme est un canon. Une emmerdeuse, mais quelle importance si tu couches avec elle?

— Je ne vais pas coucher avec Carina Dempsey. Bryan avait envie de vomir rien qu'à cette idée.

Drôle, par le passé, il aurait peut-être été impatient d'être avec elle, mais maintenant? Il voulait juste terminer les scènes et retourner dans sa caravane. PJ avait dit qu'il pourrait jouer avec le planning quand il avait appris que

Bryan arrivait plus tôt. Il l'avait même remercié de le faire. Maintenant Bryan savait pourquoi.

Josh continuait de le régaler avec les frasques de Carina, mais Bryan faisait semblant d'écouter. Il sortit le dossier contenant le script pour voir quelles scènes ils allaient tourner en premier. Il priait pour que ce ne soit pas une des scènes romantiques. C'était la dernière chose dont il avait besoin après avoir tant désiré Beth.

Le dessin de Maggie était dans le dossier.

Cela le ramena directement à cette maison. À la cuisine et au désordre qu'elle avait fait en le créant. À la façon dont sa petite langue avait léché le coin de sa bouche alors qu'elle travaillait si intensément.

Il y avait les cinq enfants — Jason avec ses cheveux courts — et Beth.

Il s'affala sur la banquette en cuir de la table et repoussa ses cheveux de son front un peu plus fort que nécessaire. Cela expliquerait la grimace et l'humidité dans ses yeux.

— Ça va, Bry? demanda Josh au milieu d'une histoire de désastre concernant Carina. Tu as besoin de quelque chose? Je crois qu'ils ont mis de la bière dans ton frigo.

— Non, ça va. En quelque sorte.

— D'accord, mec. Eh bien, si tu veux, il y a une partie de poker ce soir dans la chambre deux cent trente-deux du Holiday Inn. Ça fait cinq jours que ça dure. J'ai gagné cent cinquante dollars. Tu es le bienvenu, si tu veux.

Une partie de poker? C'était ce qui l'avait mis dans ce pétrin ; il n'allait pas recommencer. Dieu seul savait ce que la prochaine partie lui ferait.

Chapitre Trente

— Tu es sûre que tu ne veux pas venir avec nous, Maman? demanda Maggie en serrant Mrs. Beecham une dernière fois dans ses bras. La pauvre chatte semblait avoir besoin de vacances, elle aussi.

— Ma chérie, je te l'ai dit. C'est pour vous et vos grands-parents. C'est un moment spécial. Vous ne vous rendrez même pas compte que je ne suis pas là.

— Si, je m'en rendrai compte. Papy ronfle et Mamie nous fait des œufs baveux. Je n'aime pas les œufs baveux.

La pauvre Donna essayait de faire les œufs de Maggie juste comme il fallait, mais Maggie était difficile. Juste un peu plus que coulants mais pas tout à fait durs. Mike avait été le seul à savoir les faire correctement — jusqu'à l'accident, puis Beth avait passé plus de trois heures et utilisé six douzaines d'œufs pour perfectionner le petit-déjeuner préféré de sa fille.

— Mamie fait de son mieux, ma chérie. Et tu pourrais essayer de manger ce qu'elle prépare sans te plaindre. Si elle pouvait les faire comme tu les aimes, elle le ferait, mais au moins elle essaie.

Maggie poussa un grand soupir de fillette de cinq ans qui comprend tout. « Je sais. » Elle serra à nouveau Mrs. Beecham dans ses bras. « Au revoir Mrs. B. Ne sois pas trop seule sans moi. »

— Elle a Sherman pour lui tenir compagnie, dit Tommy en ébouriffant les oreilles du monstre — un geste qui servait d'interrupteur ON pour le Jack Russell terrier.

Sherman commença à bondir — littéralement — sur les murs. Il savait que les enfants partaient et il n'était pas content. Cela ne lui laisserait que le chat à embêter et Mrs. Beecham avait perfectionné l'art d'ignorer le chien autant que possible. Cela lui laissait aussi Beth, une perspective qui ne réjouissait ni l'un ni l'autre.

— Alors, je peux avoir des extensions, Maman? demanda Kelsey, prenant soudain un accent de Valley Girl. Les adolescentes. Toujours en train d'essayer de se définir, ce qui expliquait cette dernière requête de sa fille aînée. « Elles coûtent genre trois cinquante chacune sur les panneaux et je peux avoir plein de couleurs différentes. Jenna dit qu'elles sont super cool et que tout le monde en porte cet été. »

— Trois. Tu peux en avoir trois. Pas plus. Elle glissa quinze dollars dans la main de Kelsey. « Et je veux la monnaie. »

— Je dois leur donner un pourboire, tu sais.

— D'accord, très bien. Mais seulement trois.

— Et un piercing au nombril?

Beth leva les yeux au ciel. Kelsey repoussait toujours les limites. « Dehors. Maintenant. Et ne reviens pas avec plus de trous dans ton corps que Dieu n'en a mis. »

— Beurk, c'est dégoûtant, fit Tommy en mimant un haut-le-cœur.

Mark, bien sûr, devait taquiner Kelsey. « Kelsey a des trous dans son corps. Kelsey a des trous dans son corps », chantonna-t-il.

Kelsey posa sa main sur le haut de sa tête comme sur un ballon de basket. « Je vais te dire qui va avoir des trous dans la tête s'il ne se tait pas. »

— Ooooh, Kelsey a dit se taire! Maggie fit un geste de *tss-tss* avec ses doigts — ce qui lui fit lâcher Mrs. Beecham, qui s'enfuit dès qu'elle aperçut — et entendit grogner — Sherman.

Dieu merci, Donna et John arrivèrent à ce moment-là. Le chaos des grands-parents était bien préférable au chaos des enfants-poursuivant-le-chien-poursuivant-le-chat et Sherman se calmerait une fois tout ce bruit parti.

— Salut les enfants! Vous êtes prêts pour de bons moments à la plage? John avait une voix tonitruante, tout comme son fils l'avait eue.

Le cœur de Beth se serra à l'idée que Mike ne pourrait jamais faire pour leurs petits-enfants ce que John était capable de faire.

Mon Dieu, comment allait-elle survivre à la grand-parentalité seule? Beth évita d'imaginer ce que c'était pour ses beaux-parents. Elle y avait pensé pendant la préparation des funérailles et ça avait été trop dur. Elle n'avait pas été capable de supporter sa propre tristesse, celle de ses enfants et leur peur — la sienne aussi — *et* d'éprouver de l'empathie pour les parents de Mike. Elle n'avait tout simplement pas eu assez de force en elle et même là, deux ans plus tard, elle ne pouvait toujours pas imaginer ce que ça avait dû être pour eux de perdre non seulement un enfant, mais leur *unique* enfant. Elle ne se plaindrait jamais d'avoir tant d'enfants. Peu importe le travail, le stress et l'argent, ces enfants étaient tout pour elle et elle ne perdait jamais cela de vue.

Pas même quand Kara et Jess lui avaient présenté une proposition très tentante la nuit dernière.

Elle attrapa le sac de sport le plus proche et le hissa sur son épaule, heureuse de ce changement de perspective. Bryan était hors limites pour toutes les raisons qu'elle avait données à Kara et Jess. « Allez, les enfants, mettons vos sacs dans la voiture. »

— C'est un camion, Maman, chuchota Maggie d'une voix forte. « Papy a dit que c'était son camion. »

— C'est un SUV, Mags. Jason souleva sa petite sœur dans ses bras, une première pour lui, et prit le sac sans qu'on le lui demande.

La gorge de Beth se serra quand Maggie poussa un cri de joie, exactement comme elle le faisait avec Mike. Comme elle l'avait fait avec Bryan. Et maintenant avec Jason. Sa famille se reconstruisait. Retrouvait le rire dans la vie quotidienne. Redevenait elle-même. Deux longues années et enfin, ils pouvaient aller de l'avant.

— Tu es sûre que tu ne veux pas venir? demanda Donna tandis que John rassemblait cinq enfants excités vers la porte d'entrée.

— Merci de demander, mais c'est votre moment avec eux. Vous n'avez pas besoin de moi dans les parages. Profitez d'être grands-parents. Gâtez-les. Beth poussa un autre jouet de Sherman sous le canapé. Ou en fait, elle pensait que celui-là pouvait être à Tommy. Peut-être que sa maison resterait réellement présentable plus de cinq minutes ce week-end.

— Oui, c'est le privilège des grands-parents.

— Et ils en ont besoin. Avec moi, c'est tout le temps des emplois du temps, des corvées et des lectures d'été. Elle tapota un coussin sur le canapé. C'était la première fois qu'elle faisait ça en deux ans. « Ils méritent une pause. »

— Et toi aussi.

Elle tapota un autre coussin. « J'aime mes enfants. »

— Nous le savons, ma chérie. Donna posa sa main sur le bras de Beth. « Mais tu es humaine comme nous tous. Tu as besoin d'une pause. Tu as besoin de te détendre et d'être toi. Juste toi. »

Beth ne put répondre à Donna car cette perspicacité était trop bouleversante. Elle avait besoin d'être elle-même. De découvrir qui était ce *elle-même* à nouveau. Et peut-être même de redéfinir ce nouveau *elle-même*.

Elle serra les épaules de Donna et l'embrassa sur la joue. « Merci beaucoup de faire ça. »

— Oh, c'est un plaisir, Beth. Nous aimerions juste pouvoir faire plus, mais là où nous vivons, eh bien, il y a des règles.

La beauté et la malédiction d'une communauté de plus de cinquante-cinq ans était que les petits-enfants ne pouvaient pas rester plus d'un week-end. Étant donné que Donna et John vivaient à une heure et demie de route, ce n'était pas vraiment la peine de faire ces week-ends régulièrement, c'est pourquoi ce long week-end à la plage était si apprécié.

— J'espère que tu as prévu quelque chose de spécial pour ce week-end. Donna tapota un coussin et elles se sourirent. « J'ai entendu parler de cette star de cinéma qui travaillait pour toi. Peut-être quelque chose de ce côté-là... »

Ouais, c'était un peu étrange que sa belle-mère essaie de jouer les entremetteuses.

— Ce n'est rien de tout ça, Donna. De toute façon, il est parti tourner son nouveau film. Il aidait juste sa sœur. C'est elle qui possède le service de nettoyage.

— Oh. C'est dommage. Je veux dire, Michael n'aurait pas voulu que tu sois seule. Tu as besoin d'un partenaire dans cette situation, Beth. Élever cinq enfants est déjà assez difficile pour deux parents, mais pour un seul... Donna lui tapota le bras. John et moi nous inquiétons pour toi, ma chérie. Tu seras toujours notre belle-fille, mais ça ne nous dérange pas de partager si tu trouves quelqu'un d'autre pour t'aimer, toi et les enfants. Nous voulions juste que tu saches que tu as notre bénédiction.

Beth ne put répondre. Elle pouvait à peine respirer, encore moins parler. Au lieu de cela, elle enveloppa sa belle-mère dans une énorme étreinte et retint ses larmes. Elle aurait été tellement bénie dans sa vie si ce n'était pas pour ce fichu accident d'avion.

Donna lui tapota le dos, puis se redressa avec toute la brusque efficacité avec laquelle elle avait élevé son fils. — Alors profite bien de ton week-end de détente toute seule. Assure-toi de te dorloter, Beth. Un massage, un soin du visage. Va voir un film. Sors manger. Fais-toi plaisir.

— Oh, Maman l'a déjà fait, gazouilla Maggie depuis la porte. Bryan l'y a obligée. Puis il a emmené les garçons faire des courses pour qu'on puisse dévolver des œufs.

Donna leva un sourcil vers Beth.

— *Dissoudre* des œufs. Ils faisaient une expérience sur les effets du soda sur les coquilles d'œufs pour montrer comment ça affecte les dents.

— Ouais et c'était dégoûtant. Je ne boirai plus jamais de soda parce que je veux garder mes dents. C'est pour ça que Grand-père n'en a pas? Il buvait beaucoup de soda?

John avait retiré son dentier devant les enfants une fois par accident. Ils n'avaient pas eu peur et le suppliaient de les enlever chaque fois qu'ils le voyaient.

— Pourquoi n'irions-nous pas lui poser la question, Maggie? Donna tendit la main et regarda par-dessus son épaule vers Beth quand Maggie s'y accrocha. On se voit dimanche soir, Beth. Fais quelque chose de spécial ce week-end.

Kara avait une bonne suggestion.

Pendant une seconde, Beth l'envisagea. Juste prendre le premier avion pour la côte ouest et rendre visite à Bryan sur son plateau de tournage.

C'était une pensée tentante.

Un week-end rien que pour elle. Personne à qui rendre des comptes ou dont s'inquiéter ou à aller chercher chez un ami ou à déposer à une activité. Elle pourrait ne penser qu'à elle-même et à ce qu'elle voulait. Ce dont elle avait besoin. Parce que, même si elle détestait l'admettre, oui, elle avait besoin de Bryan. Elle avait besoin de ce contact humain. Ce contact physique. Elle n'avait jamais réalisé à quel point les câlins étaient importants. À quel point ils lui manqueraient. Mais avec la mort de Mike, un tout nouveau monde de vide et de solitude s'était ouvert à elle et ces deux dernières semaines, Bryan en avait comblé une partie.

Elle était une femme adulte. Elle pouvait prendre ce week-end pour elle-même. Personne n'aurait besoin de le savoir. Juste elle et lui et-

Et les paparazzi. Déjà, la couverture médiatique de Bryan sur le plateau avait fait les nouvelles locales. La presse s'intéressait toujours à ce qu'il faisait, où il allait, avec qui il y allait.

Donc, autant qu'elle voulait y aller, elle n'irait pas. Outre le fait que Bryan avait respecté son souhait et était parti, elle devrait prendre l'avion. Ce serait plus difficile que d'être une femme désinvolte.

Chapitre Trente-Et-Un

— Coupez!

Bryan prit une profonde inspiration et essaya de ne pas fusiller Carina du regard. Elle sabotait délibérément la scène.

PJ sortit de derrière la caméra. — Carina, tu ne peux pas chevaucher Bryan. Ce n'est pas dans le script et Megan ne ferait pas ça.

— Megan est un peu trop réservée. Carina, sans bouger d'un pouce de là où elle était plaquée sur ses genoux, sortit un rouge à lèvres de sa poche arrière et en barbouilla ses lèvres siliconées.

Bryan essaya de ne pas avoir un haut-le-cœur. Il détestait vraiment le goût du rouge à lèvres. Les femmes le portaient définitivement pour elles-mêmes et non pour les hommes, car aucun gars que Bryan connaissait n'avait jamais rien dit sur le goût extraordinaire du rouge à lèvres d'une femme après l'avoir embrassée.

PJ arracha sa casquette de baseball et passa son bras sur son front. Il n'était que huit heures et demie et déjà les esprits s'échauffaient. — Megan est *censée* être réservée. C'est en partie pour ça qu'elle et Mike ne sautent pas au lit ensemble tout de suite.

— Eh bien, je pense qu'ils devraient. Ça pimenterait un peu ce film. Elle détailla Bryan du regard.

Mon Dieu, non. Bryan essaya de ne pas gigoter. Moins il aurait de scènes d'amour à faire avec Carina, mieux ce serait.

Il toussa pour cacher son rire. Le voilà avec l'une des plus belles femmes de la planète dans un boulot pour lequel plus de la moitié de la population masculine tuerait, et il cherchait des moyens d'*éviter* de l'embrasser.

— Alors nous n'aurions plus de film.

Carina leva les yeux au ciel, puis fixa sa bouche avant de glisser sa jambe sur ses genoux, lentement, l'invitation toujours dans ses yeux. — Je pense qu'on en aurait un meilleur.

— Eh bien, ce serait certainement un film différent. Bryan se leva et surprit le regard de Carina sur son entrejambe. *Désolé, ma belle, mais il ne réagit pas à toi.* Probablement la première fois que ça lui arrivait.

PJ fit un signe de tête à Bryan et poussa un grand soupir. — Bon, d'accord. Reprenons à partir du moment où Mike surprend Megan dans le jardin.

— Et si Bryan faisait cette scène torse nu? Carina tira sur l'ourlet de son T-shirt. — Ça surprendrait vraiment Megan et la ferait peut-être penser au sexe un peu plus tôt. Ça prend du temps pour y arriver dans cette histoire.

— Carina, faisons-le comme c'est écrit, d'accord? PJ remit sa casquette et en baissa la visière. — On construit la tension sexuelle pour le grand dénouement au bon moment. Tout ce qui arriverait plus tôt la diluerait.

Carina grimaça. — PJ n'a probablement pas baisé depuis des années, marmonna-t-elle. Qu'est-ce qu'il connaît à la tension sexuelle?

Bryan choisit de l'ignorer. Le truc, c'est qu'il avait l'impression de ne pas savoir ce que c'était non plus, parce qu'il n'était tellement pas attiré par Carina qu'elle aurait pu être un mec pour ce qu'il en avait à faire. Bon, d'accord, il exagérait peut-être, mais essayer de rassembler un semblant d'attirance pour elle mettait ses talents d'acteur à l'épreuve d'une manière qu'il n'avait pas anticipée. Après tout, qui ne *voudrait pas* embrasser une belle femme?

Lui, apparemment, si la femme n'était pas Beth.

Bryan garda son T-shirt, au sens propre comme au figuré, supporta les caprices de diva de Carina, et ils réussirent à mettre la scène en boîte pour la journée. Deux heures de plus que ce que ça aurait dû leur prendre, mais au moins celle-là était faite. Pourquoi avait-il accepté de faire ça déjà? Ah oui. Parce que travailler avec Carina Dempsey dans une de ses comédies romantiques emblématiques était censé être bon pour sa carrière.

Il commençait à se demander pourquoi. Certes, elle était l'actrice la plus en vogue d'Hollywood en ce moment, mais il n'était pas exactement à la traîne dans le département de la demande. Un film avec elle. C'est tout ce qu'il faisait et ensuite il vivrait et mourrait par ses propres mérites. Il espérait juste survivre à ce film parce que si c'était ce qu'une seule scène pouvait lui faire, il n'avait pas hâte de voir le reste.

Il aurait dû rester chez Beth et finir ses quatre semaines. Ou, mieux encore, rester chez lui et nettoyer son propre appartement pour remplir le pari de Mac au lieu de venir ici plus tôt. À quoi avait-il bien pu penser?

Tu fuyais. Beth et les enfants et tous les liens.

Ouais, il avait fui. Et alors? Il n'allait pas s'excuser pour ça ou se laisser culpabiliser par sa propre conscience, bon sang. Il ne *voulait pas* de cette vie de classe moyenne et c'était tout ce que Beth avait à offrir. Ça craignait, mais c'était comme ça. Au moins, il était honnête avec lui-même, et avec elle. Leurs vies suivaient des chemins différents.

— Ok, passons en revue le placement pour la scène de la cuisine. PJ dirigea l'équipe de tournage pour faire pivoter les caméras sous un angle différent. — Allez, Bryan, voyons à quel point tu es bon dans une cuisine.

Il était sacrément bon dans une cuisine ; il suffisait de demander à Beth.

Bien sûr, il était aussi sacrément bon dans un kiosque de jardin et sur une terrasse, et il serait absolument parfait dans une chambre s'il pouvait un jour y amener Beth.

Les doigts de Carina remontèrent le long de son abdomen. — J'ai *tellement* hâte de faire un peu de cuisine avec toi, Bryan, dit-elle d'une voix presque ronronnante.

Il ne dit pas un mot.

— Tenons-nous-en au script pour celle-ci, d'accord, Carina? Comme ça, on pourra peut-être finir plus tôt.

— Tu veux traîner après? Prendre un morceau? Elle ignora délibérément PJ - et elle ne parlait pas de nourriture.

— Merci, mais j'ai des projets. Comme remonter directement dans un avion. Il avait quitté Beth et les enfants pour ça? À quoi avait-il pensé?

Il n'avait pas pensé. Il avait réagi. À Beth lui demandant de partir. À la fuite de tout ce qu'elle représentait, tout ce qu'il ne voulait pas dans sa vie.

Sauf qu'il voulait Beth.

Il voulait ses enfants.

Merde. Il était vraiment dans la merde. Et pas de la façon dont Carina voulait manifestement qu'il le soit alors qu'elle tournait autour de lui, traînant sa main sur son abdomen. *Bas* sur son abdomen.

— Qu'est-ce que tu peux bien avoir à faire qui soit plus amusant que de traîner avec moi?

Il n'allait pas rappeler à Carina qu'ils étaient à moins d'une heure de route de San Francisco. Pas exactement un trou perdu. — Des trucs.

Elle suça sa lèvre inférieure. Ouais, se faire rembarrer était définitivement une nouvelle expérience pour elle. Elle laissa tomber sa main - juste devant lui, mais cela ne ferait que confirmer qu'il n'avait aucun intérêt à commencer quoi que ce soit.

— Bon, d'accord alors. Je suppose que je trouverai autre chose à faire. Et pour le reste du temps où on tournera ensemble.

— Je pense que c'est probablement le mieux.

Il espérait simplement qu'elle serait assez professionnelle pour ne pas laisser cela affecter leur relation de travail. Même si elle était au sommet de sa carrière en ce moment, un seul faux pas pouvait nuire à sa valeur marchande ; elle devait en être consciente. Il n'avait certainement aucune intention de gâcher le film, ni de coucher avec la vedette féminine du film.

Il devait parler à PJ. Le réalisateur avait réorganisé le planning de tournage quand il était arrivé plus tôt ; maintenant Bryan comprenait pourquoi. Tout pour éviter d'avoir à travailler en tête-à-tête avec Carina. Eh bien, c'était inévitable. Contractuellement, il n'était pas prévu avant une autre semaine et il avait des choses à régler chez lui.

Il allait rentrer.

Chapitre Trente-Deux

— Laisse-moi résumer ça. Liam tendit une part de pizza à Bryan. Tu es revenu ici à cause d'une femme et pourtant tu es là à jouer aux cartes avec nous?

Bryan prit une bouchée de sa pizza préférée. Peu importe le nombre de villes qu'il avait visitées — Rome incluse —, rien ne valait la pizza de Vinny au coin de la rue de la maison où il avait grandi. — Euh, ouais.

— Et pourquoi as-tu fait cette connerie? demanda Sean en distribuant la première main de la soirée. Je veux dire, je sais qu'on est *bros avant les meufs*, mais si cette nana valait la peine de refuser Carina Dempsey, alors je dis que tu devrais te faire examiner la tête pour être assis ici avec nous. Je veux dire, on est beaux gosses mais on joue totalement dans la même équipe que toi.

— Sans parler du fait qu'on est de la même famille.

— Ouais, il y a ça aussi. C'est un peu tordu.

— Un peu.

Bryan ricana. Il pouvait toujours compter sur ses frères pour le remettre dans le droit chemin. Rien de tel que la famille pour vous ramener à vous-même et ne pas vous laisser vous en tirer comme ça. Comme laisser tomber le nom de Carina. Il y avait eu quelques sourcils levés, mais c'était à peu près tout.

— Alors qu'est-ce que tu fais assis ici? Sean regarda ses cartes. Mise d'entrée pendant que tu y es.

— Bien sûr. Bryan vérifia ses cartes. Les quatre étaient joker et il en avait deux. Avec le sept visible, il avait un brelan. Pas une mauvaise main pour commencer.

Ça s'améliora sur les deux suivantes, lorsque deux autres sept apparurent. Cinq d'une sorte.

C'était tellement symbolique que c'en était effrayant. Il gagna la main avec elles — ses deux dernières cartes étant un roi et une reine de cœur et il n'avait pas besoin que l'univers le lui dise deux fois.

Il prit une autre part de pizza, encaissa ses jetons et appela ça une soirée de bonne heure. Il aimait ses frères, mais ils avaient raison. Que faisait-il ici alors que la personne avec qui il voulait être était à quelques kilomètres?

Beth éteignit la télé. Sérieusement, elle ne devrait *pas* être assise ici dans le noir avec un verre de vin qu'elle sirotait depuis quatre heures en regardant un marathon de films de Bryan Manley. Appelez-la donc maso.

Elle jeta un coup d'œil au dernier texto que les enfants avaient envoyé. Ils s'amusaient bien sur les manèges de la promenade, même si Maggie disait que ce n'était pas aussi amusant sans Bryan.

Beaucoup de choses n'étaient pas aussi amusantes sans Bryan.

Elle soupira et se leva du canapé, tirant son T-shirt sur ses cuisses. Adieu la lingerie sexy. C'était une bonne chose que Bryan ne soit pas là ne serait-ce que pour cette raison.

Et c'était la seule raison qu'elle pouvait imaginer pour être contente qu'il ne soit pas là.

Elle ramassa le verre de vin et le bol de pop-corn à moitié mangé. Quelle soirée excitante ça s'avérait être...

Elle fit sortir Sherman. Même le chien n'aimait pas le calme de la maison. Il s'était mis à la suivre partout comme, eh bien, un chiot — d'une manière qu'il n'avait jamais fait même quand il *était* un chiot — et même Mrs. Beecham avait daigné se lover sur le dessus du canapé au lieu d'être dans la maison de poupée de Maggie, comme si elle voulait s'assurer qu'il y avait *quelqu'un* encore dans la maison.

Est-ce que ce serait comme ça quand les enfants auraient tous grandi et seraient partis?

Arrête ça, Hamilton. Tu es encore assez jeune pour trouver quelqu'un.

Quand les enfants seront un peu plus âgés, ils pourront supporter que tu sortes avec quelqu'un.

Eh bien, elle n'allait trouver personne ce soir et il était temps d'aller se coucher.

Elle mit le bol et le verre dans l'évier et fit rentrer Sherman, puis le mit dans sa cage. Sans Jason pour se blottir contre lui, le terrier rôderait dans la maison à la recherche de son copain. Elle avait passé trop de nuits blanches par le passé jusqu'à ce qu'elle pense à mettre une des chemises de Jason dans la cage et à l'y enfermer. Sherman dormait alors comme un bébé, et elle aussi pouvait dormir.

— Bonne nuit, Sherman. Fais de beaux rêves. Elle parlait de rêves au chien. Peut-être devrait-elle faire quelque chose de spécial demain. Passer toute la journée au spa. Aller en ville et voir un spectacle. N'importe quoi plutôt que de passer son temps à se morfondre dans la maison, à regarder les murs et à converser avec les animaux.

Elle éteignit la lumière de la cuisine et traversait le salon obscur pour aller vers l'escalier principal quand la sonnette retentit.

Elle jeta un coup d'œil à son téléphone portable. Vingt-deux heures quarante-sept. Qui sonnait à sa porte à onze heures moins le quart un vendredi soir?

Kara, qui voulait l'entraîner pour une folle nuit en ville.

Beth se dirigea vers la porte. Ça apprendrait à Kara qu'elle réponde à la porte habillée comme ça.

Seulement... ce n'était pas Kara.

Chapitre Trente-Trois

— Bryan.

— Salut, Beth.

Évidemment. Elle avait l'air affreuse et lui... Il était toujours aussi magnifique. Même fatigué par le voyage et dans des vêtements froissés, Bryan était incroyable.

— Que fais-tu ici? Je croyais que tu tournais ton film?

— C'était le cas. Et maintenant je suis de retour.

Il n'avait pas bougé de son porche. Il n'avait pas bougé d'un muscle en fait. Ses mains étaient dans les poches de son pantalon, sa tête légèrement inclinée vers la droite et ses pieds fermement plantés à quelques centimètres du seuil.

Elle, en revanche, ne tenait pas en place. Elle bougeait les pieds, se tordait les mains puis les mettait sur ses hanches, puis derrière son dos, puis les croisait devant elle... Elle ne trouvait pas de position confortable. — Mais... pourquoi?

Il prit une profonde inspiration. — Je peux entrer?

— Oh, euh, oui. Bien sûr. Elle recula, reconnaissante d'avoir éteint les lumières. Elle ne voulait pas qu'il la voie dans ce stupide vieux T-shirt élimé qu'elle avait tiré du fond de son placard.

— Les enfants sont au lit?

— Oh. Ils ne sont pas là. Mes beaux-parents les ont emmenés à la plage ce week-end. Ils ne reviennent pas avant dimanche soir.

— Donc tu es seule?

Le cœur de Beth s'emballa. Elle était seule dans une maison sombre, à peine habillée, avec Bryan Manley, l'homme qu'elle désirait plus que tout, qui, si ce qu'il avait dit sur sa terrasse l'autre soir était vrai, la désirait tout autant. — Oui.

Bryan sortit les mains de ses poches et passa l'une d'elles dans ses cheveux. — Bon sang, Beth. Était-ce nécessaire de dire ça?

— Tu as demandé.

— Je sais. Mais c'était parce que je ne pensais pas que la réponse serait oui.

— Je suis désolée, mais je ne suis pas cette conversation. Pourquoi es-tu ici?

— Ça. C'est pour ça que je suis ici.

Il ne lui fallut que deux pas pour la prendre dans ses bras. Une seconde de plus et il l'embrassait. Une demi-seconde après, elle avait repris ses esprits suffisamment pour les perdre à nouveau quand le baiser passa de *bonjour* à *brûlant* en un instant.

Mon Dieu, elle voulait ça. En avait besoin. Avait besoin de lui.

— Beth, dis-moi d'arrêter, gémit-il en passant ses mains sur son dos, jusqu'à ses fesses, puis, mercimonDieu, sous son T-shirt.

Elle secoua la tête et suça sa lèvre inférieure. Elle n'allait pas lui dire d'arrêter. Pas maintenant. Il n'aurait pas dû venir s'il n'avait pas voulu ça.

Il la serra contre lui. Oh oui, il voulait ça.

— Je te veux, Beth. Je sais que j'ai dit que je ne devrais pas, mais c'est le cas, et je ne peux pas m'empêcher de penser à toi.

Ces mots étaient incroyables, tout comme ses mains et ses lèvres et son odeur et son goût et Dieu merci il ne pouvait pas s'arrêter parce qu'elle ne savait pas ce qu'elle ferait s'il le faisait.

Beth enroula ses bras autour de ses épaules et pressa ses seins douloureux contre lui. Mon Dieu, elle voulait qu'il la touche là. En avait besoin. Cela faisait si incroyablement longtemps qu'elle n'avait pas désiré les mains de quelqu'un sur elle. Et ses lèvres et sa langue...

— Bryan, touche-moi. S'il te plaît. Elle n'avait pas voulu supplier, mais ce *s'il te plaît* ressemblait bien à une supplication et, curieusement, elle s'en fichait.

Bryan comprit. Il prit sa tête entre ses mains et frotta son nez contre le sien. — Je vais le faire, Beth. Je vais le faire. Parmi tant d'autres choses... si tu me laisses faire?

Ses yeux verts dansaient entre les siens, cherchant une réponse. Beth n'était pas tout à fait sûre de la question, mais elle savait que quoi que Bryan lui demande de faire ce soir, elle le ferait. Et demain aussi. Même dimanche, jusqu'à ce que les enfants rentrent.

Ce n'était *pas* le moment de penser aux enfants. C'était le moment de ne penser qu'à elle et Bryan et à ce qu'ils pouvaient faire pour, à et avec l'autre.

Mais Bryan arrêta de l'embrasser. — Beth. Ma chérie. Je suis désolé. On ne devrait pas. Je n'aurais pas dû-

— Je ne veux pas l'entendre. Tu es venu ici pour une raison. Quelle était-elle, Bryan? Elle ne jouait pas. Elle, plus que quiconque, savait à quelle vitesse la vie pouvait disparaître. Elle n'allait pas gaspiller une minute de plus sur des *devrait être*. C'était l'heure des *pourrait être*, et elle voulait un *pourrait être* avec Bryan.

Elle enroula ses doigts dans ses cheveux et tira doucement. — Dis-moi, Bryan. Qu'est-ce qui t'a fait quitter ton plateau de tournage et revenir ici? Ce soir? À vingt-trois heures? Dans ta ville natale si éloignée des projecteurs d'Hollywood?

Il chercha encore une fois dans ses yeux, puis prit une profonde inspiration et ce fut comme si une grande décision capitale avait été prise.

— Toi, Beth. J'avais besoin de toi. De te voir. D'être avec toi. Sa voix baissa. De te toucher.

— Et maintenant que tu es là? Maintenant que tu me tiens dans tes bras? Elle caressa l'arrière de son cou et si elle ne se trompait pas, elle le sentit frissonner.

Il caressa sa joue et releva son menton avec son pouce. — Je te veux. Tu le sais. Il pressa son bas-ventre contre elle. — Bon sang, ce n'est pas un grand secret. Ma belle, tu m'as tellement retourné que je ne peux penser à rien ni à personne d'autre que toi.

— Pas même à Carina Dempsey? D'accord, elle n'aurait pas dû mentionner le nom de l'actrice. Bryan ne lui demandait pas de l'épouser. Bon sang, elle n'était pas tout à fait sûre de ce qu'il lui demandait, mais Carina ou n'importe quelle autre femme n'avait rien à voir là-dedans.

— Qui? Bryan lui fit ce demi-sourire arrogant pour lequel il était connu et cela lui fit le même effet qu'à des millions d'autres femmes.

Mais des millions d'autres femmes ne sont pas dans ses bras, alors pourquoi diable parles-tu d'une actrice alors que l'homme vient de te dire qu'il te veut?

— Peu importe. Elle repoussa ses magnifiques cheveux de son visage et laissa ses doigts caresser doucement son oreille.

— Beth... Sa voix était basse. Presque un grognement.

— Oui?

— Si tu continues à faire ça...

— Ça? Elle effleura le contour de son oreille si légèrement qu'on aurait pu croire qu'elle ne le touchait pas. Mais elle le touchait. Elle le savait.

Et lui aussi. Il frissonna à nouveau et pressa son bas-ventre encore plus contre elle.

Son sexe se gonfla contre sa cuisse. — Tu vois ce que ça me fait? murmura-t-il presque dans l'agonie. Il n'y a pas de Carina, pas d'autre actrice. Pas d'autre femme. Seulement toi. Et moi. Ici. Maintenant.

Et c'est tout ce que ce sera resta non-dit, mais les mots de Kara résonnaient aussi dans sa tête. *Prends ce moment pour toi. Profite de ce que Bryan t'offre simplement pour le plaisir.* Il n'avait pas besoin d'y avoir d'engagement à long terme. Pas de grand plan de vie grandiose. Juste deux personnes qui se désiraient et qui passaient du temps à explorer ce désir.

— Je te veux, Bryan. Voilà. Elle l'avait dit. La balle était dans son camp.

Il la prit et courut avec. Ou plutôt, il courut avec *elle*. Il la souleva dans ses bras comme Jason avait fait avec Maggie, mais c'est là que les similitudes s'arrêtaient car le regard dans les yeux de Bryan disait qu'il ne la voyait définitivement pas comme une sœur.

— Ta chambre, ça va? demanda-t-il en se dirigeant vers les marches de l'entrée.

— Eh bien, certainement pas celle des enfants.

Il s'arrêta au pied des escaliers et son sourire s'estompa alors qu'il scrutait à nouveau ses yeux. — Je voulais juste dire, comme c'était ta chambre et celle de ton mari...

Si elle n'avait pas déjà des sentiments pour lui, cela aurait suffi. Elle tendit la main pour caresser sa joue. — C'est bon, Bryan. Mike serait heureux pour moi.

— Alors c'est un homme meilleur que moi, mais je ne vais pas être assez noble pour te repousser. Il monta les marches deux par deux et parcourut le couloir, passant devant chacune des chambres des enfants, jusqu'à ce qu'il atteigne enfin sa chambre.

Le clair de lune filtrait à travers les portes-fenêtres du balcon et scintillait sur le lit. Elle avait choisi des panneaux de porte à facettes pour cette raison précise ; elle adorait le motif que le clair de lune projetait sur son lit, comme dans un conte de fées.

Un peu comme ce soir.

Bryan la déposa sur le lit, puis s'assit à côté d'elle, caressant sa joue du dos de ses doigts presque avec révérence. — Tu es sûre, Beth. Je ne peux pas te faire beaucoup de promesses, mais je *peux* te promettre que je te désire. Qu'il n'y a personne d'autre avec qui je préférerais être ici.

— Chut, Bryan. Elle passa ses doigts sur ses lèvres, frissonnant quand il les embrassa. — Je ne demande pas le conte de fées. Je suis juste tellement contente que tu aies décidé de revenir. Pour aussi longtemps que tu voudras rester.

Ses yeux parcoururent à nouveau son visage et Beth avait presque peur de respirer, se demandant si elle allait l'effrayer. Elle le voulait tellement, voulait tellement *ceci*, que ça l'effrayait presque *elle*. Elle n'avait pas prévu ça. Ne l'avait pas voulu. N'y avait même pas vraiment pensé. Tout ce qu'elle voulait faire était d'aider ses enfants à surmonter les conséquences de l'accident de Mike et à avancer dans leur vie. Elle n'avait pas vraiment pensé à avoir cette même chance elle-même.

Bryan glissa sa main dans ses cheveux et l'attira plus près pour un autre baiser. Pas de mots, pas de préambule, juste un baiser d'une honnêteté divine, d'une faim brute.

Beth était totalement avec lui.

Elle s'allongea tandis qu'il se pressait contre elle, voulant - non, *ayant besoin* - de le sentir sur elle, et réussit d'une manière ou d'une autre à remonter son T-shirt juste sous ses seins. Ses seins douloureux qui ne demandaient qu'à être touchés et embrassés et, *oh mon Dieu*, sa langue et ses lèvres.

Elle se contenterait de ses mains, alors quand il les fit glisser le long de ses côtés, Beth se cambra contre lui, voulant cette sensation partout sur le reste de son corps.

— Mon Dieu, Beth, tu es si réactive.

— C'est l'effet que tu me fais, Bryan. Elle haleta quand ses doigts dansèrent sur son ventre, la sensation allant droit à son centre et Beth ne put s'empêcher de frissonner alors que des picotements l'envahissaient et que la chair de poule couvrait sa peau.

— Tu as froid? demanda Bryan en arrêtant ses doigts.

— J'aurai froid si tu arrêtes de faire ça. Elle se tortilla de gauche à droite pour faire valoir son point et, en homme intelligent qu'il était, il recommença à la caresser tandis que ses lèvres cherchaient les siennes.

Elle pourrait vraiment s'habituer à embrasser Bryan Manley.

Il embrassait Beth.

Beth Hamilton.

Veuve et mère de cinq enfants.

Celle dont il avait juré de se tenir à l'écart.

La presse s'en donnerait à cœur joie si elle en avait vent.

Mac s'en donnerait à cœur joie si elle en avait vent.

Elle n'allait pas le savoir. *Personne* n'allait le savoir. Il ne s'agissait que de lui et Beth et de cette incroyable alchimie entre eux.

Il remonta doucement son T-shirt sur la peau lisse de son ventre. Cinq enfants et cette femme ne semblait pas en avoir porté un seul.

Elle gémit dans sa bouche quand son pouce trouva son mamelon et, bon sang, ce que ce son lui fit. Son sexe devint si dur si vite qu'il était prêt à être en elle maintenant. À l'instant même. Il voulait la sentir autour de lui, l'enveloppant, le prenant dans cette partie la plus intime d'elle-même.

Dieu, comme il la désirait.

Ralentis, Manley. Profites-en déjà. Ça va devoir te durer de nombreuses années parce que ce truc n'arrivera pas quotidiennement - ni même hebdomadairement ou mensuellement. Tu as des projets, mon vieux. De grands projets. Et ils n'incluent pas six personnes à charge.

Il fit taire cette voix. Quelle façon de gâcher le moment. Il ne demandait pas à Beth de passer le reste de sa vie avec lui - et elle ne lui demandait pas de le lui demander - alors pourquoi aller dans cette direction?

Parce que tu veux passer le reste de ta vie avec elle, tu es juste trop têtu pour l'admettre.

Pas têtu, *intelligent*. Déterminé. Concentré. Il avait un plan. Après avoir vécu dans une quasi-pauvreté pendant son enfance et son adolescence, Bryan ne ferait *jamais* ça à nouveau, et ce travail était le moyen d'assurer son avenir et sa tranquillité d'esprit. Quelques millions en banque et il pourrait enfin dormir plus tranquille.

Beth bougea sous lui et Bryan sortit la tête du futur pour revenir dans le présent. Il avait Beth Hamilton qui se tortillait sur le lit sous lui. Ses jambes étaient si agréables contre les siennes, et chaque frémissement de son abdomen quand elle haletait caressait son sexe d'une manière unique.

Il lui avait fait ça. *Il* avait transformé Beth en une femme haletante, pantelante et frémissante qui paraissait si magnifique sur le couvre-lit bleu — il avait eu raison, le bleu lui allait bien.

Il se redressa suffisamment pour éloigner ses lèvres des siennes et savourer la vue de Beth ouvrant les yeux pour comprendre pourquoi il s'était arrêté.

— Quoi?

Il embrassa le bout de son nez. — Je voulais te regarder.

Elle rougit. C'était incroyable qu'après cinq enfants et un mariage épanoui, Beth rougisse encore. — Pourquoi?

— Parce que tu es si belle, et j'ai tellement fantasmé sur ce moment que j'ai du mal à croire que je suis là. Que ça va vraiment arriver.

Elle tendit la main pour lui caresser à nouveau la joue. Mon Dieu, il adorait quand elle faisait ça, ses yeux sombres et attentifs — et intenses — plongés dans les siens. — S'il te plaît, ne me dis pas que tu as des doutes. Ses cuisses se serrèrent autour de lui. — Je ne pense pas que je pourrais le supporter si c'était le cas.

Si elle serrait ses hanches aussi fort quand il serait en elle, c'est *lui* qui ne survivrait pas. Son sexe était déjà si dur que c'en était douloureux, et ses doigts le démangeaient de se refermer sur son sein.

Alors il les laissa faire. Et fut récompensé par le mouvement de cambrement et de torsion le plus sexy qu'il n'ait jamais vu. Et Beth gémit aussi. Eh bien, un long gémissement entrecoupé de plusieurs respirations haletantes alors qu'il passait son pouce sur son mamelon. — Tu aimes ça?

Elle se mordit la lèvre inférieure et ses yeux s'entrouvrirent. — Hum-hum.

Il le caressa à nouveau.

Elle gémit et se cambra sous sa caresse.

— Je prends ça pour un oui.

Elle le regarda alors, le clouant sur place par son expression. — Oh mon Dieu, Bryan, ne t'arrête pas.

— Ça? Il caressa à nouveau son mamelon.

— Ça, m'embrasser, me toucher... tout ce que tu veux me faire.

Il voulait faire tellement plus.

— D'accord, Beth, ne dis pas que je ne t'ai pas prévenue. Maintenant, glisse jusqu'au bout de ce lit et laisse-moi te montrer comment on fait.

Chapitre Trente-Quatre

Bon sang, Bryan lui a vraiment montré de quoi il était capable.

Cet homme pourrait faire pleurer un rossignol.

Il a fait pleurer certaines parties d'elle-même. Une partie en particulier, très frémissante et douloureuse.

— Oh mon Dieu, Bryan, haleta-t-elle en gémissant de pur plaisir lorsque Bryan baissa sa bouche vers ses cuisses. Il n'était même pas encore au centre et déjà elle était en feu. — Touche-moi. S'il te plaît.

— Je vais le faire, bébé. Ne sois pas si impatiente.

Elle parvint à rire. Deux ans. Voyons voir comment *lui* réagirait après deux ans de célibat forcé.

Elle réussit à rire à nouveau. Elle doutait fortement que Bryan ait jamais connu ne serait-ce que deux *minutes* de célibat forcé.

Il glissa ses doigts dans la ceinture de sa culotte et Beth sentit l'humidité s'y infiltrer. Elle ne savait pas combien de préliminaires elle pourrait supporter car elle désirait Bryan trop ardemment, mais demander un rapport rapide semblait tellement déplacé pour leur première fois ensemble.

La prochaine fois cependant...

— Pourquoi souris-tu? murmura-t-il avec un grognement sexy à en mourir.

— Toi. Là.

Il se recula un peu sur ses talons et la regarda. *Toute* entière. — Et regarde-toi. Là. Il tira sa culotte vers le bas. — *Maintenant* regarde-toi.

Il la fit glisser le long de ses jambes, puis remonta ses paumes sur ses cuisses, sur ses hanches, jusqu'à la courbe de sa taille, allumant un feu sous sa peau qu'elle n'avait pas ressenti depuis deux très longues années.

— Mon Dieu, Beth, tu es encore plus belle que je ne l'imaginais.

— Tu as imaginé ça?

— Ça? Non. Je n'aurais pas pu imaginer *ça*. Ce que j'ai imaginé ne te rend pas justice et si j'avais su, *vraiment* su, à quel point tu es belle, je ne serais jamais parti.

— Mais je t'ai demandé de partir.

— Et j'aurais dû essayer de t'en dissuader.

Elle sourit. — Mais tu ne l'as pas fait parce que tu es parti pour la même raison que je t'ai demandé de partir.

— Une raison qui n'a pas changé. Il retira ses mains d'elle. — Devrais-je partir?

Elle saisit ses mains et les plaça sur ses seins. — Arrête de parler, Bryan. Tu es là et les enfants n'y sont pas et nous avons ce soir. Et demain si tu veux.

— Demain soir? Il arqua un sourcil au-dessus de ce sourire en coin.

Beth rit. Ça faisait tellement de bien de rire. — Bien sûr. Demain soir. Si tu penses être à la hauteur.

Ils regardèrent tous les deux son entrejambe. Oh oui, il était à la hauteur.

— Ce n'est pas un problème.

— Je peux voir ça. Beth se redressa. — Mais pas exactement comme je le voudrais. Elle déboutonna son short.

Ses abdominaux se contractèrent, lui donnant assez d'espace pour glisser ses doigts sous la ceinture.

— Mon Dieu, Beth, c'est incroyable.

— Ce n'est rien comparé à ce que je prévois de te faire.

— Je n'aurais jamais dû partir.

Elle fit descendre la fermeture éclair. — Chut. Ce qui est fait est fait. Nous sommes ici maintenant. Profitons-en.

Il l'aida à pousser son short le long de ses hanches. — J'en ai bien l'intention.

Il l'enleva d'un coup de pied, puis rampa sur le lit, à califourchon sur ses jambes et attrapant son T-shirt avec ses dents.

Sa barbe de cinq heures lui gratta le ventre, la faisant gigoter. — Bryan! Ça chatouille!

Il s'arrêta avec le T-shirt entre ses seins. — Ça, c'est une première. Il remua les sourcils. Et recommença à lui gratter la peau avec son menton, d'avant en arrière sur ses seins. Puis sur ses tétons.

Oh mon Dieu, cette sensation... Beth arrêta de gigoter. À la place, elle agrippa les draps et s'y accrocha comme si sa vie en dépendait parce que s'il continuait comme ça, elle risquait de s'envoler du lit.

Ses lèvres remplacèrent son menton.

Oh. Mon. Dieu. Beth serra les jambes parce que les pulsations à cet endroit étaient tout simplement folles.

Il tira sur son téton, puis le relâcha. — Tu aimes ça?

Elle ouvrit la bouche mais rien n'en sortit. Il lui avait coupé le souffle et la voix.

— Ah, je vais prendre ça pour un oui aussi. Puis il passa à l'autre.

Au moment où il était prêt à passer à sa clavicule, son cou, sa mâchoire et toute une série d'autres endroits délicieux, Beth pouvait à peine garder son sang-froid, sans parler des draps. D'une manière ou d'une autre, ses doigts avaient migré vers ses cheveux et elle ne le lâchait pas. Surtout quand il refusait exaspérément de l'embrasser.

— Bryan. Elle tira sur ses cheveux.

— Mmmmm. Il le murmura contre sa gorge, ses lèvres, sa langue et son souffle chaud ne la rendant pas folle autant que cette vibration contre son pouls.

— Bryan, embrasse-moi.

— C'est ce que je fais. Il suça son cou.

— Hé! Elle se tordit. — Pas de suçons!

Il s'appuya sur ses coudes et la regarda. — Pourquoi pas? Les suçons, c'est amusant.

— Sauf que tout le monde saura d'où vient le mien. Ou ils se poseront des questions et c'est presque aussi mauvais que s'ils savaient.

— Ah. Encore des sourcils qui remuent. — Tu as honte de moi.

— Ne te moque pas de moi, Bryan. Je suis sérieuse.

Son visage perdit cet air taquin. — Je suis désolé. Tu as raison. Je m'amusais juste. Je n'allais pas te faire de suçon.

— Oh. D'accord alors.

— Enfin, pas là du moins. Il baissa ses lèvres vers le dessous de son sein. — Pas là où tout le monde peut voir. Mais ici... Il aspira sa peau dans sa bouche... et continua de sucer.

Oh Dieu, cette traction qu'elle ressentait au creux de son ventre...

Le désir l'inonda et elle berça sa tête contre elle. Mon Dieu, oui, elle voulait qu'il la marque. Eux seuls sauraient, et elle aurait un rappel physique de cette nuit, ne serait-ce que pour un petit moment.

Il glissa sa cuisse entre les siennes et elle la serra. — Oh, Bryan... Elle ne put s'empêcher de gémir son nom. Il était tellement bon sur elle. Entre ses jambes, l'embrassant, la tenant.

— Dis encore mon nom, Beth. J'adore la façon dont tu le prononces. Il embrassa à nouveau son mamelon et remonta vers son cou, chaque centimètre parcouru la faisant frissonner et haleter son nom.

Il embrassa le creux sous son oreille, puis passa sa langue le long du lobe et Beth resserra ses cuisses.

— Tu me veux? murmura-t-il à son oreille.

Elle émit une sorte de réponse, mi-gémissement, mi-miaulement, et elle sentit son sourire contre sa joue.

— Garde cette pensée, chuchota-t-il avant de s'éloigner.

Complètement éloigné. Genre, descendu de son corps et du lit.

— Où vas-tu? Mon Dieu, il n'allait pas la laisser comme ça, n'est-ce pas?

— Juste ici, bébé. Il ramassa son short et en sortit quelque chose qu'il jeta sur le lit à côté d'elle.

Des préservatifs.

— Autant? Soit il avait une très haute opinion de lui-même, soit il avait une idée incroyable à propos d' *elle*.

— Ne t'inquiète pas, Beth, on va tous les utiliser.

— Bryan, il y en a au moins une douzaine.

— Uh-huh. Il remonta sur le lit, l'enfourcha à nouveau, son sexe dressé juste au-dessus de l'endroit qui le désirait si ardemment à l'intérieur, et déchira un emballage de préservatif avec ses dents. — Tu veux faire les honneurs? Il le lui tendit.

Les mains de Beth tremblaient tandis qu'elle le déroulait maladroitement. *Évidemment.* Elle ne pouvait pas être habile dans le moment, mais elle et Mike n'en avaient pas utilisé depuis plus d'une décennie. Ce n'était pas comme si elle avait beaucoup d'expérience.

— Tu n'as pas à être timide avec moi, Beth. Il couvrit ses mains avec les siennes et le déroula complètement. — J'aime que tu ne sois pas habituée à faire ça. J'aime savoir que je suis le seul homme autre que ton mari à être dans ce lit avec toi.

— Je croyais que tu avais dit que tu n'étais pas aussi généreux que lui ? Tu es prêt à partager ces soi-disant honneurs ?

— Bébé, être simplement avec toi est un honneur. Tout le reste est un cadeau et je suis tellement honoré que tu me permettes d'être ici comme ça avec toi. De me vouloir assez pour m'accueillir. Je sais que tu n'es pas le genre de femme à prendre ça à la légère et je suis très touché par ce cadeau.

Il continuait à parler de cadeaux et de générosité comme si elle faisait une sorte de sacrifice, mais la réalité était qu'elle voulait Bryan avec une passion qu'elle pensait avoir perdue.

— Fais-moi l'amour, Bryan. Elle ouvrit ses jambes et ses bras. Et son cœur.

Parce que Bryan avait raison ; elle n'était pas du genre désinvolte et pour elle, faire cela, être si ouverte et si accueillante et acceptante, et ne pas se sentir gênée ou timide ou nerveuse, cela signifiait qu'elle tenait à lui. Plus qu'à son personnage public, plus qu'à un homme qui pouvait lui apporter une satisfaction physique, elle *connaissait* Bryan et elle aimait *cet* homme. Voulait *cet* homme.

Aimait cet homme.

Cette admission s'insinua en elle alors qu'il glissait en elle et pour Beth, c'était la chose la plus naturelle au monde, à la fois d'être avec Bryan si intimement et de reconnaître ses sentiments pour lui. Il n'y avait pas de panique, pas d'inquiétude, pas d'indécision. L'acte de l'aimer émotionnellement était aussi naturel pour elle que de l'aimer physiquement, si bien que les deux ne faisaient plus qu'un.

Où avait-elle déjà entendu ces mots ?

Le souffle de Bryan se coupa dans sa gorge alors qu'il glissait en Beth. Dieu, comme il aurait aimé ne pas avoir à porter ce foutu préservatif. Elle était la seule femme avec qui il voulait être peau contre peau. Mais c'était un tout autre niveau de confiance et d'émotion et il était juste reconnaissant qu'elle soit assez ouverte pour ça.

Elle se resserra autour de lui alors qu'il commençait à bouger et Bryan dut fermer les yeux, le plaisir était si intense, l'émotion si puissante qu'il craignait que cela ne lui amène des larmes aux yeux.

Il glissa ses mains dans ses boucles, ces boucles douces et soyeuses qui l'avaient taquiné pendant si longtemps. Il n'aurait pas pu imaginer à quel point elles étaient parfaites. Pas comme ça. Pas sans les toucher et inhaler l'odeur de son shampooing et sentir les fines mèches caresser son visage. Il embrassa sa mâchoire, puis le long de sa ligne de cheveux, voulant embrasser chaque centimètre de son visage, mais étant si fortement attiré par ses lèvres qu'il dut se retenir de force ou il risquait de l'effrayer avec la passion avec laquelle il voulait les réclamer.

— Embrasse-moi, Bryan, chuchota-t-elle tandis que ses mains agrippaient ses dorsaux et glissaient sur ses fesses, le serrant alors que ses muscles internes le serraient. Elle enroula ses jambes autour de ses cuisses et il sentit qu'elle verrouillait ses chevilles, ses cuisses s'écartant, lui permettant de s'enfoncer plus profondément en elle, et le symbolisme n'échappa pas à Bryan.

Et non seulement il s'en moquait, mais il l'accueillait. Il voulait être si proche de Beth, si absorbé par elle, qu'il ne pouvait pas dire où l'un finissait et où l'autre commençait. C'était vraiment un cadeau, qu'elle lui permette d'être comme ça avec elle.

C'était aussi terriblement excitant. Surtout quand elle força pratiquement ses lèvres sur les siennes — non pas qu'il soit réticent, mais il avait voulu l'embrasser en remontant depuis son lobe d'oreille et elle n'en avait rien à faire.

Alors Bryan la laissa l'avoir.

Beth l'embrassa avec une passion dont il avait rêvé et même plus, parce qu'il n'avait pas voulu s' *autoriser* à imaginer que ce serait comme ça. Mais Beth était tout ce qu'il voulait qu'elle soit. Sexy et généreuse et consentante et désireuse et prenant tout ce qu'il avait à donner.

Il s'enfonça en elle, désirant être aussi proche que deux personnes pouvaient l'être physiquement, voulant la sentir autour de lui, l'accueillant, le désirant, ayant besoin de ce contact entre eux, et lorsqu'elle prononça son nom, son cou s'arc-boutant tandis que ses ongles marquaient son dos, ses cuisses le serrant à chaque poussée, le rencontrant mouvement pour mouvement, la sueur rendant leur peau glissante alors qu'ils glissaient l'un contre l'autre, Bryan sentit une vague d'émotion déferler sur lui comme une vague sur le rivage, et il ne put contenir les frissons qui le secouaient ni les coups de reins qu'il devait donner en elle, pour la sentir, pour lui apporter le même plaisir qu'elle lui procurait, et c'était tout ce qu'il pouvait faire pour ne pas jouir jusqu'à ce qu'il la sente commencer à trembler, sa respiration devenant courte et rapide, son nom se perdant parmi ses halètements. Bryan les poussa tous deux un peu plus loin, un peu plus haut, jusqu'à ce qu'enfin, il ne puisse plus s'arrêter. Ne puisse plus freiner cette chevauchée meilleure que toutes les montagnes russes qu'ils avaient faites. Les sensations le submergèrent, et pendant quelques secondes — pendant un bref instant comme il n'en avait jamais connu auparavant — Bryan crut voir son avenir s'étendre devant lui, comme si le ciel lui donnait un aperçu de ce qui pourrait être.

Et puis il jouit. Ce moment où son ventre se tordait quand ça le submergea et Bryan ne put rien voir d'autre que l'intérieur de ses paupières alors qu'il devait s'enfoncer en elle pour assouvir ce désir incroyablement, étonnamment intense qu'il ne voulait jamais voir finir.

Ça n'a pas à finir...

Il n'était pas sûr si elle l'avait chuchoté ou s'il l'avait pensé, mais l'idée resta avec Bryan alors qu'il sentait les tremblements la parcourir, l'entendait prononcer son nom d'une manière qui était garantie de prolonger son orgasme — ce qu'elle fit — puis il l'entoura de ses bras si étroitement pour les empêcher tous deux de se défaire dans les conséquences, jusqu'à ce qu'il se blottisse contre elle, embrassant sa joue, son oreille, son épaule, ses doigts entrelacés aux siens contre ses seins, son pied caressant ses jambes lisses tandis qu'il enroulait sa jambe par-dessus les siennes. Pendant un instant, juste un petit, mais il était là, Bryan faillit dire les trois mots qu'il pensait ne jamais dire.

Presque.

Mais il ne le fit pas.

Idiot.

Chapitre Trente-Cinq

Elle était au lit avec Bryan Manley.

L'homme qu'elle aimait.

Beth laissa un sourire se dessiner sur ses lèvres dans la lumière matinale. Il dormait derrière elle, son visage enfoui dans ses cheveux, son souffle doux chatouillant la courbe de son épaule, mais Beth n'avait aucune envie de bouger. Elle était amoureuse de Bryan Manley. Pas du Bryan Manley que des millions de femmes croyaient aimer, mais du Bryan Manley qui nettoyait les toilettes, qui avait sauvé son chien et qui avait appris à son fils à construire un étendoir. Celui qui coloriait avec sa fille et qui ne rechignait pas à porter une tiare ou à participer à un goûter pour faire plaisir à un enfant — *son* enfant. C'était de *cet* homme-là qu'elle était amoureuse.

Malheureusement, *cet* homme était aussi le sex-symbol, et le sex-symbol avait des rêves qui n'incluaient pas les enfants, les chiens et les goûters.

Ce week-end était un cadeau. Un moment hors du temps. Elle allait en profiter tant qu'elle l'avait et le chérir quand il serait parti. Et elle le laisserait retourner à cette vie sans aucune pression de sa part.

— Je peux t'entendre penser, murmura-t-il, son souffle chatouillant son oreille.

Elle haussa l'épaule. — On ne peut pas entendre les pensées.

— Bien sûr que si. Ta respiration s'est accélérée et tes doigts tressaillent.

— Ce n'est pas entendre, c'est sentir.

Il posa sa paume sur son sein. — Sentir a beaucoup pour le recommander.

Elle mit sa main sur la sienne et la pressa contre elle. Il pensait peut-être qu'elle la pressait contre son sein pour des raisons sexuelles, mais en réalité, elle la pressait contre son cœur parce que c'était là qu'il serait toujours.

— Ah... C'est vrai ce qu'on dit.

— Ah bon?

— Les grands esprits *se* rencontrent. Il lui pressa doucement le sein.

D'accord, ce n'était pas seulement parce qu'il était dans son cœur qu'elle voulait qu'il la touche là.

Elle se tortilla contre lui. Oui, une autre partie de lui était tout aussi éveillée qu'elle.

— Mon Dieu, Beth, ne fais pas ça. Je ne sais pas s'il reste des préservatifs.

— On n'en a quand même pas utilisé une douzaine.

— Presque.

— Bryan, tu exagères. Tu n'es pas Superman.

— Mais je pourrais le jouer à l'écran.

Elle se tortilla encore une fois. Fort. — Taquin.

— Dans le bon sens, j'espère.

Elle se tortilla à nouveau. — Il semblerait.

— Je parlais pour toi. Si tu as trop mal, Beth, ou si tu es trop fatiguée, ou lasse de moi...

Elle se retourna si vite qu'elle vit bien qu'il ne s'y attendait pas. Elle prit son visage entre ses mains. — Bryan Matthew Manley, ne t'avise *pas* de dire une chose pareille. Je t'ai choisi pour être le premier homme dans mon lit depuis la mort de mon mari ; ce n'est pas une décision que j'ai prise à la légère. Je suis très heureuse que tu sois là et tu es le bienvenu aussi longtemps que tu le voudras.

C'était bien là le problème ; il voulait rester pour toujours. Mais il ne faisait *pas* dans le pour toujours. Pas ici et pas à ce stade de sa carrière. Selon son agent, le titre d'Homme le plus sexy de *People* était à portée de main, une fois ce film sorti ; il ne voulait rien faire qui puisse compromettre ça. Une femme et cinq enfants l'excluraient de la course —

Holà, doucement! Une femme et des enfants? Alors comme ça, tu penses à ce genre de choses?

Il ne savait pas du tout ce qu'il faisait ; il savait juste qu'il ne pouvait pas le faire ici dans cette ville. Il était là pour le week-end, c'est tout. Ensuite, ce serait le retour aux projecteurs brûlants, euh, brillants d'Hollywood, et en route vers le sommet de sa carrière.

Oh zut, il avait prévu de sortir l'échelle du hangar et de la mettre dans le garage. Les gouttières allaient avoir besoin d'être nettoyées avant l'automne.

— D'accord, à quoi penses- *tu* maintenant? Tu viens d'avoir une drôle d'expression.

— Aux gouttières.

— *Aux gouttières?* Je veux dire, je sais que j'étais un peu désinhibée hier soir, mais je ne pense pas que quoi que ce soit de ce qu'on a fait puisse être classé dans le caniveau, pas vrai? Beth se mordilla la lèvre inférieure.

Ce geste était sexy. Tout ce qu'elle faisait était sexy. L'embrasser, gémir son nom, déboutonner son short... Même ramasser les jouets de Sherman et étendre le linge étaient sexy quand Beth s'en chargeait.

En parlant de Sherman, il y avait du remue-ménage dans la cuisine. — Le chien est réveillé.

— Tout comme Mme Beecham. C'est pour ça que Sherman est debout. Elle aime le taquiner le matin.

Bryan s'étira. — Je ne suis pas contre un peu de taquinerie matinale non plus.

Beth leva les yeux au ciel en souriant. — Je dois laisser sortir Sherman sinon son « Alléluia » va commencer d'une seconde à l'autre. Elle l'embrassa rapidement — trop rapidement — et sortit du lit.

Elle ramassa son T-shirt.

— Ne fais pas ça.

Elle le regarda, le T-shirt sur les bras, prête à passer sa tête dedans. — Ne pas faire quoi?

— Ne le mets pas. Tu ne peux pas le laisser sortir comme ça?

— Nue?

Il ne savait pas si elle était plus scandalisée par l'idée ou par le fait qu'elle était effectivement nue devant lui. — Oui, nue. Je veux t'imaginer te promener comme ça et savoir que je suis le seul à pouvoir te voir.

— Euh, désolée de briser ta bulle, Bryan, mais tous les rideaux sont ouverts en bas. Tout le quartier pourrait avoir une belle vue si je descendais comme ça. Elle enfila le T-shirt. — Mais je garderai ma culotte si ça peut te faire plaisir.

La petite coquine était déjà sortie avec un sourire en coin alors qu'il essayait encore d'absorber ce choc mental et visuel.

Elle se promenait dans sa maison sans culotte. Celle qu'il lui avait enlevée.

Bryan gémit tout en souriant. Mon Dieu, c'était amusant. Et incroyable. Et absolument parfait. Beth était absolument parfaite. Et peut-être que s'il n'y avait pas eu une famille déjà constituée, ils auraient pu tenter leur chance.

Sérieusement? Tu vas rejeter les enfants?

Il s'assit et passa ses mains dans ses cheveux. Non, bien sûr que non. Beth et les enfants formaient un tout et, honnêtement, il aimait ses enfants. Il les aimait vraiment. Jason, qui voulait être un homme mais avait besoin de quelqu'un pour lui montrer comment. Kelsey, qui approchait de l'âge adulte et avait besoin de conseils sur la façon de ne pas se comporter avec des adolescents en chaleur. Les jumeaux, avec leur énergie et leur désir d'être vus comme des individus tout en restant une équipe... Lui et ses frères étaient si proches en âge qu'il pouvait leur donner des conseils. Et puis il y avait Maggie. Douce et affectueuse Maggie, qui voulait juste un papa pour la serrer dans ses bras.

Abandonne, Bryan. Tu les veux. Ce n'est pas juste une aventure pour toi. Tu veux Beth et les enfants et tu vas devoir trouver un moyen de les avoir parce que tu ne pourras pas t'éloigner d'eux. Pas si tu veux être l'homme que tu prétends être.

Il se leva et cambra le dos, quelques nœuds devant être défaits à cause de certaines positions qu'ils avaient adoptées la nuit dernière...

Mon Dieu. La nuit dernière. Ça n'avait jamais été aussi parfait. Plus réel. Plus naturel. Beth ressentait quelque chose pour lui. Il le savait aussi bien qu'il savait qu'elle ne le dirait jamais. Elle respectait sa décision d'avoir sa carrière, et elle aimait suffisamment ses enfants pour ne pas les entraîner dans le cirque que ça pourrait devenir.

Mais pouvait-il honnêtement dire qu'il voulait que *ceci* soit leur relation? Ce week-end et peut-être un ou deux de plus au cours des prochaines années jusqu'à ce que les enfants soient plus âgés et indépendants? Bon sang, c'était treize ans de plus pour Maggie.

Non. Il ne pouvait pas laisser cela être tout ce qu'il y avait. Il voulait Beth dans son lit chaque nuit et chaque matin. Il la voulait dans sa maison tout le temps, s'occupant des petites choses qu'elle faisait tellement mieux que lui. Il voulait ses enfants courant partout pendant la journée et s'affalant sur le canapé le soir avec un bol de pop-corn pour regarder une sitcom idiote et parler de leur journée. Il voulait même Sherman et Mme Beecham, bien qu'il essaierait de les amener à s'apprécier au lieu de se poursuivre partout.

Il voulait que Beth et sa famille... deviennent sa famille.

Il appuya un bras contre le chambranle et y posa son front, regardant le jardin. Il y avait la corde à linge que Jason et lui avaient construite. La clôture que les jumeaux et lui avaient réparée quand Sherman s'était échappé. La cour où il avait posé pour des photos pour les amis des enfants.

La terrasse où il avait embrassé Beth.

Qu'allait-il faire maintenant?

Chapitre Trente-Six

Bryan ne se souvenait pas d'une journée plus parfaite, et elle avait commencé si banalement, si « banlieue ». Enfin, après avoir fait l'amour à Beth. Deux fois.

Bon, ça n'avait pas été si banal, mais après... Bon, *après* la douche qu'ils avaient prise ensemble, et *après* le plaisir oral qu'il lui avait donné sous cette douche... *là*, c'était devenu banal. Il avait sorti Sherman à nouveau, nourri le chien et le chat, avait même glissé quelques carottes dans la cage des hamsters, récupéré le journal sur le perron et l'avait lu à voix haute à Beth pendant qu'elle leur préparait des omelettes pour le petit-déjeuner, euh, le brunch.

Bien sûr, il avait veillé à ce qu'elle s'asseye sur ses genoux pendant qu'ils mangeaient, mais quand même... Totalement banlieue.

Il commençait à apprécier la banlieue...

Ensuite, ils étaient partis faire du vélo et avaient décidé de visiter un vignoble local. Enfin, ils l'avaient à moitié visité. L'autre moitié du temps, ils s'étaient embrassés parmi les vignes et dans les caves quand ils pouvaient s'éclipser loin des autres.

Bryan sourit en versant le Cabernet qu'ils avaient acheté dans les nouveaux verres trouvés à la boutique de souvenirs — nouvelle relation, nouveau vin, nouveaux verres. C'est ce que le propriétaire avait dit et Beth et lui avaient simplement souri et acquiescé.

Mais Bryan avait beaucoup réfléchi à ce mot. Relation. Il roulait si facilement sur sa langue — enfin, sa langue mentale parce qu'il n'était pas encore prêt à dire le mot à voix haute. Bon sang, il ne savait même pas s'il *pouvait* dire ce mot parce qu'une relation avait besoin de deux personnes pour fonctionner, et il n'était pas sûr de ce que Beth voulait appeler cette chose entre eux. Il ne savait même pas s'il y *avait* quelque chose entre eux ou simplement un événement d'un week-end.

C'était bizarre, non? Il était habitué à devoir repousser les femmes, et pourtant il était là avec une femme pour laquelle il voulait faire exactement le contraire, et il n'avait aucune idée de ce qu'elle penserait de l'idée d'être dans une relation avec lui.

— Je ne sais pas si c'est assez chaud, dit Beth en portant les assiettes de plats italiens à emporter qu'ils avaient achetés sur le chemin du retour—

Du retour. Sur le chemin *du retour.* Chez Beth. Ce n'était pas chez lui.

Mais ça pourrait l'être...

— Ce n'est pas grave. S'ils sont aussi bons que dans mes souvenirs quand j'y travaillais au lycée, peu importe qu'ils ne soient pas brûlants.

— Je crois qu'il y a un problème avec mon four. Il semble faire des siennes. L'autre jour, j'ai dû jeter tout un plateau de brownies parce que l'extérieur était dur comme de la pierre mais l'intérieur était encore tout battereux.

— Battereux? Il prit les assiettes de poulet Marsala, le préféré de Beth. Il ne le savait pas avant, mais maintenant qu'il le savait, il ne l'oublierait jamais. Je ne pense pas que tu veuilles dire ça comme tu le penses.

— Pâteux. Comme de la pâte, pas comme une batterie. Elle s'assit. Eh bien, j'ai tellement faim que je pourrais manger un cheval, alors peu m'importe à quel point c'est chaud ou pas.

— Je peux te garantir qu'il n'y a pas de cheval là-dedans, donc pas besoin de t'inquiéter pour ça.

Elle grimaça en piquant un morceau de poulet.

— Si je n'avais pas si faim, ça aurait pu me couper l'appétit.

— Ma chérie, après ce matin, je ne pense pas que *quoi que ce soit* puisse te couper l'appétit.

Dieu qu'il aimait la voir rougir. Il tira sa chaise pour qu'elle soit à côté de lui.

— Qu'est-ce que tu fais? cria-t-elle en s'agrippant aux accoudoirs.

— Je veux que tu sois à côté de moi. Il passa son bras autour de ses épaules et la rapprocha aussi près de lui que les chaises le permettaient.

Ce n'était pas assez.

— Oh. Son air surpris fondit en un large sourire.

Il aimait la voir sourire encore plus qu'il aimait la voir rougir.

Aimer. Il utilisait beaucoup ce mot.

— Le coucher de soleil est magnifique. Elle fit tournoyer son verre de vin en le regardant.

Il la regarda.

— Tu es plus belle.

Et voilà qu'elle rougissait à nouveau.

— Mon Dieu, Beth, tu sais ce que ça me fait?

— Ce que *quoi* te fait?

— Ce petit sourire secret que tu as et la façon dont tu mordilles l'intérieur de ta lèvre et le rougissement que tu ne peux pas cacher.

— Tu as regardé de très près. Elle recommença à mordiller sa lèvre.

— Je ne peux *pas* ne pas te regarder, Beth. Je ne peux pas m'en empêcher. Je suis avec toi et tout ce que je veux faire, c'est t'observer.

— *Tout* ce que tu veux faire?

— D'accord, pas *tout*, mais oui, j'aime te regarder. Pas parce que tu es physiquement belle, même si tu l'es, mais parce que j'aime voir *toi*. Beth Hamilton la femme. Je n'en ai jamais assez de toi. Il embrassa son front, s'attardant alors que son parfum l'envahissait, ce shampooing au lilas qu'elle utilisait et le savon parfumé à la rose et l'essence même de son être.

— Je te veux, Bryan.

Ses yeux s'ouvrirent et il plongea dans les yeux sombres de Beth où le soleil couchant se reflétait comme un feu en elle.

— Tu sais, je ne suis pas revenu juste pour faire l'amour avec toi, dit-il.

— Je sais. Mais ça ne veut pas dire qu'on ne peut pas, n'est-ce pas?

— Oh, alors qui taquine qui maintenant?

— J'espère pouvoir toujours te taquiner. Elle se tourna sur la chaise et prit son visage entre ses mains. Montons, Bryan. J'ai eu envie d'être nue avec toi toute la journée.

— Ça aurait choqué les autres personnes de la visite du vignoble.

— C'est pour ça que je ne t'ai pas déshabillé devant eux. Mais il n'y a personne ici maintenant et notre week-end est presque à moitié terminé. Je te veux. Je veux être proche de toi. Aussi proche que deux personnes peuvent l'être. Elle l'embrassa et Bryan eut du mal à se ressaisir suffisamment pour les faire rentrer à l'intérieur parce qu'il avait à moitié envie de la prendre là, sur la terrasse.

Beth n'en pouvait plus d'attendre de le mettre au lit et de le déshabiller. Littéralement, elle ne pouvait plus attendre, et pour la première fois de sa vie, elle fit l'amour dans l'escalier de son entrée.

— Tu as porté des préservatifs dans ta poche toute la journée? dit-elle lorsqu'ils s'affalèrent à moitié sur les marches après l'une des séances d'amour les plus inventives qu'elle ait jamais connues. Heureusement qu'elle avait fait installer un double rembourrage sous la moquette.

— Tu t'en plains? Il lui saisit le menton et le secoua d'un geste joueur. Ça n'aurait pas pu arriver si je n'en avais pas eu. Où en serions-nous alors?

— À l'étage?

— Sauf que quelqu'un ne pouvait pas attendre aussi longtemps, n'est-ce pas? Bryan se pencha et l'embrassa à nouveau, un autre baiser à couper le souffle qu'elle ressentit jusqu'au bout des orteils.

Elle avait failli lui dire qu'elle l'aimait. Presque prononcé ces trois mots, et ce n'était que le dernier soupçon de raison qu'elle avait conservé alors qu'il la rendait folle de plaisir qui l'avait empêchée de le crier au moment de l'orgasme. À la place, elle avait crié son nom. Gémi. Soupiré. Haletée. Suffoqué. Mais elle ne lui avait pas dit qu'elle l'aimait. Elle ne voulait pas gâcher le moment et elle refusait de réfléchir à la raison pour laquelle offrir à quelqu'un l'un des plus beaux cadeaux — son cœur et sa confiance — gâcherait un moment de tel plaisir. *Profite du week-end* ; les mots de Kara étaient devenus son mantra.

— Allez, Mademoiselle Impatiente. Je te veux nue sur ce lit. Il se leva et lui tendit la main.

— Nue dans l'escalier, ça ne te suffit pas? Beth prit tout son temps pour se lever. Le rembourrage n'était pas aussi épais à certains endroits qu'à d'autres.

— Oh, c'était génial, ne te méprends pas.

Comme si elle le pouvait. Il avait grogné son nom pendant tout son orgasme. Elle n'avait pas réalisé que *Beth* pouvait avoir autant de syllabes.

— Mais...?

— Mais je veux m'allonger à côté de toi. Te sentir contre chaque centimètre de mon corps. Je veux pouvoir t'enlacer et te serrer contre moi, entremêler mes mains dans tes cheveux, caresser ton corps et enrouler mes jambes autour de toi d'une manière que les escaliers ne permettent pas. Et peut-être qu'il y a quelques nouvelles choses que je veux essayer avec toi.

Beth frissonna d'anticipation. — Oh? Comme quoi?

Il tira sa main et accéléra le pas. — Tu verras, Beth. Tu verras.

Il avait raison, elle était Mademoiselle Impatiente. Beth courut jusqu'à sa chambre dans toute sa splendeur nue et se jeta sur son lit.

— Fais-moi l'amour, Bryan.

Il en avait pleinement l'intention.

Et juste au moment où il la couvrait, juste au moment où il s'abandonnait à ce premier baiser sauvage et incroyablement sexy, cela lui vint à l'esprit. Il était en train de faire l'amour à Beth. Ils n'avaient pas de rapports sexuels, ne s'amusaient pas, ne couchaient pas ensemble ou peu importe comment les autres voulaient appeler ça quand ils soulageaient un désir et se faisaient du bien mutuellement, mais il faisait l'amour à Beth Hamilton. Lui donnant son cœur et voulant chérir le sien. Voulant la chérir *elle*. Pour le reste de leur vie.

— Bryan? Ça va? demanda-t-elle quand il s'arrêta de bouger. Quand il cessa de l'embrasser et de la caresser et... de respirer.

Il voulait Beth pour toujours. Et l'idée ne l'effrayait plus. Il la voulait dans sa vie, et la perspective de ne pas l'avoir était pire que de ne plus jamais obtenir de scénario, car il pouvait vivre sans être dans les films, mais il ne pouvait pas vivre sans Beth.

— Bryan? J'ai fait quelque chose de mal?

— Non, ma chérie, tu n'as rien fait de mal. Elle avait tout bien fait. — Je... Il ne pouvait pas le dire. Pas encore. Il devait d'abord comprendre ce que cela signifiait pour lui. Ce que cela signifiait pour eux. Et puis il y avait les enfants à considérer.

— Tu quoi?

Il regarda son visage inquiet. Ce cher visage magnifique, sexy, merveilleux, passionné, et il sourit. — J'ai perdu mon souffle un instant. Juste en te regardant... Tu me coupes le souffle, Beth.

Les larmes lui montèrent aux yeux.

— Oh, merde. Je ne voulais pas te faire pleurer.

Elle secoua la tête et sourit. — Non, ce sont des larmes de joie. C'est une bonne chose.

— Si tu le dis. Il écarta les cheveux de son visage et plongea son regard dans ces yeux marron étincelants qu'il voulait contempler pour le reste de sa vie.

Il devrait le lui dire. Elle devait le savoir, non? Devait le voir écrit sur tout son visage? Il l'aimait. Il aimait Beth Hamilton.

Et cela ne l'effrayait pas.

Non, cela le dynamisait. Cela lui donnait de l'espoir et un but et un sentiment d'appartenance que, jusqu'à présent, il n'avait pas réalisé qu'il lui manquait. Il avait pensé que ses frères et sa sœur et sa grand-mère étaient toute la famille dont il avait besoin. Tous les liens et les attaches qu'il voulait dans sa vie, mais, mon Dieu, comme il s'était trompé.

— Tu commences à me faire peur, Manley. Beth se mordit la lèvre supérieure.

C'était nouveau. Et il ne voulait pas être la cause d'une quelconque inquiétude. — Je te regarde simplement. Émerveillé d'être ici. Que tu sois ici.

— Pourquoi? Ça ne peut pas être une surprise sinon tu ne serais jamais revenu.

Comme elle se trompait. Rien n'aurait pu le tenir éloigné ; il le voyait maintenant. Il était attiré par Beth comme si sa vie en dépendait.

Et peut-être... juste peut-être... que c'était le cas.

— C'est là que tu te trompes, Beth. Je devais revenir. Ce qu'il y a entre nous est trop fort. Je devais découvrir ce qu'il y avait ici.

— Et...?

Il la sentit retenir son souffle, le retenir, comme si sa réponse était importante pour elle.

Elle l'aimait. Il le savait alors. Aussi sûrement qu'il savait qu'il l'aimait, il savait que Beth l'aimait.

Il se pencha et l'embrassa. Pas le baiser passionné, insatiable que son corps réclamerait dans quelques instants, mais une sorte de baiser d'engagement. Un baiser qui disait qu'il la chérissait, qu'il l'estimait et qu'il l'honorerait tous les jours de leur vie si elle le lui permettait.

Bon sang. Comment allait-il s'en sortir? Il y avait encore le cirque de sa vie à gérer. Il n'était pas assez naïf pour penser qu'une déclaration d'amour ferait disparaître tous les problèmes, mais il devait y avoir un moyen.

Son mari avait compris. Le gars avait dû beaucoup voyager en tant que pilote ; il avait laissé Beth seule avec les enfants à élever. Pour gérer tous les problèmes et les soucis et tout ce qui pouvait survenir pendant son absence, et elle l'aimait encore assez pour pleurer sa mort deux ans plus tard. Beth savait aimer de cette façon ; c'était quelque chose que Bryan allait devoir apprendre s'il voulait un avenir avec elle. La question était, en voudrait-elle un avec lui?

— Tu réfléchis encore.

— Ah, alors maintenant c'est *toi* qui peux entendre *mes* pensées? Il afficha ce sourire arrogant, ayant besoin de cette couverture pour la protéger des pensées qui emplissaient son esprit. Pourquoi voudrait-elle un avenir avec lui? Elle avait déjà dit qu'elle ne pouvait pas revivre un cirque médiatique, et même s'il prenait sa retraite aujourd'hui, la presse serait après lui, se demandant *pourquoi* il avait pris sa retraite, ce qu'il allait faire ensuite, et si Beth en était la raison? Puis il y aurait les histoires sur son passé, et les enfants seraient à nouveau traînés dans tout ça. Bien *sûr* qu'elle ne voudrait pas de ça. Peut-être que ce week-end était tout ce qu'elle pouvait supporter. Peut-être que c'était tout ce qu'elle voulait. Un moment ensemble pour créer des souvenirs qui devraient durer le reste de leur vie, parce que s'impliquer de façon permanente demandait trop d'efforts.

— Bryan? Ça va? Tu ne veux pas faire ça? Ses mains s'immobilisèrent dans le creux de son dos et Bryan dut se ramener au moment présent.

Arrête de t'inquiéter pour rien. Gran avait toujours dit ça. Elle lui disait qu'il était parfois trop introspectif.

— Bien sûr que je veux faire ça, Beth. Il ressortit ce sourire arrogant, son bouclier face au monde, celui qui cachait ce qu'il ressentait à l'intérieur et laissait tout le monde penser qu'il allait bien.

Et personne ne l'avait jamais démasqué. Pas même Gran.

— Je n'y crois pas. Tu peux sourire comme ça au reste du monde et leur faire oublier ce qu'ils t'ont demandé, mais pas à moi. Que se passe-t-il, Bryan?

D'accord, donc Beth était l'exception à cette règle. Ça semblait être un thème la concernant.

— Il ne se passe rien, ma chérie. J'ai juste tellement envie de t'embrasser que j'ai presque peur de tout gâcher.

— Tout gâcher? Beth secoua la tête. Combien de verres de vin as-tu bus ce soir? Tu ne pourrais pas gâcher ça même si tu essayais.

Il était presque sûr qu'il le pouvait, c'est pourquoi il ne dit rien et laissa ses actes parler pour lui, prenant sa tête entre ses mains et l'embrassant. Un baiser profond, du genre me-voici, dans lequel il versa chaque once d'émotion qu'il ressentait.

Il ne put s'empêcher de sourire quand elle le regarda avec des yeux voilés, le souffle court et les doigts tremblants contre sa joue.

— Oh. Mon. Dieu, dit-elle quand elle eut enfin repris son souffle.

Au moins l'un d'eux était capable de parler. Lui... Ce qu'il ressentait pour elle, les possibilités que cela représentait pour lui... Il était incapable de parler.

— J'imagine que ça veut dire que le dîner va refroidir? Elle pencha la tête sur le côté et mordilla sa lèvre inférieure — délibérément.

— En effet, mais ne t'inquiète pas. Je t'achèterai à nouveau du poulet Marsala demain soir.

— Et si je veux autre chose à la place? La lueur taquine dans ses yeux était exactement ce dont il avait besoin.

Bon sang, il l'aimait. — J'y compte bien, femme.

Chapitre Trente-Sept

Le dimanche après-midi arriva beaucoup trop vite.

Bryan était adossé contre l'arbre, Beth dans ses bras, alors que l'agitation du parc s'animait autour d'eux, les restes de leur pique-nique éparpillés sur la couverture. La bouteille de champagne à moitié vide dans le seau à glace qu'il avait apporté, les fraises et le chocolat, le fromage et les raisins... Tous les ingrédients d'un rendez-vous romantique avec un dernier élément qui lui brûlait la poche.

La bague de Grand-mère.

Il avait quitté l'appartement de Beth pour aller chercher le petit-déjeuner pendant qu'elle dormait ce matin — la seule raison pour laquelle il avait pu la quitter était parce qu'il était rentré chez lui pour cette bague — et elle lui parlait depuis toute la journée.

Il voulait l'épouser. La décision lui était venue dans son sommeil et quand il s'était réveillé, il avait su que c'était la bonne chose à faire. Ils s'aimaient ; il l'avait vu dans ses yeux quand ils avaient fait l'amour la nuit dernière, l'avait senti dans chaque caresse. Il savait pourquoi elle ne l'avait pas dit, savait qu'elle ne le ferait pas à cause de sa carrière, et son altruisme le faisait l'aimer encore plus. Il *devait* l'épouser. Devait la garder dans sa vie pour toujours. C'était ça qui était important ; tout le reste n'était que de la logistique qu'ils pourraient régler.

Maintenant, il devait juste trouver la logistique pour lui demander de l'épouser. Quelque chose de romantique mais pas cliché.

Il ne put s'empêcher de rire de lui-même alors qu'il était assis sur la couverture à carreaux avec un panier de pique-nique en osier, le plus grand cliché qui soit. Mais c'était inévitable ; il n'avait pas le temps de planifier une demande en mariage élaborée. Il ne partirait pas d'ici pour retourner sur le tournage sans savoir que Beth serait sienne pour le reste de sa vie. Ensuite, il repartirait, travaillerait d'arrache-pied, et reviendrait vers elle et les enfants aussi vite que possible.

— Tu réfléchis encore, dit-elle en remontant sa paume le long de son mollet.

Il passa ses doigts dans ses cheveux. — Si mes pensées sont si bruyantes, tu devrais peut-être me dire ce qu'elles sont.

Elle soupira et s'appuya contre son épaule. — Je ne veux pas penser à ce à quoi tu penses. Je ne veux pas penser du tout parce que si je le fais, je vais réaliser que c'est presque fini. Que mes enfants vont bientôt revenir et que tu devras retourner à ton film et que tout cela ne sera plus qu'un souvenir.

Ses mots étaient comme un pieu dans son cœur. Il ne voulait pas que ce soit un souvenir — sauf si c'était un souvenir qu'ils partageraient avec leurs petits-enfants.

— Beth.

Elle se retourna et posa ses doigts sur ses lèvres. — Ne dis rien, Bryan. Profitons encore un peu du fantasme.

Il embrassa ses doigts. — En fait, c'est exactement ce que j'essaie de faire.

Elle retira ses doigts. — Ah bon?

Il bougea sur la couverture, essayant de la garder proche, d'attraper la bague, et de ne pas tout révéler avant de pouvoir lui demander.

— Bryan, qu'est-ce que tu fais?

— Ça. Il sortit la bague et la tendit. — Beth, je t'aime et je te veux dans ma vie pour toujours. Il avala une boule d'émotion. — Comme ma femme.

— Oh mon Dieu. Beth toucha la bague de ses doigts tremblants.

Mais elle ne la prit pas.

— Je t'aime, Beth. Sa voix était aussi tremblante que ses doigts. — Veux-tu m'épouser?

Elle le regarda, les larmes lui montant aux yeux. — Oh, Bryan.

Elle n'avait toujours pas pris la bague. Et elle ne lui avait toujours pas répondu.

— Maman!

Il fallut à Bryan une seconde de plus qu'à Beth pour reconnaître la voix de Maggie et il eut à peine le temps de remettre la bague dans sa poche avant que Maggie ne se jette sur sa mère.

— Maman! Tu m'as manqué! Le petit visage de Maggie était tout plissé alors qu'elle serrait Beth de toutes ses forces.

Bryan pouvait tellement s'identifier.

— Bryan!

— Hé, Bryan est revenu!

Tommy et Mark se jetèrent sur lui et soudain la couverture de pique-nique fut couverte de Hamilton.

Et leur mère ne lui avait toujours pas répondu.

— Qu'est-ce que tu fais ici, Bryan?

— Tu es revenu pour de bon?

— Est-ce que je t'ai manqué?

— Sherman a été surpris de te voir?

— Tu as nettoyé les poils de Mme Beecham dans ma maison de poupée? Je crois qu'elle y fait un nid.

— Les chats ne font pas de nids, idiote.

— Ne m'appelle pas idiote.

— Ben, tu l'es si tu penses que les chats font des nids.

— Maman, Mark m'a traitée d'idiote.

— Mais elle l'est!

— Les gars! Maggie! Bryan se leva. — Personne n'est idiot juste parce qu'il ne sait pas quelque chose. C'est une occasion d'apprendre quelque chose de nouveau, et une occasion pour vous d'être de grands frères et d'enseigner quelque chose de nouveau à votre sœur.

Il tendit la main pour aider Beth à se lever, tenant ironiquement sa main gauche. Celle où il voulait mettre sa bague.

Elle ne lui avait toujours pas répondu.

Et elle ne le fit pas pendant les trois heures et demie suivantes jusqu'à ce qu'ils aient couché les enfants, que les grands-parents soient partis, et qu'un silence gêné s'installe dans le salon quand Beth descendit après son dernier câlin à Maggie.

— Elle a dit qu'elle avait peur que je ne sois pas là quand elle rentrerait. Beth attrapa un coussin du canapé et l'entoura de ses bras en s'asseyant en tailleur dans le coin.

— Anxiété de séparation?

— Oui. Ils l'ont tous, mais Maggie est la plus vocale. Les jumeaux sont même montés dans le même lit quand je lisais la bande dessinée du soir. Ça a commencé juste après la mort de Mike et ça s'était calmé, je pensais, il y a environ quatre mois.

— Et maintenant ils recommencent.

— Eh bien, au moins pour ce soir.

Et si elle l'épousait et que la frénésie médiatique leur faisait ça aussi? Elle n'avait pas besoin de le dire, mais ça flottait entre eux comme une grosse boule de ça-n'arrivera-pas-Manley.

— Tu n'as pas répondu à ma question. Appelez-le masochiste. Mais si c'était la fin de son rêve, il voulait que ce soit clair pour lui.

— Je sais.

— Et? Le fait qu'il doive la pousser ainsi n'augurait rien de bon.

Pas plus que la grande respiration qu'elle prit ni la façon dont elle se tourna vers lui en serrant le coussin contre son ventre. Protectrice. Seule.

— Je voudrais dire oui, Bryan, mais je ne peux pas.

Il y avait un bourdonnement dans sa tête ; il n'avait pas vraiment cru qu'elle dirait non. Il savait qu'il y aurait des problèmes, mais il s'attendait à un compromis d'une sorte ou d'une autre. Peut-être même parler de son départ de l'industrie. Mais il n'avait jamais vraiment cru que la seule femme qu'il ait jamais voulu épouser le refuserait.

— ... juste moi, je prendrais le risque, mais les enfants, Bryan.

— *Risque*? Prendre le *risque*? Bryan se pencha en avant. — Je ne t'ai pas demandé de prendre un *risque* avec moi, Beth. Je t'ai demandé de m' *épouser*. Je ne prends pas de risque avec toi ; je veux passer ma vie avec toi. Je veux faire partie de ta famille. Je ne prends pas un risque comme... comme... une partie de poker. Je suis on ne peut plus sérieux à ce sujet et oui, tu as raison. Si tu vois ça comme prendre un risque, alors peut-être que ce n'est pas une bonne idée.

Elle posa sa main sur son genou et il voulut la retirer parce que c'était trop douloureux de sentir son contact en sachant qu'il n'aurait plus le droit de faire cela quand il partirait d'ici.

— Tu ne m'écoutais pas.

— Je t'ai entendue.

— Non, tu n'as entendu qu'une partie de ce que j'ai dit. Elle mit le coussin de côté. — Je veux dire oui, Bryan. Vraiment. Et si c'était juste moi, je le ferais sans hésiter. Parce que je t'aime.

— Je sais que tu m'aimes. Tu n'aurais pas fait l'amour avec moi hier soir si ce n'était pas le cas. Alors pourquoi dis-tu non? Tu réalises que tu es la seule femme à qui j'ai jamais demandé ça?

Pour ajouter l'insulte à l'injure, elle posa sa paume sur sa joue. Et il la laissa faire.

— Je sais. Et j'adore que tu l'aies fait, mais ta vie, Bryan... On en a parlé. Je ne peux pas soumettre les enfants à ça. Ils ont déjà vécu sous les projecteurs et ils ne l'ont pas bien supporté. Maggie fait encore des cauchemars.

Bryan ferma les yeux un instant, s'efforçant de se calmer. Il devait penser aux enfants. En tant que parent, même beau-parent, il devait penser au bien-être des enfants. — Tu n'en as pas mentionné depuis que je suis ici.

— Bryan, ça ne fait que quelques semaines.

— Qu'elle n'en a pas eu. Depuis que je suis ici, n'est-ce pas?

— Eh bien, non, mais...

— Pas de mais, Beth. Peut-être qu'elle a arrêté d'en avoir parce qu'elle veut que je fasse partie de sa vie.

— Oh, elle te veut. Ils te veulent tous. Ils t'aiment. Mais ils ne réalisent pas vraiment ce qu'implique ton style de vie. Moi, par contre, si. J'ai déjà emprunté cette route. Chaque geste scruté. Chaque mot commenté et analysé et peut-être déformé dans un sens complètement différent parce que ça fait un bon titre. Je ne peux pas te dire combien de fois j'ai dû éteindre la télévision quand un reportage arrivait ou qu'une apparition de mes enfants se produisait et qu'ils étaient placardés partout à l'écran. On aurait pu croire que Mike avait cambriolé Fort Knox ou vidé un tonneau avant de monter dans cet avion avec toute la couverture médiatique de l'accident. Partout où nous allions, il y avait des caméras. Et ta vie *attire* les caméras. Les enfants ne comprennent pas ça, mais en tant que parent, je dois le faire.

— Mais peut-être que ce sera différent maintenant que je suis dans le tableau.

— Toi dans *notre* tableau n'est pas le problème. C'est l' *autre* tableau dans lequel tu es qui sera le problème.

— Alors je vais arrêter. Et merde s'il ne le pensait pas. Beth et les enfants étaient plus importants pour lui que n'importe quel film.

— Ça ne fera qu'empirer la situation. Les médias vont s'en donner à cœur joie.

— D'accord, alors je finirai ce film et ce sera tout. Je prendrai ma retraite.

Elle pencha la tête et là où il trouvait ça mignon avant, ce n'était plus le cas. Maintenant, il voulait qu'elle soit d'accord avec lui et comprenne son raisonnement, pas qu'elle argumente avec lui.

— Bryan, ils ne vont pas te laisser partir. Ta retraite sera une grosse nouvelle. Et la raison pour laquelle tu prends ta retraite sera une nouvelle encore *plus grosse*. Nous ne pourrons pas éviter les projecteurs si je te dis oui.

Elle avait raison et ce n'était pas un argument auquel il n'avait pas pensé lui-même, mais bon sang, pourquoi fallait-il que ce soit l'un ou l'autre? Pourquoi ne pouvaient-ils pas faire un compromis et trouver une solution? Elle l'aimait, il l'aimait, les enfants l'aimaient bien, et Dieu savait qu'il les aimait... Ce ne pouvait pas être la fin.

— La lumière constante des projecteurs n'est pas juste pour les enfants, Bryan. C'est déjà assez difficile de naviguer l'adolescence avec Twitter et Facebook, et Dieu nous en préserve s'ils font quelque chose d'imprudent en ligne et que la presse en a vent. Des choses que nous faisions enfants qui n'étaient pas enregistrées pour la postérité sur YouTube. Je ne peux pas prendre ce risque, Bryan. J'ai finalement réussi à les amener à ce stade ; être fiancée à toi pourrait nous renvoyer à la case départ.

Elle avait raison ; il le savait. Les projecteurs constants pouvaient être difficiles à gérer - et *lui* les avait recherchés. Les enfants, en revanche... Beth était une mère incroyable pour mettre les besoins de ses enfants avant les siens - et cela ne faisait que renforcer son amour pour elle.

Cela le poussait également à faire de même parce qu'il les aimait aussi. — Peut-être quand ils seront plus âgés...

— Tu vas attendre que Maggie ait dix-huit ans? C'est dans treize ans, Bryan. Je ne vais pas te laisser faire ça. Tu mérites d'avoir une famille. Des enfants. Une femme qui peut te donner tout ça sans tous les bagages que je traîne. Je ne peux pas être cette femme pour toi.

Sa voix se brisa, premier signe qu'elle n'était pas aussi résolue dans sa décision qu'elle essayait de le faire paraître.

C'était aussi dur pour elle que pour lui. Il devrait y avoir un certain réconfort là-dedans... mais il n'y en avait pas. Il n'y avait rien de réconfortant dans toute cette situation.

Bryan la prit dans ses bras. — Je ne vais pas m'excuser de te l'avoir demandé, Beth.

— Je ne veux pas que tu le fasses. Je t'aime, Bryan. Mais je ne peux pas t'épouser et tu ne sauras jamais à quel point je suis désolée de devoir dire ça.

— Oh, je pense en avoir une assez bonne idée. Il embrassa sa tempe et posa son menton sur sa tête. — Ce n'est pas une offre à prendre ou à laisser, tu sais.

Elle se raidit. — S'il te plaît, Bryan, ne te fais pas de faux espoirs. Ce n'est tout simplement pas faisable. Mes enfants ont déjà assez souffert. Même s'ils t'aiment bien, le fait de vivre dans un bocal finira par les atteindre. Nous l'avons déjà vécu ; nous le savons.

— Je déteste que vous ayez dû vivre ça.

— Je sais.

— Je déteste que ma carrière soit la chose qui nous sépare.

— Moi aussi.

— Mais il n'y a pas de moyen de contourner ça, n'est-ce pas?

— Je n'en vois pas.

— Je t'aime, Beth.

Elle le serra fort. — Je t'aime aussi. Merci pour ce week-end. Pour les souvenirs. Pour m'avoir fait *ressentir* à nouveau. Pour m'avoir aimée.

— Toujours, Beth. Toujours. Trois mots. C'était tout ce dont il était capable car les larmes menaçaient de l'étouffer.

Bon sang. La vie avait été parfaite quand il pensait avoir tout ce qu'il voulait. Maintenant qu'il savait que ce n'était pas le cas — et qu'il ne *pouvait pas* l'avoir — il allait devoir s'adapter. Faire des changements. Trouver quelque chose pour combler le vide. Pas *quelqu'un* parce que personne ne pourrait prendre la place de Beth dans son cœur. Il espérait juste qu'un jour, il y aurait de la place pour quelqu'un d'autre. Et cinq enfants différents...

— Maman? Où es-tu? Maggie descendit les escaliers de l'entrée en sautillant. Ces escaliers que Beth et lui avaient...

Il s'éloigna de Beth. Ce serait normal que Maggie les voie comme ça s'ils allaient avancer en tant que couple, mais comme ce n'était pas le cas...

— Je n'arrive pas à dormir. Maggie apparut dans l'embrasure de la porte en chemise de nuit, ses boucles toutes ébouriffées autour de sa tête, et son pouce à moitié dans sa bouche. — Bryan! Son pouce en sortit. Tu es encore là!

— Salut, Mags. Il ouvrit grand ses bras. Un dernier câlin. C'est tout ce qu'il voulait d'elle.

Elle se jeta dans ses bras et s'agrippa à lui férocement. — Je croyais que tu étais parti.

Un seul câlin ne suffirait pas. Bryan s'éclaircit la gorge. — Non, ma chérie. Je suis toujours là.

— Qu'est-ce qu'on va faire demain?

Il regarda Beth par-dessus la tête de Maggie. *Aide-moi*, articula-t-il silencieusement parce qu'il n'avait honnêtement aucune idée de quoi dire à la petite fille.

Beth prit sa fille de ses bras et honnêtement, il eut l'impression qu'elle lui arrachait le cœur en même temps.

Comment diable était-il censé s'en aller?

— Bryan a d'autres plans demain. Beth installa Maggie sur ses genoux.

La tête de Maggie se retourna brusquement. — Ah bon? Quoi?

— Euh, eh bien, je vais aider mon frère à trouver quelque chose dans la maison où il travaille.

— Trouver quoi?

— Je ne suis pas tout à fait sûr. On doit suivre un tas d'indices.

— Comme une chasse au trésor?

— Euh, ouais. Un truc comme ça. C'était du moins ce que Sean avait dit que c'était. Parmi une bonne trentaine de jurons qu'il avait ajoutés pour faire bonne mesure. Lui et Liam s'étaient portés volontaires pour aider, ne serait-ce que pour arrêter leurs oreilles de brûler. Sean était devenu assez inventif avec les jurons.

— Je suis vraiment douée pour les chasses au trésor. Mark et Tommy aussi. Ses grands yeux bruns — tellement semblables à ceux de sa mère — clignèrent vers lui avec une telle innocence. Dommage qu'il l'ait vue à l'œuvre et qu'il sache exactement ce qu'elle manigançait.

Le truc, c'est que ça ne le dérangeait pas qu'elle essaie de le manipuler. Il *voulait* l'emmener avec les garçons. Il aimait être avec eux. Et, bon sang, plus il y aurait d'yeux au manoir, mieux ce serait si ce que Sean avait dit était vrai. Ils allaient avoir besoin de toute l'aide possible.

— Ma chérie, Bryan doit travailler rapidement pour pouvoir retourner à son film. Il ne peut pas vous surveiller, toi et les garçons.

— Mais Maman, souffla Maggie avec toute la droiture qu'une enfant de cinq ans pouvait rassembler, c'est pour ça qu'on *doit* y aller. On peut aider et Bryan pourra retourner à son film très vite. Elle regarda Bryan et posa sa main sur son genou. S'il te plaît, on peut venir avec toi, Bryan? On est de bons assistants. Comme avec la corde à linge. On peut t'aider.

Comment était-il censé dire non à ça? Il ne pouvait pas. — Ça me va si ta maman est d'accord, Maggie.

Ce n'était probablement pas juste de renvoyer la balle à Beth, mais il ne pouvait tout simplement pas dire non à Maggie. Il ne pouvait pas.

Le regard que Beth lui lança par-dessus la tête de Maggie disait qu'elle ne le pouvait pas non plus et qu'elle avait espéré qu'il le ferait.

— D'accord, Maggie. Très bien. Beth exhala. Vous trois pouvez y aller. Mais seulement pour un petit moment. Le manoir Martinson est un très grand endroit et je ne veux pas que vous couriez partout sans surveillance.

— C'est quoi sans surviellance? Le pouce de Maggie retourna dans sa bouche comme si elle avait obtenu ce pour quoi elle était venue et que tout le reste n'était que du temps à passer jusqu'à ce qu'elle retourne dans sa chambre.

— Ça veut dire sans quelqu'un pour veiller sur vous.

— Mais Bryan veille toujours sur nous. Pas vrai, Bryan?

Sérieusement, la petite fille était meilleure qu'un chirurgien quand il s'agissait de l'éventrer.

— C'est vrai, Maggie. Je veille toujours sur vous.

— Tu vois, Maman? Bryan va s'occuper de nous. Tu n'as pas à t'inquiéter.

La vérité sort de la bouche des enfants...

Chapitre Trente-Huit

Beth s'inquiéta toute la journée du lendemain. Elle craignait d'éclater en sanglots, ou de tout raconter à Jason et Kelsey à propos de la demande en mariage de Bryan, ou pire encore, d'en parler à *Kara*, ce qui ferait rapidement le tour du quartier et, une fois que cela se produirait, les médias ne tarderaient pas à s'en mêler.

Alors elle garda le silence, retenant ses larmes — à peine — et poursuivit sa journée normalement comme si son cœur ne se brisait pas parce qu'un homme formidable allait bientôt disparaître de sa vie. Encore une fois.

Il lui épargna la douleur des adieux. Elle n'aurait pas pu faire semblant de rien, alors elle fut reconnaissante qu'il ait déposé les trois plus jeunes dans l'allée après leur journée de chasse au trésor, fait un bref signe de la main, et reculé comme s'il reviendrait le lendemain.

Ils savaient tous les deux que ce n'était pas le cas.

Donc, en ce premier jour du Reste de Sa Vie Sans Bryan, Kara ne pouvait tout simplement pas laisser l'homme partir en paix.

— Je n'arrive vraiment pas à croire qu'il soit juste parti comme ça. J'étais *certaine* qu'il se passait quelque chose entre vous deux.

Beth fit semblant de sentir le parfum au comptoir du grand magasin. Elle n'avait aucune envie de faire du shopping aujourd'hui, mais il y avait une mini-ferme au centre commercial et les trois plus jeunes l'avaient suppliée d'y aller.

Elle payait Jason et Kelsey pour les surveiller, afin d'avoir un peu de paix et de tranquillité, *pensait-elle*. Mais elle était ensuite tombée sur Kara et une fois que *celle-ci* avait réalisé que Beth n'avait pas les enfants avec elle, eh bien, c'était la permission d'ouvrir les vannes avec des questions sur Bryan.

— Il a une carrière, Kara. Je te l'ai dit. On ne peut pas faire la navette entre ici et Hollywood.

— Des conneries. Les stars de cinéma le font tout le temps. Ils achètent des jets privés et volent pour une journée de tournage. Il pourrait le faire s'il le voulait.

Le fait est qu'il l'aurait fait si Beth avait dit oui. Elle le savait aussi sûrement qu'elle savait que Kara irait tout raconter à tout le monde si elle lui parlait de la demande en mariage. Alors elle ne dit rien sur les deux sujets et essaya de laisser l'affaire se tasser, parce que, vraiment, elle en avait besoin. Elle remettait en question sa réponse depuis les quarante dernières heures et elle n'était pas plus proche d'une résolution qu'elle ne l'avait été quand elle lui avait répondu.

— Et vous pourriez l'accompagner sur les lieux de tournage. Je veux dire, c' *est* l'été. Les enfants n'ont pas école ni de travail et tu es enseignante donc tu es libre... Je ne pensais pas qu'il était si inconstant. Je pensais qu'il avait plus de substance. Qu'il n'était pas uniquement Hollywood. Mon Dieu, tu ne penses pas qu'il se moquait de nous, si? Qu'il nous utilisait pour faire des recherches pour son prochain rôle?

— Bryan n'est pas comme ça. Il aimait tout le monde. (Il en aimait même vraiment quelques-uns.) Mais c'est sa carrière. On ne peut pas discuter avec le succès.

Kara haussa les épaules.

— Je ne comprends tout simplement pas. Je veux dire, tu es canon, les enfants sont géniaux, et ce n'est pas comme si tu en voulais à son argent. Mike vous a laissés dans une bonne situation.

Si on pouvait appeler être veuve et orphelins une bonne situation.

Beth ravala son sarcasme. Kara avait de bonnes intentions. Tous ses amis en avaient, mais ils pensaient tous que deux ans étaient suffisants et qu'il était temps d'aller de l'avant. Et bien que Beth soit prête à aller de l'avant — son temps avec Bryan le prouvant — elle n'allait pas simplement oublier Mike. Elle n'allait pas dire : « Oh eh bien, allons de l'avant ». Elle l'avait aimé et il lui manquerait toujours. Il était son ami, son mari, son amant et le père de ses enfants. Elle souffrait qu'il ne les verrait jamais grandir, ne connaîtrait jamais leurs petits-enfants. Que ses enfants ne connaîtraient jamais Mike en tant qu'homme quand ils deviendraient adultes. La mort était cruelle et il n'y avait rien que Beth puisse y faire.

Mais tu pourrais faire quelque chose à propos de Bryan...

— Alors, tu penses que tu pourrais être prête à sortir avec quelqu'un d'autre?

— Quelqu'un d'autre? Je ne sortais pas avec Bryan, Kar.

— Je sais, mais je veux dire, tu sais. Tu es en quelque sorte remontée en selle, pour ainsi dire, même si c'était juste pour regarder. Et il était agréable à regarder, tu dois l'admettre.

— Oui, il l'est. (Il était aussi génial en selle, mais elle n'allait pas l'admettre.)

— Donc si un autre beau mec se présentait, tu ne serais pas opposée à sortir avec lui.

— Kara, tu m'as déjà organisé quelques rendez-vous à l'aveugle. Ça ne s'est pas très bien passé. Le dernier non plus. Pourquoi ne laissons-nous pas simplement le destin faire les choses et voir ce qui se passe?

— C'est bien beau tout ça, mais je ne te vois pas faire des plans pour aller faire la tournée des bars avec le destin de sitôt.

La tournée des bars. Beth frissonna. Elle n'allait faire la tournée des bars avec personne.

— Je n'ai pas si envie de sortir avec quelqu'un, mercibeaucoup.

— Eh bien, où d'autre vas-tu rencontrer quelqu'un?

— Pourquoi devrais-je le faire? Je me débrouille très bien comme je suis.

— Des conneries. Tu es seule depuis trop longtemps et j'ai vu comment tu regardais Bryan. Tu sors de ta coquille, Beth. Tu dois battre le fer pendant qu'il est chaud avant de te sentir trop à l'aise à l'intérieur.

Beth abandonna l'idée de cacher ses frissons. Elle n'était vraiment pas prête à entrer dans le monde des célibataires. Elle doutait qu'elle le serait un jour.

Heureusement, il y eut une agitation à l'extérieur du magasin alors qu'une bande de gardes de sécurité passait en courant, en criant, agitant leurs matraques, et Beth n'eut pas à répondre à Kara. Puis une alarme retentit dans tout le centre commercial et Beth ne fut plus si reconnaissante. Ses enfants étaient là-bas.

Elle sortit en courant du magasin et tourna à droite vers la mini-ferme — qui était la direction dans laquelle les gardes couraient.

C'était aussi là où les gardes s'étaient arrêtés. Et où ils avaient un gars face contre terre, les bras derrière le dos, quelques genoux le maintenant en place et deux d'entre eux parlant à... ses enfants.

Oh mon Dieu.

Beth se fraya un chemin à travers la foule de gens rassemblés autour.

— Jason! Kelsey! Tommy! Mark! Maggie!

Ils étaient tous là, l'air solennel pendant qu'ils répondaient aux questions des gardes.

— Bonjour. Je suis la mère des enfants. Que s'est-il passé?

Elle dut toucher chacun d'eux, les rassemblant autour d'elle comme une cane rassemblant ses canetons sous ses ailes et elle s'en fichait. Elle devait s'assurer que ses bébés étaient en sécurité.

— Vos enfants ont fait quelque chose de formidable, madame, dit l'un des gardes. Hinkle, disait sa plaque d'identité. Ils ont vu ce type avec un marteau...

— Il allait casser la vitrine des bijoux, Maman! s'exclama Maggie en sautillant. Tommy l'a vu et l'a dit à Jason et Kelsey. Kelsey a couru au bureau d'information, et Jason a tendu sa jambe pour que le gars trébuche. C'est un héros!

— Je l'ai vu aussi! dit Mark, mécontent de ne pas jouer un rôle dans le récit de Maggie.

— Pas vrai! dit Tommy. Bien sûr.

— Si, c'est vrai. C'est pour ça que je t'ai poussé du coude pour que tu puisses le voir aussi.

— Pas vrai!

— Si, c'est vrai!

— Les garçons, ce n'est pas important pour le moment, dit le garde, en les éloignant de l'homme par terre. Nous avons besoin que vous reculiez pour qu'on puisse le remettre sur pied.

Si, c'*était* important et leurs visages s'assombrirent quand le garde les congédia si brusquement. À cet instant, c'était la chose la plus importante dans leur monde et qu'il la mette de côté comme ça... Bryan n'aurait pas fait ça.

Bryan. Mon Dieu, elle ne pouvait pas s'empêcher de penser à lui.

— Madame, dit un autre garde, si vous et les enfants pouviez vous diriger vers la boutique de nounours, nous aimerions vous poser quelques questions.

— Mais Maman ne sait rien. Elle n'a rien vu. C'est moi et Tommy qui avons vu.

— Et Jason, ajouta Maggie. N'oublie pas Jason. C'est le vrai héros.

Beth dirigea les enfants vers le magasin, passant ses mains sur les épaules de chacun. — Jason, tu vas bien? Elle voulait lui crier qu'il aurait pu être blessé et qu'il aurait dû rester à l'écart et laisser quelqu'un d'autre s'en occuper - les mêmes mots qu'elle avait dits à Mike le matin où il avait pris ce foutu vol à la dernière minute - mais elle ne le fit pas à cause du regard de fierté sur son visage. Jason souriait réellement aux gens et se sentait vraiment bien dans sa peau et Beth n'allait pas gâcher ça pour lui, ne serait-ce qu'une seconde. Pourtant, mon Dieu... il aurait pu être blessé.

— Ouais, maman, je vais bien. Le gars aurait dû regarder où il allait.

— C'est ce qu'il faisait, dit Tommy. Il regardait les montres.

— Non, c'était les bagues en diamant. C'est plus facile à transporter et ça coûte beaucoup plus cher.

— Tu crois tout savoir.

— J'en sais beaucoup plus que toi, Tommy.

— C'est pas vrai.

— Si, c'est vrai.

— Les garçons. Elle imita le geste de Bryan et posa ses mains sur leurs têtes pour les faire se tourner vers elle. Arrêtez de vous chamailler. Dites simplement la vérité aux gardes et nous pourrons rentrer à la maison.

— Mais je ne veux pas rentrer à la maison. Maggie tira sur le t-shirt de Beth. Je veux jouer avec les bébés chèvres.

— On les appelle des chevreaux, dit Tommy.

— Eh, c'est vrai. Tu savais ça. Mark semblait surpris. Beth ne savait pas pourquoi ; ils étaient dans les mêmes classes depuis la maternelle.

— C'est vrai? C'est un nom bizarre. Maggie glissa sa main dans celle de Tommy. Merci de m'avoir appris ça. Comme Bryan l'a dit.

— On devrait l'appeler. C'était Kelsey qui parlait. Pourquoi Beth n'était-elle pas surprise que ce soit le premier commentaire de Kelsey sur tout cet épisode? Lui dire ce qu'on a fait.

— Tu veux dire, ce que *Jason* a fait, dit Maggie, déplaçant maintenant sa main et son allégeance vers son frère aîné.

— J'ai aidé. J'ai couru appeler les agents de sécurité.

Maggie plissa le visage et se tapota la lèvre. — Tu as raison. Tu l'as fait. C'était important aussi. Elle tendit la main vers celle de Kelsey. J'ai les frères et la sœur les plus courageux du monde entier.

Bien sûr, c'est à ce moment-là que le garde commença à poser des questions à Beth. Elle pouvait à peine se concentrer sur ce qu'il lui demandait alors qu'elle essayait de ne pas pleurer face à toutes ses émotions : la peur, la fierté, l'amour et un cœur fondant en voyant ses enfants s'unir.

Et puis un journaliste est arrivé, brandissant le micro au-dessus de la tête du garde. Beth était presque sûre que cela violait toutes sortes de règles et pourrait même avoir un impact sur un procès-

Oh merde. Un procès. En tant que témoins, ses enfants devraient témoigner. Et Jason avait fait trébucher le gars - il serait le témoin numéro un.

Oh mon Dieu. La presse allait s'emparer de cette histoire.

Il y avait un fort bourdonnement dans ses oreilles alors que toutes les ramifications s'enregistraient. Ce qui allait leur tomber dessus. Encore une fois. Les questions intrusives. L'intérêt sans fin. Les équipes de caméras et les camions de presse campant devant sa maison.

Beth avait envie de pleurer. Elle avait dit non à l'aquarium de Bryan et s'était retrouvée avec le sien.

Il fallut une heure et demie et donner son numéro de portable à six personnes différentes avant qu'elle puisse faire sortir les enfants de là. Il fallut encore quarante-cinq minutes pour qu'ils en parlent suffisamment pour qu'elle puisse placer un mot. Juste deux, mais ils eurent l'effet escompté. — Une glace?

La conversation passa aux parfums et Beth put enfin respirer. Elle allait devoir parler à Jason et Kelsey. Les prévenir au sujet de la presse. Les jumeaux aussi. Seule Maggie n'avait pas participé à la tentative de vol avortée, mais vu la façon dont Maggie défendait chacun de ses frères et sœurs, Beth avait le sentiment qu'elle devait la prévenir aussi. Elle n'avait pas hâte de le faire.

Elle n'aurait pas dû s'inquiéter.

Et cela l'inquiétait.

Ils venaient à peine de s'asseoir dans le box du glacier que le sujet revint sur le tapis. À présent, Beth avait mémorisé la séquence des événements, elle ne fut donc pas surprise lorsque les enfants s'écartèrent légèrement du sujet.

— Alors, tu penses qu'ils voudront nous interviewer à nouveau? C'était Kelsey qui abordait le sujet que Beth redoutait.

— Eh bien, c'est possible, ma chérie, mais tu n'es pas obligée de leur dire quoi que ce soit d'autre. Vous êtes tous mineurs, donc, techniquement, ils doivent passer par moi. Je les tiendrai aussi loin que possible.

— Mais je veux leur parler. On va être célèbres.

— On va l'être? demandèrent les jumeaux. Cool! Ils se tapèrent dans la main.

Ils recommençaient à parler à l'unisson.

— Je parie qu'ils vont te donner une médaille, Jason, dit Maggie, la plus grande fan de son frère.

— Nan, personne ne reçoit plus de médailles de nos jours. Mais Jason n'avait pas l'air de détester l'idée.

— Peut-être même ta propre émission de télé! Maggie bondissait sur son siège. Comme un jeune détective qui arrête les voleurs avant qu'ils ne puissent voler quoi que ce soit. Ce serait pas génial?

— Et Bryan pourrait jouer ton patron ou quelque chose comme ça, dit Mark.

— Ouais, comme ça on pourrait le revoir, ajouta Tommy.

— Maman, quand est-ce que Bryan revient? Je veux lui parler de mes frères et de ma sœur. Ce sont des héros. Maggie tourna ce visage sincère vers Beth et les quatre autres suivirent.

—Je... je ne sais pas, Mags.

Menteuse! Dis la vérité à tes enfants. Que tu l'as rejeté pour les empêcher d'être sous les feux des projecteurs et regarde-les maintenant! Impatients de passer à la télé. Ravis d'être des héros. Tu devrais peut-être reconsidérer ta décision, Elizabeth.

— On peut l'appeler? demanda Kelsey en sortant son téléphone. Oh. C'est vrai. Il ne m'a pas donné son numéro. Elle regarda Beth. Il t'a donné son numéro, maman? Ou je devrais appeler l'entreprise de femmes de ménage et leur demander?

Cinq visages pleins d'espoir et d'attente la fixaient. Cinq enfants qui voulaient voir l'homme que Beth avait renvoyé. L'homme qui disait l'aimer et vouloir l'épouser. Qui voulait fonder une famille avec elle. *Cette* famille.

— Euh, les enfants. J'ai une meilleure idée. Que diriez-vous d'aller *voir* Bryan?

Chapitre Trente-Neuf

— Coupez! PJ laissa échapper un grand soupir frustré.

La quatre cent soixante-douzième prise si le compte de Bryan était exact.

C'était proche, sinon tout à fait juste. Cette scène partait en vrille à chaque réplique. Carina ne voulait tout simplement pas suivre le script. Si elle n'avait pas été une actrice si renommée, elle aurait été mise à la porte à huit heures cinq ce matin, après la cinquième prise.

— Carina. Le légendaire « sang-froid » de PJ avait disparu. — Je ne changerai pas le dialogue, alors vous pouvez le faire à ma façon ou nous resterons ici jusqu'à minuit ; ça m'est égal à ce stade. Je *vais* terminer ce film dans les délais, alors descendez de vos grands chevaux et jouez la scène telle qu'elle est écrite.

— Ça fait passer mon personnage pour une mauviette.

— Non, pas du tout. Ça la montre prête à faire des compromis. Quelque chose dont Carina ne savait visiblement rien. — Et c'est pour elle que le public va s'enthousiasmer, alors si vous voulez un public adorateur, vous le ferez comme c'est écrit. Et si vous voulez retravailler, vous ferez ce que je dis.

Aïe. Pas bon. Bryan se prépara à l'impact.

Il ne tarda pas à venir.

— Je n'ai pas besoin de vous, PJ Cartwright. Carina jeta le couteau qu'elle tenait dans l'évier de la cuisine avec un *clang* retentissant. PJ devrait remercier sa bonne étoile qu'elle ne le lui ait pas lancé dessus. Même si c'était un accessoire, la pointe était acérée. — Vous pensez que c'est *vous* que les gens viennent voir quand ils vont au cinéma ? La plupart des gens n'ont aucune idée de qui est le réalisateur. Ils savent qui sont les stars et je suis la star de ce film.

Bryan s'abstint de lever la main pour lui rappeler qu'il était là, mais uniquement parce qu'il avait de la peine pour PJ. Le gars avait déjà assez de maux de tête avec Carina les bons jours ; Bryan ne voulait pas ajouter au problème. Mais, oh, ce qu'il n'aurait pas donné pour rabattre le caquet de Carina et lui rappeler que *lui* faisait l'objet d'un énorme battage médiatique en tant qu'intérêt amoureux de ce film. Que ce script était son tremplin vers la célébrité et que tout le monde le savait. Il avait autant de notoriété qu'elle quand il s'agissait de ce film, alors elle ferait mieux de se ressaisir parce qu'il y avait un autre nom ici et la perdre ne serait peut-être pas ce que ç'aurait été sur ses autres films.

Non, il garderait ce petit détail pour lui. Pas besoin de réveiller le lion qui dort.

Qui rugissait maintenant.

— Je ne *tolèrerai* pas cela. Elle tendit la main vers son assistante. — J'appelle mon agent.

La pauvre gamine qui avait probablement cru avoir décroché le gros lot quand elle avait été embauchée comme assistante de Carina Dempsey dut courir après elle pour lui tendre le téléphone.

Le silence descendit sur le plateau, tout le monde regardant PJ.

— Bien. Super. Peu importe. Il ajusta sa casquette de baseball. — Tout le monde fait une pause. Soyez de retour dans deux heures. On finit ça ce soir.

Bryan se frotta la nuque en descendant du foutu tabouret de bar sur lequel il était perché depuis les quinze dernières prises. Son derrière lui faisait mal, mais il se le frotterait en privé. Il n'avait pas besoin que quelqu'un tweete *cette* photo.

Il fit un signe de tête à Josh. — Je serai dans ma caravane si les choses avancent plus vite.

— D'accord. Oh, et vous avez des visiteurs. J'allais vous le dire quand on aurait terminé la scène.

Des visiteurs ? Qui pourrait lui rendre visite sur le plateau ?

Pendant une seconde, son cœur - et son imagination - bondit, pensant, priant et espérant que c'était Beth, mais il rangea rapidement cette idée. Probablement Liam. Ce ne serait mieux pas être Sean. Il avait une chasse au trésor à gagner s'ils avaient une chance de récupérer leur investissement dans cette propriété sur laquelle il travaillait.

Peut-être que c'était son agent. Ou son attaché de presse. Ou peut-être les deux. Ils n'avaient pas de rendez-vous prévu, mais qui sait? Peut-être qu'il y avait de grandes nouvelles sur sa carrière que Don voulait lui annoncer en personne.

Il attrapa une bouteille d'eau en quittant le plateau et la vida. Les lumières étaient chaudes et il avait quelques longs monologues dans cette scène. Bien sûr, Carina n'était pas contente de ça non plus. Il pensait que le comptage des répliques disparaissait quand on commençait à gagner des millions, mais apparemment pas dans le cas de Carina.

Bryan haussa les épaules et revissa le bouchon sur la bouteille vide avant de la jeter dans la poubelle en passant.

— Deux points, Manley! cria l'un des perchistes.

Il sourit et fit un pouce en l'air au gars - Rick. Dommage que Carina ne comprenne pas que la camaraderie était une bonne chose sur un plateau.

Non, elle essayait toujours de le mettre dans son lit. Bryan avait dû écourter ses soirées depuis son retour ici juste pour éviter d'avoir à la repousser encore. Il ne voulait pas avoir à lui dire qu'elle ne lui faisait tout simplement aucun effet.

Il secoua la tête en s'approchant de sa caravane. Il avait le sentiment qu'aucune femme ne lui ferait plus d'effet pendant longtemps. Si jamais.

Il tendit la main vers la poignée de la porte. Pas après-

Beth.

Elle était là. Dans sa caravane. En haut des marches.

Bryan cligna des yeux. Deux fois.

— Salut, Bryan.

C'était bien Beth.

— Salut, Bryan!

Et les enfants.

— Wouf!

Et Sherman.

Bryan s'agrippa à la rambarde pour rester debout pendant qu'il essayait d'assimiler le fait que les six personnes qu'il avait le plus envie de voir au monde étaient dans sa caravane. Et il n'était même pas contrarié de voir le chien.

— Euh, salut tout le monde.

— Je ne suis pas un garçon, bêta! Maggie passa sa tête bouclée par-dessus la balustrade, son sourire espiègle et ses yeux pétillants le faisant rire.

— Non, Mags, tu n'es certainement pas un garçon. Il ébouriffa ses boucles et réussit à monter le reste des marches sur des jambes chancelantes. — Que faites-vous ici? Il regardait tout le monde, mais cette question était adressée uniquement à Beth.

Les cinq enfants se mirent à parler tous en même temps. Quelque chose à propos du centre commercial et du zoo et d'un marteau et de bijoux et... des gardes?

Il regarda Beth. — De quoi parlent-ils?

D'une voix calme qu'il *savait* être affectée pour le bien des enfants, car il pouvait voir à quel point l'histoire qu'elle lui raconta la bouleversait, Beth lui parla de la tentative de vol et de l'héroïsme des enfants.

— Et on voulait venir te raconter tout ça parce que tu travailles et que tu ne peux pas rentrer à la maison pour l'entendre, dit Maggie, grimpant sur ses genoux quand il s'assit à la table.

À la maison. Il doutait qu'elle ou l'un des enfants ait entendu ce lapsus, mais lui l'avait entendu. Et Beth aussi.

Il voulait demander à Beth de quoi il s'agissait. Pourquoi elle était là. Pourquoi elle prolongerait l'agonie. Une rupture nette, c'était ce dont ils avaient besoin.

Mais peut-être n'avait-elle pas parlé aux enfants de sa demande en mariage — ce qui aurait du sens — et elle était venue ici pour le bien des enfants. Ils étaient certainement ravis de tout lui raconter et il fit autant de bruit que nécessaire, heureux de voir la fierté de Jason envers lui-même, et Kelsey rayonnante lorsque son rôle fut raconté, et les jumeaux expliquant comment ils avaient travaillé ensemble pour alerter Jason et Kelsey, et la fierté de Maggie envers ses frères et sœurs.

Sherman se fraya un chemin sous le bras de Bryan et grimpa sur ses genoux avec Maggie.

— Tu crois qu'ils vont donner une médaille à Jason? demanda Maggie. Je voudrais qu'ils lui donnent une émission de télé. Et tu pourrais aussi jouer dedans.

— S'ils ne lui donnent pas de médaille, ils devraient. Bryan hocha la tête vers Jason. C'était vraiment courageux ce que tu as fait. Peu de gens s'impliqueraient comme ça. Je suis fier de toi. Oui, ses yeux s'embuèrent en disant cela. Il n'avait aucun droit d'être fier du gamin, mais il l'était.

Et si le sourire grandissant de Jason était une indication, il était content qu'il le soit.

— Alors, on peut aller fêter ça? Mark rampa autour de la banquette courbe sur ses genoux et posa sa main sur l'épaule de Bryan. Maman a dit que notre capture du méchant méritait une célébration.

— On a déjà mangé de la glace, dit Tommy.

— Ouais, mais ce n'est pas une *vraie* célébration. Les vraies célébrations ont des feux d'artifice, des saluts et des défilés et tout ça.

— Il n'y a pas de défilé par ici. On aurait dû rester à la maison s'ils allaient nous faire un défilé.

— J'aimerais être dans un défilé. Comme Miss America. Je pourrais porter une couronne et une écharpe et faire coucou à tout le monde. Maggie s'entraîna à envoyer des baisers là, dans sa caravane, les faisant tous éclater de rire.

— Eh bien, je ne sais rien des défilés ou des feux d'artifice, mais on pourrait aller dîner dehors et voir quel genre de dessert spécial ils pourraient avoir pour les héros. Qu'en dites-vous? Cette fois, il évita de regarder Beth. Elle avait amené les enfants ici ; il allait passer autant de temps que possible avec eux. Autant de temps que possible avec *Beth*.

— Ouais! J'aime les célébrations! Maggie sauta de ses genoux, Sherman la suivant. Mais qu'est-ce qu'on va faire pour Sherman? Il ne peut pas aller au restaurant.

— Ne t'inquiète pas. Je connais quelqu'un qui sera ravi de tenir compagnie à Sherman. Il envoya un texto à Josh, souriant quand il reçut le feu vert. Les meilleurs quelques centaines de dollars qu'il ait jamais dépensés.

Il envoya ensuite un texto à PJ. Bon sang, si Carina pouvait faire exploser le planning, il n'allait pas rester assis à attendre qu'elle se montre. Il dit à PJ de lui envoyer un message quand Carina serait en état de travailler et qu'il reviendrait. Ils ne pouvaient pas aller loin, mais les quelques milliers qu'il était sur le point de dépenser dans le premier restaurant qu'il trouverait pour un dessert montagne de lave au chocolat infesté de cierges magiques, nappé de crème fouettée et de glace, feraient de tout ce qu'ils mangeraient la célébration parfaite.

Beth avait du mal à garder son sang-froid. Elle s'était trompée. Tellement trompée. C'était ce dont ses enfants avaient besoin. Bryan était ce dont ils avaient besoin. Le sens de la famille. Le choc de la mort de Mike avait été ce qui les avait tous fait perdre le contrôle, pas nécessairement la couverture médiatique. Certes, cela n'avait pas aidé, mais quand elle avait vu la façon dont ils avaient réagi à l'attention positive après le vol...

— Il faut qu'on parle. Bryan le lui chuchota à l'oreille alors qu'une assiette géante de cierges magiques arrivait à leur table.

— Gâteau lave! crièrent les jumeaux.

— De la glace! Pas de surprise, ça venait de Maggie.

Jason et Kelsey essayaient d'avoir l'air cool plutôt qu'impressionnés par le dessert monstrueux et Bryan avait l'air plutôt fier de lui.

Ou peut-être était-il juste follement heureux. Elle espérait que c'était le cas.

Elle acquiesça mais n'avait aucune idée de quand ils parleraient. Avec cinq enfants autour — dans sa caravane — l'intimité allait être difficile.

L'intimité, impossible...

Beth ne put s'empêcher de rougir. Oui, elle avait pensé à ses enfants en décidant de les amener ici, mais elle n'avait pas pu arrêter cette parcelle de conscience quand elle avait réalisé que si ça marchait entre elle et Bryan, s'il était prêt à tous les accepter après qu'elle l'ait rejeté, elle pourrait faire l'amour avec lui pour le reste de sa vie.

Mon Dieu, faites qu'il dise oui.

Le gâteau était — sans surprise — un grand succès et les enfants débattaient de sa meilleure partie sur le chemin du retour vers la voiture.

C'était à peu près la seule chance d'intimité qu'ils allaient avoir, alors Beth tira sur le bras de Bryan et ils restèrent en arrière des enfants.

— Euh, Bryan?

Il posa sa main sur la sienne. — Oui?

— J'espère que ça ne te dérange pas qu'on soit venus à l'improviste.

— Tu sais bien que non. J'adore voir les enfants. Mais je me demande pourquoi. Je pensais que tout était décidé quand je suis parti.

Elle se mordit la lèvre. Il aimait voir les enfants, mais il ne disait rien sur le fait de la voir, elle. Ça ne semblait pas indiquer qu'il voudrait qu'elle change d'avis.

— Et Sherman?

— Quoi Sherman?

— Ça ne te dérange pas qu'on l'ait amené?

— Non.

— Je n'ai trouvé personne pour le garder à si court préavis et le vétérinaire était fermé pour la nuit.

— Ce n'est pas un problème, Beth. Sherman est tout aussi bienvenu que vous tous.

D'accord, ça sonnait un peu plus positif.

Devant, Maggie poussa un cri aigu et se tortilla pour descendre de la hanche de Jason. Heureusement, Kelsey lui attrapa la main avant qu'elle ne se précipite dans le parking.

Beth n'avait pas beaucoup de temps.

— Alors, euh... Elle remit ses cheveux derrière ses oreilles et prit une profonde inspiration. Bryan la regardait avec expectative. Cette question que tu m'as posée l'autre soir?

— Oui?

— Et si... Elle prit une autre profonde inspiration. Mon Dieu, était-ce ce qu'il avait ressenti en lui demandant de l'épouser? Et elle l'avait rejeté? Elle était une idiote. Et si je voulais changer ma réponse? Je peux?

— Changer ta réponse?

Elle ne pouvait pas dire s'il se moquait d'elle ou essayait de comprendre ce qu'elle demandait.

Elle optait pour la seconde option uniquement parce que la première était trop douloureuse à envisager. — Oui. Et si je voulais dire oui?

Oh, non. Il n'avait pas été confus. Il avait su exactement ce qu'elle demandait.

— Est-ce que c'est ce que tu *veux* faire, Beth?

Mon Dieu, oui, c'était le cas. — Oui.

Bryan s'arrêta de marcher. Il prit la main de Beth de son bras — elle n'avait même pas réalisé qu'elle était toujours là — et la porta à ses lèvres. Il l'embrassa. — Ce sont les deux mots les plus doux de la langue anglaise, Beth.

Son souffle se coupa. Il ne lui disait pas de partir.

— Tu veux savoir quels sont les *trois* plus doux?

Elle hocha la tête — parce qu'elle ne pouvait pas parler — mais elle le savait déjà. Elle voulait juste l'entendre les dire. Encore.

Bryan embrassa le troisième doigt de sa main gauche. — Je t'aime.

Son souffle se bloqua et elle parvint à lui dire la même chose. — Je t'aime, Bryan.

— Et moi aussi, j'aime Bryan, dit Maggie qui avait réussi à se faufiler jusqu'à eux sans qu'ils s'en aperçoivent. Ça veut dire que tu vas te marier, Maman?

Jason accourut, lançant un regard à Bryan. Un regard très adulte et viril alors qu'il prenait à nouveau sa petite sœur dans ses bras. — Bien sûr que oui, minus. C'est ce que font les gens quand ils s'aiment.

— Bon, alors je vais épouser Bryan, parce que je l'aime aussi.

— Petite sotte, dit Mark en secouant la tête.

— Ouais, tu ne peux pas l'épouser s'il va épouser Maman.

— Si, je peux.

— Non, tu ne peux pas.

— Si, je peux.

— Non, tu ne peux pas.

Pour la première fois, Bryan n'intervint pas pour mettre fin à la dispute. Non, cette fois, il intervint pour l'embrasser. Là, devant ses enfants et tout le monde dans le parking et toutes les caméras que les gens pouvaient avoir sur eux. Cela serait partout sur internet en quelques secondes.

Mais Beth s'en fichait. C'était ce qu'elle voulait.

Et c'était ce dont ils avaient tous besoin.

Épilogue

— Trois quatre battent deux as, Maggie.

— Ce n'est pas vrai.

— Si, c'est vrai.

— Non, ce n'est pas vrai.

— Si, c'est vrai.

— Je vais demander à Papa. Maggie se leva d'un air contrarié et se dirigea d'un pas lourd vers le jardin où Bryan renforçait encore une fois la clôture. Sherman devenait un petit as du creusage de tunnels et Bryan envisageait sérieusement de faire installer un mur en béton, enfoncé à un mètre dans le sol.

Beth n'était pas sûre que ce serait suffisamment profond pour Sherman. Surtout depuis que le Chihuahua avait emménagé à côté.

— Maman, Maggie a tort, n'est-ce pas? demanda Tommy. Bryan a dit que les quatre battent les as si on en a plus.

— Et quand Bryan t'a-t-il appris à jouer au poker? Hmm... Bryan était un beau-père génial, mais elle allait devoir revoir avec lui certains points essentiels de l'éducation parentale. Comme ne pas jouer d'argent avant l'âge de vingt et un ans.

— Il ne nous a pas appris. On regardait quand il jouait avec Oncle Sean et Oncle Liam. Maggie a écouté.

Ah oui, la partie de poker mensuelle. Elle allait devoir repenser à emmener les enfants si tout ce qu'ils faisaient était d'espionner les hommes. Mais c'était agréable de se retrouver avec ses belles-sœurs et Grand-mère.

Beth sourit et caressa son ventre. Elle avait hâte de partager la nouvelle avec eux tous. Surtout avec Bryan. Dans sept mois, il aurait enfin son propre enfant à aimer.

Non pas qu'il aimerait moins les siens. Et, en réalité, ils n'étaient plus seulement les siens désormais. Ils étaient des Manley même s'ils n'en portaient pas le nom.

Bien que Bryan ait dit quelque chose l'autre soir...

Elle regarda la photo de Mike sur la cheminée et ressentit cette douleur familière l'envahir à l'idée qu'il ne soit pas là pour voir grandir ses enfants.

Elle s'approcha de sa photo et pressa un baiser sur ses doigts qu'elle posa ensuite sur ses lèvres. Il lui manquait toujours, mais elle allait de l'avant. C'est ce qu'il aurait voulu. Elle n'arrivait tout simplement pas à croire qu'elle ait été bénie deux fois dans une vie pour aimer et être aimée par deux hommes si merveilleux.

La porte coulissante s'ouvrit dans la cuisine. Beth se retourna. Bryan ne verrait pas d'inconvénient à la voir devant la photo de Mike — après tout, il avait insisté pour que la cheminée reste telle quelle pour les enfants. « Je ne veux pas qu'ils oublient leur père. Si c'était moi, je serais dévasté. Ça ne me dérange pas qu'il soit là. Les enfants devraient connaître leur père. »

Elle l'avait encore plus aimé pour avoir dit cela et elle avait le sentiment que c'était la nuit où ce petit avait été conçu.

Elle se précipita dans la cuisine.

Bryan leva les mains. — Je jure. Je ne leur ai pas appris à jouer au poker. Je sais que ce n'est pas bien.

— Je sais, mon chéri. Elle l'entoura de ses bras, peu importe qu'il soit tout chaud et en sueur. — Ils vous espionnaient, toi et tes frères.

Bryan rit doucement et croisa ses bras dans le bas de son dos. — Bien sûr qu'ils le faisaient. Je n'attendais pas moins de Mark et Tommy.

— En fait, c'était Maggie. C'est elle qui *leur* a appris.

Là, il éclata franchement de rire. — Mon Dieu, cette gamine est hilarante. C'est une bonne chose qu'il n'y en ait qu'une. Je ne sais pas ce qu'on ferait s'il y en avait plus.

— Euh... Beth se mordit la lèvre inférieure et le regarda.

— Euh, quoi? Ses magnifiques yeux verts se plissèrent.

— Euh, ça. Elle prit sa main et la posa sur son ventre.

Ces magnifiques yeux verts s'écarquillèrent. — Beth... Tu veux dire... Tu veux dire...?

Elle acquiesça, sentant les larmes lui monter aux yeux. Elle avait toujours été une épave émotionnelle et hormonale lors des autres grossesses. — Oui.

— Oh mon Dieu, bébé. Je t'aime.

Les plus douces phrases de deux et trois mots au monde.

~ fin ~

Merci de nous avoir lu ! Aidez d'autres lecteurs à découvrir les livres de Judi en laissant votre avis ! Pour en savoir plus sur la série, tournez la page !

Ce Qu'une Femme Mérite

Que se passe-t-il quand trois frères irrésistiblement sexy perdent un pari au poker contre leur sœur entreprenante ? Ils sont engagés pour son entreprise de nettoyage. Désormais, les Manley Maids sont à votre service. Satisfaction garantie. C'est ce que veut une femme...

Le chef d'entreprise Liam Manley n'a aucune patience pour les femmes comme Cassidy Davenport — ces femmes heureuses de dépenser l'argent d'un homme sans jamais penser à travailler. Mais pour honorer son pari, Liam doit non seulement tolérer cette mondaine vêtue de haute couture, mais aussi nettoyer derrière elle. Jusqu'à ce que le père de Cassidy lui coupe soudainement les vivres. Sans argent et sans maison à nettoyer pour Liam, Cassidy n'a d'autre choix que d'accepter une offre d'emploi — comme nouvelle femme de ménage de Liam...

Liam est impatient de lui donner une leçon sur le monde réel, mais finit par apprendre quelques leçons lui-même. Libérée de l'influence de son père,

Cassidy peut enfin poursuivre sa propre vie, et montre à Liam à quel point elle peut être débrouillarde et déterminée. Sans parler de sa sensualité avec (ou sans) cette garde-robe de créateur.

Mais quand des étincelles jaillissent entre eux, s'agira-t-il d'un véritable amour... ou simplement d'une liaison compliquée de plus?

Soirée entre mecs... Plus une

— Je crois, chers frères, que vous allez tous devoir être équipés d'uniformes de Manley Maids.

Liam Manley se mordit la langue à l'annonce de sa sœur Mac alors qu'elle posait sa main gagnante sur le tapis vert de la table de poker. Elle les avait bien eus, lui *et* ses frères.

Elle avait *bien* joué au poker. Qui savait qu'elle jouait même au poker?

Et ce pari... Quatre semaines de service de nettoyage gratuit pour son entreprise contre leurs maisons de vacances et leurs voitures de sport hors de prix. Pourquoi Liam avait-il l'impression de s'être fait avoir?

— Je ne porterai *pas* de tablier.

Bryan, le plus jeune des frères Manley, semblait si offensé que Liam dut se mordre la langue encore plus fort pour ne pas rire de lui. On aurait dit que Mac lui avait demandé de porter... eh bien... un tablier.

Sean, son frère cadet et compagnon de défaite, continuait d'empiler les jetons, évitant la quinte flush à l'as de Mac comme la peste tout en gardant le silence.

La bouche de Bryan était grande ouverte. D'une seconde à l'autre, son frère star de cinéma allait se mettre à bâiller comme un poisson. Où était un appareil photo quand on en avait besoin? Bry paierait n'importe quoi pour empêcher *cette* photo peu flatteuse de paraître dans la presse et Liam pourrait s'offrir un nouveau jacuzzi pour la maison qu'il rénovait — ou plutôt, qu'il venait de *finir* de rénover, ce qui signifiait qu'il avait du temps libre.

Pas de meilleur moment que maintenant pour commencer à payer ce pari ridicule.

— Quand veux-tu qu'on commence, Mac?

— J'ai des uniformes en plus, donc dès que vous aurez le temps.

Des uniformes en plus? Depuis quand avait-elle quoi que ce soit en plus quand il s'agissait de l'entreprise?

Il se passait quelque chose.

Il n'aurait jamais pensé que Mary-Alice Catherine aurait recours à des coups bas pour obtenir ce qu'elle voulait de ses frères aînés. Bon sang, quand ils étaient allés vivre chez Grand-mère après la mort de leurs parents dans un accident de voiture, ils s'étaient pratiquement bousculés pour s'occuper de leur petite sœur. Maintenant, il allait trébucher sur des balais, des serpillières et des aspirateurs. Beurk.

— Hé, est-ce que je peux faire ma propre maison?

C'était Bryan, cherchant n'importe quel angle pour s'en sortir gagnant.

— Tu priverais Monica de son travail pour te défiler? Vraiment?

C'était au tour de Mac d'ouvrir grand la bouche.

— Je ne me défile pas du tout.

Mais Bry n'avait pas l'air content.

— Tu peux aussi compter sur moi pour lundi. J'ai un mois entre deux projets et je cherchais justement quelque chose à faire.

Liam doutait fortement que le choix de Bryan serait de jouer les femmes de ménage, cependant. Ce n'était pas non plus celui de Liam. Néanmoins, il avait fait ce pari...

Et elle aussi.

Il finit sa bière puis rassembla les cartes, faisant glisser la main gagnante de Mac sur le tapis en dernier. Le regard de Bryan était fixé sur ces cartes tout du long. Sean gardait le sien sur les jetons. C'étaient probablement les jetons les plus méticuleusement empilés de l'histoire du jeu.

— Je ne savais pas que tu avais des hommes qui travaillaient pour toi, Mac.

Liam garda une voix égale. Contrôlée. Et s'il y avait la plus légère trace d'autre chose dans sa voix, eh bien, il serait d'accord pour que Mac suppose que c'était de la colère d'avoir perdu. Mais pourquoi Mac A) aurait-elle voulu jouer au poker avec eux si désespérément alors qu'elle ne pouvait pas se permettre de perdre de l'argent, et B) faire ce pari *et* gagner? Il y avait quelque chose de pourri au royaume des Manley.

— Qu... quoi?

Ouais, ce regard surpris dans ses yeux confirmait exactement ce qu'il pensait. Il n'y avait *pas* d'hommes employés par Manley Maids, donc ces uniformes n'étaient pas « en plus ». Elle les avait fait faire à l'avance. Pour eux.

Mac avait planifié tout ça. Sa victoire n'était pas un coup de chance. Il l'aurait appelée là-dessus s'il avait eu une preuve autre que son intuition, mais il n'en avait pas. Et Dieu savait qu'il ne pouvait pas toujours faire confiance à son intuition. Elle l'avait déjà trahi auparavant.

— Laisse tomber.

Il mélangea les cartes offensantes avec les quarante-sept autres, puis tapota le bord long du paquet sur la table.

— Je serai là lundi.

Et il utiliserait la monotonie sans réflexion du nettoyage pour trouver un moyen de rendre la pareille à sa sœur.

Et pas qu'un peu.

Voici Judi !

Auteure primée et à succès, Judi Fennell adore rire et adore l'amour. Il n'est donc pas surprenant de retrouver un peu des deux dans chacun des livres qu'elle écrit. Découvrez ses contes de fées revisités pour avoir un avant-goût de ses comédies paranormales et romantiques, légères et pleines d'ironie. Des tritons au large des côtes de la Jersey Shore, aux génies et leurs tapis volants, en passant par les strip-teaseurs à la Magic Mike et les domestiques virils dont la devise est *Satisfaction garantie*, rires et amour sont toujours au rendez-vous.

Et, durant ses (très ?) nombreux moments de temps libre, elle aide d'autres auteurs sur tous les aspects de l'écriture et de l'autoédition avec son entreprise de mise en page, de création de couvertures et de supports promotionnels, de relecture, de conseil et de livres audio, www.formatting4U.com.

Judi vit dans la banlieue de Philadelphie avec une ménagerie de compagnons à quatre pattes, et le jour où ces créatures commenceront A) à chanter, B) à coudre des vêtements, ou C) à faire le ménage, sera aussi le jour où elle prendra sa retraite d'écrivaine… !

Livres de Judi Fennell

Royally Sunk

Les tritons et les sirènes ne sont qu'un mythe, n'est-ce pas?

Essayez de dire ça à ces humains qui ne se doutent de rien et qui tombent éperdument amoureux de ceux qui n'ont pas toujours de talons...

Par-dessus la Tête

Reel est un triton sans queue, et Erica est terrifiée par l'océan. Une seule chose pourrait la faire entrer dans l'eau: un pistolet. Et une seule chose pourrait l'y retenir: le séduisant triton qui lui sauve la vie, au risque de perdre la sienne.

Le Grand Bleu Sauvage

Valerie est une princesse sirène coincée au cœur du pays. Rod est le prince qui part à sa rescousse. Mais parviendront-ils à déjouer le complot d'un usurpateur et à regagner l'océan avant que sa queue—et sa prétention au trône—ne disparaissent à jamais?

La Prise de sa Vie

Logan a fui le cirque; tout ce qu'il souhaite, c'est mener une vie normale. La femme nue qui débarque sur son bateau est tout *sauf* normale. Surtout quand Angel se révèle être une sirène, poursuivie par un monstre marin en colère.

L'amour sur les Rochers

La princesse Mariana n'a rien d'une frimeuse; c'est une véritable artiste, et elle est sur le point de le prouver avec la statue qu'elle sculpte sur une île déserte. Le problème, c'est que Jace se cache là-bas. Ainsi, la seule chose qui libérera Mariana de sa prison dorée est aussi celle qui vaudra la mort à Jace. Une romance, c'est déjà assez compliqué, mais quand un tsunami est annoncé, l'amour est vraiment sur les rochers.

Faire des Vagues

Découvrez l'Incident qui a rendu Erica terrifiée par l'océan, la raison pour laquelle Valerie, la princesse disparue, a été retrouvée, et comment Michael, le jeune fils de Logan, a trouvé une sirène. Les histoires *avant* les histoires.

Bottled Magic

Faites attention à ce que vous souhaitez... cela pourrait bien se réaliser!

C'est ce que ces humains découvrent lorsqu'un génie leur tombe littéralement dans les bras... avant d'être emportés dans la plus magique des aventures: tomber amoureux.

Je Rêve de Génies

La chance de Matt a enfin tourné lorsque Eden, la génie, s'échappe de sa bouteille et lui tombe littéralement sur les genoux. Et elle jure de ne jamais y retourner. Malheureusement pour eux deux, l'homme qui l'y a enfermée veut la récupérer, et il ne reculera devant rien pour y parvenir.

Génie a Toujours Raison

Samantha hérite du domaine de son père, ainsi que d'un génie qui n'a plus qu'un dernier maître à servir avant la fin de sa servitude. Sam est plus que disposée à libérer Kal, jusqu'à ce que son ex avide décide que s'il ne peut pas avoir Sam, personne ne l'aura.

Ma Belle Génie

Zane a hérité du manoir familial et il a hâte de s'en débarrasser pour mettre fin aux rumeurs sur le passé extravagant de sa famille. Dommage que la génie à l'origine de ces rumeurs a été libérée et sème à nouveau la zizanie. Seulement, cette fois, c'est avec son cœur qu'elle joue.

Vos Désirs sont ses Ordres

Découvrez comment Kal a été emprisonné dans sa lanterne et pourquoi il doit servir 1001 maîtres. C'est l'histoire avant l'histoire...

Once-Upon-A-Time Romance

Il était une fois» c'est bien joli dans les contes de fées, mais la vraie vie, ce n'est pas comme ça.

À moins que...?

Avec l'aide d'un ange gardien en formation, ces couples chanceux découvriront que tomber amoureux est le plus beau des contes!

La Belle et Le Meilleur

Le jour, Jolie est chef à domicile; la nuit, elle écrit des romans d'amour. Alors, quand elle décroche un contrat pour Todd, un artiste séduisant et reclus, elle tient le héros parfait pour son livre. Jusqu'à ce que Todd le découvre et la chasse de sa cuisine, de sa maison, *et* de son cœur.

Si la Chaussure Vous Va

Il était une fois, il y a bien longtemps, dans un pays lointain, très lointain, une jeune fille nommée Cendrillon. Ceci n'est pas son histoire. *Ceci* est l'histoire de Lucinda Isabella Casteleoni, qui, comme son homonyme, a une méchante belle-mère, deux belles-sœurs vulgaires et d'innombrables heures de dur labeur qui l'attendent (ou pas). Mais contrairement à cette princesse de conte de fées, le Prince Charmant de Bella est introuvable. Jusqu'à ce qu'un petit vieil homme aux yeux verts pétillants ouvre une boutique de chaussures au bout de la rue. Alors la magie commence...

De L'autre Côté du Vitrail

Un voyage accidentel dans l'Angleterre médiévale pousse Kate, responsable de publicité, à chercher un moyen de rentrer chez elle... Mais pourra-t-elle ramener avec elle le séduisant chevalier en armure étincelante dont elle est tombée amoureuse?

BeefCake, Inc.

La soirée entre filles n'a jamais été aussi savoureuse!

Magic Mike peut aller se rhabiller.

Installez-vous confortablement, détendez-vous et profitez du spectacle pendant que Gage, Bryan, Tanner, Dare et tous les autres vous montrent comment on s'y prend...

Beaux Gosses et Petits Gâteaux

Lara veut que ses cupcakes soient un succès. Gage, danseur exotique, ne serait pas contre les goûter, mais son emploi du temps pour payer les factures d'hôpital de son neveu ne lui en laisse pas le loisir. Jusqu'à une fête où les gros bras rencontrent les cupcakes et, *oh*, que c'est délicieux!

Beaux Gosses et Grand Bévues

Quand Bryan prend Jenna pour une prostituée et qu'elle réalise qu'il est le père de son fils adoptif, les erreurs et les malentendus commencent à s'accumuler. Mais quelque chose d'autre grandit aussi entre eux. Parfois, une mauvaise décision peut s'avérer être la bonne...

Beaux Gosses et Nouvelles Prises

Tanner veut que son ex-femme sorte de sa vie pour de bon, mais quand la grand-mère de celle-ci a une attaque et qu'il doit prétendre être toujours amoureux de Juliet, peut-il risquer une seconde chance avec la seule femme qui n'a jamais cessé de l'aimer?

Beaux Gosses et Flocons de Neige

Gina a le béguin pour Darien depuis toujours—jusqu'au jour où il l'a humiliée à l'école. Quinze ans plus tard, il la laisse de marbre. Darien, danseur exotique, est revenu en ville pour régler quelques affaires. L'une d'elles est le bazar qu'il a provoqué pour Gina des années auparavant... et *peut-être* raviver la flamme qu'ils avaient autrefois. Mais la seule façon de faire fondre la glace autour du cœur de Gina est de faire monter la température, au travail... et en dehors.

Manley Maids

Que se passe-t-il lorsque trois frères irrésistiblement sexy perdent un pari au poker contre leur sœur entreprenante? Ils se retrouvent engagés pour son entreprise de nettoyage. Désormais, les Manley Maids sont à votre service. Satisfaction garantie.

Ce Qu'une Femme Veut

Sean, propriétaire d'un complexe hôtelier, prévoit d'acheter un domaine historique, se faire un nom et gagner des millions. Il emménage donc sous le prétexte de nettoyer l'endroit pour contrecarrer l'unique condition de l'héritage. Mais l'héritière Olivia et sa ménagerie lui entrent dans la peau, et il découvre que le pari au poker qui l'a mis dans ce pétrin n'est pas le seul à changer la donne.

Ce Qu'une Femme A Besoin

La star de cinéma Bryan veut la gloire et la fortune, pas une répétition de son enfance «normale» et sans le sou. Après la publicité entourant la mort de son mari, Beth a besoin d'une vie normale pour elle et ses enfants, et la star de cinéma qui a perdu un pari l'obligeant à nettoyer sa maison—avec des paparazzis sur les talons—n'en fait pas partie. Mais alors que le flirt se transforme en séduction, Bryan doit convaincre Beth qu'il est plus qu'un homme de ménage.

Ou qu'un acteur. Parce qu'il joue le rôle principal dans une version inversée de Cendrillon, et cela pourrait bien être le rôle de sa vie.

Ce Qu'une Femme Mérite

Liam n'a aucune patience pour les femmes qui dépensent l'argent d'un homme sans penser une seule seconde à travailler. Mais pour honorer son pari, Liam doit non seulement tolérer Cassidy, une femme du monde, mais il devra aussi nettoyer derrière elle quand son père lui coupera les vivres. Sans argent et sans maison à nettoyer pour Liam, Cassidy n'a d'autre choix que d'accepter une offre d'emploi—comme nouvelle femme de ménage de Liam. Mais quand des étincelles jailliront entre eux, s'agira-t-il du grand amour ou juste d'une autre liaison compliquée?

Quelle Femme

MaryAlice Catherine est prête à nettoyer la maison de l'amie de sa grand-mère, mais elle découvre que le petit-fils arrogant de la femme, pour qui elle avait le béguin en grandissant—et il le savait pertinemment—y vit, et elle est morti-fiée. Jared se souvient des choses différemment; Mac a toujours été une petite chose autoritaire, mais il ne va pas la laisser mener la danse maintenant. Mais avec eux deux vivant dans la même maison, impossible de dire qui en sortira vainqueur.

Ce Qu'un Homme Veut

Beckett est prêt à payer sa dette après avoir perdu son pari au poker. Il n'avait juste pas réalisé qu'il devrait le faire avec son cœur. Jennifer est celle qui lui a échappé et maintenant, elle est juste là, devant lui. Dans sa maison. Qu'il est venu nettoyer. Jennifer n'arrive pas à croire que le bad boy du lycée pour qui elle avait un énorme béguin est dans sa maison, mais s'il y a une chose que son ex-mari lui a apprise, c'est qu'elle ne peut pas compter sur les bad boys. Jusqu'à ce que Beckett abatte toutes ses cartes et se révèle être quelqu'un sur qui Jennifer peut miser, après tout.

www.ingramcontent.com/pod-product-compliance
Lightning Source LLC
Chambersburg PA
CBHW071209210726
48293CB00002B/350